Emilia Doyle
Dunkle Schatten über Meadowfield
Südstaatenroman

AF220703

Emilia Doyle

Dunkle Schatten
über
Meadowfield

Südstaatenroman

Bibliografische Information der Deutschen National-bibliothek:
Die Deutsche Nationalbibliothek verzeichnet diese Publikation in der Deutschen Nationalbibliografie; detaillierte bibliografische Daten sind im Internet über http://dnb.dnb.de abrufbar.

Impressum
© 2021 by Emilia Doyle
All rights reserved

Coverfoto:
Person: Alex # 2
periodimages.com
Hintergrundbild:
Bennekom/ Shutterstock.com
Covergestaltung:
Tom Jay: www.tomjay.de
Lektorat:
Elsa Rieger:
https://www.elsarieger.at/lektorin/

ISBN 978-3-753473109
Herstellung und Verlag: BoD- Books on Demand, Norderstedt

Dunkle Schatten über Meadowfield

Aiden tat einen tiefen Atemzug, schloss die Augen und hielt sein Gesicht den wärmenden Strahlen der Sonne entgegen. Er saß auf einer kleinen Bank, die an zwei Ketten hing und sich auf der rückwärtigen Veranda hinter dem Küchentrakt befand. Sie wurde nur vom Haus- und Küchenpersonal benutzt, Aiden ausgenommen. Hier hatte er sich schon früher gern aufgehalten, wenn er allein und ungestört sein wollte. In Erinnerungen versunken schaukelte er sacht vor und zurück. An der Aufhängung, am Dach des Überstandes, verursachte die Bewegung ein stetes und gleichmäßiges Quietschen, das ihn langsam einlullte.

»Was machst du hier?«, fragte eine Kinderstimme.

Gereizt über die Störung öffnete er die Augen. Das Erste, was er sah, waren nackte, schmutzige Füßchen. Langsam glitt sein Blick aufwärts, erfasste den Saum eines Kleides und stoppte schließlich beim Gesicht. Vor ihm stand ein kleines Sklavenmädchen von etwa neun, zehn Jahren, das ihn aus unschuldigen braunen Augen anschaute.

»Was soll ich schon machen?«, entgegnete er flapsig. »Ich sitze hier!«

Die Kleine lachte unbekümmert, wobei sie ihren Oberkörper in scheuer Manier hin und her wiegte, während sie die Hände auf dem Rücken hielt. Angst schien sie aber keine vor ihm zu haben, im Gegenteil, sie musterte ihn neugierig.

Ihre Hautfarbe war außergewöhnlich hell, ihr Erzeuger musste gewiss ein Weißer gewesen sein.

Auf fast jeder Plantage des Südens fand man Sklaven, deren Haut heller war als die der anderen. Ihre Mütter waren nicht selten Opfer von Vergewaltigungen geworden; durch Aufseher, Plantagenbesitzer und andere weiße Herrschaften. Ein paar von ihnen dienten ihren Besitzern auch freiwillig als Gespielin, wenn die eigene Gemahlin unpässlich war.

»Wie heißt du?«, fragte Aiden.

»Maliya, und du?«

»Weißt du denn nicht, wer ich bin?«, hakte er überrascht nach.

Heftig schüttelte Maliya den Kopf.

Der unbändige Zorn, den er eben noch in sich gespürt hatte, war wie durch Geisterhand verflogen. Er ließ sich zu einem Schmunzeln hinreißen. Da stand dieses kleine Mädchen vor ihm, sah ihn furchtlos entgegen und hatte keine Ahnung, wer er war.

»Ich heiße Aiden.«

»Warum hast du so traurig ausgesehen?«, fragte sie ungeniert weiter und setzte sich auf den Rand der Terrasseneinfassung.

»Weißt du, es gibt manchmal Situationen, da läuft im Leben nicht alles so, wie man es gern hätte«, erklärte er freundlich.

Verständnislos schaute Maliya zu ihm auf. »Aber du bist weiß. Meine Mutter sagt, Weiße können alles im Leben erreichen, weil sie frei sind. Für sie gibt es keine Grenzen.«

Ja, er war ein Weißer und er war frei, dennoch war das Leben mit einem Vater wie seinem alles andere als ein Honigschlecken.

»Um Himmelswillen, Maliya.« Eine junge Frau

stürzte um die Hausecke herbei und das blanke Entsetzen stand in ihrem Gesicht. »Ich bitte vielmals um Verzeihung Master Aiden, wenn meine Tochter Sie belästigt hat. Sie ist noch ein Kind, bitte habt Erbarmen.« Stürmisch riss sie das Mädchen an sich und drückte es ganz fest. »Es wird nie wieder vorkommen.«

»Sie hat mich keineswegs belästigt«, beteuerte er, aber seine Worte verhallten, als hätte er sie nie ausgesprochen. Denn sie verbeugte sich mehrmals ängstlich und stammelte eine Entschuldigung nach der anderen, bevor sie davoneilte.

»Master Aiden, Master Aiden.« Jemand rüttelte ihn an der Schulter.

Verstört öffnete er die Augen. Als er aufsah, blickte er in das Gesicht von Hermela, der Köchin auf Meadowfield, die ihn als Säugling und Kleinkind betreut hatte.

»Jumah sagt, dein Vater ist jetzt bereit, dich zu empfangen.«

Aiden rutschte in eine aufrechte Position. »Ich danke dir, Hermela. Ist meine Mutter schon zurück?«

»Noch nicht. Ich bin sicher, hätte sie geahnt, dass du bereits heute eintriffst, hätte sie ihren Besuch verschoben. Soll ich jemanden schicken, der sie über deine Ankunft informiert?«

»Nein, nein, das ist nicht nötig!«, wehrte er heftig ab. Immerhin wurde er eigentlich erst für den morgigen Tag erwartet. »Dann werde ich zuerst meinen Vater begrüßen.« Er erhob sich und zog die Weste glatt. »Steht es wirklich so schlecht um ihn?«

Hermela kniff die Lippen zu einer schmalen Linie

zusammen. »Am besten, du machst dir selbst ein Bild.«

Er nickte stumm und betrachtete die Frau, die einst seine Amme und in den ersten zwei Jahren seine Nanny gewesen war. »Ich brauche noch einen kleinen Augenblick.«

Fast geräuschlos zog sich Hermela zurück. Aiden ging einige Schritte vor und stützte sich mit den Händen an der Balustrade ab, während er nach einem tiefen Seufzen vor sich hinstarrte.

Er war ein wenig erschöpft von der langen Reise und kurz auf der Bank eingenickt.

Maliya. Seit vielen Jahren hatte er nicht mehr an sie gedacht. Der kurze Traum war so real gewesen, als wäre Aiden wieder dreizehn Jahre alt. Damals hatte er, wie heute, auf jener Bank gesessen, als er ihr zum ersten Mal begegnete. Er warf einen raschen Blick über seine Schulter, es musste daran liegen, dass er wieder zurück war, zurück auf der elterlichen Plantage.

Was mochte aus dem Mädchen geworden sein, dass ehemals eine große Rolle in seinem Leben gespielt hatte? Nie würde er jenen Tag vergessen, an dem sie ihm entrissen wurde. Der panische Ausdruck in Maliyas Augen und ihre verzweifelten Schreie trafen ihn bis ins Mark und doch hatte er ihr nicht helfen können. Wochenlang war er von Albträumen geplagt nachts aus dem Schlaf gerissen worden. Hass, Wut und Selbstzweifel dominierten in jener Zeit seinen Alltag und hinterließen Spuren, die seinen weiteren Lebensweg geprägt und beeinflusst hatten.

Verärgert stieß er sich vom Geländer ab und verbannte die düsteren Erinnerungen seiner Kindheit.

Er war zurückgekommen, weil seine Mutter ihn in ihrem Schreiben eindringlich darum gebeten hatte. Der Brief war ihm von seiner letzten Arbeitsstelle nachgeschickt worden und somit mehr als drei Wochen unterwegs gewesen, bevor er Aiden erreichte. Sie schrieb vom schlechten Gesundheitszustand seines Vaters, und dass er nicht länger in der Lage wäre, seinen Aufgaben gerecht zu werden. Daher sei es unbedingt erforderlich, dass er heimkehre.

Obwohl ihr Verhältnis mehr als angespannt war, hatte er alles stehen- und liegengelassen, um sich selbst von der derzeitigen Situation zu überzeugen.

In etwa einem Monat würde die diesjährige Baumwollsaison beginnen. Eine anstrengende und aufreibende Zeit, nicht nur für die Sklaven, die auf den Feldern arbeiten mussten. Es brauchte zudem einen fähigen Kopf, der die Abläufe überwachte und dafür Sorge trug, dass die Baumwolle zu guten Konditionen veräußert werden konnte. Hauptabnehmer amerikanischer Rohbaumwolle war England, die verpackten Ballen mussten rechtzeitig verladen und zum Anleger gebracht werden. Die Kommissionierer warteten nicht gern.

Aidens Stiefelabsätze verursachten bei seinem forschen Gang ein monotones Klackern auf dem Marmorboden. Kraftvoll pochte er an die Tür und trat ein, nachdem er eine krächzende Aufforderung vernommen hatte.

Der Vater saß in seinem Bett, von mehreren Kissen im Rücken gestützt. Seine Aufmerksamkeit war auf den Nachtschrank gerichtet, auf dem irgendetwas seinen Unmut erregte.

Aiden warf einen knappen Blick zu den dort stehenden Fläschchen und Schälchen, wartete aber geduldig, bis Dad das Augenmerk auf ihn lenkte.

Für einen Moment schien es dem Kranken die Sprache zu verschlagen.

»Guten Tag, Vater«, grüßte er steif. Der Mann war alt geworden, musste er feststellen. Er hatte deutlich an Gewicht verloren, wodurch er weniger Kraft und Autorität ausstrahlte. Sein inzwischen vollkommen ergrautes Haar stand ihm wirr vom Kopf, und die Falten in seinem Gesicht zeigten sich ausgeprägter, als sie das in Aidens Erinnerung waren.

»Sieh an, mein Herr Sohn gibt sich die Ehre«, knurrte Jacob Pellham unbeeindruckt. Seine Aussprache war undeutlich geworden, was dem kürzlich erlittenen Schlaganfall zuzuschreiben war.

»Ich freue mich auch, dich zu sehen«, erwiderte Aiden mit sarkastischem Unterton. Er bemühte sich, nicht auf die leicht hängende Mundpartie zu starren.

»Sie hat dir also doch geschrieben, obwohl ich es ihr untersagt habe. Ich brauche keine Hilfe, ich bin bald wieder auf den Beinen«, nörgelte er, wobei er wild mit seiner Rechten gestikulierte. Der linke Arm hing derweil schlapp herab, als gehöre er nicht zu seinem Körper.

»Ich bezweifle, dass du bis zum Beginn der Ernte wieder einsatzbereit bist.« Aiden hielt nichts davon, dem Vater Honig um den Mund zu schmieren.

»Mein Körper spielt mir gerade Streiche, aber hier oben bin ich noch vollkommen klar«, erregte der sich lauthals. Sein Kopf nahm eine dunkelrote Färbung an, während er sich vehement mit dem Zeigefinger an selbigen tippte.

»Ich habe nichts Gegenteiliges behauptet«, lenkte Aiden ein. Ihre erste Begegnung nach fast vier Jahren sollte nicht im Streit enden. »Was meint denn dein Arzt?«

»Ach«, der Vater vollzog eine wegwerfende Handbewegung. »Ein Quacksalber ist das.« Es folgte haltloses Geschimpfe und Gemurre über die angebliche Unfähigkeit des behandelnden Arztes.

Aiden tat sich schwer, nicht stöhnend die Augen zu verdrehen.

»Wo zum Teufel bleibt Jumah, der alte Faulpelz? Ich habe ihm gesagt, er soll mir was Anständiges zu trinken bringen. Von dem Gesöff da bekommt man ja Zustände.« Speichel tropfte unwillkürlich aus dem gelähmten Mundwinkel. »Jumah!«, brüllte er mit Nachdruck.

»Ich werde ihn zu dir schicken. Wir können uns später weiter unterhalten.« Aiden zog er es vor, den wütenden Mann alleinzulassen, bis er sich beruhigt hatte.

Kräftig stieß er die Luft aus, nachdem er die Tür hinter sich geschlossen hatte. Einige Sekunden verharrte er gedankenschwer im Korridor, bevor er sich auf den Weg zum Salon begab.

Auf halber Strecke kam ihm Jumah mit hängendem Kopf entgegengeschlurft. Er war seit mehr als dreißig Jahren der Kammerdiener seines Vaters.

»Whiskey?« Verblüfft zeigte er auf das kleine Tablett.

»Er hat ausdrücklich danach verlangt, Master Aiden«, entschuldigte er sich. »Es hat ihn sehr aufgewühlt, als ich ihm von Ihrer Ankunft berichtet habe.«

Aiden zog eine Augenbraue missbilligend nach oben. Whiskey entsprach wohl kaum der verordneten Medizin, aber sein Vater war schon immer ein Dickschädel. »Na gut, ausnahmsweise.« Er gab den Weg frei und ließ Jumah ziehen. Nachdenklich sah er dem alten Sklaven hinterher. Seine Körperhaltung war leicht gebeugt und der Gang langsam und schwerfällig. Auf Dauer war es ihm nicht mehr zuzumuten, sich um seinen Herrn zu kümmern. Er seufzte, anscheinend bedurfte es in diesem Haus einiger grundlegender Änderungen.

Im Salon nahm Aiden in einem der beiden großen Ohrensessel am Fenster Platz und griff nach der Gazette, die leicht zerfleddert auf dem Beistelltischchen lag. Eine junge Sklavin servierte frisch aufgebrühten Kaffee und ein Stückchen Topfkuchen, gewiss auf Hermelas Anweisung, die wusste, was ihm schmeckte. Genüsslich vertilgte er den Kuchen und studierte die Zeitung. Kaum hatte er sie durchgeblättert und wieder zusammengefaltet, wurde die Tür zum Salon stürmisch aufgerissen und seine Mutter schneite herein.

»Aiden! Wie schön, dass du da bist.«

Er sprang sofort auf, um sie gebührend zu begrüßen.

Sie plapperte eifrig drauflos, dass sie bei den Marshalls zum Tee gewesen sei und sich selbstverständlich unverzüglich auf den Weg gemacht hätte, hätte sie gewusst, dass er eher als angekündigt eintreffen würde. Sie zog sich den breitrandigen Hut vom Kopf, befreite sich von ihrem sommerlichen Umhang und reichte beides an die hinter ihr her geeilte Sklavin weiter, ohne die Augen von ihm abzuwenden.

»Gut siehst du aus, mein Junge.« Sie ließ ihren Blick über seinen gestählten Körper wandern, bis er schließlich auf seinem Gesicht verweilte. »Du bist ein richtig attraktiver junger Mann geworden.«

Er zog einen Mundwinkel grienend nach oben und fuhr sich, mit einem Anflug von Verlegenheit, mit der Hand durch sein volles, dunkles und leicht gewelltes Haar.

»Sicher ziehst du die Damen an, wie das Licht die Motten.«

Aiden lachte über ihren Vergleich. Er hatte sich über seine Wirkung auf Frauen bislang keine sonderlichen Gedanken gemacht, obwohl ihm nicht entgangen war, dass die Damen hinter vorgehaltenem Fächer tuschelten, sobald er auftauchte.

»Du hast dich gar nicht verändert, so hübsch wie eh und je«, lobte er und meinte es ehrlich, denn mit ihren achtundvierzig Jahren, ihrem modischen Kleidungsstil und ihrer schlanken Figur war sie immer noch eine anziehende Frau.

»Du Charmeur.« Sie winkte verlegen ab. »Ich bekomme schon Falten, sieh nur …«, klagte sie und wies auf ihre Augenpartie, an deren Winkeln sich dezente Linien abzeichneten.

Die Schwarze, die ihm zuvor den Kaffee gebracht hatte, kehrte mit einem weiteren Gedeck zurück, stellte eine Silberschale mit Keksen hinzu und füllte beide

Tassen mit dem aromatisch duftenden Gebräu. Nach einem höflichen Knicks verschwand sie so leise, wie sie gekommen war.

»Sollen wir uns nicht lieber dort hinübersetzen?«, fragte Margaret Pellham und wies auf die Sitzgruppe, die aus einem Dreiersofa und zwei Sesseln bestand.

»Ich mag den Platz am Fenster, aber wenn es dir lieber ist, Mum …«

»Nein, keineswegs, ich verweile gern hier. Es hat so etwas Friedliches mit der blühenden Vielfalt des Gartens im Hintergrund, als wäre man Teil eines wunderschönen Gemäldes.« Lächelnd ließ sie sich in den zweiten Ohrensessel sinken und auch Aiden setzte sich wieder.

Nachdem die allgemeinen Fragen zu seinem Wohlbefinden und der Reise abgehakt waren, wurde die Mutter sehr ernst. Bedächtig stellte sie ihr Gedeck auf das Tischchen zurück und blickte auf einen imaginären Punkt in der Mitte des Raumes. »Ich hoffe, mein Sohn, du bist dir darüber im Klaren, dass dein Platz in Zukunft hier auf Meadowfield sein wird?« Sie tat einen tiefen Atemzug. »Ich habe dir nicht geschrieben, um dich lediglich für einen kurzen Besuch her zu zitieren, sondern damit du bleibst und die Verantwortung sowie deine Pflichten als künftiger Erbe dieser Plantage wahrnimmst.«

Aiden stöhnte auf. Seine Befürchtung hatte sich nun bewahrheitet, und es fiel ihm schwer, sich mit diesem Gedanken anzufreunden.

Schon während der Heimreise hatte er sich mit Überlegungen zu einer solchen eventuellen Notwendigkeit beschäftigt. Nicht, dass er Meadowfield nicht liebte, oder es generell vorzog, seine Dienste auf fremden Plantagen anzubieten. Auch scheute er sich nicht vor der großen Verantwortung, die in dem Falle auf ihn zukam, vielmehr graute ihm vor den Konfrontationen mit seinem Vater, die unweigerlich kommen würden. Aiden sprühte vor Ideen und Verbesserungsmöglichkeiten, um die Arbeit der Feldsklaven und die Strapazen der Erntezeit zu erleichtern. Er dachte fortschrittlich und hatte auf den unterschiedlichen Plantagen, in denen er im Laufe der Jahre gearbeitet und seinen Wissensstand erweitert hatte, einiges gelernt und Pläne in dieser Richtung geschmiedet.

»Ich fürchte nur, Dad wird das nicht gefallen.« Betreten kratzte er sich am Hinterkopf.

»Pah«, schnaubte sie undamenhaft. »Du wirst dich von dem alten Querulanten doch nicht länger bevormunden lassen? Er soll lieber froh sein, einen würdigen Nachkommen zu haben, der seine Arbeit fortführen kann, auch wenn er das Gras noch nicht von unten wachsen sieht.«

Dass seine Mutter in dieser Form von ihrem Gemahl sprach, verwunderte ihn keineswegs. Seit er sich entsinnen konnte, gab es kein harmonisches Miteinander. Man sah sich während der Mahlzeiten bei Tisch, wo ein wenig belanglose Konversation geführt wurde, mal auch das eine oder andere Gespräch entstand, aber darüber hinaus führte jeder sein eigenes Leben. Auch konnte Aiden sich nicht daran erinnern, dass die Eheleute je ein gemeinsames Schlafgemach bewohnten. Wahrscheinlich hatte Mum bereits kurz nach seiner Zeugung ihr eigenes Schlafzimmer bezogen, das sehr geschmackvoll mit hellen kunstvoll gearbeiteten Kiefermöbeln eingerichtet und mit fein aufeinander abgestimmten Fliedertönen von Wandtapete über Gardinen und Himmelbett ein harmonisches Aussehen hatte. Kein Vergleich zu dem schweren, klobigen Mahagonimobiliar im Zimmer seines Vaters, das mehr der Zweckmäßigkeit diente. Kein Wandschmuck zierte die weißgekalkten Mauern und vor dem großen Fenster hingen seit Jahren dieselben schweren bordeauxroten Vorhänge, die einst zu dem dicken, inzwischen ausgetretenen Bettvorleger, und dem Fransenteppich in der Mitte des Zimmers passten.

»Du weißt, dass wir beide unterschiedliche Ansichten haben«, erinnerte Aiden sie. Er schlug die Beine lässig übereinander. »Aber sei unbesorgt, ich werde mich darum bemühen, dass auf der Plantage alles seinen gewohnten Gang geht.«

Hörbar stieß sie die Luft aus. »Das beruhigt mich. Ich hatte wahrlich Sorge, wie es weitergehen sollte, wärst du weggeblieben. Du weißt ja, spätestens wenn die Ernte losgeht, bedarf es einer führenden Hand, damit nicht alles drunter und drüber geht. Die Aufseher sorgen zwar dafür, dass die Männer und Frauen auf den Feldern zügig ihre Arbeiten verrichten und nicht faul herumstehen oder schwatzen, aber an der Maschine und beim Wiegen sollte ein Pellham anwesend sein, damit nicht schlampig gearbeitet wird.«

»Du redest ja schon wie er.« Erstaunt zog Aiden die Augenbrauen hoch.

»Ja, stimmt es denn etwa nicht?« Empört sah sie ihm ins Gesicht.

Er kniff kurzzeitig die Lippen zu einer schmalen

Linie zusammen. Sein Vater war bekannt für seine Strenge und wenn etwas nicht nach seiner Vorstellung lief, konnte er sehr aufbrausend werden.

»Es wird nicht die erste Baumwollernte sein, die die Sklaven miterleben, Mutter. Sie wissen, was von ihnen erwartet wird und was ihre Aufgaben sind, ohne dass man es ihnen jeden Tag aufs Neue verdeutlichen muss. Im Übrigen kann es noch mehr als einen Monat dauern, bis die ersten Kapseln aufspringen.«

Es war nicht zu übersehen, dass ihr die Antwort missfiel, pikiert blickte sie zur Seite. »Ich bitte dich nur, nicht gleich wieder einen Streit mit ihm anzufangen. Du solltest etwas Rücksicht nehmen, er ist ein kranker Mann.«

Er hatte nicht vor, einen Streit zu provozieren, aber er war auch nicht mehr der kleine Junge, der sich von ihm einschüchtern ließ. Um die Abläufe auf der Plantage würde er sich kümmern, wie er es für angebracht hielt. Sollte sein alter Herr damit ein Problem haben, konnte Aiden nicht ausschließen, dass es zu einer Auseinandersetzung kam.

»Kommt er überhaupt nicht mehr aus dem Bett oder ist es heute eine Ausnahme?«, fragte er einlenkend.

»Die letzten drei Tage war er kaum auf«, erwiderte sie mit einem Seufzen. »Das liegt zum Teil auch an dem neuen Medikament, das der Arzt ihm verordnet hat, es macht müde und schläfrig. Ansonsten bemüht er sich, doch sein Gang ist unsicher und helfen lassen will er sich nicht. Dadurch ist er an manchen Tagen ziemlich übellaunig und unausstehlich. Aber er war schon vor dem Schlaganfall sonderbar.«

Aiden horchte auf. »Wie meinst du das?«

Bedächtig nahm sie ihr Teegedeck wieder auf und nippte an der Tasse. »Nun, etwa drei Wochen vor seinem Schlaganfall war er der festen Überzeugung gewesen, jemand habe ihm seine goldene Taschenuhr gestohlen. Die gesamten Haussklaven haben seinen peinlichen Aufstand und sein Gebrüll mitbekommen. Er behauptete, die Uhr sei in seiner Westentasche gewesen, dabei hat er sie seit mindestens zwei Jahren nicht mehr bei sich getragen. Sie lag unangetastet in der Schublade seiner Kommode, wo sich auch seine Hals- und Einstecktücher befinden.«

»Das hört sich nicht gut an«, entgegnete Aiden nachdenklich. »Hat er seinen Irrtum wenigstens eingesehen?«, fragte er beiläufig nach, obwohl ihm die Antwort im Vorfeld klar war.

»Natürlich nicht«, erregte sich seine Mutter. »Man habe ihn hereinlegen und für dummverkaufen wollen, hat er vehement behauptet und geschworen, den Übeltäter schon noch zu fassen zu kriegen.«

Aiden berichtete ihr von dem kurzen Besuch bei seinem Vater und dessen Reaktion.

»Du weißt doch, wie er ist.« Sie machte eine achtlose Handbewegung. »Er ist ein sturer Bock, er wird sich nicht eingestehen, dass er Hilfe braucht. Wenn du mich fragst, ist es an der Zeit, dass du das Zepter in die Hand nimmst und Meadowfield leitest.«

In dem Moment klopfte es und Aiden war erleichtert, dass ihm eine Antwort erspart blieb.

»Was gibt es denn, Lucy?«, fragte Margaret Pellham im gereizten Tonfall.

»Verzeihung.« Die Sklavin knickste artig. »Misses

Leonardis und ihre Begleitung sind soeben mit den Stoffmustern eingetroffen, sie warten im kleinen Salon.«

»Ach, du liebe Güte, das habe ich ja vollkommen vergessen.« Hektisch sprang sie auf. »Entschuldige, Aiden, die Damen kann ich unmöglich warten lassen, es gilt, noch ein paar wichtige Details zu besprechen. Ruh dich ein wenig von der Reise aus, wir sehen uns dann beim Dinner.«

»Mach nur«, sagte er grinsend. »Ich werde mich zu beschäftigen wissen.«

Ebenso stürmisch, wie sie zu seiner Begrüßung den privaten Salon betreten hatte, rauschte sie nun wieder hinaus. Amüsiert blickte er ihr nach.

Lucy erschien erneut und erkundigte sich, ob er noch einen Wunsch habe. Er lehnte ab, trank seinen Kaffee aus, erhob sich und ging einige Schritte. Mit auf dem Rücken gekreuzten Händen stand er eine Weile vor den großen Fenstern und sah sinnierend in den Garten hinaus. Es war ein eigenartiges Gefühl, wieder auf Meadowfield zu sein. Wie es derzeit den Anschein hatte, war die Zeit des Umherziehens vorüber. Noch konnte er nicht mit Bestimmtheit sagen, ob er erleichtert oder betrübt sein sollte. Es war eine schöne Zeit gewesen, auch wenn er sich nicht als Sohn eines Pflanzers zu erkennen gegeben und somit meist in einfachen Verhältnissen gelebt hatte. Er war nicht eitel und wollte von keinem seiner Mitstreiter für was Besseres gehalten werden. Nur enge Vertraute wussten, wer er war und woher er kam.

Er beobachtete zwei männliche Sklaven, die auf den Knien hockten und die Blumenbeete von Unkraut befreiten. Sie arbeiteten konzentriert, ohne aufzusehen.

Die letzten Monate war Aiden in Pennsylvania gewesen. Es hatte ihn schon immer gereizt, den Norden zu erkunden. Der Norden war durch seine Industrie geprägt, Sklavenhaltung gab es dort seit 1780 nicht mehr, weil die Wirtschaft nicht auf sie angewiesen war.

Das nette ältere Ehepaar, bei dem er zur Miete gewohnt hatte, besaß zwei farbige Hausmädchen, die für sie arbeiteten und für ihre Arbeit einen kleinen Lohn erhielten.

Eines der beiden Hausmädchen hatte ihn einmal direkt gefragt, ob seine Familie Sklaven besäße, weil er aus dem Süden stamme. Die Frage war ihm unangenehm gewesen und er mochte die hübsche Dunkelhäutige, die ihn mit großen Augen ansah, nicht schockieren. Daher antwortete er, dass seine Familie nur einfache Bauern wären, die sich keine Sklaven leisten könnten, aber ansonsten die Haltung von Sklaven im Süden normal sei.

Aiden schnaubte, welch ein Lügenmärchen! Wäre er bei der Wahrheit geblieben, hätte er sagen müssen, dass seine Familie zur Pflanzeraristokratie gehörte und eine Baumwollplantage mit annähernd einhundertfünfzig Sklaven ihr Eigen nannte, und dass er, Aiden Pellham, eines Tages Erbe dieses Imperiums sein würde.

Er warf einen Blick auf die große englische Standuhr in der rechten Ecke und beschloss, seine Räumlichkeit aufzusuchen. Vielleicht sollte er den Rat der

Mutter annehmen und sich ein wenig ausruhen.

Es waren eher die Wetterbedingungen als die An-strengungen der Reise, die ihm zu schaffen machten. Die Sonne brannte erbarmungslos vom strahlend blauen Horizont und ließ das Thermometer auf über dreißig Grad ansteigen. In Pennsylvania war es zu dieser Jahreszeit zwar auch heiß, aber die Atmosphäre war anders, denn der Himmel zeigte sich fast durch-gehend bedeckt, wodurch die Temperaturen nicht ganz so hochkletterten. Zudem hatte es während sei-nes Aufenthaltes dort oft geregnet.

Seine Zimmer befanden sich im Ostflügel. Bevor er sich dorthin begab, schlenderte er noch gedankenvoll durch die große Eingangshalle und ließ die Eindrücke auf sich wirken; es hatte sich nichts verändert.

Drei Haussklavinnen bogen kichernd, mit Staub-wedel und sonstigem Putzzeug bewaffnet, um die Ecke. Sie verstummen erschrocken, als sie ihn be-merkten, knicksten und huschten rasch an ihm vo-rüber, als erwarte sie ansonsten eine Strafe.

Aus dem kleinen Salon vernahm er eifriges Ge-schnatter; seine Mutter war zweifelsohne in ihrem Element. In sich hinein grinsend, marschierte er wei-ter.

Vor der Tür, hinter der sich das Arbeitszimmer seines Vaters befand, hielt er kurz inne. Hier hatte Pellham oft viele Stunden des Tages an seinem Schreibtisch verbracht. Automatisch fragte Aiden sich, wann er den Raum wohl das letzte Mal betreten und die Geschäftsbücher gewälzt hatte. Aus den Brie-fen seiner Mutter wusste er, dass sich mittlerweile ausschließlich sein langjähriger Buchhalter Mr. Dwyer um alle geschäftlichen Angelegenheiten kümmerte.

Kurzentschlossen öffnete er die Tür und trat ein; das Arbeitszimmer war verwaist. Interessiert sah er sich um.

Der Schreibtisch war penibel aufgeräumt, alle Utensilien, wie Tinte und Schreibfeder, Korrespondenz, Notizen und Briefbögen lagen akkurat aneinandergereiht, als habe alles millimetergenau seinen unverrückbaren Platz. Ein drastischer Gegensatz zu früher, als sein Dad hier regierte. Da herrschte stets ein heilloses Chaos vor, in dem nur er selbst imstande war, den Durchblick zu behalten.

An einem der nächsten Tage würde er wohl mit Mr. Dwyer ein ausgiebiges Gespräch führen müssen, um sich einen Überblick zu verschaffen. Mit Buchführung kannte Aiden sich inzwischen aus, aber die Bücher der eigenen Plantage hatte er nie zuvor zu Gesicht bekommen. Diesbezüglich hatte sein Vater die Fäden eisern in der Hand gehalten und ihn herablassend als Grünschnabel bezeichnet, wenn er darum gebeten hatte, ihm zu Lernzwecken Einsicht zu gewähren.

Mit dieser Erinnerung konfrontiert, verließ er das Arbeitszimmer rasch wieder. Auch in die nebenan gelegene Bibliothek warf er einen Blick. Der Diwan, der zum Verweilen einlud, war mit einem farbenfrohen geblümten Stoff neu bezogen und das Holz aufgearbeitet worden. Auf dem ovalen Tisch lagen mehrere aufgeschlagene Bücher, deren Einband nach oben zeigten. Er legte den Kopf schief, um die Inschrift entziffern zu können. Eines war ein Roman von Jane

Austen, daneben lag ein Gedichtband mit gesammelten Werken unterschiedlicher Poeten. Die Titel der anderen beiden Bücher zu lesen, ersparte er sich.

Entschlossen zog er sich zurück und steuerte dieses Mal den direkten Weg zu seinem Zimmer an.

Sein Reisegepäck war bereits nach seiner Ankunft heraufgebracht worden. Der Raum roch gut gelüftet und das bezogene Bett verströmte den Geruch frisch gewaschener Wäsche. Vor dem Bett stand ein Paar nagelneuer Pantoffeln, neben der Waschgelegenheit lagen ausreichend Handtücher. Anerkennend sah er sich um, auf derlei Annehmlichkeiten hatte er in seinen vergangenen Unterkünften zumeist verzichten müssen. Auf dem geschwungenen Sofatisch stand sogar eine Schale mit frischem Obst und auf der Kommode entdeckte er ein silbernes Tablett, bestückt mit je einer Karaffe Brandy und Whiskey sowie einer Flasche Sherry. Zuerst war er gewillt, sich einen Drink zu genehmigen, verzichtete dann aber. Stattdessen ließ er sich in einem Sessel nieder und griff nach einem knackigen Apfel.

Erfrischt und in angemessener Kleidung erschien er zum Dinner. Er war erstaunt, seinen Vater an der Tafel vorzufinden. Offenbar war er gerade in einen Disput der Eheleute geplatzt, die beiden verstummten unmittelbar bei seinem Eintreffen. Margaret Pellham setzte sofort einen strahlenden Gesichtsausdruck auf und eilte ihm entgegen. Ihre aufgesetzte Miene konnte aber nicht über den verkniffenen Ausdruck hinwegtäuschen, den er zuvor bei ihr bemerkt hatte.

»Aiden, mein Junge, hast du dich ein wenig erholt?«

»Ich wäre dir dankbar, wenn du die Bezeichnung *mein Junge* unterlassen könntest, Mutter. Ich bin erwachsen, falls es dir entgangen ist«, erklärte er unmissverständlich.

Von seinem Dad war ein abfälliges Zischen zu vernehmen. Aiden beschloss, so zu tun, als habe er es nicht gehört.

Die Stimmung bei Tisch war angespannt. Margaret Pellham war bemüht, das frostige Klima durch emsiges Geplauder zu überspielen. Aiden, der ihr gegenübersaß, ging darauf ein und erzählte während der Mahlzeit freimütig von den Stationen seiner Reise.

Auf drei verschiedenen Baumwollplantagen in South und North Carolina hatte er in unterschiedlichen Bereichen gearbeitet und dadurch viele Eindrücke gewonnen, sich wertvolle Kenntnisse angeeignet und seinen Wissens- und Erfahrungsschatz ausbauen können.

Auf seiner zweiten Station lernte er einen ausgezeichneten Lehrer kennen, der ihm ein guter Freund wurde; Howard Wilcox, genannt Will, dem er sehr viel zu verdanken hatte. Gegenüber seiner Familie erwähnte er den Mann allerdings nicht. Will hatte die Leitung auf Broom Hall, da der Sohn der Plantage noch zu jung war, um das Erbe seines verstorbenen Vaters antreten zu können. Will sollte den Jungen ausbilden und ihm alles beibringen, was er als Pflanzer wissen musste. Aiden bezweifelte, dass diese Mühen jemals Früchte tragen würden. Der Bursche hatte nichts als Flausen im Kopf. Er ließ sich ungern etwas sagen und hatte seine eigenen Vorstellungen, was die

Führung einer Plantage betraf. Aiden hingegen war sehr interessiert und lernwillig gewesen und hatte die Erfahrungen dieses Mannes mit stetiger Begeisterung aufgenommen und alle Tipps und Ratschläge in ein kleines Büchlein niedergeschrieben. Bevor er nach Pennsylvania aufgebrochen war, hatte er Will noch einmal besucht und zwei Wochen auf der Plantage verbracht. Zu der Zeit waren die Feldsklaven gerade damit beschäftigt, die jungen aufkommenden Pflanztriebe zu versetzen und frei von Unkraut zu halten. Anfang August hatte er zurückkommen wollen, um bei der Baumwollernte mitzuhelfen und das Wiegen und spätere Verpacken und Verschiffen mit zu koordinieren. Wie es aussah, würde daraus nichts werden, da er jetzt auf Meadowfield gebraucht wurde.

Unwirsch und mit derben Worten scheuchte Jacob Pellham die Sklavin zur Seite, die ihm behilflich sein wollte, nachdem er sich bekleckert hatte.

»Du solltest dir wirklich helfen lassen, Jacob«, mahnte seine Gattin peinlich berührt.

»Blödsinn!«, murrte er. »Schlimm genug, dass man mir mein Essen in kleine Teile zerlegt vorsetzt, als wäre ich ein Kleinkind. Soll ich mich jetzt auch noch füttern lassen?« Mit dem gesunden Arm versuchte er, mithilfe der Serviette den Schaden selbst zu beheben, wobei er die Speisereste noch mehr verteilte. Griesgrämig schleuderte er die befleckte Serviette auf den Tisch, sodass sie hinter seinem Gedeck landete und dort die Tischdecke in Mitleidenschaft zog.

Aiden musterte seine Eltern abwechselnd mit ernster Miene, seine Mutter, die mit kerzengeradem Rücken dasaß und verkniffen geradeaus starrte, und seinen Vater, dessen Blick wirr hin und her flog.

»Was gafft ihr denn so blöde?«

»Vater, bitte«, griff Aiden nun ein. »Du solltest dich beruhigen. Es wird für deine Genesung sicherlich nicht förderlich sein, wenn du dich wegen jeder Kleinigkeit aufregst.«

»Ich habe allen Grund dazu, mich aufzuregen.« Seine Aufmerksamkeit war nun auf ihn fixiert. »Hier sieh her«, er zog und zerrte wütend an seinem erschlafften Arm. Je mehr er sich in Rage brachte, desto verzerrter und feuchter wurde seine Aussprache. »Wie ein nutzloses Anhängsel, zu nichts mehr zu gebrauchen. Tot! Aber ich bin längst nicht tot! Ich habe noch …«

»Was passiert ist, ist sehr bedauerlich«, unterbrach Aiden ihn scharf. »Aber das gibt dir nicht das Recht, deinen Unmut an allem und jedem auszulassen. Du hattest einen Schlaganfall und so schwer es dir auch fällt, du kannst niemandem dafür die Schuld geben. Nicht mal dir selbst! Also hör gefälligst auf, dich aufzuführen wie ein störrischer kleiner Junge, der seinen Willen nicht bekommt.« Er war zwischenzeitlich aufgestanden und schaute seinen Vater streng von oben herab an.

Es war im Esszimmer so still geworden, dass man eine Stecknadel fallen hören könnte.

Mit offenstehendem Mund starrte Pellham zu seinem Sohn hoch. »Du wagst es, in diesem Ton mit mir zu reden?«, fragte er nach einer Weile so leise, dass er kaum zu verstehen war.

»Du wirst einsehen müssen, dass du in die Jahre gekommen und nicht mehr so vital wie mit dreißig bist. Also versuche das Beste aus deiner Lage zu machen, dich zu schonen und gegebenenfalls auch Hilfe anzunehmen, wenn du noch ein paar Jahre leben möchtest.«

Ohne auf die mürrischen Proteste zu achten, fasste Aiden ihn unter den Armen und zog ihn auf die Beine. »Du wirst dich jetzt ausruhen!«

Den beiden an der Tür stehenden Mädchen rief er zu, Jumah Bescheid zu geben, dass er den alten Master nach oben begleite. Der alte Mann schimpfte derweil ununterbrochen vor sich hin, hatte aber gegen Aidens stahlharten Griff keine Chance.

Kraftvoll stieß er die Luft aus, nachdem er den Vater in sein Schlafgemach gebracht und in Jumahs Obhut übergeben hatte. Den ersten Abend im Herrenhaus seiner Familie hatte er sich etwas anders vorgestellt, aber nun war es, wie es war. Hinter der geschlossenen Tür hörte er ihn lautstark fluchen und über ihn wettern.

Kopfschüttelnd begab er sich wieder auf den Weg zum Esszimmer. So unnachgiebig Aiden ihm gegenüber auch aufgetreten war, so fühlte er sich nun doch mitgenommen. Jacob Pellham war nicht mehr derselbe wie vor vier Jahren. Aus ihm war ein alter und gebrechlicher Mann geworden. Doch seine schroffe und herablassende Art war geblieben und schien sich aufgrund seiner Gebrechen noch verstärkt zu haben.

Im Esszimmer waren die zwei Sklavenmädchen mit dem Abräumen der Tafel beschäftigt. Nur sein Gedeck ließen sie noch stehen, doch ihm war der Appetit vergangen und er gab ihnen zu verstehen, dass sie es ebenfalls entfernen konnten.

Gemächlich nahm er wieder gegenüber seiner Mutter Platz. Sie schien sehr unter der Situation zu leiden. Die Sorgen um die Zukunft, die sie in ihren Briefen angedeutet hatte, waren ihrem Gesicht anzusehen.

Aufmerksam betrachtete er sie. Zwischen dem Ehepaar lag ein großer Altersunterschied. Sie war gerade zwanzig Jahre alt geworden, als sie seinerzeit mit dem siebzehn Jahre älteren Jacob Pellham verheiratet wurde. Meadowfield war schon damals eine florierende Plantage. Wie Aiden aus diversen Erzählungen wusste, hatte Dad eigentlich nie heiraten wollen, doch er brauchte einen Erben, damit die Plantage nach seinem Ableben nicht in fremde Hände fiel. Nur aus dem Grunde hatte er sich einen *Strick ans Bein binden lassen*, wie er früher gern betonte, insbesondere nach reichlichem Alkoholgenuss. Auch sie kannte seine abfälligen Sprüche und war ihm dennoch eine gute Ehefrau – zumindest außerhalb des Schlafzimmers. Margaret Pellham führte den großen Haushalt mit Hingabe und Perfektion, organisierte exzellente Dinnerpartys und hatte in früheren Jahren auch den einen oder anderen Ball ausgerichtet, die regelmäßig nach der Baumwollernte stattfanden. In jeglicher Hinsicht war sie stets eine hervorragende Gastgeberin.

»Alles in Ordnung?« Fürsorglich griff er über den Tisch und legte seine Hand auf ihre.

Sie nickte wortlos, doch er erkannte den feuchten Schimmer in ihren Augen.

»Tut mir leid, ich dachte, er würde sich zumindest heute zusammenreißen.«

»Es ist nicht deine Schuld.«

Gemeinsam gingen sie in den privaten Salon, tranken einen leichten Portwein und sprachen über die kommenden Tage und Wochen.

Entgegen seiner Erwartung schlief er am Abend sofort ein. Die Nacht war zwar von kuriosen Träumen überschattet gewesen, die ihn am Morgen etwas verwirrt, aber dennoch erholt erwachen ließen.

Er war es gewohnt früh aufzustehen, und wollte auch auf der heimatlichen Plantage nichts daran ändern. So zog er sich an und ging hinunter. Da wahrscheinlich noch niemand mit ihm rechnete, begab er sich direkt in den Küchentrakt, wo die Sklaven bereits mit ihren alltäglichen Arbeiten begonnen hatten.

Hermela schlug sich erschrocken beide Hände vors Gesicht und begann hektisch die beiden recht verschlafen aussehenden Küchenmädchen zu scheuchen, damit sie dem jungen Master ein Frühstück herrichteten.

»Kein Grund zur Panik«, beschwichtigte Aiden mit erhobenen Händen. »Ich werde später mit meiner Mutter ein Frühstück einnehmen, aber vorab ein Becher Kaffee wäre nicht schlecht.«

Sie nickte heftig und wandte sich an die Mädchen. »Na los, ihr habt es gehört. Steht nicht so dumm da, setzt sofort den Kessel mit Wasser auf.«

Grinsend verließ Aiden die Küche und steuerte wieder die Veranda an, auf der er kurz nach seiner Ankunft am Vortag bereits gesessen hatte. Um diese Uhrzeit waren die Temperaturen noch erträglich und die Luft angenehm. Seufzend überkreuzte er die gestreckten Beine und ließ die friedvolle Ruhe, die nur von dem Gezwitscher der Vögel unterbrochen wurde, auf sich wirken.

Es dauerte nicht lange, bis Hermela mit dem Kaffee heraneilte. Unschlüssig, wo sie den Becher abstellen sollte, sah sie sich um.

»Ich nehme ihn«, bot Aiden schnell an und nahm den Becher entgegen. Der aromatische Duft stieg ihm in die Nase und er schloss kurz die Augen. »Ach, Hermela, dein Kaffee ist noch immer der Beste«, lobte er großzügig.

Mit leichter Verlegenheit wehrte sie ab. »Komplimente solltest du dir lieber für die hübschen jungen Damen aufsparen, nicht für eine alte Frau wie mich.«

Aiden lachte amüsiert. Zwischen ihm und ihr bestand ein besonderes Band. Sie kannte ihn seit dem Tag seiner Geburt. Ihr eigener Sohn war nur zwei Tage vor ihm auf die Welt gekommen, weshalb sie damals als Aidens Nanny auserkoren wurde. Ihre Milch hatte ihn die ersten Monate seines Lebens genährt. Als er ein kleiner Junge war, nannte sie ihn daher oftmals *ihren weißen Sohn*, bis das eines Tages an die falschen Ohren gelangte und fast dafür gesorgt hätte, dass sie auf dem Sklavenmarkt von Charleston endete. Nur das Betteln und Flehen seiner Mutter hatte sie letztlich vor diesem Schicksal bewahrt. Hermelas einziger Sohn starb vor ein paar Jahren, nachdem er eines Nachts zusammen mit zwei andern Männern geflohen war. Sie wurden von Sklavenjägern aufgegriffen, und Borath war bei dem Versuch, den Häschern zu entkommen, getötet worden. Die anderen beiden waren gefesselt und geknebelt zurückgebracht worden.

Nachdenklich schlürfte er seinen Kaffee. Ein sonderbares Gefühl erfasste ihn, auf Meadowfield schien die Zeit stehengeblieben zu sein und dennoch hatte sich vieles verändert. Sein Dad war nun ein alter und pflegebedürftiger Mann und Aiden war in den Jahren der Abwesenheit ein anderer geworden.

Für ihn war damals kein Platz mehr auf der Plantage, da neben Jacob Pellham kein weiterer Mann existieren konnte. Jeder musste nach seiner Pfeife tanzen, vollkommen gleichgültig, ob es sich um Angestellte, Händler, Geschäftsleute oder den eigenen Sohn handelte. Sein Wort war Gesetz und das bekam jeder zu spüren, der es wagte, ihm zu widersprechen.

Es war die beste Entscheidung, Meadowfield zu verlassen und seinen eigenen Weg zu gehen. Aiden bereute diesen Entschluss nicht. Er wusste, dass er niemals seinen heutigen Wissenstand erlangt hätte, wäre er geblieben. Die Alternative wäre gewesen, nach West Point zu gehen, wie sein Erzeuger es gern gesehen hätte. Immerhin waren zwei Söhne von den Pflanzern aus seiner Pokerrunde ebenfalls nach West Point gegangen, wobei der eine inzwischen zum Lieutenant aufgestiegen war. Aber Aiden wollte nicht auf die Militärakademie nach New York. Er brauchte keine militärische Ausbildung, um zum Mann zu reifen.

Bedächtig stand er auf, nachdem der seinen Becher geleert hatte, streckte sich, stemmte die Hände in die Seiten und ließ seinen Blick schweifen. Bis sich Mum zum Frühstück herunter begab, konnte es noch eine Weile dauern, daher beschloss er, zu den Sklavenquartieren zu schlendern. Vielleicht konnte er noch einen der Aufseher antreffen und sich über den Stand der Dinge informieren, bevor sie zu den Feldern ritten.

Es schien eine Ewigkeit her zu sein, dass er diesen Pfad ins Sklavendorf das letzte Mal entlanggegangen war. Als Heranwachsender war er häufig bei den Hütten herumgestreunt und niemand hatte sich darum geschert. Aber während des letzten Jahres, das er noch auf Meadowfield verbrachte, bevor er die Plantage verließ, hatte sein Dad ihn jedes Mal abgefangen und es war anschließend zu einem heftigen Streit gekommen.

Aiden hätte sich gewünscht, dass er ihm mehr zutraute und sein Interesse für die Arbeit eines Pflanzers schätzte und unterstützte, anstatt jeden seiner Versuche als Angriff auf seine Person und Autorität zu werten. Seiner Mutter zuliebe, der die andauernden Streitigkeiten auf Gemüt schlugen, hatte er sich zurückgenommen. Doch sein Entschluss, Meadowfield zu verlassen, reifte. Ausschlaggebend war aber schließlich das Stichwort *West Point* gewesen. Danach packte er seinen Koffer.

Je näher er den Behausungen der Sklaven kam, desto mehr beschleunigte er seine Schritte. Dieses Mal würde ihn niemand aufhalten, eine Spur von Euphorie machte sich breit.

Aus den Augenwinkeln bemerkte er die verwunderten Blicke jener Sklaven, die er passierte. Sie hielten in ihrer Bewegung inne und starrten ihn an, als würden sie einen Geist sehen. Aiden musste zwangsläufig schmunzeln.

»Wo finde ich die Aufseher?«, fragte er einen alten

Sklaven mit weißgrauem Haar.

Mit schreckgeweiteten Augen sah der Mann ihn an, während er mit ausgestrecktem Arm in die Richtung wies. Aiden nickte dankend.

Als er um die nächste Ecke bog, entdeckte er drei Männer lässig am Geländer einer kleinen Veranda lehnend. Sie schienen über irgendetwas sehr belustigt.

»Guten Morgen, die Herren«, grüßte Aiden freundlich und registrierte, dass den Männern vor Überraschung die Kinnlade herunterklappte.

»Was suchen Sie hier? Das ist kein Ort für einen Spaziergang«, brummte der Rechte.

Aiden musterte ihn kurz, ein Mann in den Vierzigern, den er nie zuvor gesehen hatte.

»Ach, das ist der verlorene Sohn des Hauses, Adrian Pellham«, lachte der Mann in der Mitte auf, trat einen Schritt vor und ließ seinen Blick respektlos an ihm herunterwandern. »Was verschafft uns die Ehre?«

Aus den Augenwinkeln bemerkte Aiden, dass zumindest seine beiden Mitstreiter bemüht waren, Haltung anzunehmen.

»Aiden«, verbesserte er scharf. »Aber für Sie *Mister* Pellham! Haben wir uns verstanden?«

»Wie Sie meinen«, brummte er wenig beeindruckt. »Also, *Mister* Pellham, was kann ich für Sie tun?«

Aiden erinnerte sich an den Mann. Wilson Cutler, dieser Mistkerl, war also wieder da. Eine Weile fixierte er ihn wortlos, bemüht, sich die plötzlichen Emotionen nicht anmerken zu lassen.

»Nun, da Sie jetzt wissen, wer ich bin, darf ich erfahren, wer Sie sind?« Nacheinander schaute er in die

Gesichter der anderen beiden Aufseher, die sich daraufhin als John Sparks und Scott Fisher vorstellten.

Er wandte sich wieder an den Redenführer. »Wie Ihnen sicher bekannt ist, steht es mit dem Gesundheitszustand meines Vaters nicht zum Besten, daher werde ich mich ab sofort um alle Angelegenheiten der Plantage kümmern. In Zukunft werden Sie also mit mir vorliebnehmen müssen, Mister Cutler.«

Cutler gab ein schnaubendes Geräusch von sich. Es war ersichtlich, dass er nicht gewillt war, sich von einem Mann, der halb so alt war, etwas sagen zu lassen.

Aiden ließ sich von seinem Gehabe nicht beeinflussen und sah seinem Gegenüber fest in die Augen. »Gibt es irgendetwas, das ich wissen sollte?«

»Alles geht seinen gewohnten Gang, hat Ihr alter Herr Ihnen das nicht erzählt?«, brauste Cutler auf. »Würde es Probleme oder besondere Vorkommnisse geben, hätte ich das Ihrem Vater längst mitgeteilt. Also warum fragen Sie ihn nicht?«

»Ich frage aber Sie!«, fuhr Aiden ihn hart an.

»Es ist alles in bester Ordnung, Mister Pellham«, mischte sich Aufseher Sparks ein. »Die Sklaven parieren und es ist auch in diesem Jahr mit einer guten Baumwollernte zu rechnen, genau wie in den vorangegangenen Jahren.«

Sparks klang überzeugend, dennoch war Aiden nicht entgangen, dass der junge Scott Fisher den Blick senkte, als Cutler betonte, dass es keinerlei Vorkommnisse gäbe.

»Gut, Sie werden verstehen, dass ich mich gern selbst von der Qualität der Pflanzen überzeugen möchte. Wir sehen uns später auf den Feldern. Meine Herren, ich möchte Sie nicht länger von Ihren Pflichten abhalten.«

Fisher stürzte fast fluchtartig davon, während Sparks noch ein »Freut mich, Sie kennengelernt zu haben« murmelte, bevor er ihm nacheilte.

Nur Cutler blieb regungslos stehen und starrte ihn mit vor der Brust verschränkten Armen an. »Wo haben Sie in den letzten Jahren gesteckt?« Abfällig zog er den Mundwinkel schief. »Sicher haben Sie als reicher Spross eines Pflanzers, ein ausschweifendes Leben genossen und Ihre Zeit mit Huren und dem Glücksspiel vergeudet. Und jetzt kommen Sie an und wollen unsereins sagen, wo es langgeht? Meine Männer und ich haben unser ganzes Leben auf irgendwelchen Plantagen zugebracht, wenn sich jemand auskennt, dann wir. Denn wir sind diejenigen, die sich tagein tagaus mit dem schwarzen Pack herumschlagen und dafür Sorge tragen, dass die Arbeit anständig erledigt wird. Wir haben alles im Griff, also lassen Sie Ihren Arsch im Herrenhaus und mischen sich nicht ein.« Er setzte ein arrogantes Grinsen auf. »Soweit mir bekannt ist, hält Ihr Vater nicht viel von Ihnen. Meine Fähigkeiten hingegen weiß er zu schätzen, deshalb hat er mir freie Hand gelassen, als er mich wieder einstellte. Solange er also nicht unter der Erde weilt, werde ich mit ihm alle relevanten Dinge besprechen, das verstehen Sie sicherlich. Es sei denn, ich erhalte von ihm anderweitige Befehle, und jetzt entschuldigen Sie mich, Mister Pellham.«

Verkniffen sah er ihm hinterher. Irgendetwas war faul, das spürte er. Der Aufseher wollte ihn loswerden, aber was hatte er zu verbergen? Aiden würde es herausbekommen, doch es ärgerte ihn, dass der Mann in einer Sache recht hatte, sein Vater vertraute nicht ihm, sondern Cutler.

Aiden mochte den Kerl nicht und war nicht darauf vorbereitet gewesen, ihm zu begegnen. Seit wann war er wieder da? Er wusste, dass Wilson Cutler einige Jahre auf einer Plantage weiter oben am Ashley River tätig war. Warum musste er ausgerechnet nach Meadowfield zurückkehren? Was war mit Luke Reynolds, seinem Nachfolger, passiert? Warum war er nicht mehr Oberaufseher auf der Plantage?

Kraftvoll ließ er die Luft aus den aufgeblähten Wangen entweichen und fuhr sich mit der Hand durchs Haar. Zum zweiten Mal binnen vierundzwanzig Stunden hatte ihn die Vergangenheit eingeholt. Durch das Zusammentreffen mit Cutler tauchte Maliyas Gesicht erneut vor seinem inneren Auge auf. Wut erfasste ihn, dieser Mistkerl war an allem schuld, er hatte den Stein ins Rollen gebracht. Dabei war ihn das alles gar nichts angegangen, er hätte besser schweigen sollen. Stattdessen ergötzte er sich an dem Leid, das er angerichtet hatte. Offenbar glaubte Cutler immer noch, er säße am längeren Hebel und hätte die Macht. Aiden schnaubte verärgert, dieses Mal würde der nicht damit durchkommen, dafür würde er sorgen.

Das Sklavenquartier wirkte beinahe wie ausgestorben. Die Feldsklaven befanden sich längst auf den Feldern, zupften Unkraut, wässerten die Pflanzen, begutachteten den Entwicklungsstand der Baumwollkapseln und suchten nach Schädlingen, die einer guten Ernte gefährlich werden konnten. Nur ein paar Alte sowie einige junge Frauen mit Kindern waren bei den Hütten zurückgeblieben.

Nach einer Weile bemerkte er, dass die Daheimgebliebenen ihn allesamt aus sicherer Distanz argwöhnisch beobachteten. Ihm wurde bewusst, welches Bild er abgeben musste, und setzte sich in Bewegung. Ein seltsames Gefühl überkam ihn. Auf seinen Dienststätten hatte er sich wie selbstverständlich im Sklavenbereich aufgehalten, das war nichts Ungewöhnliches, aber es war etwas ganz anderes, dies auf der heimatlichen Plantage zu tun.

Erschrocken stellte er fest, dass sich einige Hütten in einem erbärmlichen Zustand befanden. Hier war seit Langem nichts mehr gemacht worden. Er sprach einen gebrechlichen alten Mann an, der auf einer Bank vor seiner Hütte saß. Das Vordach war mit alten Balken notdürftig abgestützt worden und sah keineswegs vertrauenswürdig aus. Auf seine Frage erfuhr er, dass es bereits seit einem Herbststurm im letzten Jahr so aussehe und seitdem auch das Dach undicht sei, sodass seine Familie bei Regen mehrere Eimer im Innenbereich aufstellen musste.

Aiden war entsetzt und betrat das Heim des Mannes, der hier mit der Familie seines Sohnes und einem kleinen Enkelkind wohnte, wie er emotionslos Auskunft gab. Ein junges Mädchen, er schätzte sie auf etwa vierzehn Jahre, starrte ihn mit schreckgeweiteten Augen an, während sie ein Kleinkind an sich riss und fest umklammerte.

»Hab keine Angst«, sprach er beruhigend auf das Mädchen ein und erklärte ihr, wer er sei. Doch diese

Information schien die Kleine noch mehr zu verängstigen, deshalb ließ er sie gewähren und betrachtete stattdessen das Dach. Derzeit war es trocken, da es seit Wochen nicht geregnet hatte, aber deutliche dunkle und morsche Stellen am Holz der Dachkonstruktion und am Boden der Hütte zeugten von anderen Zeiten. Er hatte genug gesehen. Wohlwollend lächelte er dem Mädchen zu, bevor er wieder ins Freie trat.

»Ich werde mich darum kümmern«, sagte er zu dem Sklaven auf der Bank. Reaktionslos sah dieser ihn an.

Gemäßigten Schrittes kehrte er zum Herrenhaus zurück.

»Ihre Frau Mutter erwartet Sie bereits im Speiseraum«, teilte ihm eines der Mädchen mit, als er im Begriff war, die Treppe zu nehmen.

Aiden bedankte sich, machte auf dem Absatz kehrt und begab sich in den Speiseraum. »Guten Morgen, Mum«, begrüßte er sie höflich lächelnd. »Ich hatte dich nicht so zeitig auf den Beinen erwartet.«

»Hältst du mich etwa für eine Langschläferin?«, antwortete sie in gespielter Entrüstung. »Ich weiß doch, dass du ein Frühaufsteher bist, das hast du von deinem Vater.«

»Wie geht es ihm heute?«, erkundigte er sich, während er sich setzte.

»Wie soll es ihm schon gehen?«, winkte sie verkniffen ab. »Wäre irgendetwas anders als sonst, hätte man mich längst informiert.«

Aiden nahm die Antwort kommentarlos hin und

ließ sich von der herbeigeeilten Sklavin Kaffee einschenken.

»Seit wann ist eigentlich Wilson Cutler zurück?«, fragte er im beiläufigen Tonfall, während er sich stärkte.

»Wer?« Verständnislos schaute seine Mutter ihn an.

»Wilson Cutler, der Aufseher!«

»Was weiß ich …« Sie vollführte eine gelangweilte Handbewegung. »Das muss gewesen sein, nachdem dieser andere … ich weiß den Namen nicht mehr …«

»Reynolds«, half Aiden aus.

»… Reynolds gegangen ist. Angeblich sei ihm die Arbeit zu viel geworden. Ich weiß noch, wie Jacob sich fürchterlich aufregte und sich fragte, wo er während der Pflanzzeit einen neuen Aufseher herbekäme. Das muss etwa vor zwei Jahren gewesen sein. Warum willst du das wissen?«

Mutter hatte sich nie sonderlich für das Geschehen außerhalb des Herrenhauses interessiert und am Klang ihrer Stimme erkannte er, dass sie nicht gewillt war, sich näher mit dieser Angelegenheit zu befassen.

»Ich habe mich nur gewundert, weil ich ihm vorhin begegnet bin«, gab er lapidar Auskunft.

Geschickt wechselte sie das Thema und fragte nach seiner Zeit, als er von zu Hause fort war, obwohl er alles Relevante in seinen Briefen mitgeteilt hatte. Wie nicht anders zu erwarten war, hoffte sie auf spannende Informationen über seine Freizeitaktivitäten.

»Sag schon«, drängte sie. »In deinen Briefen bist du meinen Fragen stets ausgewichen. Du musst doch diverse Festlichkeiten besucht und interessante Leute kennengelernt haben. Gibt es womöglich eine junge Dame, die deine Aufmerksamkeit erregt hat?«

»Mutter, bitte!« Leicht verstimmt legte er seine Serviette beiseite. »Offiziell stammte ich aus einfachen Verhältnissen, niemand wusste von meiner wahren Identität. Jene Menschen, mit denen ich zu tun hatte, bewegen sich nicht in unseren Kreisen. Sie werden nicht auf Bälle und derlei Veranstaltungen geladen oder besuchen noble Herrenclubs, sie sind Arbeiter.«

Pikiert streckte Margaret Pellham den Hals. »Du tust ja fast so, als müsstest du dich schämen, zur Gesellschaft zu gehören.«

»Ich hatte dir damals meine Beweggründe erklärt, daran hat sich nichts geändert.«

»Ja, ja«, winkte sie ab. »Du wolltest dazugehören, einer von ihnen sein und nicht durch deinen Geburtsstatus hervorstechen.«

Eine Weile widmeten sich beide ausschließlich dem Frühstück.

»Ich vermute, dann bist du nie in den Herrenhäusern der Plantagen gewesen, auf denen du gearbeitet hast?«, nahm sie das Gespräch wieder auf, ohne ihn anzusehen.

Überrascht hielt er in seiner Bewegung inne und schaute sie an. »Warum sollte ich?« Er schmunzelte amüsiert. »Mal abgesehen von der Eingangshalle und dem Besuchersalon habe ich keinen anderen Bereich zu sehen bekommen. Wir haben uns bevorzugt beim Küchentrakt herumgetrieben, da gab es alles, was den feinen Damen und Herren auch serviert wurde.«

Entsetzt starrte die Mutter ihn an. Aiden musste zwangsläufig lachen.

»Dann bleibt nur zu hoffen, dass dir durch den Aufenthalt inmitten solcher Leute nicht deine guten Manieren abhandengekommen sind«, erwiderte sie pikiert.

»Das traust du mir zu?« Er musterte sie nachdenklich. »Was ist dein eigentliches Problem, Mum? Du willst doch auf was Bestimmtes hinaus, also was ist es?« Argwöhnisch blickte er über den Rand seine Kaffeetasse.

»Ach nichts, dummes Gerede. Lass uns bitte nicht streiten.« Unvermittelt setzte sie einen fröhlichen Gesichtsausdruck auf und fuhr tätschelnd über seine Hand, die neben seinem Gedeck ruhte. »Ich bin froh, dass du endlich wieder zu Hause bist, mein Junge.«

Verwundert zog er die Augenbrauen nach oben. Es steckte mehr als *dummes Gerede* dahinter, dazu kannte er seine Mutter zu gut. Aber er hatte derzeit nicht die Muße, sich in endlose Diskussionen zu stürzen, daher ersparte er sich den Kommentar, der ihm auf der Zunge lag. Wenn sie mit ihrer Fragerei ein bestimmtes Ziel verfolgte, würde sie bei passender Gelegenheit auf das Thema zurückkommen, dessen war er sich sicher.

Außer Howard Wilcox wusste niemand, dass er der Sohn eines Pflanzers war. Will, wie er allgemein gerufen wurde, war der Einzige gewesen, der ihn durchschaut hatte. Aber Aiden konnte sich auf die Verschwiegenheit des Mannes verlassen. Natürlich war er während der Jahre einige Male aus der erwählten Arbeiterschicht ausgebrochen, um die Vorzüge zu genießen, die die Pflanzeraristokratie mit sich brachte. Derartige Ausflüge waren nicht ungefährlich, da er stets damit rechnen musste, zufällig auf jene Herrschaften zu treffen, für die er tätig war.

Aiden war Mitglied im bekannten *Men's world* in Charleston, einem angesagten Herrenclub, den er hie und da für einen Abend in gepflegter Gesellschaft aufsuchte. Auch sein körperliches Wohl kam nicht zu kurz. Es gab ein paar exklusive Bordelle, deren Besuch sich nicht jeder leisten konnte. Gelegentlich nahm er die Annehmlichkeiten, die jene Damen anboten, gern in Anspruch, schließlich war er ein Mann mit gewissen Bedürfnissen. Einen Moment lang gab er sich der Erinnerung an die brünette Sophia und der blonden Pam hin, die er im Besonderen favorisierte.

Die Aussage seiner Mutter, dass heute der Tag sei, an dem der Doktor zum Routinebesuch vorbeikäme, um nach dem Befinden seines Patienten zu sehen, ließ die Blase seiner erotischen Gedanken zerplatzen. Nach einem knappen Räuspern war er wieder ganz Ohr und lauschte aufmerksam ihren Erzählungen über verordnete Medikamente und weitere Maßnahmen, die eine Besserung seines Zustandes herbeiführen sollten.

»Wer überwacht die Gabe der Medikamente?«, hakte er interessiert nach.

»Jumah, wer sonst?«

Aiden begnügte sich mit einem »Hm«, er war nicht erbaut davon, dass der schwarze Kammerdiener die ganze Verantwortung trug. Er erkundigte sich, wann der Arzt erwartet wurde, und plante danach seinen Tagesplan, immerhin hatte er Cutler gegenüber angekündigt, sich auf den Baumwollfeldern sehen zu lassen. Aber es war auch notwendig, sich mit dem Mediziner zu unterhalten, um seine fachmännische Meinung zu hören. Es passte ihm nicht, dass der Mann für einen Kontrollbesuch keine exakte Uhrzeit nennen konnte. Er kam, wenn er in der Nähe war oder seine anderen Termine abgehakt waren.

Ein wenig ärgerlich verließ er nach dem Frühstück den Speiseraum. Cutler sollte schließlich nicht denken, er habe nur gebluft. Zielstrebig steuerte er den Schlafraum seines Vaters an. Schon beim Betreten des Ganges, in dem das Zimmer lag, schallte ihm dessen Unmut entgegen. Aiden beschleunigte die Schritte und trat unaufgefordert ein.

Jumah war dabei, etwas vom Boden aufzuheben, dass sein Herr, offenbar in einem Anflug von Zorn, von sich geschleudert hatte. Bei genauem Hinsehen erkannte er, dass es sich um Reste des Frühstücks handelte.

»Lass das liegen«, befahl Aiden im strengen Ton.

Jumah nickte und stemmte sich, an Bett und Nachtschrank festhaltend, mühsam in die Höhe.

»Du kannst jetzt gehen, ich kümmere mich darum.«

»Ja, Master Aiden.« Schwer atmend schlurfte der alte Sklave zur Tür.

»Was geht hier vor?«, fragte er den Vater und blickte ihn scharf an.

Mit zornrotem Gesicht starrte der Mann ihn an und berichtete, mit dem gesunden Arm heftig gestikulierend, von ungenießbarem Essen und seiner Vermutung, dass man ihm bewusst vergiften wolle.

Stöhnend rollte Aiden mit den Augen. »Das Essen ist hervorragend, ich und Mutter haben das Gleiche zu uns genommen, und es geht uns blendend.« Er ging zum Fenster, zog die schweren bordeauxroten Samtvorhänge, die nur in der Mitte einen Streifen Tageslicht einließen, ganz auf und öffnete beide Flügel des Fensters.

»Was soll das? Willst du, dass ich mir den Tod hole?«, ächzte Jacob Pellham.

»Ich bitte dich, wir haben Hochsommer. Hier riecht es schlimmer als in einer Leichenkammer, kein Wunder, dass du solchen Unsinn redest. Du brauchst frische Luft.« Mit vor der Brust verschränkten Armen lehnte er am Fensterbrett und schaute zum Bett seines Vaters hinüber. Geduldig wartete er, bis der seine Schimpftirade beendet hatte.

»Hast du dich jetzt beruhigt?«, fragte er im leicht sarkastischen Ton.

Starrköpfig sah der Alte in die entgegengesetzte Richtung, während Aiden langsam auf ihn zuging. »Niemand will hier deinen Tod, also lass die Schikanen.« Er blickte auf das Chaos zu seinen Füßen. »Ich werde gleich jemanden schicken, der die Sauerei beseitigt.«

»Denkst du, ich merke nicht, wie die Nigger hinter meinem Rücken über mich herziehen? Sie warten nur darauf, dass ich den Löffel abgebe, aber den Gefallen werde ich ihnen nicht tun.«

»Das bildest du dir ein«, wiegelte Aiden ab und schüttelte das Kissen im Rücken des Vaters auf. »Du lieferst ihnen weitaus mehr Gesprächsstoff, indem du dich so unmöglich aufführst.«

Jacob Pellham musterte seinen Sohn argwöhnisch. »Und was ist mit dir? Gib zu, es ist dir eine Freude, mich so zu sehen. Es verleiht dir ein Gefühl von Macht, habe ich recht?«

Verärgert sah Aiden ihm ins Gesicht. »Hast du jetzt vollkommen den Verstand verloren? Du bist mein Dad! Auch wenn wir nicht das beste Verhältnis hatten und oft unterschiedlicher Meinung waren, bist du dennoch mein Vater! Niemals würde ich so denken, wie du mich soeben dargestellt hast, geht das in deinen Schädel?«

Er war erleichtert, dass sein alter Herr keine Erwiderung gab. Instinktiv hoffte er, dass der Sturkopf sich die Worte zu Herzen nahm. Es zählte nicht, wie schwierig ihr Verhältnis bislang war. Trotz allem mochte er ihn auf eine gewisse Art, eben weil er sein Sohn war. Die Aufregung schien den ohnehin Geschwächten erschöpft zu haben, seine Atmung ging schnaufend und er wirkte zusammengesunken.

»Du solltest Jumah dankbar sein«, sagte Aiden an der Tür. »Er war dir immer treu ergeben und ist sehr bemüht, dir alles recht zu machen. Falls es dir nicht aufgefallen sein sollte, auch er ist nicht mehr der Jüngste. Er ist sogar um einige Jahre älter als du, vergiss das nicht!«

Die ersten Sklavenmädchen, die ihm über den Weg liefen, hielt er an und gab ihnen den Auftrag, den Fußboden im Zimmer des alten Masters zu reinigen und anschließend das Fenster wieder zu schließen.

Während das eine Mädchen sofort artig knickste, starrte die zweite ihn mit aufgerissenen Augen erschrocken an, bevor sie es der anderen gleichtat.

»Lasst euch nicht von seiner schlechten Laune einschüchtern«, erklärte er im sanften Ton. »Er kann euch nichts tun, und falls es dennoch Probleme geben sollte, kommt ihr zu mir, verstanden?«

Die beiden nickten heftig und eilten davon.

Schmunzelnd setzte er seinen Weg fort. Am Fuß der Treppe traf er auf Jumah, der betagte Mann bewegte sich mit gesenktem Haupt, sodass er Aiden erst wahrnahm, als er fast vor ihm stand. Jumah zuckte erschrocken zurück, das Tablett in seinen Händen geriet arg ins Wanken.

Aiden griff reflexartig danach und konnte das Malheur verhindern. »Wo willst du damit hin?«

»Ihr Vater wünscht, dass ich ihm frisches Rührei bringe, Master Aiden«, antwortete der Sklave matt.

»Das ist überhaupt nicht deine Aufgabe, Jumah. Eines der Mädchen kann es ihm bringen.«

Aiden behielt das Tablett und dirigierte den alten Mann in die andere Richtung, indem er ihm die Hand auf den Rücken legte. Ein verwunderter Blick aus milchigen Augen traf ihn.

Wohlwollend lächelnd passte er sich dem Schritt des Sklaven an, während er ihn in Richtung Küchentrakt steuerte. Die erste Person, auf die sie trafen, war Hermela, die sofort in ihrem Tun innehielt und dem Duo mit offenstehendem Mund entgegen starrte.

»Jemand soll das Tablett zum Master Pellham hochbringen«, sagte Aiden und tat, als bemerke er ihren Gesichtsausdruck nicht.

Hermela nickte heftig und rief sofort die Namen mehrerer Mädchen, die nacheinander aus verschiedenen Bereichen der Küche herbeieilten. Unschlüssig sahen sie sich gegenseitig an, nachdem sie erfahren hatten, was von ihnen verlangt wurde. Es war ihnen anzusehen, dass keine von ihnen diese Aufgabe gern übernehmen wollte.

»Lucy, bring das dem alten Master«, bestimmte Hermela schließlich.

Nachdem Lucy das Tablett an sich genommen und die Küche verlassen hatte, wandte Aiden sich wieder Jumah zu. »Setz dich.«

Zögerlich kam der Sklave der Aufforderung nach.

Aiden kannte Jumah, seit er denken konnte, er lebte schon auf der Plantage, noch ehe er geboren wurde. »Du wirst ab sofort nur noch Aufgaben übernehmen, denen du dich gewachsen fühlst und die dich nicht überanstrengen. Alle weiteren Arbeiten können Jüngere für dich übernehmen.«

»Du kennst deinen Vater«, warf Hermela vorsichtig ein. »Er ist eigensinnig und wird keinen anderen Sklaven an sich heranlassen.«

»Seit seinem Schlaganfall ist nichts mehr wie zuvor, er muss sich halt umstellen. In jeder Hinsicht!« Von seiner Mutter wusste er, dass Jumah auch für Dads Morgentoilette verantwortlich ist, seitdem er nicht mehr regelmäßig aus dem Bett kam. »Da ich noch nicht mit allen Namen und Persönlichkeiten der Sklaven vertraut bin, kannst du selbst jemanden bestimmen, der dir zur Hand geht, und wir werden sehen, ob er dieser Aufgabe gewachsen ist oder nicht.« Aufmunternd tätschelte er die Schulter des Mannes. »Und jetzt lass dir von Hermela einen schönen Kaffee geben und ruh dich aus.«

»Er verträgt keinen Kaffee, davon bekommt er Herzrasen«, entgegnete Hermela. »Er trinkt lieber warme Milch, gesüßt mit einem Löffel Honig.«

»Gut, dann mache ihm seine Milch.« Aiden grinste. »Ich habe zwar schon gefrühstückt, aber warme Milch mit Honig klingt verlockend, das hatte ich seit meiner Kindheit nicht mehr.«

Hermela strahlte übers ganze Gesicht und machte sich sogleich ans Werk.

»Ich war vorhin bei den Sklavenhütten, weißt du, seit wann Cutler wieder auf Meadowfield arbeitet?«, fragte er sie beiläufig, während er sich am Küchentisch niedergelassen hatte und seine Milch trank.

»Der Aufseher?« Hermela holte tief Luft, während sich ihre Miene verfinsterte. »Ein übler Bursche!«

»Ich weiß!«

»Ich denke, das muss etwa drei Jahre her sein …«, grübelte sie, während sie sich setzte.

»Das kam wegen der schlechten Ernte 1845«, wusste Jumah. »Der Master meinte, dass Reynolds die Arbeiter nicht im Griff hätte und es deshalb zu Einbußen kam. Aufseher Franks übernahm seinen Platz, aber zwischen ihm und dem Master gab es dauernd Streit. Franks blieb nur wenige Monate und war plötzlich, einen Tag, nachdem er seinen Lohn erhalten hatte, verschwunden. Ein paar Tage später erschien Cutler.«

Während Jumah sprach, schien sich auch Hermela wieder an die Einzelheiten zu erinnern und warf ihre Kommentare ein.

»Tauchte er zu der Zeit zufällig hier auf oder hat mein Vater bewusst nach ihm gesucht?«

Hermela zuckte mit den Schultern und sah Jumah an.

Der stellte seinen Becher ab und starrte vor sich auf die Tischplatte. »Ihm war zu Ohren gekommen, dass Cutler wieder in der Gegend war und nach Arbeit fragte. Der Master hat sich dann persönlich auf den Weg gemacht und konnte ihn ausfindig machen.«

Aiden nickte und nahm einen kräftigen Schluck Milch. Es brannte ihm plötzlich auf der Seele, nach Maliya zu fragen, doch in Gegenwart von Jumah verkniff er sich den Wunsch. Dazu würde er Hermela lieber unter vier Augen befragen. Er spürte ihren mitfühlenden Blick auf sich, vermutlich ahnte sie bereits, in welche Richtung seine Gedanken gingen.

»Was ist denn hier für eine Versammlung?« Mrs. Pellham erschien in der Küchentür.

Hermela sprang sogleich erschrocken auf und auch Jumah wollte sich erheben, doch Aiden hinderte ihn mit sanftem Druck auf die Schulter an dem Versuch.

»Was meinst du?«, fragte Aiden grinsend, während er aufstand. Ihr missbilligender Blick traf ihn.

Ohne ihm eine Antwort zu geben, wandte sie sich der Köchin zu. »Ich erwarte ein paar Damen zum Tee und möchte gern den überbackenen Apfelkuchen anbieten, den isst Misses Hains so gern. Und haben wir noch von den Keksen mit der Marmeladenfüllung, sonst lass noch welche backen …«

Aiden interessierte das Gespräch nicht, er zog seine Taschenuhr aus der Brusttasche seiner Weste. Es war ein guter Zeitpunkt, seine Ankündigung in die Tat umzusetzen.

Rasch zog er sich in seinem Zimmer um, schnappte sich beim Verlassen seinen Hut, der ihn schon oft vor der sengenden Sonne geschützt hatte, und begab sich zum Stall, wo er sich sein Pferd sattelte.

Mit gemischten Gefühlen ritt er gemächlich zu den weitläufigen Baumwollfeldern, die zu Meadowfield gehörten. Heute war er auf das Zusammentreffen mit Wilson Cutler vorbereitet.

Zu dieser Jahreszeit, da die Ernte kurz bevorstand, befanden sich nicht alle Feldsklaven auf den Baumwollfeldern, da es derzeit nicht viel zu tun gab. Das würde sich ändern, sobald die Ernte losging, dann wurde jede helfende Hand gebraucht. Die übrigen Sklaven waren vorübergehend auf den Gemüseflächen, oder zu anderen Arbeiten herangezogen worden.

Als sich das riesige Feldermeer vor ihm erstreckte, dass alsbald sein weißes Gold preisgeben würde, brachte er den Hengst zum Stehen und genoss den Anblick. Ein gewisser Stolz breitete sich in ihm aus, obwohl er bislang keinen Anteil am Gedeihen dieser Pflanzen getragen hatte. Aber er war ein Pellham, und jetzt, wo sein Vater nicht mehr in der Lage war, sich hinreichend zu kümmern, oblag ihm die Verantwortung. Nachdem er sich sattgesehen hatte, spornte er sein Pferd an.

Überraschte bis argwöhnische Blicke der Feldsklaven flogen ihm zu, und schon dröhnte die erste Ermahnung eines Aufsehers durch die Stille, die die Männer und Frauen dazu anhielt, nicht herumzutrödeln. Die Stimme gehörte John Sparks. Vom Pferderücken aus hatte er eine optimale Sicht auf die Arbeiter. Als der Mann ihn bemerkte, ritt er ohne Eile auf ihn zu.

»Da sind Sie ja tatsächlich.«

Aiden überging die Worte und ließ seinen Blick aufmerksam schweifen.

»Wie Sie sehen, ist alles in bester Ordnung. Wir haben stets ein Auge darauf, dass die Nigger anständig arbeiten und weder faulenzen noch schwatzen.«

Er ritt ein Stück an den Reihen entlang und kehrte dann zu dem wartenden Sparks zurück.

»Es wird ein heißer Tag. Ich sehe niemanden, der die Arbeiter mit Wasser versorgt.«

Sparks, der lässig im Sattel hockte, gab ein abfälliges Geräusch von sich. »Die erste Ration gibt es frühestens zur Mittagszeit. Die sind schließlich zum Arbeiten hier und nicht um …«

»Wer Durst hat, bekommt eine Kelle zu trinken, egal zu welcher Tageszeit«, fiel Aiden ihm scharf ins Wort.

Es war im Allgemeinen üblich, dass Jungen, die für die Feldarbeit noch zu klein waren, mit Eimer und Kelle durch die Reihen gingen und den Feldarbeitern einen Schluck Wasser reichten, wenn sie danach verlangten.

»Klären Sie das mit Cutler«, maulte Sparks. »Er hat hier das Sagen.«

Aiden zog die Augenbrauen nach oben. »Das werden wir noch sehen.« Er dirigierte sein Pferd zu der kleinen Baumreihe am Feldrand, stieg aus dem Sattel und machte sich zu Fuß auf den Weg. Bevor er sich mit Cutler auseinandersetzte, schritt er zwischen den Baumwollreihen entlang und überprüfte den Stand sowie die Qualität der diesjährigen Baumwolle und befragte den einen oder anderen Sklaven.

Es gab einige Insekten, Würmer oder Pilze, die den Baumwollpflanzen schaden konnten, die den Strauch zerstörten oder schwächten und somit auch die Qualität der Baumwolle minderten. In der Wachstumsphase der Pflanzen konnte rasch wucherndes Unkraut zu einem Problem werden. Die Sklaven waren während der Zeit tagein tagaus damit beschäftigt, die Felder unkrautfrei zu halten. Pilze, aber auch Milben und Blattläuse befielen gern die zarten Sprösslinge, und die Triebe mussten rasch entfernt werden, um eine Ausbreitung zu verhindern. In der späteren Phase waren es oftmals die Fruchtkapseln, die von Schädlingen befallen wurden und abfielen, bevor sie ihre weiße Pracht preisgeben konnten. Beschädigte Kapseln wiesen meist kleine Bohrlöcher auf und galten als sicheres Zeichen, dass sich dort Raupen oder anderes Getier eingenistet hatte.

Der Schweiß rann Aiden den Rücken hinab. Er warf einen kurzen Blick zum Himmel, nicht eine einzige Wolke zeigte sich. Am Stand der Sonne konnte er ausmachen, dass inzwischen die Mittagszeit angebrochen war. Er bewunderte immer wieder, wie die unzähligen Sklaven es schafften, in der Gluthitze zu arbeiten, dabei trugen die Wenigsten eine Kopfbedeckung.

Seit annähernd drei Stunden inspizierte er nun unzählige Pflanzreihen, länger, als er eigentlich geplant hatte. Im Großen und Ganzen war er mit dem Ergebnis zufrieden. Er hatte auf anderen Plantagen schon weitaus Schlimmeres gesehen. An einigen Stellen war ein Schädlingsbefall in der Wachstumsphase erkennbar, dort waren die Pflanzen kleiner und besaßen weniger Triebe, aber die verbliebenen hatten sich gut entwickelt. Wie es schien, stand eine ausgezeichnete und profitable Ernte bevor.

Der Ton eines Blashorns kündigte die Mittagspause an, in der die Sklaven einen Moment verschnaufen konnten. Langsam machte sich auch Aiden daran, das Feld zu verlassen.

Die erboste Stimme Wilson Cutlers drang an sein Ohr, als er heraustrat. Der Mann konnte ihn nicht sehen, da Aiden sich von hinten näherte. Cutler stand neben einem Wassertrog, ähnlich dem, der für die Pferde benutzt wurde.

Wie er die Situation deutete, hatte einer der anstehenden Sklaven sich mit der hölzernen Schöpfkelle ein zweites Mal Wasser zum Trinken geschöpft und wurde dafür zur Strafe mit selbiger zu Boden geschlagen.

Bevor Cutler ein weiteres Mal auf den Mann einschlagen konnte, packte Aiden ihn von hinten und entriss dem überraschten Aufseher die Kelle. »Machen Sie das nie wieder, oder Sie bekommen es mir zu tun!«

Im ersten Moment war Cutler zu perplex, um zu reagieren.

»Der Mann hat Durst, also lassen Sie ihn gefälligst trinken.« Aiden reichte dem Sklaven, der sich langsam wieder aufrappelte, die Kelle.

Unschlüssig, was er machen sollte, blickte er mit gesenktem Haupt zwischen den weißen Männern hin und her, bevor er die Gelegenheit nutzte und sich gierig mehr Wasser schöpfte.

»Was fällt Ihnen ein?«, tobte Cutler. Sein bereits von der Sonne gerötetes Gesicht nahm eine noch dunklere Farbe an.

»Dasselbe könnte ich Sie fragen.«

»Es gibt Regeln, an die sich die Nigger zu halten haben. Pro Person eine Kelle und nicht mehr, das ist ihnen bekannt. Wer sich nicht daran hält, bekommt Ärger, so einfach ist das.«

»Wessen Regel ist das? Ihre?« Wütend fixierte Aiden den Kerl, bevor er sich abwandte und das Wort an die Feldarbeiter richtete. »Jeder, der Durst hat, darf sich am Wasser bedienen, wann und wie viel er möchte.«

»Sie halten sich wohl für besonders schlau, was?«, schnaubte der Aufseher. »Damit sie nachher alle fünf Minuten ihre Arbeit vernachlässigen, um zu pissen? Sie sind ein Grünschnabel, *Mister* Pellham, Sie haben nicht die geringste Ahnung, wie man diese Bastarde in den Griff bekommt. Glauben Sie tatsächlich, mit Ihrer Gutmütigkeit gebührt Ihnen der Respekt der Sklaven? Da sind Sie auf dem Holzweg, die verstehen nur eine Sprache.« Demonstrativ rückte er die Peitsche zurecht, die an seinem Hosenbund befestigt war. Ihre Lederriemen reichten ihm bis übers Knie.

»Sollte ich jemals mitbekommen, dass Sie davon Gebrauch machen, dann Gnade Ihnen Gott«, stieß Aiden zwischen zusammengebissenen Zähnen hervor.

Cutler lachte höhnisch. »Ah, verstehe! Einmal ein Niggerfreund, immer ein Niggerfreund. Ich erinnere mich gut, wie Sie gebettelt und gewinselt haben, als ich Ihnen, auf Anordnung Ihres Vaters, Ihre kleine schwarze Geliebte aus den Armen reißen musste. War wohl die Erste, die es Ihnen besorgt hat, was? Mann, sie war aber auch ein hübsches Ding.«

Aiden hatte arge Mühe, seinen Zorn im Zaum zu halten. Am liebsten hätte er dem Kerl die Faust in die hämisch grinsende Visage gerammt. Cutler wollte ihn bewusst provozieren, das war ihm klar, und er würde einen Teufel tun, auf dieses Spielchen einzugehen. »Das ist lange her. Damals war ich noch ein unreifer Junge«, brachte er so emotionslos wie möglich hervor, ohne dessen Blick auszuweichen. Er merkte an Cutlers Gesichtsausdruck, dass der mit einer anderen Reaktion gerechnet hatte.

»Wenn ich mich recht erinnere, waren Sie bereits siebzehn«, korrigierte der Aufseher mit einem Grinsen.

»Mag sein, so genau entsinne ich mich nicht.« Er setzte die gleiche überhebliche Miene auf und sah den Wichtigtuer herausfordernd an. »Was haben Sie in dem Alter getrieben, Cutler? Ich wette, Sie haben auf der Lauer gelegen und versucht, einen Blick unter die Röcke weiblicher Sklaven zu erhaschen in der Hoffnung, Ihren winzigen Horizont zu erweitern.«

Aiden hatte sein Ziel nicht verfehlt. Sein Gegenüber schnaubte verärgert und dessen rechte Hand verkrampfte sich am Griff der Peitsche zur Faust.

Als registriere er die bedrohliche Geste nicht, kam Aiden übergangslos auf die Baumwolle und das Ergebnis seiner Stichproben zu sprechen.

Die Schlange am Wassertrog hatte sich zwischenzeitlich aufgelöst. Die Sklaven hatten sich in einer Gruppe zusammengetan, ein paar von ihnen standen, andere hatten sich ins Gras gesetzt. Keiner von ihnen sprach ein Wort, sie alle beäugten die Debatte der zwei weißen Männer.

Als Cutler die Verschnaufpause schroff für beendet erklärte und die Männer und Frauen sich wieder an ihre Arbeit begaben, ging Aiden ebenfalls an der Feldkante entlang und marschierte zu der Stelle, an der er seinen Hengst zurückgelassen hatte.

Kraftvoll stieß er die Luft aus. Er hoffte, dass er Cutler heute den Wind aus den Segeln genommen hatte und er das schmerzvolle Thema seiner Vergangenheit nie wieder zur Sprache brächte. Er war davon ausgegangen, dass Cutler ihm die damalige Geschichte bei nächster Gelegenheit unter die Nase rieb, dass er es jedoch vor den Sklaven tun würde, hatte er nicht erwartet, aber es passte zu seinem Geltungsdrang.

Es stimmte, Aiden war siebzehn gewesen. Er hatte mit Maliya am Ufer des Baches gelegen, der sich hinter dem Sklavendorf entlang schlängelte. Während ihr Kopf vertrauensvoll an seiner Schulter ruhte, hatte er den Arm um sie geschlungen. Die versteckte Stelle hinter den Magnolienbüschen war ihr Lieblingsplatz, wo sie sich oft trafen, über ihre Wünsche und Träume sprachen oder einfach nur die gemeinsame Zeit genossen.

Entgegen Cutlers Vermutung hatte er Maliya nie angerührt.

Sie war wie eine Schwester für ihn. Er wäre gern mit Geschwistern aufgewachsen, aber das Schicksal wollte es, dass er ein Einzelkind blieb. Über vier Jahre hielt seine enge Freundschaft mit Maliya, bis zu jenem verhängnisvollen Tag. Wenn er ehrlich war, be-

56

herrschte sie im letzten Jahr ihres Zusammenseins vermehrt seine Träume, und er stellte sich oft vor, wie es wäre, sie an ihren verborgenen Stellen zu berühren und zu streicheln. Jedes Mal, wenn sie sich mit dem Körper an ihn schmiegte und er ihren Geruch wahrnahm, wurde er zunehmend nervöser und hoffte stets, dass sie nicht bemerkte, dass ihre Nähe gewisse Reaktionen bei ihm auslöste. Immerhin war sie drei Jahre jünger als er, ihr Körper begann erst, weibliche Formen anzunehmen. Sie war fast noch ein Kind, aber ein sehr intelligentes Kind mit einer schnellen Auffassungsgabe.

Automatisch musste er schmunzeln, als er an jenen Tag im Mai zurückdachte.

Nach einem Streit mit seinem Dad und um dem Besuch seiner Mum aus dem Weg zu gehen, hatte er sich mit den Aufgaben seines Hauslehrers an den Bach zurückgezogen. Fasziniert sah Maliya ihm zu und fragte ihn, ob er ihr zeigen könne, wie man ihren Namen schreibt. Nach ein paar Versuchen konnte sie es. Anfangs war es nur ein Spaß gewesen. Nachdem sie ihren Namen konnte, wollte sie die anderen Buchstaben kennenlernen und konnte nach zwei Tagen das Alphabet fehlerfrei aufsagen. Aber aufsagen allein reichte ihr nicht, sie wollte auch wissen, wie die Buchstaben geschrieben aussahen. Er zeigte es ihr und sie lernte erstaunlich schnell, ehe er es sich versah, waren sie bereits bei den ersten Leseübungen angelangt. Niemand durfte erfahren, das Maliya lesen und schreiben lernte, und vor allem, dass er es war, der es ihr beibrachte. Es war für Sklaven verboten, das Lesen und Schreiben zu beherrschen, dennoch waren einige von ihnen dieser Kunst mächtig. Sie hatten es sich in mühevoller Kleinarbeit selbst beigebracht. Aiden wusste nicht, ob es auf Meadowfield Sklaven gab, die es konnten. Die Einzige, bei der es gebilligt wurde, war Hermela, sie konnte ein wenig lesen und schreiben. Ihr kam zugute, dass sie als Köchin dadurch imstande war, fehlende Lebensmittel oder dringend benötigte Zutaten auf die Einkaufsliste zu setzen, die der Kutscher dann aus der Stadt mitbrachte.

Als Kind fühlte Aiden sich oft allein, ein Familienleben kannte er nicht, seine Eltern gingen beide ihre eigenen Wege. Dazu kamen die ständigen Reibereien mit seinem Vater, dem er nichts recht machen konnte. Je älter Aiden wurde, desto größer klaffte die Kluft. Mit seiner Mutter kam er gut aus, obwohl es ihn oft ärgerte, dass sie vielen Dingen gleichgültig gegenüberstand, seine Probleme oft herunterspielte oder nicht ernst nahm. In jungen Jahren verbrachte er den Großteil des Tages bei seiner Kinderfrau Betty, die starb, als er zehn Jahre alt war. Später strolchte er oft stundenlang allein auf der Plantage umher, ohne dass seine Mutter ihn je gefragt hätte, wo er gewesen sei. Dafür interessierte es sie umso mehr, welche Fortschritte er bei seinem Hauslehrer machte. Dass er stets akkurat gekleidet war, sich zu benehmen wusste und sich gewählt ausdrücken konnte, wenn Gäste im Haus waren. In dem Falle war er ihr ganzer Stolz, was sie dann stets wiederholte, sodass es keinem entgehen konnte.

Er war empfänglich für jemanden wie Maliya gewesen, die zu ihm aufsah, sich anhörte, was er zu sagen hatte und gern mit ihm zusammen war. Bei ihr konnte Aiden er selbst sein. Manchmal brachte er Köstlichkeiten aus der Küche mit, die sie zusammen verzehrten. Einige Male nahm er sie heimlich mit ins Herrenhaus und zeigte ihr, wie weiße Herrschaften so lebten, dabei kam sie aus dem Staunen nicht mehr heraus. Für sie war es wie das Paradies auf Erden. Was für ein krasser Gegensatz zu der beengten kargen Hütte, in der sie zusammen mit ihrer Mutter, dem Stiefvater und dem jüngeren Bruder leben musste. Maliya hatte einen festen Platz in seinem Leben eingenommen, auch wenn er gewusst hatte, dass er irgendwann eigene Wege gehen musste. Wege, auf denen sie ihn nicht hätte begleiten dürfen, weil sie eine Sklavin von Meadowfield war.

Aiden hatte sein Pferd erreicht und stieg in den Sattel.

»Ich dachte schon, Sie hätten sich verlaufen«, rief Sparks ihm zu. Er hatte sich einen Platz neben den Büschen auserkoren und sich mit einer Decke und zwei in den Boden gerammten Stöcken einen kleinen schattigen Unterstand geschaffen, in dem er nun genüsslich ein Butterbrot verzehrte.

Er reagierte nicht auf den Spruch und wie es aussah, schien Sparks auch keine Antwort zu erwarten. Gedankenschwer ritt Aiden zur Plantage zurück, die Szene vor Augen, als plötzlich sein Vater mit seinen Männern aufgetaucht war und ihn zusammen mit Maliya an der Uferböschung aufgespürt hatte. Jener Schicksalstag war ein Sonntag gewesen, an dem die Feldsklaven ihren freien Tag genossen.

Eine Stunde zuvor sah Aiden Cutler von der Plantage reiten und glaubte, dass somit die Luft rein wäre

– ein fataler Irrtum.

Jacob Pellham war außer sich vor Zorn. Was er genau von sich gegeben hatte, daran konnte Aiden sich nicht mehr entsinnen, zu groß war der Schock über sein Auftauchen gewesen.

Es bedurfte nur eines Handzeichens des Vaters und Wilson Cutler packte Maliya. Der Kerl entriss sie Aiden, ohne den geringsten Skrupel zu zeigen. Maliyas geweitete Augen und die nackte Panik darin verfolgten ihn bis heute. Flehend schaute sie ihn an, doch die beiden anderen Männer hinderten ihn daran, ihr zu helfen. Gegen die gestandenen Kerle, die ihn fixierten, hatte er kräftemäßig keine Chance. Er flehte seinen Vater an, ihr nichts zu tun, sie gehen zu lassen, doch der blieb unnachgiebig. Sein Gesichtsausdruck war hart und wutverzerrt, im Gegensatz zu Cutlers hämischem Grinsen, dem die ganze Sache regelrecht Spaß zu machen schien.

Maliya schrie aus Leibeskräften und wehrte sich mit Händen und Füßen, als Cutler sie fortbrachte. Immer wieder rief sie seinen Namen, bis die Entfernung ihre verzweifelten Schreie mehr und mehr verschluckte.

Es ergab sich keine Möglichkeit, ihr zu folgen. Vaters Gefolgsleute dirigierten ihn mit Nachdruck und fester Hand ins Herrenhaus, wo sein Erzeuger ihn in seinem Zimmer einsperrte.

Jene zwei Männer arbeiteten seit mehreren Jahren nicht mehr auf Meadowfield.

Aiden sah Maliya nie wieder. Als er nach achtundvierzig Stunden endlich sein Gefängnis verlassen durfte, war sie fort. In ihrer Hütte fand er nur ihre vollkommen aufgelöste Mutter und den verstörten Kirdan, den jüngeren Bruder, vor, der teilnahmslos in der Ecke stand und sich nicht rührte.

Die folgenden fünf Monate waren die Hölle. Fast täglich geriet er mit seinem alten Herrn aneinander, der immer wieder betonte, er habe so handeln müssen, und es sei angeblich zu Aidens Besten.

Er wusste genau, Cutler war der Verräter und hatte dem Vater gesteckt, dass zwischen ihnen was liefe. Zwei Wochen hatte der Mistkerl ihm hinterherspioniert, nachdem er festgestellt hatte, dass Aiden sich auffällig oft bei den Sklavenhütten herumtrieb. Cutler beobachtete ihre Treffen und wusste daher, dass er nicht mit Maliya schlief. Als er den Aufseher schließlich hinter den Sträuchern stehend entdeckte und ihn zur Rede stellte, lachte der nur höhnisch und äußerte obszöne Anspielungen. Bis zu jenem Zeitpunkt hatte Aiden keine Probleme mit dem Mann gehabt und ihn daher inständig gebeten, Stillschweigen zu bewahren.

Aus Vorsicht trafen sich die beiden die Tage darauf nicht. Ohnehin sahen sie sich seltener als in den Jahren zuvor, da Maliya mit ihren nunmehr vierzehn Jahren bis zu zehn Stunden täglich neben ihrer Mutter in der Waschküche arbeiten musste.

Nach den quälenden fünf Monaten daheim verließ Aiden die Plantage, weil er fortan in der Nähe von Charleston an einer kleinen Privatschule, zusammen mit anderen Jungen seines Alters, unterrichtet wurde. Zweieinhalb Jahre verbrachte er dort und war während der Zeit nur ein paar Mal zu kurzen Besuchen auf Meadowfield. Die Gesellschaft seiner Mitschüler, die stets irgendeinen Unsinn aushecken, und schließlich seine ersten sexuellen Erfahrungen mit dem anderen Geschlecht drängten nach und nach sein Trauma in den Hintergrund.

Eine Aussprache mit seinem Dad fand nie statt. Als er mit Anfang zwanzig wieder auf Meadowfield einzog, war er ein Mann und hoffte, seinen Beitrag auf der elterlichen Plantage leisten zu können, immerhin konnte er ausgezeichnete Noten vorweisen. Doch sein Vater duldete keine zweite Autoritätsperson neben sich. Die Streitereien waren vorprogrammiert. Er ließ ihn nicht mal in die Nähe des Sklavendorfes oder der Baumwollfelder kommen. Aidens Meinung zählte nicht. Sämtliche Vorschläge, die er äußerte, wurden ohne Angabe von Gründen abgeblockt. Es war immer so gemacht worden und würde auch weiterhin so gemacht werden, war der Standardsatz. Jacob Pellham war nicht gewillt, die Verbesserungsvorschläge seines Sohnes in Erwägung zu ziehen. Stets ließ er ihn wie einen dummen Jungen dastehen.

Nach einem Jahr hatte Aiden genug und die heimatliche Plantage verlassen. Seitdem waren vier Jahre vergangen.

Aiden stieß einen gequälten Seufzer aus. Jetzt war er wieder hier, ein seltsames Gefühl. Vielleicht hätte er einen einfacheren Start, wäre er nicht ausgerechnet auf Wilson Cutler getroffen. Die Vergangenheit holte ihn ein, und er war sich sicher, dies geschah nicht ohne Grund. Eigenartige Vorahnungen durchzogen seine Gedanken, die aber zu wirr und zusammenhanglos waren, als dass sie eine Struktur erkennen ließen.

Die innige Freundschaft mit Maliya hatte seine Sicht in Bezug auf die Lebensbedingungen der Sklaven in den Südstaaten nachhaltig geprägt.

»Hatten Sie einen schönen Ausritt, Master?«, grüßte ihn ein junger, schlaksiger Stallbursche.

Aiden war so in Gedanken vertieft, dass er den Sklaven für einen Moment irritiert anstarrte, ehe er schroffer als beabsichtigt antwortete. »Ich bin nicht zu meinem Vergnügen ausgeritten!«

»Natürlich, Master!« Der Sklave senkte den Kopf und schickte sich an, den Hengst von Sattel und Geschirr zu befreien, nachdem Aiden abgestiegen und ihm die Zügel überlassen hatte.

»Wie heißt du?«, fragte er versöhnlich lächelnd nach.

»Ich heiße Ben.« Verdutzt blickte er zu ihm auf.

»Also, Ben, kümmere dich gut um mein Pferd.«

»Ja, das mache ich. Sie können sich auf mich verlassen, ich liebe Pferde«, plapperte er los.

Schmunzelnd verließ Aiden den Stall und hielt auf das Herrenhaus zu.

Kaum war er in der Eingangshalle angelangt, von wo aus eine breite Treppe in den ersten Stock führte, bog seine Mutter um die Ecke.

»Herrje, wie du ausschaust, mein Junge …«, missbilligend schweifte ihr Blick an ihm hinunter.

»Mutter, bitte!« Er kam nicht umhin, mit den Augen zu rollen. »Ich war auf den Feldern, was erwartest du?«

»Ja, ja, ist schon gut.« Mit einer lässigen Handbewegung wehrte sie ab. »Ich dachte, du wolltest dich mit dem Arzt unterhalten? Du hast ihn um eine Viertelstunde verpasst. Er lässt sich entschuldigen, aber er konnte nicht länger warten.«

Das war in der Tat Pech, er presste kurz die Lippen zu einer schmalen Linie zusammen, bevor er sich erkundigte, ob der Mediziner denn Neuigkeiten zu berichten habe.

»Das Übliche, er soll weiterhin seine Medikamente nehmen und eigentlich in Bewegung bleiben, soweit es sein angegriffenes Herz zulässt. Es gefällt ihm gar nicht, dass er sich hängen lässt und sich in sein Dilemma hineinsteigert. Er muss sich schonen, soll sich weder aufregen noch übernehmen, aber es ist nicht erforderlich, dass er den halben Tag im Bett verbringt. Allerdings macht dem Doktor seine zeitweilige Verwirrtheit zunehmend Sorge. Ich erzählte dir ja bereits davon ...«

»Hmmh«, machte Aiden und sah einige Sekunden nachdenklich vor sich hin. »Wenn du gestattest, würde ich mich gern frischmachen, wir sehen uns später beim Lunch.«

Er fühlte sich verschwitzt und schöpfte als Erstes mit beiden Händen das kühle Wasser aus der Waschschüssel, um das Gesicht zu erfrischen, während er über die Worte seiner Mutter nachdachte. Erst Minuten später machte er sich daran, sich zu entkleiden, um sich zu waschen. Enttäuscht stellte er fest, dass sich im Krug kaum noch frisches Wasser befand, keine der Sklavinnen hatte offenbar daran gedacht, das Wasser aufzufüllen. Es lag ihm jedoch fern, sie deshalb zu schelten, und begnügte sich notgedrungen mit dem bescheidenen Rest.

Nach einer Dreiviertelstunde ging er, passend gekleidet, hinunter in den Speiseraum, Dad war ebenfalls gerade eingetroffen.

Er war frisch rasiert und sein ergrautes Haar lag akkurat gebändigt auf seinem Haupt. Fiele nicht seine leicht hängende Gesichtshälfte ins Auge, wäre das Bild, das sich Aiden bot, fast wie zu früheren Zeiten.

»Du warst auf den Baumwollfeldern?«, kam Vater gleich zur Sache.

Er überging den vorwurfsvollen Unterton in der Frage, setzte sich und berichtete sachlich und ausführlich von seiner Inspektion.

»Das hätte ich dir auch sagen können«, knurrte der Alte, als wäre seine Mühe unnütze Zeitverschwendung gewesen.

»Sicher!« Er griff nach seinem Glas und nahm einen Schluck.

»Cutler ist ein zuverlässiger Mann«, lobte nun der Vater. Der Rest seiner Worte ging in unverständlichen Lauten unter. Er musste seinen Kopf stets ein wenig in den Nacken legen, um ihn mit beiden Augen ansehen zu können.

Um ihn nicht zu reizen, sparte Aiden sich eine Erwiderung. Abgesehen von seinem persönlichen Problem mit dem Oberaufseher traute er dem Kerl absolut nicht.

Die Sklaven trugen die Suppe auf und somit erübrigte sich das Thema vorerst. Unbeholfen hantierte Dad mit der Stoffserviette. Während Aiden noch überlegte, ob er eingreifen sollte, erhob sich seine Mutter wortlos und half ihrem Gemahl, sie anzulegen.

Aiden warf ihr ein dankbares Nicken zu. Die hilf-lose Situation des einst so energiegeladenen und krafttrotzenden Mannes war für ihn noch ein wenig befremdlich.

Während sie die Suppe löffelten, ließ Margaret Pellham sich über den neusten Klatsch und Tratsch der Gegend aus. Im Grunde interessierte er sich nicht sonderlich für derlei Geschichten, dennoch ging er darauf ein. Zwischendurch warf er immer wieder einen Seitenblick auf den Vater, der tief über seinen Teller gebeugt saß und laute Schlürfgeräusche von sich gab. Durch die ebenfalls in Mitleidenschaft gezo-gene Mundpartie landete stets ein Teil der Suppe wieder im Teller oder rann ihm am Kinn hinunter. Nachdem er die Suppe gegessen hatte und sich zu-rücklehnte, war seine Serviette durchtränkt. Mum gab dem abräumenden Mädchen ein Zeichen, ihm eine neue zu besorgen. Den Hauptgang hatten die Sklaven bereits auf einem Teller für ihn angerichtet und in mundgerechte Stücke zerlegt. Statt eines Messers be-half er sich mit Gabel und Löffel. Aiden war erleich-tert, dass es nicht wieder zu einem peinlichen Zwi-schenfall bei Tisch kam. Anscheinend hatte seine gest-rige Ansprache doch etwas bewirkt.

»Du solltest darüber nachdenken, nach West Point zu gehen«, begann Jacob Pellham, als das Mahl been-det war. »William Boone hat seine beiden Söhne auf die Militärakademie geschickt. Lass dir gesagt sein, es macht Eindruck, wenn man erwähnt, in West Point gewesen zu sein.«

Überrascht schaute Aiden erst ihn und dann seine Mum an. »Dad, William Boone Junior wurde in Mexiko in der Schlacht von Monterrey schwer verwundet und war zwei Tage später seinen Verletzungen erlegen. Der älteste Sohn deines alten Freundes ist tot, *das hat ihm West Point eingebracht!«*

»Was für eine Schlacht?« Mit plötzlich wirrem Blick sah der Alte ihn an.

»Gestorben, damit Präsident Polk sein Bestreben wahrmachen konnte, das Staatsgebiet der USA nach Südwesten auszudehnen«, entgegnete Aiden stattdessen. Er sah seinem Vater an, dass er ihm nicht folgen konnte.

»Ich muss mit William sprechen«, knurrte er und stand vom Tisch auf.

»Musst du nicht! Du sollst lediglich die Tabletten einnehmen, die Doktor Ashman dir verordnet hat«, mahnte Margaret Pellham verkniffen.

Sogleich wollte Aiden seinen alten Herrn nach oben bringen, doch der bestand darauf, sich im Salon niederzulassen und lehnte eine Begleitung strikt ab.

»Ich glaube kaum, dass irgendwelche Pillen dagegenwirken, dass er Dinge nicht mehr durcheinanderbringt«, kommentierte er Mutters letzte Aussage, bevor er sich der süßen Nachspeise widmete. Betretenes Schweigen senkte sich zwischen ihnen.

»Du hast richtig gehandelt, damals nicht nach West Point zu gehen«, lobte die Mutter nach einer Weile, »sonst hättest du womöglich auch gegen die Mexikaner kämpfen müssen und wärst nicht zurückgekehrt. Eine furchtbare Vorstellung.«

»West Point ist seit längerem nicht mehr zu empfehlen, vor allem nicht für Männer aus dem Süden. Sie werden dort nicht besonders gern gesehen und von

Kameraden aus dem Norden schikaniert, weil wir Sklaven halten.«

»Pah«, schnaubte sie. »Die Staaten im Süden haben seit Generationen Sklaven gehalten, wer soll denn sonst die Arbeit auf den Feldern machen?«

»Nur weil etwas seit Generationen so läuft, muss es nicht zwangsläufig richtig sein«, konterte er auf Schlag.

Margaret Pellham sog schockiert die Luft ein und warf einen hektischen Blick zur Tür, um sicherzugehen, dass die zwei an der Tür wartenden Sklaven nichts mitbekommen hatten.

»Du solltest dich schämen, so zu reden«, zischte sie. »Denk nur, jemand nimmt deine Worte ernst, du würdest dir eine Menge Ärger einhandeln.«

Er grinste. »Ich habe nur allgemein gesprochen«, wiegelte er ab.

Margaret zeigte sich besänftigt. »Du wirst in absehbarer Zeit der Herr auf Meadowfield sein. Es schickt sich nicht, derartige Äußerungen von sich zu geben. Außerdem hast du immer betont, dass du es liebst, Pflanzer zu sein.«

»Ganz recht, mit Leib und Seele«, bekräftigte er und meinte es auch so. Immer noch leicht grinsend betrachtete er sie. Wenn sie wüsste, was er unter anderem in den letzten vier Jahren getan hatte, würde sie vermutlich auf der Stelle der Schlag treffen.

Erleichtert atmete sie aus. »Und da wir gerade beim Thema sind … es schickt sich für einen angehenden Plantagenbesitzer ebenfalls nicht, sich zusammen mit den Sklaven an einen Tisch zu setzen, wie ich es heute Morgen in der Küche erleben musste.«

»Mutter! Hermela kennt mich, seit ich ein Baby war. Sie war meine Amme, ich habe an ihrer Brust genuckelt, falls du es vergessen hast.«

»Aiden!« Sie keuchte schockiert auf. »Das ist kein Grund, ordinär zu werden.« Ihre Gesichtsfarbe wurde eine Spur dunkler. »Das ist Ewigkeiten her, du bist jetzt ein Mann und hast dich auch so zu verhalten.«

»Vielen Dank für deine Ratschläge.« Seine Amüsiertheit verflog. »Du hast nach mir geschickt und hier bin, aber wie ich mit den Sklaven auf unserer Plantage umgehe, musst du schon mir überlassen.« Nachdenklich betrachtete er sie, die pikiert an ihm vorbei auf einen imaginären Punkt starrte. »Mit übermäßiger Härte und Strenge gegenüber den Sklaven erzielt man nur Hass und Verachtung«, fuhr er fort. »Ich verabscheue Folter und jede andere Methode der Züchtigung, sei es seelischer oder körperlicher Natur. Glaube mir, ich habe im Laufe der Jahre von einigen Schikanen gehört, die sich hochgestellte Pflanzer in Bezug auf ihre Sklaven erlaubten.«

»Sprich bitte etwas leiser!« Wieder blickte sie sich nervös um. »Es ist durchaus denkbar, dass es schwarze Schafe unter ihnen geben mag, das will ich nicht abstreiten, aber wir sprechen hier von Meadowfield. Auf Meadowfield wurden die Sklaven seit jeher gerecht und anständig behandelt.«

Aiden beugte sich weiter vor. »Und warum trägt der Aufseher Cutler dann eine Peitsche an seinem Hosenbund? Ich bin sicher, sie dient nicht zur Dekoration. Er ist skrupellos genug, davon Gebrauch zu machen, ohne mit der Wimper zu zucken.«

»Was hast du immer mit diesem Cutler?« Verständnislos schaute sie ihn nun direkt an. »Dein Vater hält große Stücke auf ihn. Sicher trägt er die Peitsche nur zur Abschreckung, außerdem muss er sich schließlich verteidigen können, sollte er angegriffen werden. Erst neulich erzählte mir Misses Blake von einem Vorfall, der ihr zu Ohren gekommen war, da mussten die Aufseher eine Revolte unter den Sklaven niederschlagen.«

»Natürlich!« Er lehnte sich zurück und zog es vor, zu schweigen. Entweder konnte oder wollte die Mutter sich nicht an Wilson Cutler und seine damalige Tat erinnern. Es wunderte ihn aber auch nicht sonderlich. Es entsprach dem Ton der Pflanzeraristokratie, dass sich eine Ehefrau lediglich um die Belange im Herrenhaus zu kümmern hatte und den Haussklaven vorstand; alles Weitere unterlag dem Besitzer der Plantage. Allerdings sollte eine Pflanzergattin zumindest über allgemeine Vorgänge und Abläufe auf dem eigenen Grund und Boden informiert sein, auch wenn sie diesbezüglich über keine Entscheidungsgewalt verfügte. Er wusste ebenso, dass sich die meisten Frauen kaum für das interessierten, womit ihre Männer den Tag verbrachten, und die, die es taten, waren jene, die ihr Wissen dazu nutzen, um vor anderen Familien zu prahlen und die eigene Plantage als die Beste darzustellen.

In seinem Fall hatte er gehofft, der Name des Aufsehers sei ihr in Erinnerung geblieben, schließlich wurde damals wochenlang über kein anderes Thema getuschelt. Er könnte ihr auf die Sprünge helfen und sagen, dass Cutler derjenige war, der Maliya fort-

70

brachte, aber er unterließ es. Sie hatte seine Gefühle diesbezüglich nie verstanden und es war ihr furchtbar unangenehm gewesen, dass die Geschichte selbst in ihren Kreisen die Runde machte.

Bedrückt griff er nach seinem Glas und nahm einen kräftigen Schluck. Es ärgerte ihn selbst dermaßen, dass er nach all den Jahren mit einem Male so massiv an die Vergangenheit erinnert wurde. Er war lange überzeugt gewesen, mit dem Thema abgeschlossen zu haben.

»Ich hörte, du erwartest ein paar Damen zum Tee?«, lenkte er geschickt ab. »Ist die geschwätzige Misses Finch auch dabei? Futtert sie sich bei Besuchen immer noch ungeniert mit süßem Gebäck durch?«

Margaret Pellham lachte auf und bestätigte seine Befürchtung. Er hörte sich einige Geschichten an, die sie über die Bekannte zu berichten wusste, bevor er den Speiseraum verließ.

Unschlüssig, was er nun tun sollte, steuerte er auf die Treppe zu, änderte aber spontan die Richtung und schlug den Weg zum Salon ein, wo sein Dad in einem Sessel saß und in den Garten hinaus starrte.

Als Aiden eintrat, glaubte er, Jacob Pellham hätte ihn nicht bemerkt, doch dann wandte der wortlos kurz den Kopf zu ihm, um anschließend wieder aus dem Fenster zu sehen.

»Darf ich mich zu dir setzen?«, fragte Aiden höflich.

Der Vater gab nur ein Brummen von sich und wies mit seiner Rechten auf den freien Sessel.

Wortlos ließ Aiden sich nieder und betrachtete ebenfalls den Garten, obwohl es dort nichts zu sehen gab außer einem grünen Rasenteppich und seitlich einige Büsche, die akkurat in Form geschnitten waren, sowie rot-weiße Blumenrabatte, die in geschwungenen Linien das Buschwerk umsäumten.

»Es ist frustrierend, wenn der eigene Körper dich zum Nichtstun verdammt, Sohn«, murmelte er, ohne ihn anzusehen.

Nachdenklich nickte Aiden, obwohl ihm bewusst war, dass Dad sein Nicken gar nicht sah.

»Ich habe immer gearbeitet, was hätte ich auch anderes tun sollen?« Im Moment war er ruhig und entspannt, wodurch seine Worte gut verständlich waren. »Mein Weib war heilfroh, mich nicht den ganzen Tag ertragen zu müssen. Sie hat mich nie gewollt und ich habe nie heiraten wollen.« Er machte eine Pause, in der nur sein lautes Atmen zu hören war. »Aber etwas Gutes hat es nun doch, wenigstens bleibt Meadowfield nach meinem Ableben in der Familie.« In diesem Moment sah er Aiden mit feuchten Augen an. So emotional hatte er den Mann nie erlebt, er musste schlucken.

»Wenn du dich schonst, Vater, hast du noch jede Menge Zeit«, presste er hervor.

»Unsinn! Ich habe es satt, dass mir jeder nach dem Mund redet.« Er wurde lauter und seine Aussprache sogleich undeutlicher. »Ich weiß, dass der da oben …«, er wies erregt mit dem Zeigefinger hoch zur Zimmerdecke, »mich schon auf seiner Liste stehen hat.«

»Irgendwann sind wir alle dran, aber niemand weiß, wann seine Zeit gekommen ist, also hör auf, dich verrückt zu machen.«

Die Antwort war ein lautes Schnauben, aber er widersprach nicht. Eine Weile saßen sie stumm nebeneinander.

»Diese Ernte will ich noch miterleben, das kann er mir nicht verwehren, nachdem ich im letzten Jahr das verdammte Fieber ausgerechnet während der Ernte bekommen habe.«

Aiden erinnerte sich, dass Mum ihm in einem der Briefe davon berichtet hatte. Soweit er wusste, hatte ihn das Fieber jedoch erst ereilt, nachdem der Großteil der Felder abgeerntet war und das Verpacken und Verschiffen der Baumwolle anstand. Er hütete sich jedoch, ihn zu korrigieren.

Das Sprechen schien ihn zusehends anzustrengen, seine Atmung wurde schneller und die Worte kamen ihm nur noch stolpernd über die Lippen.

Es lag Aiden auf der Zunge, ihn nach den Konditionen zu fragen, die ihm für den Verkauf der Ballen zugesichert worden war. Hatte er für die diesjährige Ernte bereits Verhandlungen führen können? So, wie er über den Verlauf des Gesundheitszustandes unterrichtet worden war, war dies eher unwahrscheinlich. Der Kurs der Baumwolle war gestiegen, sodass ein cleverer Pflanzer einen deutlich besseren Preis erzielen könnte als im vorausgegangenen Jahr, vorausgesetzt die Qualität stimmte.

Dringend musste Aiden die Papiere einsehen. Um Vater nicht aufzuregen, sprach er das Thema nicht an, das konnte er immer noch tun, wenn es erforderlich werden sollte. Wie er seinen alten Herrn kannte, würde der nicht gutheißen, dass er in seinen heiligen Unterlagen kramte. Was sein Arbeitszimmer anbetraf, war er sehr rigoros. Nicht mal die Sklavinnen durften dort Staubwischen, aus Furcht, sie könnten sein System durcheinanderbringen. Seit sich jedoch sein Buchhalter um die geschäftlichen Angelegenheiten kümmerte, war von dem einstigen Chaos auf dem Schreibtisch nichts mehr zu sehen.

Den hageren kleinen Mann mit den streng zurückgekämmten Haaren kannte Aiden nur vom Sehen, und außer den üblichen Begrüßungsfloskeln hatten sie noch kein Wort gewechselt.

Jacob Pellham prahlte mit Geschichten aus der Erntezeit vergangener Jahre. Je länger er sprach, je mehr hatte Aiden Mühe, ihn zu verstehen. Die Bedeutung einiger Laute ließen sich nur erahnen, dennoch nickte er zwischendurch und pflichtete ihm bei. Es war ein seltsames Gefühl, ihn so zu erleben. Er war fast erleichtert, als eine Sklavin eintrat, die dem Vater seinen Tee brachte.

Diese Gelegenheit nutzte er, um sich zu verabschieden.

Kraftvoll stieß er die Luft aus, als er die Halle durchquerte. In Erinnerungen schwelgend, hockte er eine Weile auf seinem Bett.

Als ihn der Brief seiner Mutter verspätet erreicht hatte, war er unverzüglich aufgebrochen, ohne eine genaue Vorstellung zu haben, was ihn erwarten würde. Allerlei Gedanken waren ihm durch den Kopf gegangen, unter anderem auch, dass sich die Situation vor Ort als nicht so drastisch herausstellen könnte, wie es in ihrem Brief geklungen hatte.

Ihm wurde klar, dass er sogar darauf gehofft hatte,

aber mittlerweile musste er der Realität ins Auge sehen, auch wenn er den behandelnden Arzt noch nicht hatte sprechen können. Seine Anwesenheit war unbestreitbar vonnöten. Deswegen war es an der Zeit, sich das eingelagerte Gepäck nachsenden zu lassen und sich auf Meadowfield dauerhaft einzurichten. Er würde noch heute die entsprechenden Schritte angehen. Auch musste er dringend einen Brief an seinen guten Freund Howard Wilcox aufsetzen und ihm mitteilen, dass er der Baumwollernte auf Broom Hall aus privaten Gründen nicht beiwohnen konnte.

Kurzentschlossen rief er nach einem Hausmädchen und beauftragte sie mit Besorgungen, die unter anderem Papier, Tinte und Feder enthielt, sowie ein paar andere Utensilien, auf die er nicht verzichten wollte. Persönliche Angelegenheiten wollte er lieber in seinem Zimmer im privaten Rahmen erledigen.

Nachdem das Mädchen dienstbeflissen davongeeilt war, um seiner Bitte Folge zu leisten, schloss er schmunzelnd die Tür. Die hübsche Mulattin hatte ihn regelrecht angeschmachtet.

So etwas passierte ihm nicht zum ersten Mal. Im Grunde sprach nichts dagegen, sich mit einer willigen Sklavin einzulassen, sie waren unkompliziert und konnten einem Mann ebenso viel Vergnügen bereiten, wie es die gewissen Damen in den Etablissements vermochten. Er sprach aus Erfahrung, denn in der Vergangenheit hatte er bereits erfüllende Stunden mit einem Sklavenmädchen erlebt. Aber er würde niemals seine Hautfarbe ausnutzen und sich rücksichtslos nehmen, was er begehrte. Er legte Wert darauf, dass sie aus freien Stücken das Lager mit ihm teilten. Doch derartige Vergnügungen, so verlockend sie auch sein mochten, wollte er sich keineswegs auf der heimatlichen Plantage gönnen, in dem Punkt hatte er seine Prinzipien. Kopfschüttelnd verdrängte er rasch die Bilder, die ihm sein Hirn vor die Augen sandte.

Schwungvoll öffnete er die Türen seines Kleiderschrankes und warf einen prüfenden Blick hinein. All diese Kleidungsstücke waren seit vier Jahren nicht getragen worden. Der überwiegende Teil dieser Garderobe dürfte ihm nicht mehr passen, sinnierte er. Zur Bestätigung seiner Annahme zog er ein filigran besticktes Hemd mit cremefarbener Weste heraus und betrachtete es. Aiden hatte sich verändert, sein Körper war kräftiger und muskulöser geworden. Lächelnd hängte er es zurück. Gewisse Teile würde er heute nicht mehr tragen, weil sie nicht mehr seinem Stil entsprachen, andere waren aus der Mode gekommen, auch wenn er sich persönlich nichts aus derartigen Trends machte.

Als die junge Sklavin zurückkehrte, stand er immer noch vor dem Schrank.

Inzwischen hatte er seine Auswahl getroffen, außer einem noch ungetragenen Abendanzug, zwei Hemden und einer schlichten Weste konnte alles entsorgt werden. Die Stücke, die er loswerden wollte, legte er auf die Truhe mit seiner Unterbekleidung, und gab dem Mädchen die Anweisung, sich darum zu kümmern, sofern er sich nicht im Zimmer aufhalte.

»Wie Sie wünschen, Master Aiden«, vernahm er die Stimme hinter sich.

Da sie offenbar noch auf etwas zu warten schien, drehte er sich um und sah sie an.

»Was ist mit Ihren Reisetaschen?« Sie wich seinem Blick verlegen aus und nickte in Richtung des Gepäcks, das seit seiner Ankunft in der Ecke auf dem Boden stand. »Soll ich Ihre Sachen anschließend einsortieren?«

»Ach so …«, er überlegte kurz. »Nein, das ist nicht nötig. Ich kümmere mich selbst darum.« Sein Blick fiel auf die Schreibutensilien, die sie auf dem runden Tisch am Fenster deponiert hatte.

Sie hatte tatsächlich an alles gedacht. Er bedankte sich und entließ sie. Grinsend starrte er die Tür an, durch die sie entschwunden war. Wenn sie ihn weiterhin so offenkundig anhimmelte, wäre er gezwungen, sie bei Gelegenheit diskret darauf hinzuweisen, um keine Missverständnisse aufkommen zu lassen.

Am Tisch erledigte er nun seinen Schriftkram. Es fiel ihm schwer, sich zu konzentrieren, weil ihm so viele Gedanken gleichzeitig durch den Kopf gingen. Doch irgendwann war er mit der Aufgabe fertig. Zufrieden lehnte er sich zurück, streckte sich und verschränkte die Hände im Nacken. Eine Weile lauschte er den Stimmen und Geräuschen, die gedämpft an sein Ohr drangen, bis ihm einfiel, dass seine Mutter Gäste zum Nachmittagstee hatte. Sicher war er dort längst Gesprächsthema, denn wie er sie kannte, hatte sie ihnen sofort brühwarm mitgeteilt, dass er nach Meadowfield zurückgekehrt war. Er verspürte zwar keine Begeisterung, sich mit neugierigen alten Damen zu beschäftigen, aber sein Anstand sagte ihm, dass es unhöflich sei, sie nicht wenigstens zu begrüßen.

Also erhob er sich, richtete seine Kleidung, band das Halstuch neu und begab sich ins untere Stockwerk.

Schon auf der Treppe hörte er lebhaftes Geschnatter aus dem großen Salon.

Die Damen zeigten sich entzückt, ihn zu sehen.

Mrs. Stevens klatschte vor Begeisterung in die Hände und bestaunte ihn wie ein exotisches Tier. »Aus Ihnen ist ja ein prächtiges Mannsbild geworden!« Ihr Blick wanderte ungeniert an seiner Statur hinunter. »Ich schwöre, wäre ich fünfundzwanzig Jahre jünger, ich hätte alles getan, um Ihre werte Aufmerksamkeit zu erlangen.«

»Ich bin sicher, Sie wären eine Augenweide gewesen und umringt von einer Schar Gentlemen, die alle um Ihre Gunst buhlen.«

Mrs. Stevens kicherte überzogen laut und winkte verlegen tuend ab, während Aiden einen Kuss auf ihren Handrücken hauchte. Nachdem er auch die anderen Frauen begrüßt hatte, nahm er in dem einzigen freien Sessel Platz, trank mit ihnen Tee und beteiligte sich an der größtenteils oberflächlichen Unterhaltung.

Sein Augenmerk fiel immer wieder auf die jüngste Besucherin, die den Eindruck erweckte, als fühle sie sich in der Runde zunehmend unwohl. Sie besaß ein hübsches, ansprechendes Gesicht, wirkte aber recht blass. Von seiner Mutter wusste er, dass sie vor einem Jahr die Gemahlin von Robin Floyd geworden war, dessen Plantage etwa fünf Meilen östlich von Meadowfield lag.

Höflich erkundigte er sich nach Robins Befinden und entschuldigte sich, dass er nicht an der Beisetzung von Robins Vater teilnehmen konnte, der vor acht Monaten seinem Herzleiden erlag. Er versprach, sobald es seine Zeit erlaube, ihm einen Besuch abzustatten. Robin war nur wenige Jahre älter als er. Aiden hatte ihn als einen etwas introvertierten, aber pflichtbewussten Mann in Erinnerung. So gesehen würde die schüchterne Mary Ann, die wahrscheinlich nur aus Anstand und Pflichtgefühl der Einladung gefolgt war, optimal zu ihm passen.

Nach einer Stunde verabschiedete er sich unter einem Vorwand von der Damenrunde, die inzwischen zum Sherry übergegangen war.

In der Halle traf er zufällig auf Mr. Leroy Dwyer, dem Buchhalter. Er nutzte die Gunst der Stunde, ihm ein paar Fragen zu stellen, und folgte ihm ins Arbeitszimmer.

Ein Rechnungsbuch lag aufgeschlagen auf dem Tisch. Aiden griff danach und überflog die letzten Einträge. Der deutlich kleinere Mr. Dwyer drängte sich neben ihm und fuchtelte mit seinem Zeigefinger über die fein säuberlich angelegten Spalten, während er seine Erklärungen herunterrasselte.

Aiden kommentierte es lediglich mit einem vagen Brummen, er konnte schließlich selbst lesen. Zufrieden legte er das Geschäftsbuch zurück.

Unaufgefordert präsentierte Mr. Dwyer ihm weitere Rechnungsbücher und erklärte die Abkürzungen auf deren Buchrücken. Alles sah akkurat und vorbildlich aus, Aiden hatte nichts zu beanstanden. Innerlich musste er grinsen, Dwyer war ein sonderbarer Vogel und kannte vermutlich nichts anderes als Zahlen und Bilanzen.

In den nächsten Tagen lebte sich Aiden mehr und mehr ein und hatte fast das Gefühl, als wäre er niemals fortgewesen. Mit dem einen Unterschied, dass er sich einbringen konnte und eigenmächtige Entscheidungen traf.

Dem Aufseher Cutler ging er weitgehend aus dem Weg. Einmal waren sie kurz aneinandergeraten, als es um den Zustand des Baumwolllagers ging. Bevor die neue Ernte eingebracht werden konnte, musste es einer gründlichen Reinigung unterzogen werden. Cutler fühlte sich bevormundet, doch nachdem Aiden für diese Arbeit Sklaven von den Gemüsefeldern abgezogen hatte, fand Cutler sich kopfschüttelnd damit ab.

Auch kümmerte Aiden sich darum, wie er versprochen hatte, dass die baufällig gewordenen Sklavenhütten renoviert wurden. Allen voran jene Hütte mit dem undichten Dach. Er packte selbst tatkräftig mit an. Es war nicht seine Art, den ganzen Tag dem Müßiggang zu frönen.

Anfangs begegneten die Sklaven ihm mit äußerster Skepsis. Erst allmählich wurden sie offener und wagten es, in seiner Gegenwart den Mund zu öffnen. Insbesondere ein Mann namens Moody beeindruckte ihn. Aiden war handwerklich nicht ungeschickt, doch nach reiflicher Überlegung kam er zur Erkenntnis, dass Moodys Vorschlag betreffs der Statik mehr Sinn ergab. Moody war genau so groß wie er, doch mit seinem muskulösen Oberkörper und den kräftigen Armen konnte Aiden nicht mithalten.

Des Öfteren sah er Cutler in einiger Entfernung stehen und ihn beobachten. An seiner Haltung war unmissverständlich abzulesen, dass ihm nicht passte, was er sah. Aiden versuchte, ihn zu ignorieren. Er bemerkte, dass auch Moody gelegentlich einen verstohlenen Blick in Cutlers Richtung warf. Für den Sklaven waren sie beide weiße Männer, die über ihn zu bestimmen hatten, aber selbst ihm dürfte aufgefallen sein, dass sie einander trotz gleicher Hautfarbe nicht wohlgesonnen waren.

»Wie lange lebst du schon auf dieser Plantage?«, fragte Aiden deshalb.

»Der Master kaufte mich auf dem Sklavenmarkt in Charleston, als ich vierzehn war«, antwortete Moody, als hätte er die Frage erwartet. »Meine Mutter wurde an jenem Tag auch verkauft. Ich habe sie nicht mehr gesehen, seit sie uns auf den Marktplatz getrieben hatten.«

»Das tut mir leid«, sagte Aiden automatisch und war für einen Moment abgelenkt. Auf Familienbande nahm auf einer Sklavenauktion niemand Rücksicht.

Jedenfalls lebte Moody lange genug auf der Plantage, um von dem damaligen Vorfall zwischen ihm und Cutler wissen zu können. Sklaven tratschten gern, das war nichts Neues. Zudem war er sicher, dass einige von ihnen, aufgrund seiner Heimkehr, die alte Geschichte wieder hervorgeholt hatten.

»Ich nehme an, dass du keine Ahnung hast, wo es deine Mutter hin verschlagen hat?«

»Nein, natürlich nicht.«

Die Mutter war für die verwöhnte Tochter des Hauses verantwortlich und wurde nach deren Heirat überflüssig. Als sie realisierten, dass sie verkauft werden sollten, hatten sie noch gehofft, zusammen veräußert zu werden, doch bei der Ankunft in Charleston habe man sie voneinander getrennt und in verschiedenen Zellen bis zur Versteigerung untergebracht, berichtete Moody.

Interessiert hörte Aiden zu. Solche Schicksale waren kein Einzelfall. Einzeln konnten die Sklavenhändler mehr Profit aus ihnen schlagen. Wahrscheinlich wusste sein Vater nicht mal, dass sie zu zweit gewesen waren, andererseits hätte es ihn auch nicht gestört. Wer junge, kräftige Sklaven für die Feldarbeit suchte, wollte kein Geld verschwenden, um sich eine weibliche Sklavin mittleren Alters aufzuhalsen, nur weil sie die Mutter war.

Zufrieden betrachtete Aiden ihre fertige Arbeit, sie hatten einiges geschafft. Die drei am schlimmsten in Mitleidenschaft gezogenen Sklavenhütten waren instandgesetzt. Wind und Wetter und die oft heftigen Herbststürme konnten ihnen nichts mehr anhaben.

»Bringen wir das übriggebliebene Material in die kleine Kammer im Gin-House«, schlug Aiden vor. »Dort lagert es trocken und ist für jedermann zugänglich.«

Moody gab es an die anderen Helfer weiter und gemeinsam schafften sie Material und Handwerkszeug ins Gin-House.

Der Raum neben dem Zugang zum Gin-House war nur zwei mal drei Meter groß. Einst vorgesehen als eine Art Arbeitszimmer für den Master, wo er sich während der Baumwollernte kurz zurückziehen konnte, die Wiegedaten eintragen und andere Notizen aufbewahren konnte. Genutzt wurde der Raum als solcher jedoch nie.

Nach getaner Arbeit schritt Aiden auf die Cotton-Gin zu, die Egreniermaschine, die inmitten des Gin-Houses stand, und ließ seinen Blick schweifen.

Jeder Pflanzer besaß eine Egreniermaschine, da sie effektiver war als das lästige und zeitaufwändige Rupfen von Hand. Eine intakte Cotton-Gin konnte an einem Tag bis zu fünfzig Pfund Baumwolle von ihren Samen befreien. Das Gerät bestand aus einer Kombination aus Drehhaken, Bürsten und Sieben und ermöglichte die Trennung von Kapseln und Samenfäden. Die gepflückte Baumwolle wurde über eine Holztrommel geführt, in die eine Reihe Haken eingebettet waren, die die Fasern auffingen und sie durch ein Netz zogen. Die Baumwollfasern gelangten mühelos hindurch, waren aber für die Samen zu engmaschig.

Das Eli Whitney Modell auf Meadowfield war älteren Baujahres und zeigte diverse Abnutzungserscheinungen. Aiden stellte fest, dass sich das Gerät bereits aus mehreren Ersatzteilen zusammensetzte. Er verzog das Gesicht, dieser Zustand gefiel ihm gar nicht. Seinen Unmut vor sich hin brummend, prüfte er die Teile im Einzelnen und bat Moody, die Kurbel zu betätigen, damit er die Keilriemen genauer in Augenschein nehmen konnte. Während er das tat, erklärte Moody, dass der größere Riemen im vergangenen Jahr aufgrund von Abnutzung drei Tage vor dem Ernteende gerissen war und ein neuer herbeigeschafft werden musste, was die ganze Ernte um mehr als eine Woche verzögert hatte.

»Mister Cutler war es gelungen, einen anderen Riemen aufzutreiben, aber der war zu groß und sprang immer wieder aus der Spur, was letztlich dazu führte, dass die Baumwollfasern nicht vernünftig durchgezogen wurden, und die Maschine verstopfte.«

Aiden nickte, er wusste, wie ärgerlich so etwas war.

»Ich habe zusammen mit Barath und Shane bis tief in der Nacht daran gesessen, die Cotton-Gin auseinander- und wieder zusammenzubauen. Und danach lief sie nur mit halber Kraft, bis der neue Riemen eingetroffen war.«

Aiden hatte seine Begutachtung beendet und erhob sich wieder. »Dann scheint ihr drei euch gut mit der Egreniermaschine auszukennen. Das ist gut zu wissen, ich brauche fähige und verlässliche Männer, die imstande sind, für einen reibungslosen Ablauf zu sorgen«, äußerte er sich lobend.

Moody senkte seinen Kopf und druckste herum. »Barath und Shane sind nicht mehr da.«

»Was heißt, *nicht mehr da*?«, hakte er irritiert nach. »Soll das heißen, sie sind geflohen?« Auf seiner Stirn bildete sich eine steile Falte. In seinem Hirn rotierten die Gedanken. Entflohene Sklaven wurden in der Regel binnen der ersten vierzehn Tage aufgegriffen und zurückgebracht. Es sei denn, sie hatten Helfer, Organisationen, die sich ihrer annahmen und sie bei ihrem Weg in die Freiheit, meist ins sklavenfreie Kanada, unterstützen. Die bekannteste dieser Organisationen war die *Underground Railroad*.

»Barath und Shane waren eines Morgens plötzlich fort, aber sie sind nicht geflohen.« Er machte mit einem Male einen nervösen Eindruck, was Aiden noch mehr aufhorchen ließ.

»Was macht dich da so sicher?« Er sah, wie Moody hart schluckte.

»Shane wäre niemals ohne Ditha geflohen. Die beiden waren … ich meine …« Er räusperte sich, bevor er es wagte, aufzusehen. »Shane und Ditha hatten vor, *über den Besen zu springen*. Er hätte sie nicht zurückgelassen, wenn er vorgehabt hätte, zu fliehen.«

Die Begründung erschien Aiden einleuchtend, dennoch übermannte ihn das ungute Gefühl, dass dies nur die halbe Wahrheit war.

»Mein Vater hat sie verkauft«, sprach er seinen Gedanken laut aus. Nachdenklich starrte er an dem Sklaven vorbei. Warum hätte er das tun sollen? Sklaven, die neben ihren Aufgaben noch über handwerkliches Geschick verfügten, waren wertvoll. Zudem gehörten zu Meadowfield ausreichende Ländereien, sodass es mehr Sinn machte, weitere Sklaven zu erwerben, als welche zu verkaufen. Gab es für sein Handeln einen hinreichenden Grund? War er womöglich verwirrter, als Aiden bislang angenommen hatte? Schlagartig erinnerte er sich an das Fieber, das Dad während der letzten Ernte ereilte. Hatte das Fieber Auswirkungen auf sein Tun gehabt?

»Wie lange ist es her, dass die beiden verschwunden sind?«, fragte er nach.

Moody überlegte. »Vielleicht zwei Monate?«

»Zwei Monate?«, wiederholte Aiden verblüfft. Das gab seinen Überlegungen wieder eine ganz andere Richtung. »Wahrscheinlich hat mein Vater lediglich vergessen, mir vom Verkauf der beiden Sklaven zu erzählen«, erklärte er, um das Thema Moody gegenüber abzuschließen. In Wirklichkeit hatte er die Angelegenheit noch nicht abgehakt, im Gegenteil. Vater musste den Verkauf also kurz vor oder kurz nach seinem Schlaganfall getätigt haben. In jedem Fall musste der Verkauf in den Büchern verzeichnet sein, dort würde er zuerst nachschlagen, bevor er ihn in einem günstigen Moment darauf ansprechen wollte.

Nach dem Dinner begab er sich ins Arbeitszimmer. Jacob Pellham war heute in keiner guten Verfassung. Schon beim Lunch wirkte er fahrig und desorientiert, klagte über Kopfweh und Schmerzen im Kreuz. Auch sein Appetit hatte zu wünschen übriggelassen. Seit dem Mittagsschlaf hatte er sein Bett nicht mehr verlassen. Als Aiden nach dessen Bad nach ihm sehen wollte, hatte er tief und fest geschlafen. Dr. Ashman hatte seine Medikamente umgestellt und darauf hingewiesen, dass Pellham die ersten Tage unter Müdigkeit leiden könne, bis sich der Körper an das Produkt gewöhnt habe.

Mehrere Minuten saß Aiden tatenlos vor dem schweren Schreibtisch aus dunklem Mahagoni und starrte gedankenvoll vor sich hin, bevor er sich entschlossen an der Tischplatte hochstemmte. Gezielt suchte er in dem Regal hinter sich das Buch mit der speziellen Kennzeichnung heraus, in dem unter anderem die Käufe und Verkäufe von Sklaven sowie deren relevante Daten verzeichnet waren. Das aktuelle Buch mit der fortlaufenden Seriennummer enthielt Einträge der vergangenen zwei Jahre.

Bereits nach wenigen Minuten der Durchsicht gab es keinen Zweifel daran, dass es über die beiden Sklaven Barath und Shane keine Einträge gab. Verwundert zog Aiden die Stirn in Falten. Waren sie entgegen Moodys Überzeugung doch geflohen? Auch darüber fand er in den Unterlagen keine Notiz. Eine Flucht von Sklaven musste in jedem Fall dokumentiert werden, warum hatte der Buchhalter Mr. Dwyer das versäumt? Noch wagte er nicht, dem Mann eine böse Absicht zu unterstellen. In der vagen Hoffnung, es gäbe dafür eine sinnvolle Erklärung, durchsuchte er die Schubladen des Schreibtischs nach Hinweisen. Alle noch nicht eingetragenen Ein- und Ausgaben lagen säuberlich nach Verwendungszweck sortiert auf getrennten Stapeln, zum Teil mit handschriftlichen Notizen des Buchhalters gespickt.

Eine Weile beschäftigte er sich mit den letzten Arztrechnungen, studierte die aufgelisteten Behandlungsmethoden, die verordneten Medikamente und deren Kosten.

In all den gefundenen Rechnungen und Belegen fand sich jedoch nichts, was ihn in der Frage um die beiden verschwundenen Sklaven weiterbrachte.

Irgendetwas stimmte nicht, das wurde ihm mehr und mehr bewusst. Doch solange sein Dad sich in dem labilen Zustand befand, konnte er ihn mit diesen Dingen nicht behelligen. Er stützte die Ellenbogen auf die Tischplatte und barg das Gesicht in den Händen. Intensiv grübelte er und versuchte, sich einen Reim über mögliche Ereignisse zu machen. Dabei gab er sich den kuriosesten Fantasien hin, doch erschienen sie ihm letztlich alle an den Haaren herbeigezogen. Er besaß für seine wilden Theorien keinerlei Beweise.

Einer plötzlichen Eingebung folgend, wollte er die Besitzurkunden der Sklaven von Meadowfield einsehen. Die Schriftstücke wurden in einer verschließbaren Kiste aufbewahrt, die in dem, mit Intarsien verzierten Schränkchen untergebracht war, das zwischen den hohen Fenstern den einzigen Blickpunkt im Raum bot. Als Junge hatte Aiden mal mitbekommen, wie sein Vater mit dem Teil hantierte, während er ihn wegen einiger Dummheiten maßregelte.

Der Schlüssel des halbhohen Schrankes steckte. Bevor er ihn öffnete, warf er ein Blick auf das Familienbildnis, das dort an der Wand hing und ihn als fünfjährigen Jungen zusammen mit seinen Eltern zeigte. Er glaubte, sich noch genau daran zu erinnern, wie schwer es ihm gefallen war, stundenlang in derselben Pose zu verharren, bis der Maler das Bild vollendet hatte. Zwangsläufig musste er schmunzeln, bevor er sich wieder seinem Vorhaben widmete.

Dad war ein Gewohnheitsmensch, deshalb befand sich die Kiste noch an seinem ursprünglichen Platz. Zwar waren die Namen und Daten aller Sklaven auch in den Büchern verzeichnet, da er aber weder die Identifizierungsnummern der Sklaven kannte, die nur auf den Urkunden verzeichnet waren, noch, seit wann sie auf Meadowfield gelebt hatten, hätte er die Bücher sämtlicher Jahrgänge durchgehen müssen.

Die Kiste selbst war verschlossen, er hatte jedoch in der schmalen Schublade in der Schreibtischmitte einen Schlüssel gesehen, der passen könnte. Entschlossen nahm er die kleine Truhe mit und testete den Schlüssel. Er passte. Ein wenig ungläubig schüttelte er den Kopf.

Jedes Einzelne dieser Dokumente bezeichnete einen Sklaven als Eigentum von Meadowfield.

Die Scheine waren in einem alphabetischen Register abgelegt, was ihm die Suche erleichterte. Doch er fand weder die Besitzurkunde von Barath noch von Shane. Nur mit gültigen Papieren besaß ein Pflanzer die Berechtigung, einen Sklaven weiter zu veräußern. Nach erfolgreicher Auktion und Abwicklung der finanziellen Angelegenheit händigte der Händler dem Bieter ein neues Schriftstück aus. Natürlich gab es auch schwarze Schafe unter den Sklavenhändlern, die es nicht so genau nahmen und alles anpriesen, was sich zu Geld machen ließ, doch von derartigem Gebaren wollte er erstmal nicht ausgehen.

Eine Flucht konnte somit ausgeschlossen werden, sonst hätten die Nachweise sich in dem Kasten befinden müssen.

Mittlerweile war es spät geworden und er gähnte ungeniert. Zügig räumte er alle Unterlagen zurück an ihren angestammten Platz und verließ das Arbeitszimmer. Im Herrenhaus war es mucksmäuschenstill. Er sparte es sich, in den privaten Salon zu schauen. Wie er seine Mutter kannte, hatte sie sich schon frühzeitig zur Nachtruhe begeben, so marschierte er ohne Umwege in seine Schlafkammer.

In dieser Nacht lag er lange wach und wälzte sich von einer Seite auf die andere.

Trotz wenig Schlaf war er am Morgen zeitig auf den Beinen. Sein erster Weg führte ihn auch an diesem Tag in den Küchentrakt, wo Hermela in weiser Voraussicht, bereits einen Kaffee aufgebrüht hatte. Ihr schien das frühe Aufstehen nichts auszumachen, sie war wie immer. Einigen anderen Küchensklaven hingegen stand die Müdigkeit ins Gesicht geschrieben, und sie schlurften wie schlafwandelnd durch ihren Arbeitsbereich.

Aiden amüsierte sich über sie, als sie außer Hörweite waren.

»Sie sind noch jung«, verteidigte die Köchin sie. »Sie werden sich irgendwann an die frühen Zeiten gewöhnen.« Während Hermela etwas von der Notwendigkeit des Arbeitsbeginns in der Küche erzählte, beobachtete er die Sklavin Lucy im hinteren Teil der Küche, die ihm immer wieder Blicke zuwarf und sich nur widerwillig von einer anderen Sklavin mitziehen ließ, etwas aus dem Kellergewölbe zu holen.

Verschwörerisch winkte er Hermela zu sich und forderte sie auf, sich zu ihm an den Tisch zu setzen. Im Flüsterton schilderte er ihr die unmissverständliche Art, in der Lucy ihn permanent anschaute.

Sie schlug sich erschrocken die Hand vor den Mund. »Oh, dieses dumme Ding. Der werde ich was erzählen.«

Lachend beugte er sich vor und tätschelte den Arm der Köchin. »Es wäre mir in der Tat lieber, du könntest mit dem Mädchen reden. Ich möchte sie ungern der Peinlichkeit aussetzen, dass ich sie darauf hinweisen muss, es zu unterlassen.« Er nahm wieder eine gerade Sitzposition ein. »Nicht, dass ich mich nicht geschmeichelt fühlen würde, aber ich denke, du verstehst.«

Sie nickte heftig. »Natürlich! Es könnte schnell ein falscher Eindruck entstehen.«

Wäre sie keine Sklavin von Meadowfield, wäre Aiden nicht so konsequent, immerhin war sie bildschön. Aber wenn sich Hermela jetzt darum kümmerte, war es gut. Immerhin wollte er nicht riskieren, seine eigene Standhaftigkeit zu strapazieren. Erleichtert atmete er aus, eine Problematik weniger. Sogleich wurde er an alle weiteren Dinge erinnert, die es noch zu lösen galt und er nutzte die Gelegenheit.

»Sagen dir die Namen Barath und Shane etwas?«, fragte er ganz direkt.

»Selbstverständlich«, antwortete sie, ohne zu zögern. Ihre Augen nahmen einen traurigen Ausdruck an. »Das sind zwei der verschwundenen Sklaven. Ach, es ist ein Jammer.«

Die Art, wie sie das sagte, ließ ihn aufhorchen und seine Alarmglocken schrillen. »Soll das heißen, es sind noch mehr Sklaven verschwunden?«

Erschrocken flog ihr Kopf herum und sie starrte ihn an. »Ich … ich dachte, du wüsstest Bescheid, weil du die beiden Namen erwähntest?«

»Bescheid? Worüber denn?« Aufgebracht warf er beide Arme in die Luft. »Alles, was ich weiß, ist, dass irgendwas nicht mit rechten Dingen zugeht.«

Hermela schluckte heftig. »Ich muss nach dem Brotteig sehen, damit er rechtzeitig in den Ofen kommt.« Fluchtartig sprang sie auf die Beine.

Aiden hielt sie zurück und zwang sie, sich wieder zu setzen. »Du wirst mir augenblicklich erzählen, was du weißt«, sagte er streng. Ihn selbst hielt es nicht länger auf dem Stuhl.

»Bitte … Master Aiden … ich … ich will keinen Ärger.«

Er zog die Augenbrauen hoch. *Master* Aiden nannte sie ihn höchstens, wenn weitere Personen danebenstanden, aber nie, wenn sie allein waren. Hermela war die Einzige, die im vertraulichen Ton mit ihm sprach und sprechen durfte, auch wenn seine Mutter das mittlerweile weniger guthieß.

»Lasst uns allein, ich muss ungestört mit Hermela sprechen«, scheuchte er Lucy und ihre Begleiterin hinaus, die soeben aus dem Kellergewölbe zurückkamen. Hastig entluden sie die Lebensmittel von ihren Armen auf der Ablage und eilten hinaus.

»Also, was weißt du?«, sprach er im gemäßigten Ton weiter.

Hermela stieß einen langen Seufzer aus. »Es sind an dem Tag noch zwei Sklaven verschwunden, Samir und Brody. Niemand hat etwas mitbekommen, am Morgen waren sie einfach nicht mehr da. Die junge Sema hatte nur noch ihren Bruder Samir, jetzt ist das Mädchen ganz allein und todunglücklich, ebenso wie Ditha. Sie und Barath wollten *über den Besen springen.*«

Aiden rieb sich das Kinn. »Vier verschwundene Sklaven …«

»Sechs, wenn man die beiden jungen Frauen mitzählt, die im Frühjahr auf ähnliche Weise verschwunden sind«, ergänzte Hermela.

»Gab es irgendwelche Anzeichen?«

»Was denn für Anzeichen?«

»Na, dass sie eine Flucht planten, oder was weiß ich.« Aufgeregt marschierte er hinter ihrem Stuhl auf und ab, während die Köchin sich fast den Hals verrenkte, um ihn im Blick zu behalten.

»Sie sind bestimmt nicht geflohen! Der Master hätte sofort die Sklavenjäger auf sie gehetzt und diese Teufel hätten sie aufgegriffen, so wie damals, als mein geliebter …« Sie brach mit tränenerstickter Stimme ab.

Aiden stoppte seine Wanderung und legte tröstend seine Hand auf ihre Schulter. Den Tod ihres Sohnes hatte sie auch nach Jahren noch nicht überwunden. Sie schnäuzte lautstark in ihr Taschentuch, das sie aus der Kittelschürze zerrte.

Er setzte sich wieder. »Entschuldige, dass ich dich an seinen Tod erinnert habe, aber du verstehst sicherlich, dass ich der Sache nachgehen muss.«

Hermela nickte auf das Heftigste und versuchte, ihre Tränen zu trocknen. »Was wirst du tun?«, fragte sie vorsichtig.

Das wusste Aiden selbst nicht genau, aber wie es schien, war er zum richtigen Zeitpunkt nach Hause gekommen.

Anstatt sich zu den Baumwollfeldern zu begeben, wie er eigentlich geplant hatte, ließ er sein Pferd satteln und ritt drauflos, ohne ein Ziel vor Augen zu haben. Er brauchte einen klaren Kopf. Schließlich kam er nach einem scharfen Ritt zu der Erkenntnis, dass er wahrscheinlich zu viel in die Geschehnisse hineininterpretierte. Sicherlich gab es eine plausible Erklärung für das Verschwinden der Sklaven und der fehlenden Einträge in den Geschäftsbüchern. Er weigerte sich, in Betracht zu ziehen, dass sie mit Unterstützung der Organisation *Underground Railroad* geflohen sein sollten, obwohl ihr unbemerktes Verschwinden eine exzellente Planung voraussetzte. Doch vier Personen auf einen Schlag barg ein enormes Risiko. Er wusste schließlich, wovon er sprach. Nicht zu vergessen die zwei Frauen, Monate zuvor. Der Abstand war zu kurz und passte nicht zur Handlungsweise der Organisation.

Nach dem Ritt spazierte er nach Hause und als er die Eingangshalle durchquerte, sah er eine der Sklavinnen aus dem Arbeitszimmer kommen.

»Ist Mister Dwyer heute anwesend?«, rief er ihr zu.

Offenbar hatte er sie erschreckt, er sah sie leicht zusammenzucken, bevor sie antwortete. »Ich habe ihm gerade seinen Morgenkaffee gebracht.«

Schnurstracks hielt er auf das Arbeitszimmer zu und trat nach einem knappen Anklopfen ein.

Mr. Dwyer schien gerade angekommen zu sein. Erstaunt drehte er herum, während er sich seines leichten Sommermantels entledigte. »Guten Morgen, Mister Pellham«, grüßte er freundlich.

Aiden erwiderte den Gruß und kam direkt zur Sache. »Ich würde gern die letzten Sklavenverkäufe einsehen, wenn Sie gestatten.« Er ließ sich nichts anmerken.

»Sklavenverkäufe?« Irritiert sah Dwyer ihm ins Gesicht. »Das dürfte eine Weile her sein, da müsste ich selbst nachsehen.« Geschäftsmäßig schritt er vor das raumhohe Bücherregal und hatte mit einem Griff das entsprechende Rechnungsbuch zur Hand. »Ich weiß, dass Mister Pellham letztes Jahr im Frühjahr zwei junge Männer erworben hat ...« Sein Zeigefinger fuhr Seite für Seite die Reihen der Einträge hinunter »... aber Verkäufe? Warum interessieren Sie sich dafür?«

Aiden schwieg und ließ ihn gewähren.

»Nein, wie ich es mir dachte, in diesem Buch ist nichts verzeichnet, das heißt, es muss länger als zwei

Jahre her sein.« Er klappte es zu und zog das vorherige hervor. »Wenn ich mich recht entsinne, waren es zwei in die Jahre gekommene männliche Sklaven, die finanziell nichts einbrachten und für Meadowfield nicht von Bedeutung waren … ah, hier haben wir es.« Der Buchhalter reichte ihm das Verzeichnis. »Der Eintrag wurde noch von Mister Pellham persönlich getätigt, das war vor knapp dreieinhalb Jahren.«

Dankend nahm Aiden es entgegen und warf zum Schein einen Blick darauf. »Gut, aber mich interessieren eigentlich die Verkäufe aus diesem Jahr.« Herausfordernd beobachtete er Dwyers Reaktion.

»Verzeihung, ich verstehe nicht?«

Die Verblüffung des Buchhalters wirkte echt. Er konnte kein seltsames Verhalten bei dem Mann erkennen, das ihn hätte stutzig werden lassen.

»Mir ist zu Ohren gekommen, dass insgesamt vier Männer und zwei Frauen von der Plantage verschwunden sein sollen.«

»Das ist vollkommen unmöglich!«, protestierte Dwyer. Routiniert erklärte er nun seine Arbeitsweise, wie er mit laufenden Ein- und Ausgaben sowie den Rechnungen und Belegen verfuhr, die auf seinem Tisch landeten. Genauestens verdeutlichte er sein System und seine Herangehensweise und verwies auf die entsprechend geordneten Stapeln noch nicht vermerkter Transaktionen, die Aiden bei seiner Durchsicht schon inspiziert hatte. »Selbst wenn es Fluchtversuche gegeben hätte, gäbe es den Nachweis einer Zahlung an die Sklavenfänger. Es sei denn, mehrere Pflanzer haben sich zusammengetan, um eigenhändig nach den Entflohenen zu suchen. Aber so was spricht sich wie ein Lauffeuer herum, und mir ist in der Hinsicht nichts zu Ohren gekommen«, endete Dwyer.

»Das klang überaus einleuchtend, Mister Dwyer. Ich entschuldige mich, dass ich Ihre Zeit unnötig in Anspruch genommen habe. Ich schätze, ich bin lediglich einem dummen Geschwätz aufgesessen«, sagte Aiden, um den Mann in Sicherheit zu wiegen. Beruhigt war er jedoch keineswegs. Hermela dachte sich das Verschwinden von sechs Sklaven nicht aus.

Er setzte ein erfreutes Gesicht auf, als er den Speiseraum betrat, in dem die Mutter bereits mit dem Frühstück angefangen hatte.

»Aiden, da bist du ja«, rief sie erfreut aus. »Ich hörte, du warst ausreiten?«

»Ja, so früh am Morgen ist die Luft noch erträglich.« Er nahm Platz und ließ sich von der Sklavin bedienen. »Warum reitest du nicht mehr, du warst früher eine gute Reiterin?«

»Ach«, winkte sie verlegen ab. »In meinem Alter?«

»Ich bitte dich, das hat doch nichts mit dem Alter zu tun. Im Übrigen bist du keineswegs alt.«

»Oh, du bist ja ein richtiger Charmeur geworden.«

Aiden mochte das Geplänkel mit ihr; vier Jahre hatte er auf den Genuss verzichten müssen.

Seinem Vater ging an diesem Tag besser, wie er auf Nachfrage erfuhr. So beschloss er, nach dem Frühstück nach ihm zu sehen.

Er fand ihn in seinem Lehnstuhl am Fenster vor, eine Gazette lag achtlos auf seinem Schoß. Zwei Mädchen hatten sein Bettzeug gewechselt und rafften gerade die Schmutzwäsche in ihren Armen zusammen.

Er wartete, bis sie gegangen waren, dann zog er sich einen Stuhl heran und setzte sich neben ihn.

Obwohl sein Dad ihn bemerkt hatte, als er eingetreten war, schwieg er weiterhin und starrte phlegmatisch aus dem Fenster.

Mit einem Nicken wies Aiden auf die Zeitung. »Hast du sie schon gelesen?«, fragte er lapidar, weil er nicht wusste, wie er beginnen sollte.

Der Vater schenkte ihm einen knappen Blick, bevor er wieder geradeaus sah. »Steht nichts Gescheites drin. Wir haben Wahljahr, was soll man erwarten? Spekulation über Spekulationen, ob Zachary Taylor von der Whig Partei oder der Demokrat Lewis Cass das Rennen machen wird. Meine Uhr tickt, also warum soll mich das noch interessieren?«

Seinen letzten Satz überging Aiden ganz bewusst.

Eine Weile diskutierten sie über Politik. Wenn er ruhig und ohne Aufregung kommunizierte, war seine Aussprache relativ verständlich, auch wenn seine Stimme nie wieder so klingen würde, wie Aiden es gewohnt war. Sie sprachen über den Gesundheitszustand von Präsident James K. Polk, über den die Presse seit einiger Zeit spekulierte, und dass er sich deshalb keiner Wiederwahl stellen wollte, und darüber, dass der ehemalige Präsident Martin van Buren ohnehin keine Chance im Wahlkampf habe, da er die Ausbreitung der Sklaverei in den neu hinzugekommenen Bundesstaaten zu verhindern versuchte.

Politik war nicht sein liebstes Gesprächsthema, aber er verfolgte natürlich die politischen Geschehnisse, um in der Gesellschaft mitreden zu können. Nachdem die Unterhaltung verstummt war, und sie eine

Weile schweigend dagesessen hatten, riskierte Aiden es, ihn auf die Sklaven anzusprechen.

»Verschwundene Sklaven, so ein Blödsinn! Davon wüsste ich. Und warum hätte ich welche verkaufen sollen?« Mit aufgerissenen Augen sah Jacob Pellham seinen Sohn argwöhnisch an. »Meadowfield geht es ausgezeichnet, es gibt keinen Grund, warum ich gute Männer verkaufen sollte. Gerade zur Erntezeit wird jede Hand gebraucht, also was soll die verrückte Fragerei?«

Aiden wollte vermeiden, dass er sich aufregte, und pflichtete ihm daher bei. »Dasselbe habe ich zu jenen Sklaven auch gesagt, die behaupteten, es würden ein paar Arbeiter fehlen.«

Der Vater gab ein Grunzen von sich. »Dummes Gewäsch! Da sind wieder ein, zwei Unruhestifter am Werk, die mit irgendwelchen Lügengeschichten die anderen Sklaven aufwiegeln wollen. Das muss sofort unterbunden werden.« Er hob mahnend den Zeigefinger. »Das sind solche, die imstande sind, einen Aufstand anzuzetteln, wenn man sie gewähren lässt. Lass dir das gesagt sein, Junge.«

Aiden presste die Lippen zu einer schmalen Linie zusammen und enthielt sich einer Antwort.

Er würde herausbekommen, was mit den Sklaven geschehen war. Ein ungeheurer Verdacht drängte sich ihm auf, aber er hatte keinerlei Beweise. Zumindest wusste er jetzt, dass Dad keinen Verkauf in Auftrag gegeben hatte. Dessen Reaktion hatte ihn überzeugt und er war sicher, dass es nicht daran lag, dass er es vergessen hatte.

Gewissermaßen beruhigte ihn das, denn es zeigte,

dass der alte Mann noch bei Verstand war, auch wenn sich gelegentliche Ausfälle bemerkbar machten. Dr. Ashman sprach in dem Zusammenhang von beginnender *Altersvergesslichkeit*. Eine Erkrankung, die bei Frauen und Männern eines gewissen Alters gleichermaßen auftreten konnte, und gegen die es kein wirksames Medikament gab. Der Schlaganfall und Dads eingeschränkte Beweglichkeit hatten schwere Auswirkungen auf die Psyche des sonst so selbstbewussten Mannes genommen. Zudem hatte das Fieber im letzten Jahr sein Herz nachhaltig geschwächt, was als Ursache für seine Müdigkeit und Antriebslosigkeit verantwortlich war.

Als Aiden schließlich das Zimmer verließ, war er recht melancholisch. Er konnte sich nicht erinnern, jemals eine offene und ernsthafte Unterhaltung mit seinem Vater geführt zu haben. Es machte ihn betroffen, dass dies erst geschah, nachdem Dad vom Alter gezeichnet war.

An diesem Tag traf die Kutsche mit seinem restlichen Gepäck ein. Mehrere Sklaven waren damit beschäftigt, die Truhen und Taschen ins Herrenhaus zu tragen, während Aiden ausgiebig mit dem Kutscher plauderte, der sein Eigentum von der Poststation zur Plantage transportiert hatte. Die aufgelaufene Post für Meadowfield hatte der aufmerksame Stationsvorsteher dem Mann gleich mitgegeben.

Er sah sie durch, nachdem er den Kutscher verabschiedet hatte. Es war nichts Wichtiges, wie er auf den ersten Blick erkannte. Eine Ausgabe des begehrten Modemagazins *Ladys Goody's Book* befand sich darunter und Briefe mit eindeutig weiblicher Handschrift, die an Margaret Pellham gerichtet waren, doch dann stockte er. Der unterste Brief war sein eigener, jener, den er an seinen Freund und Lehrmeister Howard Wilcox geschrieben hatte. Es enthielt den Vermerk, dass der Herr auf Broom Hall nicht ausfindig gemacht werden konnte.

Was war vorgefallen? Will war seit Jahren auf der Plantage der Familie Burnet tätig. Er hatte keine Erklärung, warum der Brief seinen Empfänger nicht erreicht hatte. Ungläubig drehte er ihn mehrmals in seiner Hand hin und her, als könne er dadurch die Antwort ergründen. War es zum Eklat zwischen ihm und dem Jüngling und Erben der Plantage gekommen? Wenn weder er noch der erfahrene Will der Baumwollernte beiwohnten, fragte er sich, wie diese dort ablaufen würde. Im Grunde konnte es ihm egal sein, Will hatte schließlich über die Jahre in seiner Funktion als Verwalter alles unternommen, dem jungen Mann seine künftigen Aufgaben nahezubringen. Die Plantage war dem Untergang geweiht, sollte Dexter Burnet eines Tages selbst die Führung übernehmen, das war beiden schon seit langer Zeit klar gewesen. Der Erbe besaß keinerlei Geschick, weder in puncto Führungsqualität noch in geschäftlichen Angelegenheiten. Seine exzentrische Mutter war die Einzige, die hohe Stücke auf ihren Sohn hielt und es gar nicht erwarten konnte, bis ihr Spross alt genug war, die Nachfolge seines verstorbenen Vaters anzutreten.

Aiden besaß keine alternative Anschrift. Will war nie verheiratet gewesen und lebte daher in einer großzügigen Hütte auf der Plantage der Burnets. Wo mochte er sich derzeit aufhalten? Außer einer Schwester, die mit ihrer Familie irgendwo in einer ländlichen Gegend lebte, besaß er keine Verwandten. Doch so viel Aiden wusste, pflegten sie nur sporadischen Kontakt, seit Will sich mit ihrem tyrannischen Ehemann überworfen hatte. Dorthin würde er kaum gehen, sollte er entlassen worden sein. Hatte er kurzfristig eine andere Anstellung gefunden? Wie lange würden seine Ersparnisse ausreichen, falls er ohne Arbeit war? Lebte er derzeit in irgendeiner billigen Pension? Aiden machte sich ernstlich Gedanken.

Er zog sich in sein Zimmer zurück und grübelte, wie er seinen väterlichen Freund erreichen könnte, um sich zu vergewissern, dass es ihm gut ging. Im Übrigen war es auch denkbar, dass er gerade für die Organisation tätig war. Will war ein pflichtbewusster Mann, solange er auf der Plantage für die Ernte verantwortlich war, hätte er keinen Auftrag übernommen, aber da er dort nicht mehr arbeitete, war es nicht auszuschließen. In dem Fall konnte es Wochen oder Monate dauern, bis Aiden einen Anhaltspunkt erhalten würde, wo er sich aufhielt.

Um auf andere Gedanken zu kommen, begab er sich zu seinem Gepäck, das kreuz und quer im Zimmer abgeladen worden war, und machte sich daran, seine Kleidungstücke eigenhändig in den Schrank zu räumen. Anschließend verstaute er die Truhen und Taschen ineinander und schob sie in eine freie Ecke, wo sie nicht im Weg standen. Innerlich grinste er, die Sklavenmädchen würden Augen machen, wenn sie feststellten, dass er Arbeiten erledigte, die sonst ihnen vorbehalten war, andererseits hatte er gegenüber Lucy erwähnt, sich selbst darum kümmern zu wollen.

Die Tage verflogen, und Aiden fand auf der Plantage stets etwas zu tun. Die Sklaven im Sklavendorf gewöhnten sich an seinen Anblick und begegneten ihm zunehmend offener. Er half, wo er konnte, und hatte für jeden ein offenes Ohr. So fand er nichts Ungewöhnliches dabei, einer jungen Mutter zu helfen, einen Drahtzaun um das Gehege ihrer drei Hühner zu ziehen oder in einer Hütte zwei zerborstene Latten an einem Bettgestell auszutauschen. Er war der Ansicht, dass die Männer und Frauen, die den ganzen Tag auf den Feldern oder anderen Bereichen schufteten, sich nicht zusätzlich mit derlei Dingen abmühen sollten, die von ihrer spärlichen Freizeit abgingen.

Dass er mit dieser Auffassung allein dastand, war ihm klar, doch es scherte ihn wenig. Aufseher Cutler hatte nur hämische Worte für seine Hilfsbereitschaft übrig. Der Mann ging ihm mehr und mehr auf die Nerven, dennoch war er bemüht, ihn zu ignorieren.

Doch als dieser ihn eines Nachmittags den Weg zum Herrenhaus mit den Worten versperrte, »Es ist eine Schande, wie Sie den Niggern in den Arsch kriechen«, riss ihm der Geduldsfaden und es kam zu einer heftigen Konfrontation. Nur die Tatsache, dass sich mehr und mehr Sklaven zusammenfanden, die neugierig die Auseinandersetzung beäugten, brachte Cutler schließlich dazu, den Rückzug anzutreten.

Aiden war sich der Gefahr, durchaus bewusst, die von dem Aufseher ausging. Bevor er zurückgekehrt war, hatte Cutler das Sagen, und diese Macht wollte er sich nicht wieder nehmen lassen, am allerwenigsten von ihm. Bei dem Gedanken an die aufgestaute

Wut, die der kaum verhehlen konnte, die hasserfüllten Blicke, mit denen er ihn bedachte, gepaart mit seinem verschlagenen Grinsen, stellten sich Aiden die Nackenhaare auf. Er durfte Cutler nicht unterschätzen!

Spätestens nach der Baumwollernte musste er einen Weg finden, das Wilson Cutler Meadowfield den Rücken kehrte. Zu dumm nur, dass sein Vater große Stücke auf ihn hielt, und er, Aiden, keine Befugnis besaß, den Mann zu entlassen. Alle Handlungsvollmacht lag in den Händen Jacob Pellhams, solange er lebte und nicht als unzurechnungsfähig eingestuft wurde, es sei denn, er überschrieb die Plantage offiziell an seinen Sohn. Letzteres würde nicht passieren, da machte sich Aiden keinerlei Illusionen.

Am nächsten Tag war es endlich so weit. Die ersten Kapseln waren aufgesprungen und gaben ihr weißes Gold preis. Die Baumwollernte 1848 hatte begonnen! Die Anzahl der Sklaven auf den Feldern wurde erhöht, auch Frauen mussten vermehrt mitanpacken. Jene Sklaven, die in den letzten Wochen verstärkt auf den Gemüsefeldern und in anderen Bereichen eingesetzt worden waren, wurden nun ebenfalls zur Ernte herangezogen. Nach und nach trafen sie ein und wurden von den Aufsehern, die nun auch wieder vollzählig waren, ihren Reihen zugewiesen.

Gegen Mittag bildete sich bereits die erste Schlange am Gin-House. Männer und Frauen, die mit ihren randvollen Säcken anstanden, damit ihr Ergebnis gewogen und eingetragen werden konnte. Hinter dem Namen eines jeden Pflückers wurde das gemessene Gewicht notiert, sodass am Ende genau erkennbar war, welcher Sklave wie viel Baumwolle gesammelt hatte.

Aiden führte die Liste, sehr zum Missfallen von Wilson Cutler. Zwei Sklaven im mittleren Alter, die mit der Waage vertraut waren, assistierten ihm.

Cutler war daraufhin wutschnaubend und Aiden übelst verfluchend aus dem Gin-House gestürmt.

Die Egreniermaschine lief ununterbrochen, die Sklaven wechselten sich an der Kurbel ab. Moody, dem Sklaven, mit dem er die Reparaturarbeiten gemacht hatte, und von dem er von den verschwundenen Sklaven Barath und Shane erfahren hatte, hatte Aiden die Aufsicht über die Maschine erteilt. Moody erschien ihm sehr kompetent.

Inzwischen gab es bereits größerer Modelle, die mit der Kraft eines Pferdes angetrieben wurden und nicht mehr per Hand gedreht werden mussten. Die meisten Pflanzer, die Aiden kannte, benutzten aber aus Kostengründen nach wie vor das handbetriebene Modell.

Das Wetter an diesem Tag war brütend heiß.

Das Hemd trug er bis zur Brust offen und die Ärmel waren aufgekrempelt. Obwohl es im Inneren des Gin-Houses geschützt war, stand ihm der Schweiß auf der Stirn und die Kleidung klebte ihm am Körper. Dennoch stand Aiden fast den gesamten Tag an seinem Platz und führte gewissenhaft seine Liste. Während der Momente, wo er abwesend war, sei es, um einen Happen zu essen oder sich zu erleichtern, ließ er sich von dem jungen Aufseher Scott Fisher vertreten.

Fisher war ein Neuling und die Anstellung auf Meadowfield war sein erstes Jahr als Arbeiter auf einer Baumwollplantage. So viel Aiden wusste, war sein Vater zeit seines Lebens als Aufseher tätig gewesen. Zuerst auf diversen Tabakplantagen in Alabama und die letzten Jahre auf einer Reisplantage in South Carolina. Als Scott Fisher fünfzehn Jahre alt war, verstarb der Vater. Nun unterstützte er mit seinem Lohn die jüngere Schwester und die Mutter, die seit dem Tod des Familienoberhauptes bei Verwandten lebten.

Aiden hielt den Mann, trotz seines jungen Alters, für vertrauenswürdiger als die anderen, und er schätzte dessen Einsatz, seiner Familie hilfreich unter die Arme zu greifen. Es war Fisher anzusehen, wie stolz es ihn machte, dass ausgerechnet er auserkoren war, dem künftigen Plantagenbesitzer vertreten zu dürfen.

Er war daher äußerst bemüht, fast ein wenig übermotiviert, was Aiden ein Grinsen entlockte. Der Mann besaß Potenzial, das hatte er gleich erkannt.

Cutler und der brummige Sparks waren in seinen Augen nicht der richtige Umgang für den noch unverdorbenen Charakter des Jünglings. Schließlich wusste er aus eigener Erfahrung, wie schwierig es war, als Mann ohne Erfahrung seinen Aufgaben gerecht zu werden. Automatisch wird sich an den älteren und erfahrenen Angestellten orientiert und deren Vorgehensweisen abgeschaut. Cutler und Sparks stellten keine Vorbilder für Fisher dar, der seinen Weg im Leben noch finden musste.

Zum Glück war Aiden an Howard Wilcox geraten, von dem er eine Menge gelernt hatte. Eine Weile beschäftigte ihn erneut die Frage, warum sein Brief den Empfänger nicht erreicht hatte, und Bilder gingen ihm durch den Kopf, wie er und Will an der Waage gestanden und Hand in Hand arbeiteten. Energisch verdrängte er die alten Zeiten und beruhigte sich mit dem Entschluss, zur Plantage Broom Hall zu reiten und sich persönlich nach dem Verbleib von Will zu erkundigen, sobald auf Meadowfield die Ernte eingebracht und die Ballen verschifft waren.

Am dritten Tag staunte Aiden nicht schlecht, als plötzlich sein Vater im Gin-House aufkreuzte, begleitet von dem Jungen, der seit Kurzem seinen alten Kammerdiener Jumah zur Hand ging.

Aiden rief nach Fisher, der gerade mit Moody und zwei weiteren Sklaven eine Verstopfung am Sieb der Egreniermaschine behoben hatte, ihn zu vertreten.

»Dad, was tust du hier?«, fuhr er ihn heftiger an als gewollt.

Alle Aufmerksamkeit war auf ihn und seinen Vater gerichtet.

»Wonach sieht es denn aus?«, erregte sich Jacob Pellham und pochte mit einem Gehstock, den Aiden noch nie bei ihm gesehen hatte, auf den hölzernen Boden des Gin-Houses. »Ich sehe nach, ob alles läuft, das ist schließlich mein gutes Recht.«

Mit Augenrollen und einem unterdrückten Stöhnen bugsierte er ihn weiter abseits. »Selbstverständlich läuft alles! Warum sollte es das nicht?«, zischte er verärgert. Sein Blick streifte den des Jungen.

»Ich kann nichts dafür, Master Aiden, wirklich nicht«, jammerte der nun aufgelöst »Jumah wollte ihm diesen anstrengenden Weg ausreden und auch die Misses hat es versucht.«

»Warum muss ich erst von meinem quasselnden Weib erfahren, dass die Ernte bereits im Gange ist?«, schnaubte der alte Mann. Seine Aussprache war aufgrund der Aufregung recht feucht und seine Worte kaum noch verständlich.

Aiden hatte den Vater die letzten drei Tagen nicht gesehen, da er erst zur späteren Stunde ins Herrenhaus zurückgekehrt war und es dann vorgezogen hatte, sich vom Schweiß und Staub des Tages zu reinigen. »Es tut mir leid, dass ich dich nicht besucht und über den Stand der Dinge in Kenntnis gesetzt habe. Ich hatte hier jede Menge zu tun.« Er war bemüht, ein weiteres Augenrollen zu vermeiden. »Deshalb musstest du dich nicht herbemühen. Doktor Ashman hat dir klar zu verstehen gegeben, dass du dich schonen sollst.«

Unwirsch fuchtelte der Alte mit der Hand, die den Gehstock hielt. »Meine Beine sind noch intakt.« Die Schweißperlen auf seiner Stirn mehrten sich und sein schwerer Atem war unüberhörbar.

»Das ist richtig! Aber du vergisst, dass das gelbe Fieber dein Herz geschwächt hat. Du bist nicht mehr so belastbar, wie du es gern hättest.«

Jacob Pellham gab lediglich ein mürrisches Knurren von sich.

»Mister Fisher, ich werde meinen Vater zum Herrenhaus zurückbringen.«

Fisher sah geschäftig von den Papieren in seiner Hand auf. »Verstanden, Mister Pellham. Lassen Sie sich Zeit, ich habe alles im Griff.«

»Wo ist Cutler?«, stieß der Vater hervor und blickte sich hektisch um. »Wieso ist er nicht …«, verwirrt starrte er Scott Fisher an, der gerade einen Messwert notierte. »Wer ist der junge Mann dort? Was hat er hier zu suchen?«

»Es reicht jetzt, Dad!« Beherzt griff Aiden seinem alten Herrn unter die Arme und schob ihn zum Ausgang, während er seine Proteste geflissentlich überhörte.

Das Getuschel der Sklaven schien in seinen Ohren zu dröhnen.

»Der junge Mann ist Scott Fisher, du selbst hast ihn eingestellt«, zischte Aiden, als sie im Freien waren.

»Das stimmt nicht! Ich habe den Mann noch nie gesehen.«

»Du hast es wahrscheinlich nur vergessen.«

»Vergessen?« Mit aufgerissenen Augen starrte er seinen Sohn an. »Willst du damit sagen, ich sei schwachsinnig? Das verbiete ich dir!« Er versuchte vergeblich, sich aus Aidens Griff zu befreien.

»Hör mit diesem Theater auf!«, fuhr Aiden ihn an. »Ich habe nichts von schwachsinnig gesagt, aber die Sklaven werden genau das von dir denken, wenn du dich weiterhin so aufführst.«

Der Satz hatte offenbar gesessen. Sofort gab der Vater seinen Widerstand auf und sah sich um.

»Was gafft ihr so blöd?«, schnauzte er in Richtung der Sklaven, deren Blicke auf ihn gerichtet waren.

»Komm jetzt!« Aiden schob ihn energisch vorwärts.

Jacob Pellham blieb nichts anderes übrig, als sich zu fügen. Eine Weile schwieg er verbissen.

Auf halber Strecke gewährte Aiden ihm eine Verschnaufpause, da er bemerkte, dass sein Gang schlurfender wurde, sein schweres Atmen aber nicht nachgelassen hatte. Er hielt ihn sicher im Griff. Der Junge schlenderte, den Gehstock schwenkend, hinter ihnen her.

Endlich im Herrenhaus angekommen geleitete Aiden ihn in den privaten Salon, da er sich weigerte, in sein Schlafzimmer gebracht zu werden. Schwerfällig ließ er sich in dem breiten Ohrensessel sinken.

»Hier, Ihr Gehstock, Master.« Der Junge hängte das Teil über die Armlehne.

Aiden nickte ihm dankbar zu. »Gib Hermela Bescheid, sie soll einen kräftigen Kräutertee aufbrühen, der meinen Vater zur Ruhe kommen lässt.«

»Kräutertee? Ja, Master Aiden.«

Aiden konnte ein Schmunzeln nicht unterdrücken. Ihm war nicht entgangen, wie der Junge angewidert das Gesicht verzogen hatte. »Ich weiß deinen Namen gar nicht?«

»Eigentlich Benjamin, aber alle nennen mich Benny.«

»Also gut, Benny, dann schwirr ab.«

Nach einem kräftigen »Jawohl, Master Aiden« rannte der Junge ungestüm los.

Grinsend sah Aiden ihm hinterher. Anfangs war er nicht so begeistert gewesen, als er hörte, dass ausgerechnet ein elfjähriger Junge Jumah in der Pflege seines Vaters unterstützen sollte. Er hatte sich eine ältere Person vorgestellt, einen jungen kräftigen Kerl, aber er hatte Jumah freie Hand gelassen, sich seinen Helfer selbst auszusuchen. Deshalb nahm er dessen Wahl missgestimmt, aber stillschweigend zur Kenntnis und würde beobachten, wie sich der Junge im Alltag schlug. Aiden wusste lediglich, dass er zu einer Sklavin gehörte, die im Herrenhaus tätig war. Benny war aufgeschlossen, bemüht und flink, bislang waren ihm keine Klagen zu Ohren gekommen.

»Ich will sofort mit Cutler sprechen«, riss der Vater ihn brüsk aus seinen Gedanken. »Warum ist der Mann nicht auf seinem Posten? Ich bezahle ihn schließlich dafür, dass er sich um sämtliche Abläufe kümmert.«

Aiden nahm einen tiefen Atemzug, um seinen aufsteigenden Zorn zu unterdrücken. »Falls du mit *Posten* meinst, warum er nicht Stellung an der Waage bezogen hat, diese Frage ist einfach zu beantworten. Ich habe ihn hinausgeschickt!« Er legte eine besondere Betonung auf seinen letzten Satz, während er genau die Reaktion des Alten beobachtete.

»Warum hast du das getan? Dazu hattest du kein Recht«, brauste er erneut auf.

»Kein Recht?«, wiederholte Aiden erregt. »Wer von uns ist ein Pellham? Cutler oder ich?« Er konnte nicht verhindern, dass er lauter wurde. »Wenn du diesem Cutler mehr vertraust als deinem eigenen Sohn, dann sage es mir hier und jetzt ins Gesicht. Dann bin ich weg und du siehst mich nie wieder. Ist das dein Wunsch? Gefällt dir die Vorstellung, dass alles, wofür du dein ganzes Leben geschuftet hast, nach deinem Ableben einem dahergelaufenen Aufseher namens Cutler gehört? Dass Meadowfields künftiger Besitzer Wilson Cutler heißt?«

»Du redest Unfug!« Jacob Pellham griff nach seinem Gehstock und richtete ihn anklagend auf ihn. »Du bist ein Narr! So etwas Infames würde ich niemals zulassen.«

»Dann verhalte dich gefälligst auch nicht so!«

Die Tür flog auf und Margaret Pellham rauschte herein.

»Herrje, was ist denn hier los? Man hört euch in der ganzen Halle. Müsst ihr zwei schon wieder streiten? Ist das wirklich notwendig?«

»Mutter!« Aiden rollte stöhnend die Augen. Sie besaß wahrlich ein Talent, im ungünstigsten Zeitpunkt aufzukreuzen.

»Nun? Was ist hier los?« Prüfend schaute sie von einem zum anderen.

»Das soll dein Gatte dir selbst erklären«, brummte Aiden.

Beider Augen waren auf den alten Mann gerichtet, der trotzig zur Seite starrte und beharrlich schwieg.

»Jacob, hat es zufällig damit zu tun, dass du trotz aller guten Ratschläge doch im Gin-House warst, weil du wieder mal deinen verdammten Dickschädel durchsetzen musstest?«, fuhr Margaret Pellham ihren Gemahl mit einer Schärfe an, die Aiden nur selten von ihr hörte.

Hätten Blicke töten können, hätte der knappe Blick, mit dem ihr Ehemann sie daraufhin maß, sein Ziel sicher nicht verfehlt. Er hatte jedoch nicht vor, auf die Frage zu antworten, starrköpfig wandte er sein erhobenes Haupt wieder zur Seite. Sein Mund war zusammengepresst, soweit es in seinem Zustand möglich war, und er schnaufte geräuschvoll durch seine Nase.

»Sofern ihr nichts dagegen habt, werde ich mich wieder an die Arbeit machen«, sagte Aiden. Sein Augenmerk war dabei einzig auf seinen Dad gerichtet, der aber keinerlei Reaktion zeigte. »Nun gut.« Er drehte auf dem Absatz um und verließ schnurstracks den Salon.

Auf halbem Weg kam ihm Benny mit dem Tee entgegen. »Warte so lange, bis die Misses den Salon verlässt, bevor du ihm den Tee bringst«, trug Aiden ihm im Vorbeigehen auf.

Auf dem Pfad zum Baumwolllager und Gin-House stellte er sich die Frage, ob er vielleicht ein wenig überreagiert hatte. Sein Verhalten war auf die alte Ignoranz seines Vaters während seiner Kindheit zurückzuführen, die sich Bann gebrochen hatte.

Er war froh, sich mit Arbeit ablenken zu können und beschleunigte seine Schritte. Wie es schien, war seine Anwesenheit bereits dringend vonnöten.

Schon von Weitem hallte Cutlers wütende Stimme zu ihm herüber. Einer der jüngeren unerfahrenen Sklaven war unvorsichtig gewesen und hatte sich an den scharfkantigen Kapseln eine Schnittwunde an der Hand zugezogen, die stark blutete. Cutler stand wie ein Bär vor ihm und wies den eingeschüchterten Jungen zurecht, da die im Sack gesammelte Baumwolle von Blut besudelt und nicht mehr zu gebrauchen war.

Bevor Aiden es verhindern konnte, holte Cutler mit der kleinen Peitsche aus, die er am Gürtel trug, und schlug auf den Jungen ein, der verzweifelt wimmernd die Arme schützend um seinen Kopf hielt.

Mehrere Sklaven standen, wie in Schockstarre verfallen, hinter dem jungen Mann, während zwei mutige Kraftpakete versuchten, Cutler davon zu überzeugen, Gnade für den unerfahrenen Pflücker walten zu lassen.

»Haltet das Maul«, brüllte Cutler die beiden Sklaven an. »Oder ihr erhaltet für jedes Wort der Einmischung zehn Peitschenhiebe am Pfahl.«

»Das glaube ich kaum!«, knurrte Aiden mit eiserner Beherrschung.

Der überraschte Aufseher fuhr herum. Für einen Moment starrte er ihn ungläubig an, bevor er langsam seine Peitsche sinken ließ und eine aufrechte Haltung annahm. »Mister Pellham«, pfiff er herablassend. Er besaß die Frechheit, ihm dabei grinsend ins Gesicht zu sehen.

Aiden ballte seitlich am Körper seine Hände zu Fäusten. »Auf Meadowfield wird keine Peitsche zum Einsatz kommen, Mister Cutler. Nur über meine Leiche. Haben Sie das verstanden?«

Sein Grinsen wurde breiter. »Das ließe sich einrichten!«

»Wollen Sie mir drohen, Cutler?«

Das Gesicht des Aufsehers verfinsterte sich. »Durchaus möglich, wenn Sie es noch einmal wagen sollten, meine Autorität infrage zu stellen. Sehen sie sich den Schaden an, den dieser nichtsnutzige Bengel verursacht hat.« Er warf ihm den Sack mit der blutverschmierten Baumwolle vor die Füße.

»Hast du das mit Absicht getan?«, fragte Aiden den Jungen.

Der Angesprochene riss entsetzt die Augen auf. »Nein, Master, natürlich nicht, Master. Ich wollte so schnell sein wie die anderen, dabei ist es passiert. Ich wollte das nicht, es tut mir leid.«

»Da hören Sie es«, wandte er sich wieder an Cutler. »Ärgerlich, aber letztendlich nichts weiter als ein bedauerlicher Unfall.«

»*Bedauerlicher Unfall?*«, äffte Cutler. »Haben Sie den Verstand verloren? Wofür halten Sie sich, für Mutter Theresa?«

»An Ihrer Stelle wäre ich ganz vorsichtig mit Ihren Äußerungen«, warnte Aiden lauter werdend. »Und jetzt geben Sie mir Ihre Peitsche!« Er streckte auffordernd seine Hand aus.

»Bedaure, die ist mein Eigentum. Besorgen Sie sich selbst eine.« Er lachte hämisch.

»Ich wiederhole mich nicht gern«, zischte Aiden und entriss ihm in einem kurzen Gerangel das Teil.

Cutlers Augen formten sich zu schmalen Schlitzen und für einen Moment sah es so aus, als wolle er sich auf ihn stürzen. Stattdessen brüllte er los. »Sie werden niemals den Respekt genießen, der Ihrem Vater gebührt. Bilden Sie sich ein, Sie besäßen Macht, weil Sie denselben Namen tragen? Sie sind nichts weiter als ein eingebildeter Stutzer, der sich nie um die Belange dieser Plantage gekümmert hat.« Angewidert spie er auf den Boden. »Sie haben nicht die geringste Ahnung, wie man mit den schwarzen Dummköpfen umzugehen hat. Die brauchen Disziplin, sonst tanzen sie einem auf der Nase herum. Ich weiß, wovon ich rede, schließlich bin ich nicht umsonst Aufseher. Ihr werter Herr Vater ist mit meiner Arbeit überaus zufrieden.« Er streckte seinen Hals noch länger, einen Mundwinkel nach oben ziehend starrte er ihn an. »Es wird schon seinen Grund haben, dass Ihr Vater …«

114

»Es reicht jetzt!«, donnerte Aiden. Aus dem Augenwinkel bemerkte er, dass einige Sklaven zusammengezuckt waren. »Sie werden anmaßend.« Er zügelte seine Stimme wieder. »Haben Sie nichts zu tun? Wenn dem so ist, scheinen Sie Ihren Lohn nicht wert zu sein.«

Aufgebracht fixierten die Kontrahenten sich.

Aiden war der Erste, der den Augenkontakt abbrach.

»Komm her«, er winkte den Jungen zu sich und besah sich die Hand. »Das sollte verbunden werden.« Die roten Striemen, die die Peitsche auf seinem Unterarm hinterlassen hatten, waren ihm dabei nicht entgangen. Er warf einen warnenden Blick auf Cutler, der sich durch abfälliges Schnauben bemerkbar machte. »Geh zum Küchentrakt des Herrenhauses. Sag Hermela, dass ich dich geschickt habe, sie soll deine Hand versorgen.« Mit großen runden Augen schaute der Junge ihn perplex an. »Und gib ihr das hier.« Er drückte ihm die Peitsche in die Hand. »Sie soll sie verbrennen.«

Cutler entlud sich in einem Schwall Obszönitäten.

Aiden zwang sich zu einem aufmunternden Gesichtsausdruck. »Geh schon.«

Nach einem verwirrten Kopfnicken rannte der Junge los. Langsam wandte er sich wieder dem wutschäumenden Aufseher zu.

»Das werden Sie mir büßen, Pellham!«

Aiden ignorierte ihn. »Wenn Sie mich dann entschuldigen, ich werde an der Waage erwartet, und ich denke, Sie haben ebenfalls etwas zu tun.« Er wandte sich um und entfernte sich ein paar Schritte, bevor er sich noch einmal zu ihm drehte. »Ich muss Sie allerdings warnen, sollten Sie Ihre Aggressionen nun an anderen wehrlosen Sklaven auslassen, werde ich davon erfahren. Ich darf Sie daran erinnern, dass ich ein Pellham bin, ob es Ihnen passt oder nicht.«

»An die Arbeit, ihr nutzloses Gesindel«, hörte er den Aufseher brüllen.

Die umstehenden Sklaven stoben auseinander wie ein aufgescheuchter Vogelschwarm. Der Rest seiner Schimpftirade galt Aiden.

Nach einem tiefen Atemzug betrat er das Gin-House. Trotz des Disputes mit Cutler fühlte er sich gut. Damals, mit siebzehn, hatte er keine Chance gegen den Mann, aber die Zeiten hatten sich geändert.

Der Rest des Tages verlief ohne Zwischenfälle. Nachdem die letzten Säcke gewogen und ihre Werte eingetragen waren, unterhielt er sich eine Weile mit Scott Fisher. Ein paar Sklaven waren noch an der Egreniermaschine am Werke, überprüften das Sieb und zupften hängengebliebene Kapsel- und Samenreste aus den Ritzen, damit es morgen ohne Zeitverlust weitergehen konnte.

Guter Dinge und vor sich hin pfeifend, begab er sich schließlich auf den Weg zum Herrenhaus. Sein Magen knurrte und er freute sich auf eine warme Mahlzeit und später einen Schluck guten Whiskeys.

Drei Frauen, beladen mit Wäschekörben, kamen ihm entgegen. Zwei von ihnen schlugen grüßend einen Bogen um ihn, nur die dritte marschierte beharrlich auf dem schmalen Pfad weiter, sodass er irgendwann gezwungen war, stehenzubleiben.

Überrascht schaute er die Sklavin an, die ebenfalls stehengeblieben war, den Korb wie ein Schutzschild vor ihrem Bauch haltend. Auch sie sah ihn an, ihr Gesichtsausdruck war verbissen. »Master Aiden, ich habe schon gehört, dass Sie zurückgekehrt sind«, sagte sie erhobenen Hauptes, ohne den Blick von ihm abzuwenden.

Aiden verblüffte die unverkennbare Feindseligkeit in ihrer Stimme.

»Es war sicher ehrenhaft gemeint, sich vor meinen Sohn zu stellen, als Aufseher Cutler ihn mit der Peitsche bedrohte«, sprach sie rasch weiter, bevor er etwas sagen konnte. »Aber damit schaden Sie ihm mehr, als dass Sie ihm helfen.«

Eine steile Falte bildete sich auf Aidens Stirn. Verständnislos starrte er die Frau an.

»Halten Sie sich fern von meinem Jungen! Haben Sie nicht schon genug Schaden angerichtet?« Ihre Augen zeigten einen feuchten Glanz, der einen starken Kontrast zu ihrer harten Miene bildete. »Ich will Ihretwegen nicht noch ein Kind verlieren«, spie sie ihm entgegen.

Jetzt fiel es ihm wie Schuppen von den Augen. »Lydia?«

Ihr Schweigen war Antwort genug. Unzählige Gedanken und Erinnerungen prasselten gleichzeitig auf ihn ein. Fassungslos fuhr er sich mit der Hand durch sein volles Haar. Lydia, warum hatte er sie nicht auf den ersten Blick erkannt? Der Junge, der sich an den scharfkantigen Baumwollkapseln verletzt hatte, war Kirdan gewesen. Er überschlug es rasch in seinem Kopf, er müsste jetzt fünfzehn Jahre alt sein, das kam hin. Auch ihn hatte er nicht erkannt, er fühlte sich mies.

Flugs sortierte er seine Gedanken. »Lydia, es war nicht meine Schuld, dass das damals geschehen ist, und das weißt du.«

»Ich weiß nur, Sie sind zurück. Mein Kind wird niemals zurückkehren! Alles wäre nicht geschehen, hätten Sie sie in Ruhe gelassen.« Ihre eisige Miene bröckelte zusehends.

Der Vorwurf traf ihn hart, denn im Grunde hatte sie mit dieser Aussage recht, obwohl er selbst es bis heute nie so gesehen hatte. Für ihn war einzig Cutler schuld gewesen.

»Es war auch für mich ein schwerer Verlust. Ich habe damals mindestens so gelitten wie du«, erklärte er sachlich.

Mit ihrer Beherrschung war es vorbei, ihre Stimme kippte und Tränen rannen ungehindert über ihre Wangen. »Ihre Trauer war von kurzer Dauer, dann haben Sie sie vergessen, als hätte sie niemals existiert.«

»Das ist nicht wahr!«, protestierte er heftig.

Doch sie war nicht gewillt ihm länger zuzuhören, explosionsartig stürzte sie an ihm vorbei und ergriff die Flucht. Perplex blickte er ihr hinterher. Er hätte sie aufhalten können, aber er war viel zu verstört, um klar denken zu können. Was war aus dieser zarten Mulattin geworden, die stets ergeben den Kopf gesenkt hatte und bemüht war, nicht aufzufallen? Aus ihr war eine harte und verbitterte Frau geworden. Einen solchen Auftritt, wie sie ihn heute an den Tag gelegt hatte, hätte sie früher im Leben nicht gewagt.

Sein Herz pochte noch immer wie wild. Unfähig, sich von der Stelle zu rühren, atmete er mehrmals tief ein und aus, um sich zu beruhigen.

Als er später im Speisezimmer vor seinem Mahl saß, war sein Hunger verflogen. Nur das Knurren seines Magens ermahnte ihn, etwas zu sich zu nehmen.

Seine Mutter ließ es sich nicht nehmen, ihm Gesellschaft zu leisten. Sie selbst hatte schon vor fast zwei Stunden zu Abend gegessen.

»Du bist heute nicht gerade gesprächig«, bemerkte sie trocken, nachdem sie ihm den neusten Klatsch und Tratsch berichtet hatte, der ihr von einer Besucherin zugetragen worden war.

»Es war ein harter Tag. Verzeih, dass ich da nicht so aufnahmefähig für belanglosen Tratsch bin«, entschuldigte er sich höflich. »Wie geht es Vater?«, wechselte er das Thema. »Hat er sich beruhigt?«

Margaret winkte lachend ab. »Die ganze Sache hat ihn mehr mitgenommen, als er zugeben würde. Du warst kaum aus dem Haus, da ist er in seinem Sessel eingeschlafen und hat fast drei Stunden tief geschlafen und so laut geschnarcht, dass es in der ganzen Halle zu hören war.« Sie nippte amüsiert an ihrem Wein. »Und anschließend hat er stocksteif behauptet, er habe keineswegs geschlafen.«

Aiden musste zwangsläufig schmunzeln, legte sein Besteck beiseite und orderte bei der wartenden Sklavin ebenfalls ein Glas Wein. Die Angesprochene senkte die Lider, knickste artig und beeilte sich, seinem Wunsch nachzukommen. Immer noch schmunzelnd beobachtete er sie. Hermelas Ansprache hatte seine Wirkung nicht verfehlt, Lucy vermied es seitdem konsequent, ihn anzuhimmeln.

Nachdem die Sklaven abgeräumt hatten und sie unter sich waren, lehnte er sich salopp zurück und streckte die Beine aus. »Lydia ist mir heute über den Weg gelaufen. Sie hat sich sehr verändert, ich habe sie erst gar nicht erkannt.«

»Welche Lydia?«, fragte die Mutter verwundert.

Aiden kaschierte sein Aufstöhnen mit einem Seufzer. »Sie arbeitet in der Waschküche, Mum.«

»Ach so! Ich kenne doch nicht alle Namen der Wäschefrauen. Wenn es was zu klären gibt, bespreche ich das mit Selma. Sie ist sehr zuverlässig und ich kann mich darauf verlassen, dass meine Anordnungen ausgeführt werden.« Sie nahm einen weiteren Schluck Wein und veränderte ihre Sitzposition, bevor seine Aussage sie stutzig werden ließ und sie nachhakte, was es mit dieser Lydia auf sich habe.

Aiden bedauerte längst, den Namen erwähnt zu haben, aber für Reue war es zu spät. »Sie ist Maliyas Mutter.«

»Maliya?« Für einen kurzen Moment sah sie ihn fragend an, dann machte sich ein Verstehen breit. »Doch nicht etwa dieses hellhäutige Sklavenkind, dass sich dir damals an den Hals geworfen hat?«

»Mutter!« Empört starrte er sie an. »Sie hat sich mir keineswegs an den Hals geworfen. Wie du gerade selbst sagtest, war sie noch ein Kind. Sie war vierzehn Jahre alt, als sie ihrer Mutter entrissen wurde.« Und ihm, setzte er in Gedanken hinzu.

»Herrje, diese alten Geschichten.« Pikiert über seine Reaktion zog sie eine säuerliche Miene. »Das ist wie viele Jahre her? Sklaven werden nun mal hin und wieder verkauft, das ist vollkommen normal. Dass sie von ihrer Mutter getrennt wurde, ist bedauerlich, aber immerhin war der Verkauf zu deinem Schutz. Dein Vater hat …«

»Zu meinem Schutz?«, hakte er fassungslos nach. »Was, bitte schön, soll da zu meinem Schutz gewesen sein? Das ist doch lächerlich!« Verkniffen schüttelte er den Kopf.

»Ich bin der Meinung, dass dein Vater in der Angelegenheit vollkommen richtig gehandelt hat. Dieses Mädchen besaß das Talent, dich um den Finger zu wickeln, ohne dass du es bemerktest. Sie hatte Einfluss auf *dich*, anstatt andersherum, wie es sein sollte. Sie war eine Gefahr für deine Entwicklung. Was wäre erst geworden, wäre sie auf Meadowfield zu einer Frau gereift? Sie hätte jedem Kerl den Kopf verdreht, dich eingeschlossen, und das musste verhindert werden.«

»So ein Blödsinn!« Er war fassungslos über die Meinung, die sie vertrat. »So war sie überhaupt nicht. Sie war ein intelligentes, aufgeschlossenes kleines Mädchen. Sie hätte sich als Frau niemals derart in ihrem Wesen verändert. Hat Dad dir diesen Unsinn eingeredet?«

»Ich bitte dich, Aiden!« Nun war es auch an ihr, Empörung zu zeigen. »Sie ist das Kind ihrer Mutter. Einer Frau, die jedem Aufseher das Bett wärmte, um sich Vorteile zu verschaffen. Lydia war hinterlistig und berechnend. Und als sie schließlich guter Hoffnung war, ist es ihr gelungen, diesen Aufseher so weit zu manipulieren, dass er sogar bereit war, ihr zur Flucht zu verhelfen. Aber wer so berechnend ist, bekommt irgendwann die Quittung. Ein anderer Aufseher hatte ihre Pläne verraten. Der Aufseher wurde fristlos entlassen und sie in die Wäscherei versetzt, damit sie keinen Schaden mehr anrichten konnte.«

Diese Version der Geschichte hörte er zum ersten Mal. Verwundert hatte Aiden ihr zugehört. »Ich dachte, du weißt nicht, wer Lydia ist?«

»Es ist mir wieder eingefallen«, antwortete sie schnippisch und griff nach ihrem Glas.

Für ihn kam die Antwort eine Spur zu schnell. Er kannte seine Mutter gut, warum wirkte sie mit einem Male nervös? Aufmerksam musterte er sie. Sie wusste mehr, als sie zugeben wollte, das wurde ihm in diesem Augenblick klar.

»Wer war dieser Aufseher?«, fragte er scheinheilig.

»Das weiß ich doch jetzt nicht mehr, es ist über zwanzig Jahre her. Warum fragst du?«

»Nur so, es interessiert mich halt.« Er zwang sich zu einem Grinsen. »Reine Neugier.«

»Du solltest deine Zeit sinnvoller nutzen, als dich mit längst vergangenen Geschichten zu beschäftigen, mein Junge.« Nach einem Blick in sein Gesicht setzte sie hinzu: »Und hüte dich davor, deinen Vater mit solchen Fragen zu behelligen. Du weißt, wie schnell er sich aufregt, und Aufregung tut ihm nicht gut.«

»Ja, ja«, erwiderte er lapidar, während er nachdenklich am Stiel seines Weinglases spielte.

Es passte nicht zusammen. Er war damals mehrmals in Maliyas Hütte gewesen, hatte sogar ein paarmal an deren Tisch gesessen und mit ihnen das bescheidene Mahl geteilt. Im Gegenzug hatte er ihnen des Öfteren heimlich was aus dem Vorrat der Herrenhausküche zukommen lassen oder ihnen Köstlichkeiten gebracht, die von festlichen Anlässen übriggeblieben waren. Lydia war stets ängstlich gewesen, dass einer der Weißen etwas mitbekommen könnte oder es unter ihresgleichen Neider gab. Das Bild, dass seine Mutter von der Frau darstellte, ließ sich beim besten Willen nicht mit dem vereinbaren, dass er von Lydia gewonnen hatte. In seiner Erinnerung war sie eine ruhige, zurückhaltende und warmherzige Frau. Eine ausgesprochen hübsche Mulattin, das musste er aus heutiger Sicht zugeben, trotzdem passte es nicht, dass sie berechnend gewesen sein sollte und zu jedem Aufseher ins Bett gestiegen wäre. Er wagte von sich zu behaupten, sich im Laufe seines Lebens eine gute Menschenkenntnis angeeignet zu haben. Daher konnte er sicher sein, sich auf sein Gefühl und seine Einschätzung verlassen zu können.

»Was ist eigentlich aus dem Mädchen geworden?«, fragte er beiläufig, ohne eine hilfreiche Antwort zu erwarten. Den überaus erstaunten Ausdruck seiner Mutter ignorierte er.

»Was aus ihr geworden ist? Was ist das überhaupt für eine Frage? Sie wird irgendwo auf einer anderen Plantage ihre Pflicht tun, vielleicht in der Waschküche wie diese Lydia, oder auf den Feldern. Was spielt das für eine Rolle? Wir sprechen hier über eine Sklavin, nichts anderes.«

Er konnte ein leichtes Schnauben nicht verhindern. »Natürlich wird sie das, eine andere Wahl hat sie schließlich nicht, oder?« Ein wenig vorwurfsvoll sah er sie an.

»Mein Junge, ich weiß, dieses Mädchen hat dir seinerzeit viel bedeutet …«, lenkte sie mit weicher Stimme ein. »Du warst siebzehn, halb Kind, halb Mann und …«

»Willst du jetzt mein Gefühlsleben als Heranwachsender analysieren?«, fragte er mit hochgezogenen Augenbrauen und grinsendem Unterton.

»Dass du immer gleich so impertinent werden musst!«, beschwerte sie sich und streckte ihren schlanken Hals. »Mir scheint, deine gute Erziehung hat unter den rauen Burschen, mit denen du dich die letzten Jahre umgeben hast, einigen Schaden genommen.«

Aiden lachte auf. »Ich habe dich nur ein wenig geneckt, Mum. Sei versichert, ich weiß mich nach wie vor in der Gesellschaft als Gesprächspartner und Gentleman zu benehmen.« Er deutete eine Verbeugung an, die ihr ein kopfschüttelndes Schmunzeln entlockte.

»Das erleichtert mich, mein Sohn.« Sie nahm einen letzten Schluck Wein und stellte ihr Glas danach auf dem Esstisch ab. »Die erste Einladung zu den jährlichen Bällen ist heute eingetroffen«, wechselte sie das Thema. »Ich wünsche mir so sehr, dass du mich zum Ball bei den Flemmings begleitest.« Sie warf ihm einen bittenden Blick zu, den Frauen allen Alters zu beherrschen schienen und der seine Wirkung selten verfehlte. »Ach, das wäre so wundervoll«, schwärmte sie. »Ich möchte unter Leute, mal andere Gesichter sehen, mich angeregt unterhalten und natürlich das ein oder andere Tänzchen absolvieren. Im vergangenen Jahr war ich, wegen Jacobs Fiebererkrankung gezwungen, daheimzubleiben und auch alle weiteren Einladungen abzusagen. Im Jahr zuvor habe ich in Begleitung der Damen Stevens und Walters ein paar Festlichkeiten besucht. Du weißt ja, dein Vater ist nicht dazu zu bewegen, an derartigen Veranstaltungen teilzunehmen.« Sie winkte mit einer ironischen Handbewegung ab. »Aber den ganzen Abend die Gesellschaft dieser lästernden Klatschmäuler zu ertragen, ist überaus anstrengend und sobald eine ausgelassene Stimmung aufgekommen ist, beginnen sie verhalten zu gähnen und lassen ihre Kutsche vorfahren.«

Aiden musste über ihre impulsive Rede lachen. »Du kannst es ihnen nicht verübeln, sie sind immerhin ein paar Jährchen älter als du, und die Stevens besucht solche Veranstaltungen wahrscheinlich eh nur, um sich großzügig am Büfett zu bedienen.«

Sie gluckste amüsiert.

»Es wird mir ein Vergnügen sein, dich zu begleiten«, versprach Aiden. »Ich hoffe, es mangelt dir nicht an Ausdauer.«

»Oh, ganz bestimmt nicht. Sei dessen unbesorgt.«

Es freute ihn, die Mutter wie ein junges Mädchen strahlen zu sehen. Tatsächlich war er keineswegs abgeneigt, mal wieder einen Ball zu besuchen. Ein Vergnügen, das in den letzten Jahren etwas zu kurz gekommen war, dabei war er ein ausgezeichneter Tänzer. Diese teils extravaganten Bälle fanden überall im Süden statt, sobald die Ernte eingebracht und nach der arbeitsintensiven Phase wieder Ruhe auf den Plantagen eingekehrt war. Sie waren der krönende

Abschluss eines jeden Erntejahres. Neben den vergnüglichen Aspekten bot es den Herrschaften die perfekte Gelegenheit, sich mit anderen Pflanzern in gelöster Atmosphäre auszutauschen.

Für ihn war es zudem die Möglichkeit, sich nach seiner langen Abwesenheit wieder ins Gespräch zu bringen und eventuell interessante Kontakte zu knüpfen.

Eine Weile unterhielt er sich noch angeregt mit ihr über bevorstehende festliche Ereignisse, bevor er sich mit den Worten entschuldigte, sich mit einem Buch in seine Kammer zurückziehen zu wollen.

Zielstrebig steuerte er anschließend die Bibliothek an, um sich eine entsprechende Lektüre zu besorgen. Seine Hand lag bereits auf dem Türgriff, als er spontan seinen Plan änderte und stattdessen auf das Arbeitszimmer zuhielt. Nachdem er dort für Licht gesorgt hatte, stand er einige Sekunden unschlüssig da und starrte vor sich hin, als wisse er nicht mehr, warum er das Zimmer betreten hatte. Dann riss er sich zusammen, ging um den Schreibtisch herum zu den deckenhohen Regalen und fuhr mit dem Finger die Buchrücken entlang, bis er fand, was er suchte.

Mit einem Seufzen ließ er sich am Schreibtisch nieder und begann zu blättern. Er wusste nicht genau, was er zu finden hoffte. Sein Verstand sagte ihm, dass es wenig Sinn machte und der Eintrag ihn kaum weiterbringen würde, doch eine unbekannte Kraft trieb ihn, drängte ihn nahezu, es dennoch zu versuchen. Eine banale Zeile über Ort und Preis wäre das Mindeste gewesen, und mit Glück noch den Namen des ausführenden Händlers, aber er fand gar nichts. Seine

Verblüffung war groß. Wiederholt vergewisserte er sich, das richtige Rechnungsbuch gegriffen zu haben. Ungläubig starrte er auf die Zeilen vor ihm und ging sie wieder und wieder durch, sowie die vorherige und die nachfolgende Seite, doch so oft er es auch prüfte, es existierte kein Eintrag über Maliya.

Wie war das möglich? Den Tag ihres Verschwindens kannte er genau. Das Datum hatte sich in sein Hirn gemeißelt, aber warum gab es im Geschäftsbuch keinen Eintrag über ihren Verkauf? Was war mit Maliya geschehen? Er entsann sich der Worte seines Vaters, die nur aussagten, er habe sie zum Verkauf freigegeben.

Für Aiden war das derart schockierend gewesen, dass er nicht mehr nachgefragt hatte, ob er sie eigenhändig zum Sklavenmarkt geschleppt hatte oder Cutler mit dieser Aufgabe betraut worden war. Für ihn machte das damals keinen Unterschied, sie war für ihn unerreichbar geworden, und dieser Schmerz war für ihn unerträglich.

Er brauchte eine Weile, bis er verinnerlicht hatte, dass er nichts über ihren Verbleib finden konnte. Plötzlich kam ihm eine andere Idee. Er wusste ihren Geburtsmonat, auch wenn er nicht das exakte Datum kannte. Die älteren Bücher befanden sich in einem Regal weiter hinter und waren zum Teil bereits in Kisten verstaut worden, um Platz zu gewinnen. Er musste einige Minuten suchen, bevor er das entsprechende Jahr fand.

Seine Befürchtung bestätigte sich. Es gab ebenso keinen Eintrag über ihre Geburt. Fluchend schleuderte er das Buch zurück in die Kiste. Die Hände ins

Kreuz gestemmt, sah er sich um; in diesem Raum gab es mehr Geheimnisse, als ihm lieb war.

Seine letzte Hoffnung war Kirdan, Maliyas kleiner Bruder. Das Sklavenverzeichnis von 1833 hatte er zuvor schon gesehen. Er erinnerte sich, dass Maliya ihm mal erzählt hatte, dass ihr Bruder im Hochsommer geboren war, daher durchstöberte er zuerst die Sommermonate und wurde schnell fündig. Seine Geburt war am 20. Juli verzeichnet, mit dem Vermerk: Mutter Lydia, Vater Brody II.

Seufzend klappte er das Buch wieder zu und massierte seine pochenden Schläfen. Der Junge war ordnungsgemäß registriert, aber es erklärte nicht, warum Maliya nicht in den Papieren auftauchte.

Es war spät geworden, draußen war es mittlerweile stockfinster. Nachdenklich starrte Aiden sein Gesicht an, das sich in den schwarzen Scheiben spiegelte.

Gab es einen Zusammenhang mit den sechs kürzlich verschwundenen Sklaven, über die ebenfalls kein Eintrag vorhanden war? Zog sich durch all die Jahre irgendein illegales System, das ihm entgangen war? Aber zu welchem Zweck? Das war verrückt, und er wusste es. Es musste also eine andere Erklärung geben. Es ärgerte ihn, dass er über die sechs keine weiteren Informationen besaß, um zu überprüfen, ob sie wenigstens an anderer Stelle in den Büchern auftauchten. Dazu müsste er die Geschäftsbücher bis ungefähr dreißig Jahre zurückgehend mit den Namen der Verschwundenen abgleichen. Das würde einen enormen Zeitaufwand bedeuten und garantierte dabei nicht mal, dass ihm das Ergebnis dienlich wäre.

Resigniert gab er für den Moment auf. Er rieb sich

mehrmals übers Gesicht und gähnte ausgiebig. Bevor er die Tür hinter sich zuzog, vergewisserte er sich, dass er das Arbeitszimmer ordnungsgemäß hinterlassen hatte. Mister Dwyer musste schließlich nicht mitbekommen, dass er Geschäftsunterlagen durchgewälzt hatte.

Obwohl er todmüde und erschöpft war, konnte er lange Zeit nicht einschlafen.

Seit die Ernte begonnen hatte, frühstückte Aiden morgens allein, da er längst im Gin-House gebraucht wurde, wenn seine Mutter herunterkam. An diesem Morgen war er für seine Verhältnisse spät dran. Im Stehen bestrich er rasch zwei Scheiben Brot mit gesalzener Butter und klatschte sie aufeinander, während er nebenher den heißen Kaffee schlürfte.

»Es ist ungesund, so zu schlingen!«, sagte Hermela vorwurfsvoll.

»Jawohl, Mummy«, erwiderte Aiden grinsend und ergötzte sich an der verlegenen Rührung der alten Sklavin. Bedauernd warf er einen Blick auf ihre Schüssel, die dampfendes Rührei mit Speck enthielt, das sie offenbar warmgehalten hatte. »Dafür habe ich heute leider keine Zeit, also lasst es euch schmecken, bevor es kalt wird.« Augenzwinkernd marschierte er an ihr vorbei und biss in sein Butterbrot.

Zum Lunch begab er sich wieder ins Herrenhaus, diesmal ließ er sich mehr Zeit. Sein Vater saß bereits an der Tafel, als er das Esszimmer betrat.

Akribisch verfolgte der alte Mann jede seiner Bewegungen, ohne etwas zu sagen.

»Wie geht es dir heute, Dad?«, fragte Aiden, nachdem er sich gesetzt hatte.

»Blöde Frage, wie soll es mir schon gehen?«, maulte der.

Während die Sklaven das Mahl auftrugen, erzählte Aiden vom Fortschritt der Baumwollernte, berichtete von Zahlen und Wiegewerten und nannte Namen herausstechender Pflücker.

Scheinbar emotionslos hörte Jacob Pellham zu, was Aiden ihm nicht abnahm.

»Wenn du dich selbst überzeugen möchtest, werde ich dich zum Gin-House begleiten. Dort könnten wir einen bequemen Sessel für dich aufstellen und du kannst dir alles aus der Nähe ansehen.«

»In einem Sessel? Willst du mich demütigen?«, fuhr er auf. Durch die heftige Bewegung landete das Häufchen von seiner Gabel neben seinem Teller auf der Tischdecke. »Glaubst du, ich habe nicht mitbekommen, wie diese schwarzen Dummköpfe mich voller Genugtuung angestarrt haben? Soll ich denen eine weitere Vorstellung bieten, indem ich mich vor ihnen im Sessel präsentiere, als wäre ich bereits tot?«

»Tote sitzen nicht im Sessel!«, entfuhr es Aiden.

»Jacob! Dein Sohn wollte nur höflich sein«, ging sie dazwischen, als ihr Gemahl für die nächste Triade Luft holte.

»Pah!«, schnaubte er. »Was hast du dich einzumischen, Margaret?« Aufgewiegelt starrten die Eheleute sich an.

»Es war ein gutgemeinter Vorschlag, ich habe deine Antwort verstanden, Thema erledigt«, kürzte Aiden das Gespräch rigoros ab. Beharrlich schweigend, widmeten sich die drei ihren Tellern.

Die Baumwollernte näherte sich dem Ende, die Felder waren größtenteils abgepflückt und es dauerte stetig länger, bis die Pflücker ihre Säcke gefüllt hatten.

Jacob Pellham tauchte nicht mehr am Gin-House auf, allerdings versorgte Aiden ihn täglich mit den aktuellen Informationen. Er ließ nie durchblicken, dass er etwas auf die Mitteilungen gab, aber Aiden merkte an seiner Reaktion, dass sie ihm wichtig waren, auch wenn er das aus Stolz niemals zugegeben hätte.

Die Abende verbrachte Aiden häufig im Arbeitszimmer, nachdem seine Mutter zu Bett gegangen war. Regelmäßig kontrollierte er die aktuellen Geschäftsbücher und überprüfte die Zahlen, die der Buchhalter Mr. Dwyer eingetragen hatte, um einen Überblick über die laufenden Kosten und monatlichen Sonderausgaben von Meadowfield zu erhalten. Längst war ihm aufgefallen, dass der diesjährige Ernteertrag deutlich höher ausfiel als im vergangenen Jahr, das war überaus ungewöhnlich.

Er machte sich Notizen und rechnete alle aufgelisteten Summen der letzten Ernte nach, um einen möglichen Rechnungsfehler des Buchhalters auszuschließen. Doch er kam stets zum gleichen Endergebnis wie Mr. Dwyer. In seinen Berechnungen war dem Mann also kein Fehler unterlaufen.

Die Wetterbedingungen waren im Vorjahr gleichermaßen wie in diesem gewesen. Es hatte keine vorzeitigen Herbststürme, Unwetter und Ähnliches gegeben, die einen Teil der Ernte hätten vernichten können und somit eine nachvollziehbare Erklärung boten.

Auch wenn die endgültigen Abschlusszahlen noch nicht vorlagen, war schon jetzt eine zu große Spanne erkennbar, für die Aiden keine Erklärung fand. Sobald alles zu Ballen verpackt wäre, würde er genau sagen können, wie groß die Differenz tatsächlich war.

Seine Anwesenheit war nicht länger im Gin-House vonnöten. Scott Fisher kam mit den restlichen Arbeiten allein zurecht. Aiden ritt zu den größtenteils kahl daliegenden Feldern. Nur wenige Sklaven waren dort noch tätig. Sie kontrollierten die Reihen und sammelten ein, was sie noch fanden. Andächtig ließ er den Anblick auf sich wirken, seine erste Baumwollernte auf Meadowfield war beendet.

Zurück wählte er den Weg durch das Sklavendorf, während er sich vornahm, einige Worte des Dankes an den jungen Fisher zu richten, der sich als zuverlässiger Mann erwiesen hatte. Morgen war Sonntag, da würde er ihn nicht antreffen. Es war der erste Sonntag, an dem auch die Sklaven wieder ihren freien Tag genießen konnten, der während der Ernte ausgesetzt gewesen war.

Unweit des Dorfes hörte er einen Streit, in dem er deutlich die Stimme von Wilson Cutler vernahm. Er zügelte sein Pferd und lauschte, konnte aber auf die Entfernung den genauen Wortlaut nicht verstehen. Kurz entschlossen stieg er ab und schlich den Hügel hinab. Der zweite Mann war Aufseher John Sparks.

»Mir wird die Sache zu heiß«, hörte er Sparks heftig widersprechen. Er gestikulierte dabei wild mit den Armen.

Aiden duckte sich hinter einem Dornenbusch.

Cutler stand halb mit dem Rücken zu ihm. »Überlass diesen Dreikäsehoch mir, mir wird da schon was einfallen«, glaubte er verstanden zu haben. Er schnaubte verärgert. Offenbar hatte Cutler ihn damit gemeint.

»Machst du Witze? Der ist kein unbedarfter Jüngling mehr, er wird etwas merken. Er ist alt genug, die Plantage zu übernehmen.«

Cutlers Hand landete beschwörend auf der Schulter seines Gegenübers. »Mach dir gefälligst nicht in die Hosen. Noch hat der Alte das Zepter in der Hand; etwas Salz in seine Wunden gestreut, und der wird mir jedes Wort abnehmen. Der tickt doch ohnehin nicht mehr richtig in seinem Oberstübchen.« Er lachte selbstgerecht.

Aiden ballte die Hände zu Fäusten. Am liebsten hätte er seine Deckung verlassen und den Kerl zur Rede gestellt, doch das wäre unklug gewesen.

Da die beiden nun ihre Stimmen senkten, konnte er nicht mehr alles verstehen, nur Bruchstücke drangen noch an sein Ohr.

Am Ende ihres Gespräches schienen sie zu einer Einigung gekommen zu sein. Anerkennend klopfte Cutler seinem Mitspieler auf die Schulter, die zwei verließen ihren Standort und marschierten auf ihn zu. Er musste weiter um den Busch herumhuschen, um nicht gesehen zu werden. Sein Blick flog zu der Stelle, wo er seinen Hengst zurückgelassen hatte und hoffte, dass die Männer nicht die Richtung ansteuern würden. Zum Glück schwenkten sie in die entgegengesetzte Richtung.

»Wirst du Fisher zur Sicherheit einweihen?«, fragte Sparks, als sie auf seiner Höhe waren.

»Auf keinen Fall«, Cutler lachte. »Der Bursche hat nicht die Eier dazu.« Jetzt lachten beide, es war ein gehässiges Lachen. »Aber er kann uns trotzdem nützlich sein. Er ist jung und unerfahren, und als solcher macht man leicht Fehler, ist es nicht so?« Er holte die Zustimmung seines Kollegen ein. »Diesem aufgeblasenen Aiden wird es noch leidtun, mich aus dem Gin-House geworfen zu haben, um mich durch dieses Früchtchen zu ersetzen.«

Mit jedem Schritt entfernten sie sich weiter von ihm, sodass er nicht mehr mitbekam, worüber sie sich anscheinend köstlich amüsierten, aber er hatte ohnehin genug gehört.

Gemächlich ließ er sein Pferd zum Stall trotten, während er das Gehörte überdachte. Es war an der Zeit, mit seinem Vater zu sprechen, bevor Cutler ihm zuvorkam und er womöglich in die Verteidigungsposition gedrängt wurde.

Inzwischen vermochte Aiden seinen Dad recht gut einzuschätzen. Abgesehen von den körperlichen Einschränkungen war er zuweilen ein wenig verwirrt, brachte Kleinigkeiten durcheinander, vergaß das eine oder andere Detail, aber eines war er nicht – er war keinesfalls verrückt. Seine Unzulänglichkeit zerrte an seinem Nervenkostüm und ließ den einst so hartgesotten Pflanzer schwermütig, pessimistisch und zusehends deprimierter werden. Ein Mann wie sein Dad war nicht imstande, sich mit seiner unabänderlichen Situation abzufinden, geschweige denn zu arrangieren. Seinen Unmut ließ er deshalb an jedem aus, der in seine Nähe kam.

Seit seiner täglichen Berichterstattung, nachdem

Vater im Gin-House aufgetaucht war, glaubte Aiden, ihn gut im Griff zu haben. Denn sobald er sein besserwisserisches Getue hervorkehrte, oder an der Art seiner Herangehensweise herummäkelte, erfuhr er kein Wort mehr. Diese Taktik ging auf und auch der alte Mann begriff schnell, dass er sich zurückhalten musste, wenn er informiert bleiben wollte.

Seine Stimmung war abhängig von seiner Tagesform. Aiden war erleichtert, dass sie an diesem Tag zufriedenstellend ausfiel.

Beim Lunch schnitt er das Thema vorsichtig an und berichtete, dass er ein Gespräch belauscht habe und der Ansicht sei, dass Cutler etwas aushecke. Während er ein Stückchen Fleisch von seinem Teller aufspießte und in den Mund schob, beobachtete er die Reaktion seines Vaters. Die sonst aufbrausende Art blieb aus, also erzählte Aiden detailliert, was er vernommen hatte.

»Ich ticke nicht richtig da oben?« Jacob Pellham tippte sich erregt mit der Hand an den Kopf. »Das hat er gesagt? Was fällt ihm ein? Na warte, dem werde ich was erzählen.«

Aiden ließ ihm eine Weile, um die Worte zu verdauen.

»Was glaubst du denn, hat dieser Cutler vor?«, fragte die Mutter unterdessen.

»Ich habe den Verdacht, dass er sich auf unsere Kosten bereichern will«, sagte Aiden direkt.

Damit hatte er Dads volle Aufmerksamkeit. »Der Mann erhält einen überaus großzügigen Lohn. Er hätte keinen Grund, mich zu hintergehen und Meadowfield zu bestehlen.«

»Habgier wäre eines der Motive.« Er hatte sein Mahl beendet, legte sein Besteck zur Seite und blickte seinen alten Herrn herausfordernd an. Ausgeprägte Linien zeigten sich auf dessen Stirn, er sah es förmlich dahinter arbeiten.

»Du vergisst, dass du ihn bloßgestellt hast, als du ihn aus dem Gin-House geworfen hast. Es war seine Aufgabe, das Wiegen zu überwachen, wenn ich nicht da bin.«

»Richtig! Wenn du nicht da bist, wenn also kein Pellham anwesend ist. Aber in diesem Jahr habe ich deine Position vertreten, schon vergessen?«

»Fangt bitte nicht wieder an, zu streiten!«, mahnte Margaret händeringend.

Jacob Pellham starrte seine Gattin mit mürrischer Miene an und schien sich den Kommentar zu verkneifen, der ihm offenbar auf der Zunge lag.

Aiden nutzte die Gelegenheit, ihm seinen Verdacht zu erläutern. Wilson Cutler manipulierte die Wiegeergebnisse, um später einen Teil der Ballen unter seinem Namen zu veräußern und sich deren Gewinn einzustreichen. Inwieweit Sparks in der Sache drinsteckte, ob sie den Erlös teilten oder er nur eine Art Provision erhielt, konnte er noch nicht sagen. Ihm war klar, dass er keinerlei Beweise vorbringen konnte, aber es passte alles zusammen. Im vergangenen Jahr hatte Cutler freie Bahn, niemand stand ihm im Wege und dieses Mal war er, Aiden, da und der Plan ging nicht auf. Zudem hatte er keine Möglichkeit, die Wiegeergebnisse zu fälschen, also sollte Scott Fisher herhalten, damit seine Masche nicht aufflog. Wie der Mann das anstellen wollte, konnte Aiden nur dunkel erahnen.

»Nur so ließe sich die große Ernte-Differenz zum Vorjahr erklären«, endete er. Dass er Cutler ebenfalls im Verdacht hatte, mit den verschwundenen Sklaven etwas zu tun zu haben, behielt er noch für sich.

»Ich habe dir nicht gestattet, in den Geschäftsbüchern zu schnüffeln«, war die erste Reaktion des Vaters.

Verblüfft zog Aiden die Augenbrauen hoch. Er hatte ihm gerade von einem handfesten Betrug berichtet und der erregte sich als Erstes darüber, dass er die Bücher eingesehen hatte?

»Warum? Hast du irgendwas zu verbergen, Dad?«

»Blödsinn!«, keifte er, wie aus der Pistole geschossen.

Aufmerksam musterte Aiden ihn, ihm fiel auf, dass der alte Mann seinem Blick immer wieder auswich. Für ihn war es Bestätigung genug, dass es etwas gab, was er nicht herausfinden sollte. Gab es da einen Zusammenhang mit den verschwundenen Sklaven? Doch seit er von ihnen wusste, hatte er sich bereits Dutzende Male den Kopf zerbrochen, was dahinterstecken konnte. Aber wie er es auch drehte und wendete, es war vollkommen unlogisch, dass sein Vater mit den Vorkommnissen zu tun hatte. Es musste etwas anderes geben, das Jacob Pellham zu verbergen versuchte.

Auf Anraten des Arztes unternahm Dad nach dem Lunch stets ein paar Schritte an der frischen Luft. Die Sonne war zu dieser Zeit schon weiter rum, sodass es an der Vorderseite des Herrenhauses angenehm schattig war.

Aiden begleitete ihn. Schweigend gingen sie nebeneinander her.

»Ich kann mir nicht vorstellen, dass Cutler es wagen würde, mich zu bestehlen«, begann der Vater schließlich. Er blieb stehen und starrte nachdenklich in die Wolken, als stünde dort eine Antwort.

Aiden begnügte sich mit einem belanglosem »Hm.« Er grübelte längst, wie er dem Kerl eine Falle stellen könnte, die jeden Zweifel ausschloss. Sein Blick traf den des Vaters, und er bemerkte, dass dieser ihn aufmerksam musterte.

»Du kannst ihn nicht leiden, habe ich recht, Aiden?«

»Nein, kann ich nicht, aber das ist eine andere Sache«, antwortete er wahrheitsgemäß.

»Warum? Weil ich ihm im vergangenen Jahr eine verantwortungsvolle Position übertragen habe? Mich hat dieses verflixte Fieber erwischt und mein lieber Herr Sohn hatte nichts Besseres zu tun, als in der Weltgeschichte herumzureisen. Was also hätte ich machen sollen?«

»Ich bin nicht *herumgereist*, ich habe hart gearbeitet«, konterte er und stellte sich vor ihn. »Ich sag dir, was du hättest machen können, du hättest nach mir schicken sollen, anstatt Mutter zu verbieten, mich zu kontaktieren. Ich habe erst davon erfahren, als du auf dem Weg der Besserung warst und das Bett bereits verlassen konntest.«

»Ich hätte zu Kreuz kriechen sollen?«, krächzte Jacob Pellham. Er warf seinen Kopf in den Nacken, damit er ihn auch mit seinem linken Auge, das durch die hängende Gesichtspartie heruntergezogen wurde, ansehen konnte.

Aiden stieß hörbar die Luft aus. Es war ja klar, dass sein Stolz ihm verboten hatte, seinen Sohn um Hilfe zu bitten.

»Wenigstens hat Mum sich dieses Mal über deinen Starrsinn hinweggesetzt und mir in ihrem Brief über deinen schlechten Gesundheitszustand berichtet.«

Der Alte gab ein Knurren sowie ein unwirsches und unverständliches Gemurmel von sich. »Cutler ist ein erfahrener Mann«, kam er auf das Ausgangsthema zurück und setzte sich wieder in Bewegung. »Er hat das Pack im Griff, die Sklaven wagen gar nicht erst, aufmüpfig zu werden. Meadowfield braucht einen solchen Mann.«

»Selbst, wenn dieser, ach so fähige, Cutler beachtliche Beträge in die eigene Tasche wirtschaftet?« Allmählich wurde Aidens Geduld auf eine harte Probe gestellt.

»Aber es gibt für deine Anschuldigung keine Beweise.« Dad wurde laut und stampfte mit seinem Gehstock auf den festen Sandweg. Seine Aussprache klang zusehends hohler und verzerrter.

Aiden presste die Lippen zu einer schmalen Linie zusammen. Er wollte nicht mit seinem alten Herrn in Streit geraten, er wollte ihn überzeugen. »Pass auf, Dad, ich werde Mister Dwyer bitten, eine Tabelle anzufertigen, aus der ein direkter Vergleich zum Vorjahr zu entnehmen ist. Du wirst sehen, dass die Zahlen aus dem letzten Jahr unmöglich stimmen können.« Er war bemüht, seine Stimme sachlich und geschäftsmäßig klingen zu lassen. Wohlwissend, dass es riskant war, eine solche Ausfertigung als Beweis vorzuschlagen. Sollte der Buchhalter mit falschen Zahlen versorgt worden sein, stand am Ende er als Dummkopf da und nicht Wilson Cutler. Er musste verhindern, dass Cutler überhaupt die Möglichkeit bekam, Erntedaten zu manipulieren und Ballen beiseitezuschaffen.

In diesem Augenblick nahm ein Plan Gestalt an.

Sein Vater hingegen war überrascht, dass er den Buchhalter erwähnte, dagegen wusste er offenbar nichts vorzubringen, aber er verlieh seiner Überzeugung Ausdruck, dass Aiden sich in Bezug auf Cutler irren musste.

Er war ein sturer Mensch, die Möglichkeit, dass er sich von Cutler übers Ohr hatte hauen lassen, war für ihn undenkbar. Als resoluter und erfahrener Pflanzer zugeben zu müssen, von einem Mann seines Vertrauens hintergangen worden zu sein, ohne den Betrug bemerkt zu haben, könnte ihm als Altersschwäche ausgelegt werden. Wahrscheinlich beharrte er aus dem Grund besessen auf seiner Meinung, dass dem Aufseher kein Fehlverhalten nachzuweisen sei. Dennoch war Aiden nicht entgangen, dass ihn der Verdacht ziemlich beschäftigte.

»Ist es Neid, dass du ihn nicht leiden kannst?«, fragte der Vater plötzlich.

»Wie bitte?« Aiden glaubte, sich verhört zu haben. Es fiel ihm schwer, an sich zu halten, dass er ihm Neid vorwarf, traf ihn wie ein Faustschlag. Am liebsten hätte er ihn bei den Schultern gepackt und geschüttelt, bis er wieder zur Vernunft kam. Aufgebracht, aber im gedämpften Ton, damit die in der Nähe arbeitenden Sklaven, die den Garten pflegten, nichts mitbekamen, machte er sich seinem Ärger Luft und appellierte an seine Einsicht. »Der Kerl ist ein raffinierter Schweinehund, Dad, der es immer wieder schafft, die Tatsachen so zu verdrehen, wie er sie braucht, heute genau wie damals!« Letzteres hatte er eigentlich nicht sagen wollen, aber im Eifer war es ihm herausgerutscht. Kraftvoll stieß er die Atemluft aus.

»Was soll das heißen, *damals*?«

Sie näherten sich dem Seiteneingang des Herrenhauses.

»Möchtest du dich im Salon etwas ausruhen oder soll ich dich in dein Schlafzimmer begleiten?«, fragte Aiden trocken.

Jacob Pellham war stehengeblieben und fuchtelte mit seinem Gehstock vor seiner Mitte umher. »Weich mir gefälligst nicht aus!«

»Du weißt genau, was ich meine«, erwiderte er scharf. Die beiden fixierten einander. Aiden bemerkte Dads schnellen Atem und sein leicht gerötetes Gesicht, auch seine Haltung war leicht gebeugt. Er verspürte ein schlechtes Gewissen, ihn so angegangen zu sein, ließ es sich aber nicht anmerken.

»Maliya! Du hast schon damals Cutlers Worten mehr Glauben geschenkt als den meinen.« Es war das erste Mal, nach all den Jahren, das er ihren Namen ihm gegenüber laut aussprach.

So, wie er vor Überraschung das Auge seiner intakten Gesichtshälfte aufriss, bevor er den Kopf senkte und vorwärtsschritt, erkannte er, dass sein Vater genau wusste, wovon er gesprochen hatte.

»Du erinnerst dich also?«

»Natürlich! Ich bin schließlich nicht senil!«

»Natürlich nicht!«

Sie hatten die Tür erreicht. Aiden wollte sie ihm aufhalten, doch er stieß ihn brüsk zur Seite und zwängte sich rabiat hindurch.

Doch er ließ sich von Dads plötzlichen Widerspenstigkeit nicht beeindrucken. »Was ist mit dem Mädchen geschehen?«, hakte er nach, als er wieder auf gleicher Höhe mit ihm war.

»Welches Mädchen?«

»Herrgott!« Er warf wütend die Arme in die Luft. »Hör auf, dich dumm zu stellen.«

Der Mann reagierte nicht und legte stattdessen eine schnelle Gangart hin, als wolle er flüchten. Aiden versuchte, ihm unter die Arme zu greifen, bevor er auf den blankpolierten Fliesen noch zu Fall kam. Er wehrte sich unwirsch gegen die Hilfestellung.

»Ich kann allein gehen!«, knurrte er und schlug den Weg zum Salon ein.

Fluchend ließ Aiden ihn ziehen.

Nachdem Vater im Quergang verschwunden war, drehte er sich kopfschüttelnd um und verließ die Halle. Geradewegs machte er sich auf die Suche nach Scott Fisher, um mit ihm seinen Plan durchzugehen. Der Arme musste dafür einen Teil seiner Freizeit opfern, aber Aiden war bereit, ihn dafür finanziell zu entschädigen. Er brauchte den jungen Aufseher, um Cutler zu überführen und seinen Dad von dessen Machenschaften zu überzeugen.

Fisher zeigte sich erstaunt, als er ihm von seinem Vorhaben berichtete und stimmte zu, ohne das Ganze zu hinterfragen. Trotzdem hielt Aiden es für notwendig, ihm zu erläutern, welchen Verdacht er hegte, und warum er gedachte, Cutler eine Falle zu stellen. Schließlich sollte der Mann nicht das Gefühl haben, nur Mittel zum Zweck zu sein.

»Ich habe schon länger den Eindruck, dass Mister Cutler etwas im Schilde führt«, gestand ihm Fisher daraufhin. »Er und Mister Sparks tuscheln ständig miteinander und verstummen, sobald ich hinzukomme. Ihr Argwohn, Mister Pellham, könnte berechtigt sein.«

Aiden wurde hellhörig und ermunterte ihn, ihm seine Eindrücke zu schildern.

Fisher zögerte. »Ich muss gestehen, ich habe mit Mister Cutler übers ganze Jahr so meine Probleme. Er ist sehr herrschsüchtig und tyrannisiert gern jeden, der nicht nach seiner Pfeife tanzt, und Mister Sparks, nun ja, er ist wie sein ständiger Schatten. Mich betiteln sie oftmals als unreifen Burschen und reißen ihre Witze. Mister Cutler ist dabei stets die treibende Kraft. Wenn man sich mit Mister Sparks allein unterhält, ist er ein ganz anderer Mensch. Ich will mich von denen nicht kleinkriegen lassen und habe mir deswegen zum Ziel gesetzt, diese Saison durchzustehen und mir zum Frühjahr eine andere Anstellung zu suchen.«

Aiden nickte, Fishers Einschätzung passte zu Cutler, aber Cutlers nicht zu Fishers. Fisher war zwar noch ein junger Bursche, manchmal etwas übereifrig, aber sehr gewissenhaft, recht lernfähig und keineswegs arbeitsscheu, das schätzte Aiden an ihm. Er hatte im Gin-House die Gelegenheit gehabt, ihn näher kennenzulernen. Manchmal zeigte er sich ein wenig unsicher im Umgang mit den Sklaven, aber er wies keine gewalttätigen Neigungen auf, ein weiteres Plus, das ihm zugutekam.

Gemeinsam schlenderten sie durch das Sklavendorf. Sklaven, die jetzt nicht mehr auf den Feldern benötigt wurden, kehrten ihre Hütten, kümmerten sich um die Wäsche oder waren in ihren kleinen Gärten beschäftigt, wo sie ein wenig Gemüse angebaut hatten. Die Sonne war am heutigen Tag hinter dicken Wolken verschwunden und es wehte eine angenehme Brise, die nach den brütend heißen Tagen eine Wohltat war.

»Haben Sie das auch gehört?«, fragte Aiden plötzlich und stoppte.

»Hat sich angehört wie ein Wimmern«, bestätigte Fisher und horchte ebenfalls.

»Das scheint von dort drüben zu kommen.« Aiden begann in die Richtung zu laufen, von wo die Laute vermutlich herkamen. Fisher folgte ihm. Je näher er den Lauten kam, desto eindeutiger klangen sie. Er ließ sich von der geschlossenen Tür nicht aufhalten, sondern stürmte geradewegs hinein.

Der Anblick, der sich ihm bot, hätte schlimmer nicht sein können. Er brauchte nur Sekundenbruchteile, um die Situation zu erfassen. Auf dem Boden der Hütte lag eine junge verängstigte Sklavin, sie weinte heftig und flehte um Erbarmen. Ihre Augen waren fest zusammengepresst und Blut quoll ihr aus Nase und Oberlippe. Über sie gebeugt kniete ein Mann zwischen ihren gespreizten Beinen – Cutler!

Aiden war außer sich. Mit einem animalischen Knurren stürzte er sich auf den Kerl und zerrte ihn von dem Mädchen herunter. Der vollkommen über-

144

rumpelte Mann starrte ihn mit kugelrunden Augen und offenstehendem Mund an. Gleichzeitig versuchte er, auf die Beine zu kommen und sich zu bedecken, stolperte dabei aber rücklings über seine heruntergelassenen Hosen und landete schwungvoll auf dem Hinterteil.

Aiden kam nicht umhin, mehr zu sehen, als ihm lieb war.

»Steh auf, du elendiger Dreckskerl«, schrie er erbost und packte ihn, als es ihm nicht schnell genug ging. Mit einem gezielten Faustschlag beförderte er ihn rückwärts durch die offene Tür nach draußen. Aus dem Augenwinkel sah er, wie das junge Mädchen sich eiligst aufrappelte und hinter einem zerschlissenen Sessel verschanzte.

Cutler strauchelte gefährlich, konnte sich dieses Mal aber fangen. Flugs gelang es ihm, den Sitz seiner Hosen zu sichern. »Was sollte das? Haben Sie vollkommen den Verstand verloren?«, brüllte er wutentbrannt und stürzte sich auf Aiden.

Gerade noch konnte er ausweichen, sodass Cutlers Faust sein Gesicht nur streifte. Es kam zu einem wilden Gerangel, in dessen Verlauf beide zu Boden gingen. Cutler war kräftig und muskulös, aber auch Aiden war gut trainiert, zudem war er jünger und besaß die besseren Techniken. Cutler schnaufte wie ein Walross, während Aiden nur leicht außer Atem war, als sie sich wieder gegenüberstanden und einander fixierten.

»Wagen Sie es nie wieder, sich an einer Sklavin von Meadowfield zu vergreifen«, knurrte Aiden. »Oder Sie kriegen es mit mir zu tun.«

Cutler lachte hämisch. »Ich habe der kleinen Niggerin mal gezeigt, was ein echter Mann ist. Sie war ganz wild darauf, und gegen ein bisschen Spaß ist schließlich nichts einzuwenden.«

»Wenn Sie Spaß wollen, reiten Sie nach Charleston und vergnügen sich in einem der zahlreichen Etablissements. Meadowfields Sklaven sind für Sie tabu, haben Sie das kapiert?«

»Was ist Ihr Problem, Mann? Sind Sie angepisst, weil ich Ihnen nicht den Vortritt gelassen habe. Bitte schön, bedienen Sie sich, es stehen noch genügend zarte Weibchen zur Auswahl.«

Unmittelbar ging Aiden zum Angriff über. Seine Faust verfehlte das Ziel nicht. Cutler war von der Schnelligkeit sichtbar überrascht, während er noch versuchte, den Schreck zu überwinden und sich zu verteidigen, hatte Aiden ihn bereits im Schwitzkasten. »Hatte ich mich nicht klar genug ausgedrückt? Finger weg von den Sklaven dieser Plantage! Ist das bei Ihnen angekommen?«

Cutler blieb keine andere Wahl, als ihm widerwillig zuzustimmen. Dennoch verstärkte Aiden den Griff, damit Cutler seine Worte ein zweites Mal wiederholte, dieses Mal lauter und verständlicher. Angewidert stieß er den Aufseher daraufhin von sich.

Flugs sprang sein Kontrahent wieder auf die Beine. Das Gesicht war von tiefer Zornesröte gezeichnet und sein Blick hasserfüllt. »Das werden Sie mir büßen, Pellham. Sie haben sich mit dem Falschen angelegt.«

Ihr Disput war den Sklaven nicht verborgen geblieben, immer mehr von ihnen versammelten sich, um dem Schauspiel beizuwohnen.

Cutler bückte sich, um seinen Hut aufzuheben und aufzusetzen. »Wenn ich mit Ihnen fertig bin, werden Sie sich wünschen, niemals geboren worden zu sein. Sie sind erledigt, Pellham! Erledigt!«

»Es steht Ihnen frei, jederzeit zu gehen, Mister Cutler«, antwortete Aiden unbeeindruckt.

Der Mann grinste boshaft. »Das könnte Ihnen so passen!« Er warf einen Blick in die Runde der umstehenden Zuschauer, bevor er hocherhobenen Hauptes von dannen zog.

Auch Aiden schaute in die Runde. »Die Vorstellung ist vorbei, geht wieder an eure Arbeit«, sagte er knapp. Er mochte es nicht, im Mittelpunkt des Interesses zu stehen. Sein Augenmerk blieb an Fisher hängen, der stocksteif dastand und auffallend blass aussah. »Geht es Ihnen gut?«, fragte er daher.

Die Antwort war ein stummes, fast apathisches Kopfnicken, das Aiden trotz der Situation ein Grinsen entlockte. Dann besann er sich, drehte auf dem Absatz um und marschierte zurück in die Hütte, wo das gepeinigte Mädchen inzwischen von anderen Frauen getröstet wurde. Eine der Frauen löste sich sofort aus der Gruppe und fiel dankend vor ihm auf die Knie, weil er ihr Kind gerettet hatte. Er wollte keinen Dank und forderte die Frau auf, sich unverzüglich zu erheben. Als sie nicht sofort gehorchte, machte er einen Bogen um sie und ging auf das Mädchen zu. Die anderen Frauen machten sogleich Platz.

In ihrer Hand hielt sie ein Tuch voller Blut, das von Lippe und Nase stammte.

»Hat er das schon mal gemacht?«, fragte er höflich.

Scheu schüttelte sie den Kopf. »Es war das erste

Mal.«

»Bei der Kleinen war es das erste Mal«, mischte sich eine der älteren Frauen erregt ein. »Der Kerl greift sich laufend eine von uns, die ihm dann zu Willen sein muss.« Sie zerrte ein hinter ihr stehendes Mädchen in ihre Arme. »Sehen Sie nur, was dieser Bastard ihr angetan hat.«

Bestürzt starrte Aiden die junge Sklavin an, die beschämt den Kopf gesenkt und die Hände vor ihrem Schoss ineinander gekrallt hielt. Ihr gewölbter Bauch war unter der Kleidung nicht mehr zu verheimlichen.

Er kniff kurz die Augen zu und tat einen tiefen Atemzug. »So etwas wird nicht mehr vorkommen!« Große Worte, das wusste er selbst. Die Gesichter um ihn herum strahlten Unglauben, aber auch Zuversicht aus. »Aber ich muss von solchen Vorfällen Kenntnis erhalten.«

Sprachloses Nicken war die Antwort. In dem Moment betrat Fisher die Hütte, und die Blicke der Frauen wanderten zu ihm. Aiden nutzte die Gelegenheit zum Rückzug.

»Wussten Sie davon?«, fragte Aiden ihn, als sie den Weg zurückgingen.

»Nicht direkt«, gab Fisher zögerlich Auskunft.

»Was soll das heißen?«

»Nun, er prahlt gern mit derartigen Geschichten und macht sich lustig, wie er sie bezwungen habe, aber … aber ich dachte, es sei nur dummes Gerede.«

»So, dachten Sie, Fisher. Sah das gerade nach *dummem Gerede* aus?«, erregte Aiden sich und wies mit ausgestrecktem Arm in Richtung der Hütte.

»Nein, nein, natürlich nicht!«, wehrte er heftig ab.

»Ist Sparks mit von der Partie?«

»Das weiß ich leider nicht.«

»Und Sie?« Aiden war stehengeblieben und sah ihn forschend an.

»Um Gotteswillen, nein!« Mit erhobenen Armen und aufgerissenen Augen distanzierte er sich von der Frage. »Ich könnte so etwas Schreckliches niemals einer Frau antun, ganz egal, ob sie eine Sklavin ist oder nicht.«

Aiden beließ es dabei, er glaubte dem jungen Mann.

Als er die Halle des Herrenhauses betrat, kam ihm seine Mutter an der Treppe entgegengeeilt. »Sag bloß, bei dir ist er auch nicht?«

»Dad? Nein, er müsste im Salon sein, da zumindest ist er nach unserem Spaziergang hingegangen.«

»Da war ich schon«, winkte sie ab. »In seinem Schlafgemach ist er auch nicht. Er hat seine Medizin vergessen einzunehmen, aber er ist nirgends aufzufinden.«

»Er wird schon wieder auftauchen.«

Vorwurfsvoll blickte sie zu ihm auf. »Ach, du liebe Güte, was ist dir denn passiert?« Sie kam noch einen Schritt näher und strich ihm über die Wange. »Hast du dich etwa geprügelt?« Sie betrachtete ihn genauer. »Na hoffentlich ist davon in zwei Tagen nichts mehr zu sehen. Es würde einen äußerst schlechten Eindruck erwecken.«

Aiden wollte es gerade leger abtun, als ihn ihre Worte stutzig werden ließen. Er überschlug rasch die Termine in seinem Kopf, bis zum Ball war es noch eine Weile hin. Erstaunt sah er sie an und bemerkte, dass sie erschrocken die Hände vor den Mund gelegt hatte.

»Was ist los?«

»Ich … hm … ich wollte es dir eigentlich erst in einer gemütlicheren Atmosphäre sagen, aber nun ist es halt heraus. Ich habe für übermorgen die Fairchilds eingeladen, sehr nette Leute mit einer überaus entzückenden Tochter im heiratsfähigen Alter. Sie ist sehr hübsch, sie wird dir gefallen. Sie hat eine gute Ausbildung an der Mädchenschule in …«

»Warum erzählst du mir solche Dinge?«, unterbrach er sie mit hochgezogenen Brauen. »Die Kinder deiner Gäste interessieren mich nicht.«

Margaret Pellham wand sich wie ein Aal. »Aber Junge, ich habe sie doch deinetwegen eingeladen. Ich kenne zwar nicht deinen Geschmack, aber ich denke …«

So langsam dämmerte es ihm. »Moment mal, soll das heißen, du hast vor, mir eine Frau aufzuschwatzen?«

»Tu bitte nicht so entsetzt, du bist in einem Alter, wo du dir eine Frau nehmen solltest. Immerhin wirst du nun die Plantage leiten, da brauchst du eine Ehefrau, oder willst du warten, bis du so alt geworden bist, wie es dein Vater war?«

»Mutter! Ich denke nicht daran, zu heiraten, und falls ich es irgendwann in Erwägung ziehen sollte, brauche ich dazu bestimmt nicht deine Hilfe.«

»Bisweilen hast du denselben sturen Kopf wie dein Vater«, beschwerte sie sich und sah ihn gekränkt an.

»Falls du diese Leute nur zu diesem Zwecke eingeladen hast, kannst du sie getrost wieder ausladen.«

Sie schnappte schockiert nach Luft. »Das kann ich nicht machen, wie würde ich dann dastehen? Aiden, lass es dir in Ruhe durch den Kopf gehen, ich bitte dich. Sie ist wirklich ganz bezaubernd und wurde speziell dazu erzogen, die Gemahlin eines Pflanzers zu werden.«

»Wenn sie so eine gute Partie ist, wird ihr Vater sicher keine Schwierigkeiten haben, sie an den Mann zu bringen, aber ich werde dieser Mann nicht sein.«

»Du hast sie dir noch nicht einmal angeschaut.«

»Das muss ich auch nicht. Ich kann anhand deiner Worte schon heraushören, dass sie mich langweilen wird, weil sie wie ein Hund darauf abgerichtet wurde, in der Rolle als Pflanzergattin zu bestehen.«

»Ich finde deine Wortwahl respektlos.« Sie streckte ihr Kinn vor, wie sie es immer tat, wenn es darum ging, sich zu behaupten. »Ich habe meine Entscheidung für die Tochter der Fairchilds schließlich mit großer Sorgfalt getroffen und alle Kriterien abgewogen, immerhin möchte ich für dich nur das Beste.«

»Deine Vorstellung einer künftigen Schwiegertochter in allen Ehren, aber du hast nicht die geringste Ahnung, was mir bei einer Frau wichtig ist. Und damit ist für mich diese sinnlose Diskussion beendet.«

Seine Wut auf Cutler war noch nicht verraucht und nun kam seine Mutter mit einem derart ungeheuren Anliegen um die Ecke, das ihn fassungslos und ebenfalls wütend machte. Er musste sich bemühen, mit gedämpfter Stimme zu sprechen, immerhin befanden sie sich in der Halle, wo es überall Augen und Ohren gab.

Er musste schleunigst aus der Situation heraus, bevor er etwas sagte, das ihm anschließend leidtat. Da sie die Treppe blockierte, schlug er die andere Richtung ein.

Erregt stürmte er in das erste Zimmer des abzweigenden Ganges, in dem Fall das Arbeitszimmer, und schlug die Tür mit kräftigem Schwung hinter sich zu.

»Bist du des Wahnsinns?«, ertönte eine erboste Stimme.

Aiden zuckte zusammen. Perplex starrte er zum Schreibtisch, hinter dem sein Vater saß und ihm grimmig entgegenblickte. Die obere Schublade gab beim hektischen Zudrücken ein Knirschen und Knacken von sich, als habe sie sich verkantet.

»Dad! Was tust du hier? Mutter sucht dich bereits überall, weil du mal wieder vergessen hast, deine Medizin einzunehmen.«

Jacob Pellham winkte unwirsch ab. »Das ekelige Gebräu hilft sowieso nicht.«

Über die Wirksamkeit seiner verordneten Medikamente wollte Aiden keineswegs mit ihm diskutieren, das wäre sinnlos.

»Was tust du hier?«, wiederholte er daher seine Frage.

»Was soll die dumme Frage? Es ist immer noch mein Haus und mein Arbeitszimmer!«

Als Aiden näherkam, bemerkte er feine Schweißperlen auf Dads Stirn. Was immer er gewollt hatte, es war nicht erkennbar. Auf der Schreibtischoberfläche herrschte nach wie vor Dwyers penible Ordnung, kein Schriftstück oder Rechnungsbuch lag in greifbarer Nähe. Auch in den Regalen hinter ihm sah es nicht so aus, als habe er dort nach etwas gesucht, wie Aiden rasch erfasste.

»Und? Warum stürmst du hier herein, als wäre der Leibhaftige hinter dir her?« Er stemmte sich schwerfällig aus dem Stuhl hoch.

»Um ehrlich zu sein, wollte ich Mum aus dem Weg gehen, die mir mit Heiratsplänen in den Ohren liegt«, antwortete er ehrlich.

»Hach!«, rief der alte Mann heroisch aus. »Weiber! Lass dir bloß nicht so schnell einen Klotz ans Bein binden. So ein Frauenzimmer kann einem ganz gewaltig auf die Nerven gehen.« Gemeinsam hielten sie auf die Tür zu. »Mit deiner Mutter hatte ich einigermaßen Glück«, fuhr er fort. »Sie hat sich nicht dafür interessiert, was ich mache, aber es gibt andere Frauen, die sind von morgens bis abends am Zetern.«

Seine Aussprache war sehr undeutlich geworden, ein sicheres Zeichen, das er erschöpft war.

Aiden war erleichtert, dass er nicht protestierte, als er vorschlug, er solle sich bis zum Dinner ein wenig ausruhen. Benny erwartete sie schon an der Treppe.

Auch Aiden zog sich eine Weile in seine Kammer zurück. Ein Blick in den Spiegel zeigte eine deutliche Rötung seines rechten Wangenknochens; wenigstens war die Blessur seinem Dad nicht aufgefallen. Er wusch sich und zog sich um.

Zum späteren Dinner erschien er jedoch nicht, stattdessen traf er sich mit Scott Fisher und ließ sich mit ihm im Besuchersalon nieder, wo Hermela bereits auf seinen Wunsch ein ausgewogenes Büfett zusammengestellt hatte.

Zuerst stärkten sich die Männer, dabei sprachen

sie über den Vorfall vom frühen Nachmittag, aber auch über belanglose Themen. Danach ging es an die Arbeit, es mussten Duplikate aller Wiegelisten erstellt werden. Aiden war zuversichtlich, dass sein Plan aufging. Würde sein Vater ihm mehr Vertrauen entgegenbringen, könnte er sich den Aufwand sparen, das war der einzige bittere Beigeschmack, aber den versuchte er zu verdrängen.

Es war längst nach Mitternacht, als Aiden an diesem Tag seine Kammer aufsuchte und zu Bett ging.

Der Zufall spielte ihm in die Hände, wie er am nächsten Morgen bei einem Gespräch mit Hermela erfuhr. Cutler sei nach der Auseinandersetzung mit ihm am Herrenhaus erschienen und habe um ein Gespräch mit Jacob Pellham gebeten, sei aber schließlich von der Misses abgewiesen und auf einen späteren Zeitpunkt vertröstet worden.

Jacob Pellham wurde jeden Sonntagmorgen einer gründlicheren Morgenwäsche unterzogen, weswegen er später zum Frühstück erschien. Meist nahm er das Morgenmahl in seinem Bett ein, aber seit Aiden wieder auf Meadowfield lebte, bemühte er sich, zumindest am Sonntag zum Frühstücken herunterzukommen. Aiden machte sich nichts vor, er wusste, dass er dies auf Drängen seiner Gemahlin und weniger um seinetwegen tat, aber das war ihm gleich.

Dass er beim Waschen die Hilfe der Sklaven Jumah und Benny benötigte, machte ihn mürrisch und unzufrieden, so auch an diesem Morgen. Aiden ließ ihm seinen Frust und ging auf sein Gemäkel nicht ein.

»Heute ist ein wunderbarer Tag«, begann er, nachdem das Frühstück beendet war. »Ich schlage vor, wir gehen ein paar Schritte und werfen einen Blick ins Baumwolllager.«

Misstrauisch schaute der alte Mann ihn an.

Unbekümmert lächelte Aiden. »Ich finde, es ist immer wieder ein prächtiger und erhabener Anblick, die randvollen Lager zu betrachten und zu wissen, dass dort der Lohn eines ganzen Jahres Arbeit lagert. Und da du nicht aktiv an der Ernte teilnehmen konntest, möchte ich dir zumindest dieses Erlebnis nicht vorenthalten, lieber Vater.«

Margaret Pellham hatte den Köder bereits geschluckt, vor Begeisterung klatschte sie in die Hände. »Was für eine reizende Geste, mein Sohn.« Dann legte sie ihre Hand auf seine und tätschelte sie wohlwollend. »Findest du nicht auch, Jacob?«

Ihr Gemahl zeigte sich weniger beeindruckt. »Das wird nicht anders aussehen als in all den vorausgegangenen Jahren«, murrte er verständnislos.

»Nun sei gefälligst nicht so verdammt sturköpfig, Jacob«, vor Empörung rötete sich ihr Gesicht. »Für deinen Sohn ist es die erste Ernte, zumindest auf Meadowfield, und er möchte dich daran teilhaben lassen. Du solltest ihm für seine Umsicht dankbar sein.«

Jacob warf seiner Frau einen grimmigen Blick zu und brummelte etwas Unverständliches vor sich hin.

Aiden schmunzelte vor sich hin, die Unterstützung seiner Mutter kam ihm ganz gelegen. Um Zustimmung heischend sah sie ihn an und er nickte dankend. Wahrscheinlich hatte sie ein schlechtes Gewissen, mutmaßte er, wegen der Fairchild-Angelegenheit, worüber das letzte Wort auch noch nicht gesprochen war.

Auch wenn sein Dad unentwegt von sinnloser Gefühlsduselei nörgelte, da es schließlich normal sei, dass nach dem Abernten der Felder das Baumwolllager gut gefüllt war, begab er sich dennoch anstandslos mit ihm auf den Weg.

»Mein Knie schmerzt«, beschwerte er sich auf halber Strecke. »Das Wetter wird umschlagen, das spür ich immer in meinen Knochen.« Die Verletzung hatte er sich vor etlichen Jahren bei einem Sturz vom Pferd zugezogen.

Aiden hielt solche Aussagen für Ammenmärchen und ließ das unkommentiert. Sie gingen betont langsam, seinen angebotenen Arm zur Unterstützung lehnte Dad vehement ab und beharrte auf seinem Gehstock.

»Es hat seit fast drei Wochen nicht geregnet«, erklärte Aiden. »Daher können wir ab morgen bereits mit dem Pressen der Ballen beginnen. Die Plantagen weiter im Nordosten haben ein paar kräftige Gewitter abbekommen, die werden noch ein Weilchen brauchen, bis ihre Baumwolle zur Verarbeitung durchgetrocknet ist. Das garantiert uns weniger Andrang am Anleger und eine schnellere Abfertigung.«

Kaum hatten sie das Lager betreten, kam ihnen Wilson Cutler mit überschwänglichem Strahlen entgegengeeilt.

»Was machen Sie hier?«, fragte Aiden erstaunt.

»Ich sehe nach dem Rechten, damit es morgen keine Verzögerungen gibt«, antwortete er, ohne ihn dabei eines Blickes zu würdigen. Sein Fokus war auf Jacob Pellham gerichtet.

»Das nenne ich Arbeitseinsatz«, lobte dieser großzügig und ließ ein Auflachen ertönen.

Aiden kniff angewidert die Lippen zu einer schmalen Linie zusammen.

»Es freut mich, Sie einigermaßen wohlauf zu sehen, Mister Pellham. Ich wusste immer, dass Sie sich nicht so leicht unterkriegen lassen. Sie werden sehen, im nächsten Jahr sind Sie wieder voll einsatzfähig und können selbst mit anpacken«, tönte Cutler und das verfehlte die Wirkung nicht.

Der alte Mann fühlte sich sichtlich geschmeichelt, auch wenn er die Worte mit einem ausweichendem »Wir werden sehen« abtat.

Obwohl der Vater es zuvor als Gefühlsduselei betitelt hatte, bemerkte Aiden ein auffälliges Leuchten in seinen Augen beim Anblick der geernteten Baumwolle. Eigenständig schritt er den Gang hinunter und bestaunte mit halbgeöffnetem Mund die prallgefüllten Boxen des weißen Goldes, als sähe er dies zum ersten Mal.

Anhand seiner Reaktion befürchtete Aiden, ihn überfordert zu haben. Eilig rückte er eine nahestehende große Kiste zurecht, die Maschinenersatzteile und ein paar Werkzeuge enthielt, damit er sich setzen und ausruhen konnte. Unaufgefordert nahm er das Angebot an und ließ sich darauf nieder, während seine Augen nach wie vor auf die Baumwolle geheftet war.

»Wie du siehst, war es eine gute Ernte.« Aiden nahm seine abgewetzte lederne Umhängetasche von den Schultern, öffnete sie und zog einen Stapel Papiere heraus, die in einem klappbaren Schutz aus fester schwarzer Pappe eingelegt waren. »Vielleicht möchtest du einen Blick auf die Wiegelisten werfen, Dad?« Er hockte sich neben ihn auf die Kiste, so weit es der begrenzte Platz zuließ, hielt ihm die Unterlagen zur Einsicht hin und erläuterte ein paar Fakten.

Cutler stand zwei Meter von ihnen entfernt, lässig an einen Pfosten gelehnt, und schien sich zu amüsieren.

Jacob Pellham schaute zwar auf die einzelnen Seiten, die ihm vorgehalten wurden, dennoch hatte Aiden das Gefühl, das er gar nicht mitbekam, worum es ging. Er wirkte zunehmend geistesabwesend und verloren.

»Ich hatte noch keine Zeit, die Werte zu addieren. Du kannst sie dir noch einmal in Ruhe ansehen, wenn ich damit durch bin.« Er schob die Papiere zurück in seine Ledertasche und half seinem Dad beim Aufstehen. »Ich denke, wir sollten jetzt zum Herrenhaus zurückgehen.«

»Es hat mich gefreut, Mister Pellham«, Cutler eilte herbei. »Vergessen Sie Ihren Gehstock nicht.« Mit einer kleinen Verbeugung überreichte er ihn Pellham.

»Ich werde voraussichtlich morgen für zwei Tage nach Charleston reiten müssen, Mister Cutler, aber Sie wissen ja, was zu tun ist, und werden sicher ohne mich zurechtkommen«, wandte Aiden sich an den Aufseher, eher er ihm den Rücken zukehrte und mit seinem Vater dem Ausgang zustrebte.

»Aber sicher doch, seien Sie unbesorgt.« Cutlers hämischer Tonfall war unüberhörbar, aber er sah nicht Aidens zufriedenes Grinsen.

Dreiviertel des Weges schwieg der alte Mann, obwohl Aiden mehrmals nachhakte, ob es ihm gut ginge.

»Anscheinend macht es keinen Unterschied, ob ich da bin oder nicht«, gab er schließlich von sich. »Wozu bin ich dann noch nütze?«

Stöhnend rollte Aiden mit den Augen, dass Dad jetzt in Trübsal verfiel, war keineswegs das, was er erreichen wollte. Er hatte ihm zeigen wollen, dass er sich keine Gedanken machen musste. »Du hast dein ganzes Leben lang dein Bestes für Meadowfield gegeben und sie zu einer florierenden Plantage gemacht. Aufgrund deiner Gesundheit bist du nun gezwungen, kürzerzutreten, ob du willst oder nicht. Du musst dich mit der Situation abfinden und solltest anfangen, deinen Lebensabend zu genießen.«

»Pah!«, schnaubte er und zerrte an seinem erschlafften Arm. »Etwa damit?«

Aidens ausführliche Erklärung stieß leider auf taube Ohren, er gab auf.

Sie hatten das Herrenhaus erreicht. Aus dem Küchentrakt zog bereits ein aromatischer Bratenduft zu ihnen herüber.

Nachdem Aiden ihn in den Salon begleitet hatte, wo Mutter mit einer Handarbeit beschäftigt war, suchte er seine Kammer auf. Immerhin hatte sein Plan, Cutler betreffend, besser funktioniert, als er gedacht hätte. Jetzt musste er nur noch warten, ob der Kerl auch anbiss.

Natürlich hatte er nicht vor, nach Charleston zu reiten, das sollte Cutler lediglich glauben und sich sicher fühlen. Wohl aber plante er, demnächst zur Broom Hall Plantage zu reiten und sich dort persönlich umzuhören, warum Will, Howard Wilcox, dort nicht mehr beschäftigt war. Eigentlich hatte er das dieser Tage vorgehabt, aber aufgrund der zu erwartenden Probleme auf Meadowfield musste er den Ritt verschieben, zumindest, bis alle Ballen verladen und sich auf dem Weg nach England befanden.

Aiden verspürte eine gewisse Unruhe in sich und beschloss, sich eine Lektüre zu holen. Als er die Tür zur Bibliothek erreicht hatte, entschied er sich kurzerhand um, und steuerte stattdessen das Arbeitszimmer an. Womöglich könnte er Cutler den Betrug mit der Baumwolle nachweisen, aber er hatte noch keinen Schimmer, was er in der Sache der verschwundenen Sklaven unternehmen sollte. Doch er war sich sicher, dass Cutler auch in dieser Angelegenheit seine Finger im Spiel hatte.

Nachdenklich ließ er sich in dem Stuhl am Schreibtisch fallen, verschränkte die Hände im Nacken und sah sich um. Alle relevanten Unterlagen war er bereits vor Tagen durchgegangen. Plötzlich schoss ihm das Bild vor Augen, wie er seinen alten Herrn am Vortag hier am Schreibtisch überrascht hatte. Aufgrund der gestrigen Konfrontation mit Cutler hatte er nicht mehr daran gedacht.

Flugs änderte er die Sitzposition und öffnete die breite Schublade. Wie er schon bei seiner ersten Erkundung festgestellt hatte, enthielt sie nichts Bedeutsames, Brief- und Blankopapier, Briefumschläge. Schreibutensilien, Adressenverzeichnisse und dergleichen. Er griff hinein, um das hintere Ende zu ertasten, aber seine Arme waren für das schmale Fach zu kräftig.

Entschlossen zog er die Lade mit einem Ruck über die natürliche Stoppfunktion hinaus, bis sie fast aus ihrer Führung rutschte, musste jedoch feststellen, dass der hintere Bereich nicht genutzt wurde. Fast enttäuscht schob er das Teil zurück, stieß aber auf einen plötzlichen Widerstand. Als dieser sich auch durch hin und her ruckeln nicht beheben ließ, befühlte er die Unterseite der Schublade, dort war etwas, eine Art … Hebel. Die unscheinbare Schreibtischschublade verfügte über einen doppelten Boden – Vaters Heiligtum besaß ein Geheimfach.

Aiden hätte erstaunter nicht sein können.

Das Geheimversteck förderte einen großen prall gefüllten, unbeschrifteten Umschlag hervor. Neugierig lugte er hinein und zog mehrere Schriftstücke heraus. Sein Herzschlag beschleunigte sich rasant, als er begriff, was da in Händen hielt. Fassungslos überflog er den Inhalt, seine Hände begannen zu zittern und er war froh, dass er saß. Hatte Dad danach gesucht? Wollte er sich lediglich vergewissern, dass sein Geheimnis noch unentdeckt geblieben war? Oder hatte er jene Papiere verschwinden lassen wollen und war durch ihn an seinem Vorhaben gehindert worden?

In Aiden tobte ein Sturm der Gefühle, von Fassungslosigkeit und Trauer bis hin zu Wut. Was wäre geschehen, hätte er nicht durch Zufall dieses Fach entdeckt? Hätte sein Vater jemals den Mund aufgemacht oder dieses Wissen irgendwann mit ins Grab genommen? Und was noch wichtiger war, hatte seine

Mutter Kenntnis von all diesen Dingen?

Aiden wusste immer, dass sein Erzeuger kein gefühlsbetonter Mann war, aber wie konnte er das hier mit seinem Gewissen vereinbaren? Neben den offiziellen Unterlagen tauchten noch einige Zettel mit Notizen auf. Er war sehr akribisch gewesen, jede nennenswerte Entwicklung war genau dokumentiert worden.

Aufgeregt breitete er alle Schriftstücke auf der Schreibtischplatte aus und sortierte die zugehörigen Aufzeichnungen. Bestürzt wanderten seine Augen immer wieder über seinen spektakulären Fund, er ballte unbewusste die Hände zu Fäusten und wäre am liebsten losgestürmt, um seinen Vater zur Rede zu stellen. Doch er wusste selbst, dass er gerade viel zu aufgebracht war. Er musste sich beruhigen und einen klaren Kopf bekommen, um überhaupt logisch denken und taktisch vorgehen zu können, sonst würde sein alter Herr sofort auf stur schalten. Die Hände über dem Kopf gefaltet tigerte er eine Weile im Zimmer auf und ab. Kannte er den Mann überhaupt, der ihn gezeugt hatte, hatte er ihn jemals gekannt? Aiden war an einem Punkt angekommen, an dem er alles bezweifelte, was er je zu wissen glaubte.

Abrupt stoppte er seinen aufgewühlten Marsch, drehte sich um und ließ das ausgebreitete Papierchaos auf sich wirken. Es konnte nicht sein, dass in all den Jahren niemand etwas mitbekommen hatte. Jemand musste darüber Bescheid wissen und ihm fielen sogleich mehrere Personen ein.

Nach einem tiefen Durchatmen nahm er wieder in dem Stuhl Platz. Mit einem Mal war er ganz ruhig, er musste sich den Tatsachen stellen – Jacob Pellham hatte fünf Kinder mit seinen Sklavinnen gezeugt. Nun griff er nach dem ältesten datierten Schriftstück, die Geburt des Jungen war dreizehn Jahre vor seiner Geburt verzeichnet. Er studierte die beigefügten Notizen. Die Mutter, eine gewisse Norma, war seine schwarze Geliebte gewesen, wie eindeutig aus den Vermerken hervorging.

Ein schlechtes Gewissen verspürte Aiden nicht, dass er in den intimsten Geheimnissen seines Vaters kramte. Dad hatte Norma auf einem Sklavenmarkt in Atlanta erstanden. Kaum einen Monat arbeitete sie im Herrenhaus, bevor sie seine Gespielin wurde. Insgesamt lief die Geschichte über drei Jahre, Norma wurde erneut schwanger. Sie starb wenige Minuten nach der Totgeburt ihrer Tochter. Aus den krakeligen Buchstaben unterhalb ihres Todesdatums entzifferte er den Satz: *Der schwärzeste Tag!* Anscheinend hatte er tiefe Gefühle für diese Sklavin gehabt.

Aiden versuchte, sich ihn als leidenschaftlichen Liebhaber vorzustellen, doch so sehr er sich auch bemühte, es gelang ihm nicht. Allein der Gedanke daran erschien ihm absurd.

Auf einem kleinen abgerissenen Stück Papier entdeckte er den Satz: *Junge wird aufgenommen,* dazu das Todesdatum der Gebärenden. Aiden fand nichts über einen Verkauf oder dessen Tod, was bedeuten würde, dass jenes Kind von damals noch heute auf Meadowfield leben musste. Ein seltsames Gefühl nahm von ihm Besitz. Wusste dieser Mann um seinen Erzeuger?

Insgesamt gab es drei Geburten, die vor seiner Zeit lagen, zwei Jungen und ein Mädchen. Auffällig war, dass die Mütter alle im Herrenhaus beschäftigt gewesen waren. Über den zweiten Jungen gab es im Vergleich nur wenige Informationen. Wie es aussah, hatte die Sklavin nur wenige Male das Bett mit ihrem Besitzer geteilt und war zu seinem Leidwesen rasch guter Hoffnung gewesen, was er aus sarkastischen Randbemerkungen ableiten konnte.

Die Dritte im Bunde, ein Mädchen mit dem wohlklingenden Namen Natalia, war laut Datum ihrer Geburt fast auf den Tag genau drei Jahre älter als er. Er konnte sich an die recht ansehnliche Mulattin erinnern, nicht nur, dass er beim Wiegen zweimal ihren Namen auf die Liste geschrieben hatte, nein, auch aus früheren Jahren tauchten plötzlich Bilder der Erinnerung auf. Er hatte sie mehrmals in Lydias Hütte gesehen, sie und ihre Mutter.

Angestrengt rieb er sich die Augen und versuchte, sich an das Gesicht der Älteren zu entsinnen. Da er sie zu jener Zeit nicht beachtet hatte, konnte er kein aussagefähiges Bild zusammenfügen, aber er erinnerte sich an eine schlanke Person mit auffällig wallender Mähne. Offensichtlich arbeitete sie noch heute neben Lydia in der Waschküche.

Natalia war inzwischen Mutter einer fünfjährigen Tochter.

Es klopfte an der Tür. Aiden war so vertieft, dass er das Klopfen zwar wahrnahm, aber nicht zuordnen konnte. Erst als das Pochen sich wiederholte, war er imstande zu reagieren.

»Verzeihung, Master Aiden, die Misses lässt fragen, ob Sie zum Lunch kommen?« Lucy knickste artig und versuchte ansonsten, ihren Blick gen Boden zu richten.

Nachdenklich betrachtete er die hübsche Mulattin, die ihn bis vor Kurzem noch offensiv angehimmelt hatte. Waren die Sklavinnen seinerzeit Dad gegenüber ebenso offenherzig gewesen? Schließlich war Jacob Pellham in jüngeren Jahren kein unattraktiver Mann gewesen. Zumindest hoffte Aiden, dass die jungen Frauen ihm freiwillig das Bett gewärmt hatten. Die Vorstellung, dass er sie gegen ihren Willen genommen haben könnte, war zu entsetzlich, dass er nicht wagte, auch diese Möglichkeit in Betracht zu ziehen.

»Master Aiden?«

»Ach so, ähm … ist es schon so spät? Ja, ich komme gleich.«

Scheu lächelnd knickste Lucy erneut, bevor sie sich zurückzog.

Aiden stieß kraftvoll den Atem aus, das Mädchen war wirklich bezaubernd. Fast bedauerte er, dafür gesorgt zu haben, dass sie ihn nicht mehr anhimmelte. Nach all den Problemen auf Meadowfield hätte er eine erotische Entspannung durchaus willkommen geheißen, im Übrigen hatte er seit Längerem keine Frau mehr gehabt. Er seufzte bedauernd, aber er hatte nun mal seine selbstauferlegten Prinzipien. Der Blick wanderte über die enthüllenden Papiere; man sah ja, was dabei herauskam, wenn man sich mit Sklavinnen der eigenen Plantage vergnügte.

Sein Fokus blieb an Schriftstücken auf der rechten Schreibtischecke hängen und er musste erneut schwer schlucken. Maliya! Bis zum heutigen Tag hätte er niemals in Erwägung gezogen, dass sie das Kind seines Vaters sein könnte. Er hatte sie stets wie eine

Schwester geliebt, aber nicht für möglich gehalten, dass sie tatsächlich so was wie eine Schwester war. Was war mit der Geschichte, dass Lydia von einem Aufseher geschwängert worden sei? War das die Lüge, die seiner Mutter aufgetischt wurde, damit sie keinen Verdacht schöpfte? Oder war es eine Schutzbehauptung, weil sie genau wusste, was Sache war?

Maliyas Namen in diesen Unterlagen zu finden, war Schock genug, noch traute er sich nicht, diese Papiere im Einzelnen durchzugehen. Dabei wollte er allein und ungestört sein. Sorgsam schob er alles wieder zu einem Stapel zusammen. Kurz verweilte sein Interesse beim zweitjüngsten Kind. Dessen Geburtsdatum lag nur vier Monate nach seinem eigenen. Kopfschüttelnd stopfte er den gesamten Papierkram in den Umschlag zurück und verbarg ihn unter seiner Kleidung. Nachdem er auch die Schublade wieder ordnungsgemäß verschlossen hatte, verließ er das Arbeitszimmer.

Den kostbaren Fund verstaute er in seiner Kammer unter der Matratze, bevor er sich ins Esszimmer begab, wo die Dame des Hauses ihn bereits ungeduldig erwartete.

»Kommt Dad heute nicht zum Essen herunter?«, fragte er verwundert, weil jener Platz leer war.

»Jacob hat noch Besuch«, gab sie leicht gereizt zurück. Sie gab den wartenden Sklaven ein Zeichen, dass sie mit dem Servieren beginnen konnten. »Bevor die Suppe noch völlig erkaltet.«

»Verzeih, dass du warten musstest«, sagte er, während er seine Serviette anlegte. »Ist Doktor Ashman bei ihm?«

»Nein, ein Mister Cutler. Er ließ sich nicht abwimmeln, angeblich müsse er ihn in einer dringenden Angelegenheit sprechen. Als ob er nicht zu einer anderen Tageszeit hätte kommen können, statt gerade, wenn zum Lunch gedeckt ist.«

Aiden zog die Augenbrauen hoch. So rasch hatte er keine Reaktion von dem Mann erwartet. Zu dumm, dass er von Cutlers Auftritt nichts mitbekommen hatte. Gern hätte er sein Ohr gegen die Tür gedrückt und mitangehört, was der Aufseher zu sagen hatte.

Die Mutter bemerkte nichts von seiner angespannten Reaktion. »Du denkst daran, dass morgen Abend die Fairchilds kommen?«, fragte sie beiläufig.

Er konnte ein Aufstöhnen nicht unterdrücken. Für derlei Firlefanz hatte er nun wahrlich keinen Kopf. »Ich dachte, du hättest ihnen …«

»Abgesagt?«, fiel sie ihm ins Wort. »Wo denkst du hin, das wäre überaus unhöflich gewesen und das weißt du. Außerdem waren bereits alle Vorbereitungen getroffen und die Küche genauestens instruiert.«

»Mutter, ich brauche keine Hilfe, um eine Frau zu finden. Das schaffe ich sehr wohl allein, vorausgesetzt, ich wäre darauf aus. Zudem habe ich momentan andere Dinge im Kopf, als mich um eine Ehefrau zu bemühen, dazu habe ich in ein paar Jahren immer noch Zeit.«

»Glaubst du, ja? Hast du eigentlich eine Vorstellung, wie verstörend es für eine junge Frau ist, mit einem in die Jahre gekommenen Mann verheiratet zu werden und auch noch das Bett mit ihm teilen zu müssen?«

»Du sprichst von dir selbst«, stellte er trocken fest.

Pikiert kniff sie die Lippen zu einer schmalen Linie zusammen, ehe sie konterte: »Und wenn schon, ich weiß wenigstens, wovon ich rede. Glaubst du in der Tat, ich hätte keine Hoffnungen und Träume gehabt? Ich wurde all dessen beraubt, willst du dasselbe einem anderen unschuldigen jungen Ding antun?«

Aiden rollte mit den Augen. »Ich habe nicht gesagt, dass ich vorhabe zu warten, bis ich ein alter Mann geworden bin, was aber nicht heißt, dass ich mir die erstbeste Frau nehme, nur um vor der feinen Gesellschaft den Ehemann zu mimen.« Er sah sie herausfordernd an. »Ich wusste gar nicht, dass du so begierig darauf bist, die Haushaltsführung von Meadowfield aus der Hand zu geben.« Mit Genugtuung stellte er fest, dass dieser Spruch gesessen hatte.

Mit einem nicht enden wollenden Wortschwall und heftig gestikulierend versuchte sie, sich aus dem Schlamassel zu ziehen.

Nichtsdestotrotz musste er schmunzeln. »Mum, hör zu«, bemühte er sich, sie zu beruhigen. »Ich werde morgen Abend zu deiner Verfügung stehen und der perfekte Gentleman sein, aber nur unter der Bedingung, dass du in Zukunft derartige Kupplungsversuche bleiben lässt. Habe ich diesbezüglich dein Wort?«

»Wenn du meinst«, kam die wenig überzeugte Antwort. Nach einem weiteren Löffel Suppe fügte sie an: »Ich wäre nur entzückt gewesen, noch mitzuerleben, wie meine Enkel heranwachsen und das Haus mit Leben füllen.«

Aiden verschluckte sich beinahe vor Überraschung. »Gleich mehrere, sieh an. Ich hätte als dein Sohn auch gern zusammen mit meinen Geschwistern das Haus mit Leben gefüllt.« Angesichts seiner Entdeckung im Arbeitszimmer konnte er sich diese Bemerkung nicht verkneifen.

»Ich lag zwei Tage lang in den Wehen«, entrüstete sie sich. »Mir war nicht danach, diese Prozedur ein weiteres Mal durchzumachen. Ich war froh, mit dem Leben davongekommen zu sein.«

Er setzte zu einer Erwiderung an, doch dazu kam er nicht mehr. Die Tür flog auf und ein übellauniger Jacob Pellham stapfte herein, gefolgt von Benny, der aufgeregt um ihn herumtänzelte und erfolglos versuchte, den alten Mann zu besänftigen.

Aiden erhob sich und eilte ihnen entgegen, seine angebotene Hilfe wurde erbost ausgeschlagen.

Vor sich hin fluchend ließ der Vater sich schwer nach Luft ringend auf seinem Sitzplatz fallen.

»Ich hätte wissen sollen, dass dieser Mister Cutler dich zu sehr aufregt«, beschwerte sich Margaret Pellham naserümpfend, nachdem er beim forschen Hinsetzen die Tischdecke auf seiner Seite mit sich riss und Teile des Besteckes zu Boden klirrten.

Die zwei an der Tür stehenden Sklavinnen eilten flugs herbei, um den Schaden zu beheben.

Benny stand ängstlich einige Schritte hinter Dad und hielt mit beiden Armen etwas umklammert, dass Aiden sehr bekannt vorkam. Wortlos signalisierte er dem Jungen, es ihm zu überreichen. Hastig kam er der Aufforderung nach, bevor er, so schnell er konnte, aus dem Raum flüchtete.

»Was ist denn passiert?«, fragte Aiden, den Ahnungslosen spielend, während er das Corpus Delicti auf dem Tisch platzierte.

Ihn traf ein kalter emotionsloser Blick, gefolgt von einer Reihe Derbheiten, teils von vulgärem Charakter, die der Gemahlin schockiert den Atem stocken ließ. Speichel spritzte bei jedem Wort aus seinem Mund. Seine Unterlippe triefte vor Nässe und ihr Fluss benetzte bereits sein Kinn.

Während seine Ehefrau beschämt das Gesicht abwandte und betreten mit ihrer Serviette die eigenen Mundwinkel betupfte, ließ Aiden keine Gefühlsregung erkennen.

Gelassen ging er zu seinem Stuhl und setzte sich. Minuten des peinlichen Schweigens verstrichen, in denen nur das heftige Schnaufen des Vaters zu vernehmen war. Geduldig wartete er, bis sich sein alter Herr wieder etwas abreagiert und akklimatisiert hatte.

»Ich habe einen Taugenichts als Sohn«, polterte er dann los.

»Bist du noch klar bei Verstand?«, fuhr Margaret Pellham erbost auf und funkelte ihren Gatten streitsüchtig an.

Per Handzeichen, ohne seinen Erzeuger aus den Augen zu lassen, gab Aiden ihr zu verstehen, dass sie sich heraushalten solle.

»Ich nehme an, dein Zorn hat etwas mit den Wiegelisten zu tun?«, fragte er seelenruhig und griff nach dem schwarzen Pappumschlag, zwischen dem die Papiere lagen. Beim Durchsehen erkannte er sofort die Veränderung. Zufrieden grinste er, was seinen Dad erneut auf die Palme brachte.

170

»Bist nicht mal in der Lage, auf wichtige Unterlagen aufzupassen. Lässt sie einfach achtlos herumliegen, Dummkopf! Du willst ein Pellham sein, eine Plantage leiten? Du bist noch nicht mal trocken hinter den Ohren. Ein Grünschnabel bist du, ein Grünschnabel!« Er wies anklagend mit dem Zeigefinger seiner rechten Hand auf ihn.

»Und du bist ein alter, verbohrter und uneinsichtiger Dickschädel. Eine Witzfigur, hinter deren Rücken sich andere ins Fäustchen lachen, weil es so einfach war, dich hinters Licht zu führen. Du glaubst, du bist noch in der Lage, Meadowfield zu führen? Da muss ich dich leider enttäuschen, Dad, das war einmal. Du bist unfähig geworden, zu erkennen, was auf dieser Plantage abläuft, sonst hättest du bemerkt, dass sich andere auf Kosten von Meadowfield bereichern. Sklaven verschwinden auf geheimnisvolle Weise auf Nimmerwiedersehen, Erntezahlen werden manipuliert und der Gewinn in die eigene Tasche gesteckt, ohne dass du Kenntnis davon besitzt. Willst du die Plantage in den Ruin führen? Dann mach nur weiter so. Du klammerst dich vehement an die Vergangenheit, weil du nicht einsehen willst, dass du inzwischen ein alter Mann bist und keinen Überblick mehr hast.«

Aiden sprach ohne Zorn, aber mit einer gewissen Schärfe und legte ein dominantes Auftreten an den Tag.

Die Gesichtszüge seines Gegenübers wechselten zwischen Empörung, Zorn und ungläubigem Staunen, so weit das bei seiner Teillähmung möglich war, aber in erster Linie verriet sein intaktes Auge seine Stimmung.

Aus dem Augenwinkel bemerkte Aiden, dass seine Mutter stocksteif dasaß und sich bestürzt die Hand vor das Gesicht hielt.

»Das du es wagst, in diesem herablassenden Ton mit mir zu reden, als wäre ich ein Niemand, das ist der Gipfel der Impertinenz.«

»Ich spreche in dem Ton mit dir, den du mich gelehrt hast«, reagierte Aiden prompt.

Die Gesichtsfarbe des Vaters wurde noch eine Spur dunkler und seine Nasenflügel bebten. »Redest du solchen Unsinn, um dich wichtig zu machen, Sohn? Was quatscht du da von Betrug und verschwundenen Sklaven? Was für Sklaven? Rede gefälligst nicht ständig um den heißen Brei herum.«

»Ich hatte dir schon vor Tagen von vermissten Sklaven erzählt, und dass …«

»Nichts hast du! Ich höre das zum ersten Mal«, geiferte der Alte.

»Dad, ich hatte dir ausführlich darüber berichtet!«

»Ich weiß doch wohl, was mir erzählt wurde und was nicht. Ich bin schließlich nicht senil!«

Allmählich wurde Aidens Geduld auf eine harte Probe gestellt. »Wenn du nicht senil bist, dann erinnerst du dich an unser Gespräch, ansonsten muss ich dir leider sagen, bist du senil.« Abwartend trommelte er mit den Fingern auf der Tischplatte. »Also was ist, Dad?«

Es war nur sein mürrisches Brummen zu vernehmen, seinem forschenden Blick wich er aus. »War mir wohl kurz entfallen«, stieß er hervor, doch Aiden erkannte an seinem verdächtigen Gehabe, das er eindeutig keine Ahnung hatte, worum es ging. Er warf einen Seitenblick zu seiner Mutter, die daraufhin bedauernd mit den Schultern zuckte.

Ohne Hast erhob Aiden sich und ging auf die beiden Sklavinnen zu, die an ihrem Platz bei der Tür auf Anweisungen warteten. Eine der jungen Schwarzen war Lucy, der Name der anderen war ihm nicht bekannt, also wandte er sich an Lucy.

»Weißt du, wo meine Schlafkammer ist?«, fragte er im Flüsterton.

Lucy nickte heftig, während sie ihn mit großen runden Augen ansah.

»Gut! Dort auf dem Nachtschrank liegt ein schwarzer Pappumschlag mit Papieren. Hol den bitte für mich. Dann wartest du hier, bis ich dich heranwinke. Hast du alles verstanden?«

»Ja, Master Aiden.«

Nachdem er wieder Platz genommen hatte, berichtete er dem Vater erneut von den verschwundenen Sklaven und seinem Verdacht.

»Ach du liebe Güte«, stieß Margaret Pellham aus. »Was für ein hinterlistiger Mann. Ich hatte gleich so ein komisches Gefühl, als er vor der Tür stand.«

Die Männer ignorierten ihren Kommentar. Aiden bemerkte, dass sein Dad bereits Erschöpfungsanzeichen zeigte, auch hatte er während seines Vortrages kein einziges Wort gesagt. Seine Gesichtsfarbe hatte sich normalisiert, aber er schnaufte immer noch heftig.

»Beweise deine ungeheuren Vorwürfe«, krächzte er nun.

»Den Vorfall mit den Sklaven kann ich momentan noch nicht beweisen, aber das ist nur eine Frage der

Zeit, ich bin an der Sache dran. Was den Erntebetrug betrifft, den kann ich beweisen. Cutler hat es im letzten Jahr durchgezogen und versucht es in diesem Jahr erneut.«

Lucy war zurück, er winkte sie zu sich.

»Räumt doch erstmal die Suppenschalen ab«, wies Margret die Mädchen an, nachdem ihr Sohn das Gewünschte in Händen hielt.

»Du hast die Unterlagen eingesehen, die Cutler dir übergeben hat? Jene, die ich angeblich im Baumwolllager vergessen habe?«, fragte er scheinheilig.

»Was soll das werden?«

Aiden erhob sich, ging um den Stuhl herum, räumte das noch unbenutzte Gedeck beiseite und breitete die Papiere vor seinem alten Herrn aus. »Das hier sind die Originale, sie waren stets sicher verwahrt. Ich habe zusammen mit Aufseher Scott Fisher eine Abschrift erstellt und die absichtlich im Baumwolllager liegengelassen, um deinen so viel gelobten Wilson Cutler auf die Probe zu stellen.«

Der alte Mann drehte seinen Kopf in den Nacken und sah zu ihm auf. »Und?«

»Es fehlen mehrere Zettel, die Cutler entnommen hat, bevor er dir die Listen aushändigte.« Zum Vergleich tippte er auf die Papiere, die er in seinem Zimmer gesichert hatte. »Mit den verbliebenen Listen werden wir in etwa auf den Stand vom Vorjahr kommen.« Er zog eine Berechnung der möglichen Differenz hervor. »Und das wäre in etwa die Menge, die er in Ballen gepresst eigenmächtig veräußert und den Ertrag in die eigene Tasche steckt. Genaue Zahlen kann ich dir vorlegen, sobald ich den Gesamtbetrag der entwendeten Schriftstücke addiert habe. Im letzten Jahr wird die Summe ähnlich gewesen sein.«

Offensichtlich konzentriert verglich der Vater die beiden Ordner. Die Sehkraft war für sein Alter noch ausgezeichnet. Inwieweit ihn allerdings das hängende linke Augenlid behinderte, vermochte Aiden nicht zu beurteilen und er wagte auch nicht, danach zu fragen. Geduldig wartete er, während sein Dad alles inspizierte.

Mum hatte die Mädchen inzwischen angewiesen, in der Küche Bescheid zu geben, man möge versuchen, das Mahl warmzuhalten.

»So ein elendiger Dreckskerl!«, fluchte Jacob Pellham. »Das wird er mir büßen. Niemand hintergeht einen Pellham!«

Erleichtert räumte Aiden wortlos die Unterlagen zusammen.

»Siehst du, Jacob«, triumphierte seine Gemahlin. »Ich habe dir immer gesagt, Aiden ist ein großartiger Junge. Er hat Ahnung und weiß, was er tut. Hast du es jetzt endlich begriffen?«

Ihr Gatte reagierte nicht, sein Blick war starr auf den Tisch gerichtet, wo zuvor die Belege ausgebreitet waren.

»Er muss Helfer gehabt haben«, bemerkte Margaret. »Wie hätte er sonst unbemerkt die Ballen von der Plantage schaffen können?«

»Natürlich hatte er das, Aufseher Sparks steckt irgendwie in der Sache mit drin. Im vergangenen Jahr hatte Cutler leichtes Spiel, als Dad mit Fieber danieder lag, und er selbst die Listen führte. Er hatte keine Komplikationen zu befürchten und konnte gefahrlos die unterschlagenen Ballen abtransportieren. In diesem Jahr stand ich ihm im Weg, er musste umdisponieren, wenn er nicht auf das schnelle Geld verzichten wollte. Wie genau sein Plan aussehen sollte, weiß ich nicht, aber ich habe ihm einen Köder zugeworfen, indem ich verlauten ließ, heute nach Charleston zu müssen. Er wird glauben, dass die Luft rein ist, und versuchen, dieses Zeitfenster zu nutzen. Spätestens nach Anbruch der Dunkelheit wird er sich sicher genug fühlen, um die Ballen fortzuschaffen.«

»Und wie willst du ihn aufhalten?«, fragte Mutter mit besorgtem Unterton.

Aiden beobachtete seinen Erzeuger von der Seite, der immer noch wie teilnahmslos vor sich hinstarrte, dennoch hoffte er, dass er dem Gespräch zuhörte. »Die Sklaven im Stall habe ich instruiert. Mein Hengst wird sich nicht in seiner Box befinden, und sie werden, falls Cutler oder Sparks nachhaken sollten, bestätigen, dass ich unterwegs nach Charleston sei.« Damit wich er ihrer Frage aus.

Während seine Mum sich weiter über die Dreistigkeit der Männer erregte und mehrfach ihre Sorge betonte, wie gefährlich es sei, diesem Mann in die Quere zu kommen, beobachtete Aiden seinen Dad. Es beunruhigte ihn, dass der entgegen seiner sonstigen Art, so schweigsam blieb.

Mit reichlich Verspätung wurde schließlich der Hauptgang aufgetragen. Niemand störte sich daran, dass das Gemüse verkocht und das Fleisch lauwarm war.

Auch Aiden verspürte keinen Appetit, immer wieder schweifte sein Blick zu seinem Vater. Begriff der Mann endlich, dass Cutler ihn täuschte, oder würde er schon morgen vergessen haben, dass dieses Gespräch stattgefunden hatte, so wie er das Verschwinden der Sklaven vergessen hatte? Mit eingefallenen Schultern hing er tief gebeugt über seinen Teller und versuchte angestrengt, die mundgerecht zerlegten Teile auf seine Gabel zu schieben.

Eine gewisse Traurigkeit überfiel Aiden, wo war nur der Mann geblieben, der er war, als er vor vier Jahren sein Elternhaus verlassen hatte. Er wünschte, er wäre eher heimgekehrt, lange vor seinem Schlaganfall und hätte jenes Wissen besessen, das er heute besaß. Dem Jacob Pellham von einst hätte er sich entgegenstellen, sich mit ihm messen und für das Trauma seiner Kindheit revanchieren können. Stattdessen saß dort ein alter gebrechlicher Mann, ein Schatten seiner selbst. Sein Vater und der Erzeuger von fünf Sklavenkindern, unter ihnen Maliya – seine Maliya.

Er hatte sich ihr immer verbunden gefühlt, sie geliebt wie eine Schwester, ohne zu ahnen, dass sie in der Tat seine Schwester war. Lydias Worte ergaben plötzlich einen Sinn. War er tatsächlich schuld, das Maliya ihm und ihrer Familie entrissen worden war? Hatte Jacob Pellham befürchtet, Aiden würde mit ihr ein Kind zeugen, ein Kind, das schwachsinnig geboren werden könnte, weil ihn mit Maliya eine Blutlinie verband?

Nachdenklich betrachtete er seine Mutter, wie viel wusste sie tatsächlich über die Eskapaden ihres Gemahls. Bevor er seine Eltern mit seinem Wissen konfrontierte, wollte er mehr herausfinden, und er wusste auch schon wie.

Sein Vater schwieg weiterhin und stemmte sich, kaum dass er den letzten Bissen in den Mund geschoben hatte, aus seinem Stuhl hoch und kehrte ihnen den Rücken. Sein Gang war schleppend. Aiden sprang sofort auf, um ihm behilflich zu sein, doch er verlangte matt nach Benny, also ließ er nach dem Jungen rufen.

Für lockeres Geplauder mit seiner Mutter fühlte er sich emotional nicht in der Lage, deshalb zog auch er sich nach dem Lunch in seine Kammer zurück.

Eine Weile saß er nachdenklich auf seinem Bett und starrte vor sich hin. Sobald sich etwas im Gin-House oder im Baumwolllager tat, würde er informiert werden, dafür hatte er gesorgt. Ihm war bereits am Morgen, als er mit dem Vater das Baumwolllager besichtigte, aufgefallen, dass dort mehr Betriebsamkeit herrschte als an einem Sonntag üblich. Vor allem, dass Cutler derart schnell auf der Bildfläche erschien, war verdächtig. Aiden war sich sicher, dass er dabei gewesen war, das Pressen jener Ballen vorzubereiten.

Seufzend erhob er sich, setzte sich an den Tisch und addierte die Summen der von Cutler entwendeten Listen und berechnete die Anzahl der sich daraus ergebenen Ballen. Es fiel ihm schwer, sich nach den heutigen Erlebnissen auf die Zahlen zu konzentrieren und er musste deshalb die Ergebnisse doppelt überprüfen, um sicherzugehen, sich nicht verrechnet zu haben. Die Unterlagen, die unter seiner Matratze versteckt lagen, lenkten seine Aufmerksamkeit immer wieder ab.

Endlich gestattete er sich, mit der Sichtung fortzufahren. Dieses Mal konnte er nicht widerstehen, sich mit jenen Geburten zu beschäftigen, die nach der seinen lagen. Dad hatte sich mit einem Sklavenmädchen namens Tanisha amüsiert, während Mum mit Aiden in anderen Umständen war. Er rümpfte die Nase, über diese Unverfrorenheit. Wie er den Notizen entnahm, musste sie bereits vor der Hochzeit seine Bettgespielin gewesen sein. Widerstrebend las er weiter und fühlte sich zunehmend angewidert, da auch intime Randbemerkungen verzeichnet waren, die sich auf spezielle Sexpraktiken bezogen. Diese Tanisha war offenbar allem gegenüber aufgeschlossen und schien keine Wünsche offenzulassen. Bei den anderen Sklaven war sie wegen ihrer Art weniger beliebt, wurde als aufsässig und arbeitsfaul bezeichnet.

Aiden schluckte hart, als er ein paar derbe intime Vergleiche zwischen Tanisha und seiner Mum lesen musste. Er beschrieb sie als langweilig und leidenschaftslos, dass sie nur da läge und mit zusammengepressten Augen den Akt über sich ergehen ließe und sich ihm verweigerte, nachdem sie guter Hoffnung war.

Auf einem anderen Blatt stand geschrieben, dass Tanisha, selbst während ihrer fortgeschrittenen Schwangerschaft keine Hemmungen zeigte, ihren Master im vollen Umfang zufriedenzustellen.

Angeekelt schleuderte er die Zettel von sich und sah ihnen nach, wie sie langsam zu Boden segelten. Warum hatte Dad all diese brisanten Details aufgeschrieben? Wollte er sich daran ergötzen? Aufgebracht tigerte er im Zimmer auf und ab und versuchte, die im Kopf entstandenen Bilder zu verdrängen, als ein Blatt zu seinen Füßen seine Aufmerksamkeit anzog. Er bückte sich und hob es auf.

Der Name des Jungen, der vier Monate nach ihm geboren wurde, lautete Amir. Interessanter waren jedoch die Zeilen darunter. Der Junge besaß fast dieselbe Hautfarbe wie seine Mutter, das weiße Erbgut seines Erzeugers war kaum sichtbar zum Tragen gekommen. Seltsamerweise schien sein Vater darüber weniger erfreut gewesen zu sein.

Nach einem tiefen Atemzug sammelte er die Papiere wieder ein. Er konzentrierte sich auf die nachfolgenden Zeilen, aus denen hervorging, dass seine Mum ihren Gatten eines Tages in flagranti mit der Sklavin erwischte und infolgedessen sofort aus dem gemeinsamen Schlafzimmer auszog. Danach habe sie ihn massiv unter Druck gesetzt, Tanisha und ihr *Balg* loszuwerden. Schließlich habe er dem nachgegeben, um, Zitat: *Endlich Ruhe von dem keifenden Eheweib zu haben.*

Aiden war schockiert und empfand tiefes Mitgefühl für seine Mutter. Keine jungvermählte Ehefrau sollte so etwas Beschämendes erleben müssen.

Zuletzt war nur noch das Übergabedatum an den Sklavenhändler verzeichnet, der Mutter und Kind auf dem nächsten Sklavenmarkt an den Meistbietenden veräußern sollte.

Gedanklich fasste er zusammen, zwei seiner Sklaven-Halbgeschwister lebten noch auf Meadowfield, der erstgeborene Isaac und die hübsche Natalia, und ohne Cutlers damaliges Zutun wäre auch Maliya noch auf der Plantage verblieben, dessen war er sich sicher. Tanisha und ihren Sohn hatte Vater nur auf Mutters

beharrliches Drängen hin verkauft. Seine zweite Gespielin und der daraus hervorgegangene Junge schienen für ihn keinerlei Bedeutung gehabt zu haben, was
er aus den kläglichen Informationen schloss. Es war
nicht ersichtlich, was aus den beiden geworden war.

Er nahm wieder am Tisch Platz und ging die Auf-
zeichnungen erneut durch, in der Hoffnung, in der
Aufregung vielleicht ein Detail übersehen zu haben.
Erschwerend kam hinzu, dass die Handschrift seines
Vaters manchmal kaum zu entziffern war.

Bevor er sich dem Stapel mit der Aufschrift »Maliya« widmete, grübelte er eine Weile. »Fünf Kinder«,
murmelte er und konnte noch immer nicht fassen, auf
was er gestoßen war. Fünf Kinder, drei Jungen und
zwei Mädchen hatte Jacob Pellham gezeugt, wenn er
sich selbst dazuzählte, waren es sechs, und nur er war
der einzige legitime Nachkomme. Lag darin die Tatsache begründet, dass er seinem Vater nie etwas recht
machen konnte? Weil er von all seinen Ablegern, der
Einzige war, zu dem er sich bekennen und auf den er
bauen durfte? Dabei war ausgerechnet Aiden von
einer Frau geboren worden, die er nicht gewollt hatte.
Energisch verdrängte er die absurden Gedankengän-
ge, denn auch ohne die Sklavenkinder wäre sein Sta-
tus derselbe gewesen.

Die Erkenntnis, die er nach dem bislang Gelesenen
gewonnen hatte, war die, dass sein Dad eine besondere Vorliebe für hübsche farbige Frauen hegte, wie
andere Männer blonde, brünette oder schwarzhaarige
Damen bevorzugten.

Hatte er die Sorge, sein Erbe hätte dieselben Neigungen? War er aus dem Grunde so hart und uner-

bittlich gewesen in Bezug auf Maliya? Der Verdacht lag nahe und erklärte womöglich, warum er Cutlers schäbigen Worten ohne jeden Zweifel Glauben schenkte. Dabei hatte er Maliya niemals angerührt, zumindest nicht in der Form, wie ein Mann eine Frau berührte.

Seine Hände zitterten leicht, als er die Niederschriften zu ihrem Fall durchging. All die Erinnerungen an sie waren mit einem Schlag wieder da. Er fühlte sich schlecht, weil er in den vergangenen Jahren kaum an sie gedacht und sie fast vergessen hatte. Dabei hatte sie unbewusst seinen Lebensweg bestimmt und seine Sicht auf das Leben der Sklaven nachhaltig geprägt.

Sein Dad war ein strenger Mann als Pflanzer und als Sklavenhalter, aber er war niemals gewalttätig gegenüber seinen Sklaven, das musste Aiden ihm zugutehalten. Eine Peitsche war auf Meadowfield nie zum Einsatz gekommen, wie es leider auf diversen anderen Plantagen des Südens gängige Praxis war. Er wusste von sadistischen und äußerst skrupellosen Plantagenbesitzern, die ihre Sklaven schlimmer als ihr Vieh behandelten und sie schon bei kleinsten Vergehen durch Peitschenhiebe züchtigten.

Aiden hatte mehrere Sklaven mit den Narben jener unmenschlichen Bestrafung gesehen, und auch mit einigen gesprochen, sich ihre Geschichte angehört.

Durch Maliya hatte er gelernt, die Sklaven nicht nur als Besitz zu betrachten, sondern auch als Menschen, die sie waren, mit all ihren Sorgen, Ängsten und Gefühlen. Einer der Gründe, warum er sich vor Jahren der geheimen Organisation *Underground*

Railroad angeschlossen hatte. Ein weit gesponnenes Netzwerk, das im Verborgenen agierte und Sklaven bei ihrer Flucht in die Freiheit mit tatkräftiger Unterstützung zur Seite stand. Ihre Mitglieder kamen aus allen Bevölkerungsschichten; freie Schwarze, ehemalige Sklaven, Sklavereigegner und ebenso weiße Männer und Frauen des Südens, von einfachen Bürgern bis hin zu wohlhabenden Pflanzern, die selbst Sklaven besaßen.

Er selbst war aktiv daran beteiligt gewesen, eine schwarze Familie einen Teil ihres Weges bis zur nächsten Unterbringung in einem Save-House zu begleiten, wo sie sich bis zum Weitertransport versteckt halten mussten. Vorwiegend nachts waren sie unterwegs gewesen, wobei die Sklaven zum Teil Stunden in engen präparierten Kisten ausharren mussten, wenn er, als einfacher Bauer getarnt, seinen beladenen Karren über die holprigen Wege lenkte. Da neben dem jungen Paar und den zwei Kindern noch drei weitere erwachsene Familienangehörige zu der Truppe gehörten, mussten sie getrennt und in kleinen Gruppen befördert werden. Auch die spätere Weiterreise mussten sie getrennt voneinander und zu unterschiedlichen Zeiten sowie auf verschiedenen Routen antreten. Knapp zehn Monate zogen ins Land, bis auch die letzten Personen dieser Familie die kanadische Grenze passierten.

Auch einen dreißig Jahre alten Mann, den er, als reicher Kaufmann getarnt, als seinen Kammerdiener ausgab, hatte Aiden unter seiner Fittiche genommen und ihn bis Philadelphia gebracht, wo er von einem Geistlichen in Empfang genommen wurde, der eine weitere Zwischenstation seiner Reise darstellte. Der Mann war des Lesens und Schreibens mächtig gewesen und von seinem Besitzer dabei ertappt worden, wie er Botschaften mit brisantem Inhalt an einen bekannten Abolitionistenführer versenden wollte. Daraufhin hatte sein Besitzer ihn fast totgeprügelt, ihn tagelang bei Wasser und Brot an einen Pfahl gekettet und als Abschreckung zur Schau gestellt.

Als Aiden den Mann übernommen hatte, war er zuvor über Wochen von einem gütigen Ärztehepaar gepflegt und aufgepäppelt worden. Wie er von der Plantage entkommen konnte, entzog sich seiner Kenntnis und das war auch gut so – zum Schutze anderer Mitglieder der Organisation kannte niemand die vollen Details. In diesem Fall war aber zu vermuten, dass der Arzt Zugang zur Plantage besaß und die Sache in die Wege leitete, ohne selbst in Erscheinung zu treten.

Sklaven zur Flucht zu verhelfen war ein schweres Verbrechen, das mit harten Strafen geahndet wurde. Vor Jahren reichte es noch, wenn entflohene Sklaven es in den sklavenfreien Norden schafften. Inzwischen war der Norden für die Flüchtigen längst nicht mehr sicher, weil dort vermehrt hartgesottene Sklavenjäger auftauchten, um nach entflohenen Sklaven Ausschau zu halten, die sie zu ihren Besitzern in den Süden zurückbrachten und satte Belohnungen kassierten.

Aber nicht nur Sklavenjäger waren das Problem, es wurde in der Regierung derzeit über einen Gesetzesentwurf diskutiert, dass Sklaven aus dem Süden aufgegriffen und zurückgebracht werden mussten. Damit hoffte man, weitere Spannungen mit dem Süden zu umgehen. Dieses Sklavenrückführungsgesetz war noch nicht durch, aber kaum jemand zweifelte daran, dass es in naher Zukunft kommen würde. Daher war nur Kanada ein sicheres Land, in dem entflohene Sklaven ein neues und freies Leben führen konnten.

Aiden konzentrierte sich wieder auf Maliya. Zum ersten Mal erfuhr er, dass Lydia anfangs auf den Baumwollfeldern tätig war. Jacob Pellham höchstpersönlich hatte sie ins Herrenhaus geholt, nachdem ihm massive Nachstellungen eines Aufsehers namens Joseph Polk zu Ohren gekommen waren. Gleichzeitig entnahm Aiden aber den Kommentaren, dass Jacob Pellham die hübsche Mulattin bereits im Sommer des Jahres 1824 aufgefallen war. Zum Ernteball, der in jenem Jahr auf Meadowfield stattfand, schickte er sie als zusätzliche Unterstützung für die Küchenarbeitskräfte ins Herrenhaus und sorgte dafür, dass sie anschließend bleiben durfte. Wann genau sie seine Geliebte wurde, ging aus den Papieren nicht hervor. Jedoch schrieb er von Misstrauen seiner Ehefrau, als sich Lydias Schwangerschaft nicht mehr verbergen ließ. Aber zu seinem Vorteil wurde darüber getratscht, dass der Sklave Samir der Vater des Kindes sein solle. Diese Annahme löste sich in Wohlgefallen auf, nachdem Maliya geboren war. Ihre ungewohnt helle Hautfarbe ließ keinen Zweifel offen, dass ihr Erzeuger ein Weißer gewesen sein musste.

Aiden stöhnte in Erinnerung versunken auf.

Schon Lydia hatte als Mulattin eine deutlich hellere Hautfarbe als andere Sklaven, aber Maliyas war noch heller als die ihrer Mutter. Von Weitem konnte man Maliya nur anhand der ärmlichen Kleidung von weißen Kindern unterscheiden. Erst wenn sie näher herankam, ließ sich ihre schwarze Abstammung erkennen. Eine Erscheinung, die es ihr im Leben nicht leicht machen würde, sie war keine Weiße, aber ebenso wenig eine Schwarze.

Was er weiter las, schockierte ihn gleichermaßen, wie es ihn überraschte. Jetzt ergaben auch Mutters Aussagen einen Sinn. Es war ein gezielter Plan gewesen. Er musste die Zeilen noch einmal lesen, um es zu realisieren. Jener Aufseher, der angeblich Lydia geschwängert haben sollte, war nur das Bauernopfer gewesen und dafür gut entlohnt worden. Jacob Pellham wollte jeglichen Verdacht von sich als Erzeuger ablenken.

Vertieft in den Unterlagen überhörte er das Klopfen und zuckte heftig zusammen, als plötzlich Lucy in der geöffneten Tür stand.

»Verzeihung, Master Aiden, ich dachte, Sie hätten mich gehört.« Verlegen knabberte sie an ihrer Unterlippe und wiegte den Oberkörper hin und her.

»Was gibt es denn so Dringendes?«, fragte er unwirsch.

Die Sklavin schluckte nervös und räusperte sich. »Ich soll Ihnen sagen, dass Sie Besuch haben. Die Herrschaften erwarten Sie im Salon.«

Besuch? Aiden grübelte, hatte er in der ganzen Aufregung irgendeinen Termin vergessen? »Wer ist es denn?«

»Ähm … das weiß ich nicht, die Misses sagte mir nur, ich solle Sie holen gehen.«

Er gab sich geschlagen. »Also gut, ich komme.«

Intuitiv hoffe er, dass es sich nicht wieder um schnatternde Kaffeekranzdamen seiner Mutter handelte, dafür hatte er derzeit keine Nerven. Sorgsam verstaute er wieder alle Dokumente unter der Matratze, bevor er sich auf den Weg nach unten begab.

Die Herren standen im Halbkreis und unterhielten sich eifrig, als er den Salon betrat.

»Mister Stevens?«

Er war der Erste, den Aiden in der Runde erkannte, da er ihm zugewandt stand. Sein Haar war grauer geworden und das Wohlstandsbäuchlein hatte über die Jahre deutlich an Umfang zugelegt. Erfreut schüttelten sich die Herren die Hand.

»Meine Mutter berichtete mir bereits, dass Sie zurück sind, und schwärmte, was für ein stattlicher Mann aus Ihnen geworden ist«, sagte Stevens lachend. »Das letzte Mal, als ich Sie gesehen habe, waren Sie noch ein schlaksiger, verträumter Bursche.«

Dann erkannte er Robin Floyd, seinen nächsten Nachbarn, und begrüßte ihn überrascht. »Ihre reizende Gemahlin durfte ich bereits auf der Teegesellschaft meiner Mutter kennenlernen.« Er entschuldigte sich zudem, dass er noch nicht die Zeit gefunden hatte, auf einen Besuch vorbeizukommen.

Der Mann zwischen ihm und Mister Stevens dürfte demnach Mister Walker sein, der seine Plantage etwa zehn Meilen westlich der Stevens betrieb. Nur den Herrn links neben Mister Stevens konnte Aiden gedanklich nicht zuordnen.

»Das ist Mister Quaid, er steht seit fast zehn Jahren als Aufseher in meinen Diensten«, stellte Stevens den

Mann vor. »Als er hörte, was geschehen ist, wollte er es sich nicht nehmen lassen, uns zu begleiten.«

Mit zunehmender Verwirrung sah Aiden in die Gesichter seiner Besucher, während die vier geheimnisvoll grinsten.

»Mister Walker war gerade bei mir, als der Bote eintraf, den Ihr Vater zu mir schickte, und Mister Floyd trafen wir rein zufällig auf halbem Wege«, klärte Stevens ihn auf. »Natürlich war er sofort bereit, mit uns zu reiten.«

»Das erachte ich als selbstverständlich!«, bekräftigte Floyd nickend. »Ihr Vater, Mister Pellham, war stets verlässlich zur Stelle, wenn mein kürzlich verstorbener Vater seine Hilfe benötigte. Dafür würde ich mich gern revanchieren.«

Aiden war noch immer zu überrascht, um angemessen reagieren zu können. Dad sollte einen Boten zur Plantage der Stevens geschickt haben? Er war nach dem Lunch wortlos aufgestanden und hatte sich von Benny nach oben bringen lassen. Oder doch nicht?

Und warum hatte er ihm nichts davon gesagt, dann würde er jetzt gegenüber den Nachbarn nicht wie ein Trottel dastehen. Diese Eigenmächtigkeit war mal wieder typisch für seinen alten Herrn, aber andererseits fühlte er sich auch geehrt, dass er ihm Unterstützung geschickt hatte. Seine emotionale Empfindung verbarg er vor den Herren geschickt.

»Es ist eine Schweinerei, was dieser Aufseher Cutler sich erlaubt hat«, schimpfte Stevens. »Einen armen kranken Mann derart zu hintergehen. Dem Kerl gehört das Handwerk gelegt.«

Die Männer redeten alle durcheinander und machten ihrem Unmut Luft, wobei auch die Frage des aktuellen Gesundheitszustandes diskutiert wurde.

»Ich werde mal in Erfahrung bringen, ob mein Vater sich in der Lage fühlt, sich zu uns zu gesellen«, bot Aiden an und entschuldigte sich kurz.

Vor der Tür stieß er kraftvoll die Luft aus und bemühte sich, sich zu sammeln. Oben an der Treppe kam ihm Benny entgegen.

»Ich sollte ihm seinen Tee und etwas Gebäck bringen«, gab Benny auf seine Frage hin Antwort. »Aber er hat so tief geschlafen, da hab ich's auf den Nachtschrank gestellt. Hätte ich ihn wecken sollen, Master Aiden?« Mit großen Augen sah er zu ihm auf.

Aiden schmunzelte. »Nein, lass ihn ruhig schlafen. Aber sag mal Benny, was ist passiert, nachdem du meinen Vater nach dem Lunch begleitet hast?«

»Passiert? Ähm … eigentlich nichts, Master Aiden. Ich habe ihn in sein Schlafzimmer gebracht und wollte ihm helfen, sich hinzulegen, weil er so aufgeregt war. Aber er hat sich geweigert, sich von mir helfen zu lassen und darauf bestanden, dass ich sofort Jumah zu ihm schicke, also habe ich nach ihm gesucht.«

Jetzt war ihm der Ablauf klar. Dads Kammerdiener wusste natürlich bestens Bescheid, welchen Sklaven er als Bote schicken musste, und dieser würde den Inhalt der Nachricht niemals anzweifeln, wenn sie ihm von Jumah übergeben wurde.

Er war seinem Master treu ergeben und sein engster Vertrauter. Sicher besaß er auch Kenntnis von all seinen Affären und half ihm, die Wahrheit zu verschleiern. Bei Gelegenheit würde er ein ausgedehntes

Gespräch mit ihm führen müssen, denn gewiss wird er auch Norma gekannt haben, Jacob Pellhams erste Geliebte und die Mutter von Isaac.

Aber erstmal musste er sich anderen Aufgaben widmen.

Nach einem tiefen Atemzug betrat er erneut den Salon, wo sich die Herren inzwischen gesetzt hatten und von Lucy und Moira mit kleinen herzhaften Schnittchen bedient wurden.

»Mein Vater schläft gerade«, informierte er seine Besucher. »Ich halte es für besser, ihn nicht zu wecken. Für heute hatte er bereits genug Aufregung.«

Die Männer pflichteten ihm bei und eine Weile lamentierten sie über sein Schicksal und das Älterwerden im Allgemeinen.

Knapp eine Stunde war vergangen, als Lucy die Ankunft eines weiteren Mannes meldete. Der Hereingebetene erwies sich als Scott Fisher.

»Fisher? Ich dachte, Sie genießen Ihre arbeitsfreien Stunden?« Aiden blickte ihn verwundert an und stellte ihn den anderen Herren kurz vor.

Fisher wirkte verlegen und drehte seinen Hut zwischen seinen Händen. »Ja … ähm, nein, das konnte ich nicht. Nicht, nachdem ich wusste, was vielleicht passieren würde. Ich habe mich daher auf die Lauer gelegt. Gerade ist Mister Sparks mit einem Pferdegespann und Leiterwagen von der Hauptstraße in den Seitenweg gebogen, der zu den Stallungen führt.«

»Und zum Baumwolllager!«, ergänzte Aiden.

Die anderen Männer hatten sich schon erhoben und waren bereit zum Handeln. Wenig später erschien Lucy erneut und berichtete, dass soeben eine

Nachricht aus dem Sklavendorf gekommen sei. Die Sklaven, die Aiden angewiesen hatte, Augen und Ohren offenzuhalten, hatten dieselbe Information übermittelt.

Gemeinsam stiefelten die Männer los. Auf dem Weg dorthin teilten sie sich auf, um die Übeltäter einzukreisen. Stevens schlug vor, den jungen Scott als Vorhut zu schicken, um die beiden abzulenken und zu sehen, wie sie reagieren, wenn sie plötzlich einen vermeintlichen Mitwisser hätten. Fisher stimmte zu, noch bevor Aiden reagieren konnte. Der junge Bursche überraschte ihn immer wieder.

»Was macht ihr hier? Und vor allem um diese Uhrzeit?« Fisher schlenderte, den Ahnungslosen mimend, auf seine Kollegen zu. Ein paar Sklaven huschten ängstlich dreinblickend zur Seite.

»Was sollen wir schon machen? Einen Testlauf mit der Presse, damit es morgen keine Komplikationen gibt«, fuhr Sparks ihn an.

»Der Pellham will, dass wir Ergebnisse vorweisen, wenn er morgen aus Charleston zurückkommt«, ergänzte Cutler und stampfte bedrohlich auf ihn zu. »Und jetzt verzieh dich, Kleiner, bevor ich dir Beine mache.«

»Du … du kannst ihn doch nicht einfach wegschicken, er wird …«, mischte sich Sparks ein.

»Halt's Maul, du Idiot«, fuhr Cutler ihn über den Mund.

Aiden hatte die Männer von seinem Standpunkt aus genau im Blick. Mr. Quaid, den Aufseher der Stevens, konnte er auf der gegenüberliegenden Seite in seiner Deckung ausmachen.

Fisher ging noch einen Schritt weiter. »Und warum steht hinten ein Leiterwagen, der gerade beladen wird, heute, am Sonntag? Hat Mister Pellham das überhaupt autorisiert?«

»Du quatschst mir zu viel, Scotti«, höhnte Cutler und krallte seine dickfleischige Hand fest in dessen Schulter. »Es interessiert mich nicht, was dieser aufgeblasene Pellham-Spross hat oder nicht hat, kapiert? Noch hält der Alte die Zügel in der Hand und der ist eh nicht mehr ganz richtig im Kopf. Von dem kleinen Nebenerwerb wird er gar nichts mitbekommen. Also zisch ab und lass uns unsere Arbeit machen. Und wenn du dein kleines, zu flinkes Mundwerk aufmachst und ihm steckst, was du hier gesehen hast, dann garantiere ich dir, wird deine hübsche jungenhafte Visage in Zukunft etwas deformierter aussehen, habe ich mich klar genug ausgedrückt?« Mit der anderen Hand packte er das Kinn seines Gegenübers und überstreckte ihm den Nacken.

»Ich danke Ihnen für die klaren und unmissverständlichen Aussagen, Mister Cutler. Ich denke, niemand wird Ihre Absichten bezweifeln.« Aiden trat in den Lichtkegel, bevor Fisher noch ernstlich in die Bredouille geriet.

Wilson Cutler entgleisten alle Gesichtszüge, sofort ließ er von seinem Kollegen ab. »Mister Pellham … Guten Abend, ähm … ich dachte, Sie seien in …«

»Charleston?«, beendete Aiden seinen Satz. »Ich habe es mir anders überlegt!«

Sparks bog um die Ecke und riss die Augen sichtlich erschrocken auf, als er ihn erblickte. Fragend schielte er zu Cutler hinüber.

Im selben Moment erschienen Sklaven auf der Bildfläche, die sich mit den Ballen abmühten.

»Was habt ihr damit vor?«, herrschte Aiden die Männer an und ging auf sie zu.

»Mister Cutler hat gesagt, wir sollen …«, eingeschüchtert brach der Mann ab und sah angstvoll von einem zum anderen.

»Mister Cutler hat euch nichts mehr zu befehlen! Geht zurück in eure Hütten, hier und heute gibt es nichts mehr zu tun«, wandte er sich an den Haufen verstört dreinschauender Sklaven.

Als plötzlich Lärm und Geschrei hinter ihm ertönte, fuhr Aiden erschrocken herum. Mit vereinten Kräften hielten Mister Quaid und sein Nachbar Robin Floyd den wutschnaubenden Cutler in Schach, dessen erhobene Hand ein Stück Holzlatte umklammerte.

Unmittelbar wurde Aiden bewusst, was um ein Haar geschehen wäre. Seine Überraschung wandelte sich in Zorn. »Hatten Sie etwa vor, mich damit niederzuschlagen?«, fuhr er den Kerl an. Er konnte sich nur mit Mühe zurückhalten, ihm nicht die Faust in die Visage zu rammen. Aus dem Augenwinkel sah er, wie die Sklavengruppe furchtsam auseinanderstob und Richtung Ausgang stürmte.

»Sie sollten üblen Gesindel niemals den Rücken kehren«, warnte Quaid. »Was für Nigger gilt, gilt ebenso für solch weißen Abschaum.«

Seine Wortwahl stieß Aiden übel auf, dennoch dankte er ihm mit höflicher Geste, immerhin hatte der Mann ihn gerade davor bewahrt, bewusstlos auf den staubigen Holzbohlen zu liegen. Seine eigene Unachtsamkeit ärgerte ihn, aber er musste auch zugeben, dass er nicht damit gerechnet hätte, dass Cutler es wagen könnte.

»Und was hatten Sie anschließend mit mir vor?«, verlangte er zu erfahren.

Cutler grinste ihn trotz seiner misslichen Lage dreist an. »Och, da wäre mir schon was eingefallen.«

Aiden versetzte ihm einen gezielten Hieb in die Magengegend, woraufhin er ächzend in die Knie sackte, von seinen Aufpassern aber mitleidslos wieder in die Senkrechte gezerrt wurde.

Aidens Aufmerksamkeit fiel auf Sparks, der wie angewurzelt ein paar Meter schräg hinter Cutler stand. Als sich ihre Blicke trafen, drehte er auf dem Absatz um und versuchte zu flüchten, wurde aber nach wenigen Schritten von Stevens und Walker gestellt.

Die beiden Männer stießen mit dem, in ihrer Mitte fixierten Sparks, zu ihnen, der heftig seine Unschuld in der Sache beteuerte.

»Ich glaub, der macht sich gleich in die Hosen«, lästerte Stevens. Er verstärkte seinen Griff, weil der Kerl zappelte wie ein Fisch an der Angel.

»Sie sind an dem Betrug beteiligt, also hören Sie auf, den Unschuldigen zu spielen«, fuhr Aiden ihn an.

Sparks stammelte eine Aneinanderreihung unvollständiger und zusammenhangloser Sätze.

»Was?«, schnauzte Aiden gereizt und machte einen bedrohlichen Schritt auf ihn zu.

Sparks stoppte seinen Wortschwall und starrte ihn mit schreckgeweiteten Augen an. Seine Haut war von einem feinen Schweißfilm überzogen. Erste feuchte

Flecke drangen durch sein abgenutztes, eng anliegendes Hemd, dabei waren die Temperaturen zu dieser Stunde recht angenehm.

»Ich denk, das Vöglein wäre bereit zu singen. Ist es nicht so?«, fragte Stevens scharf und zerrte an Sparks Arm, um dessen Aufmerksamkeit auf sich zu lenken.

Dem blieb nichts anderes übrig, als zustimmend zu nicken, was Cutler dazu veranlasste, eine Reihe Flüche und Bedrohungen auszustoßen. Floyd und Quaid hatten alle Mühe, den tobenden Kerl in Schach zu halten.

»Ich habe dir gleich gesagt, dass es in diesem Jahr viel zu riskant ist, aber du wolltest meine Bedenken ja nicht ernstnehmen«, spie Sparks in Richtung Cutler aus. »Es ist alles deine Schuld, weil du den Hals nicht vollkriegen kannst.«

Ob bewusst oder unbewusst hatte Sparks soeben zugegeben, dass sie die gleiche Nummer schon im vergangenen Jahr durchgezogen hatten.

Aiden hakte nach, wurde aber schroff von Cutler unterbrochen, dessen dunkle Gesichtsfarbe seinen Zorn widerspiegelte. »Du sollst dein Maul halten! Über deinen Anteil hast du dich schließlich auch nicht beklagt und beweisen können diese feinen Pinkel uns sowieso nichts. Also pass gefälligst auf, was du sagst, du dämlicher Trottel.«

Während Sparks sich lautstark über den *dämlichen Trottel* erregte, erläuterte Aiden Cutler, dass er mit seiner Annahme danebenlag.

»Oder was glauben Sie, warum wir heute Abend alle zugegen sind?«, setzte Quaid nach.

»Ich wollte da nicht mitmachen, ehrlich!«, jammerte Sparks. »Nachdem ich hörte, dass Sie, Mister Pellham, die Aufgaben Ihres Vaters übernehmen, wollte ich bei der Sache nicht mehr mitspielen, aber Wilson hat mich gezwungen. Er hat gesagt, ihm würde schon was einfallen und Sie würden nichts von alledem mitbekommen, das könne er mir garantieren. Pah, wer ist nun der Trottel?«

Die beiden Aufseher warfen sich einen eisigen Blick zu.

Sparks wandte sich wieder Aiden zu. »Er hat mir aufgetragen, was ich zu tun habe, um alles Weitere würde er sich kümmern. Dafür würde er allerdings sechzig Prozent vom Gewinn kassieren.«

»So, so!« Aiden sah zwischen den beiden hin und her, bevor er sein Augenmerk wieder auf Sparks richtete. »Und was ist mit den sechs verschwundenen Sklaven? War das auch euer Werk?« Er sah echt wirkende Verblüffung auf Sparks Gesicht.

»Ich weiß, dass vier Sklaven entlaufen sind, nachdem Wilson sie eingeteilt hat, den Fuhrpark zu reinigen. Sie sind am nächsten Morgen nicht mehr zur Feldarbeit angetreten«, antwortete der.

»Zwei Frauen verschwanden schon im Frühjahr«, setzte Aiden trocken hinzu. »Wenn vier Männer nicht zum Arbeitsantritt erscheinen, warum hat das niemand gemeldet?«

»Das wollte ich machen«, meldete sich Fisher zu Wort, der sich die ganze Zeit im Hintergrund gehalten hatte. »Aber Mister Cutler meinte, ich solle mich nicht darum scheren. Entweder würden sie elendig vor Hunger und Durst verrecken oder von Sklavenjägern aufgegriffen und zurückgebracht werden, wenn

196

sie keine Papiere vorweisen könnten, und dann wäre immer noch Zeit, die Männer zur Rechenschaft zu ziehen. Wenn ich nicht scharf darauf wäre, bei sengender Hitze stundenlang im Sattel zu sitzen und die Gegend zu durchkämmen, dann solle ich den Mund halten.« Schuldbewusst schaute er Aiden an. »Es tut mir leid, Mister Pellham. Ich muss gestehen, ich war mit der gängigen Praxis bei solchen Vorfällen nicht vertraut.«

»Grünschnabel!«, lachte Cutler höhnisch.

»Sie sind nicht einfach geflohen, oder?«, mischte sich nun Sparks ein und starrte Cutler herausfordernd an.

»Hast du das wirklich geglaubt, John? Dann bist du ein weitaus größerer Narr, als ich angenommen hatte.« Sein Lachen nahm einen dämonischen Charakter an.

»Du Scheißkerl!«, grunzte John Sparks. Er sah Aiden an. »Ich schwöre beim Leben meiner armen, alten Mutter, damit habe ich nun wirklich nichts zu tun.«

Aiden ging nicht darauf ein, mit mühsam beherrschter Miene starrte er den verhassten Aufseher an. »Wie haben Sie das angestellt?«

Cutler, der langsam realisierte, dass es aus war, grinste überheblich und musterte ihn von Kopf bis Fuß. »Es war einfacher als gedacht und mit den nötigen Papieren ganz legal. Erzielt einen weitaus höheren Preis als auf dem Schwarzmarkt. Sie müssen zugeben, dass ich klüger bin als Sie.« Er warf einen abfälligen Seitenblick auf Sparks. »Als alle hier! Aber man muss immer mit Dummheit oder Feigheit der anderen rechnen.« Sein Gesichtsausdruck wurde wieder ernst. »Halten Sie sich bloß nicht für was Beson-deres, Pellham. Sie hätten das mit den Sklaven nie herausgefunden, wenn dieser Hosenscheißer Dwyer nicht gequatscht hätte.«

Meadowfields Buchhalter steckte also auch in der Sache drin, Aiden ließ sich die Überraschung nicht anmerken.

»Dwyer hat nicht gequatscht. Ihre Arroganz, ge-paart mit Selbstüberschätzung und einer großen Por-tion Dummheit, und nicht zuletzt Ihr dilettantisches Vorgehen haben Sie verraten.«

Der Zorn kehrte mit aller Macht in Cutlers Miene zurück. Mit einem animalischen Gebrüll versuchte er, sich von seinen Aufpassern loszureißen und sich auf Aiden zu stürzen.

Robin Floyd sprang erschrocken zur Seite, als Quaid den Mann mit einem einzigen Schlag überwäl-tigte und zu Boden brachte. Mit seinem Knie fixierte er den wutschäumenden Aufseher, während er gleichzeitig dessen Arm auf den Rücken drehte, bis Cutler nicht nur vor Wut schrie.

Mr. Quaid war ein Muskelpaket, gegen den der, um einiges ältere Cutler, nichts ausrichten konnte. Aiden vermutete anhand seiner Statur, dass er sich mit Boxkämpfen in Form hielt.

Fisher reichte ihm ein Stück Hanfseil, das er auf die Schnelle gefunden hatte, damit Quaid ihn fesseln konnte.

Sparks, der nicht mehr festgehalten wurde, war zurückgewichen und beäugte die Szene mit wachsen-dem Entsetzen. Cutler tobte und fluchte wie ein Ber-serker und stieß die übelsten Verwünschungen aus.

»Du fängst an, mir mächtig auf die Nerven zu gehen«, schimpfte Quaid und zerrte ihn derart grob auf die Knie, dass der Mann kurzzeitig heftig nach Luft röchelte.

Die Anstrengungen des Tobsuchtanfalles waren ihm deutlich anzusehen. Sein Gesicht war dunkelrot angelaufen und er keuchte schwer. Blut aus der aufgeplatzten Oberlippe vermischte sich mit dem Schweißfilm auf seiner Haut. Das Haar war in wilder Unordnung und der Hut lag außerhalb seiner Reichweite.

Aiden hoffte, dass der Aufseher Quaid niemals so radikal mit den Sklaven seines Nachbarn Mr. Stevens umging, aber in Bezug auf Wilson Cutler empfand er eine gewisse Genugtuung.

Mit verschränkten Armen baute er sich breitbeinig vor dem Knienden auf. »Haben Sie allen Ernstes geglaubt, Sie kämen mit Ihren Betrügereien durch?«, fragte er.

Die Antwort war ein finsterer Blick und ein Spucker, der neben seinem linken Stiefel landete.

»Mister Sparks?«, rief er, ohne sein Augenmerk von Cutler abzuwenden. »Holen Sie die persönlichen Sachen von Mister Cutler und bringen Sie uns sein Pferd. Dieser Mann möchte Meadowfield verlassen.«

Geflissentlich stürmte der Angesprochene los.

»Mister Fisher, Sie begleiten ihn. Nicht, dass er auf die glorreiche Idee kommt, sich verdrücken zu wollen.«

Sparks zeigte sich ehrfürchtiger als manch ein Sklave und bekräftigte mehrmals, dass er auf einen solch absurden Einfall niemals kommen würde.

»Sie können mich nicht rauswerfen! Ihrem Vater wird das nicht gefallen, ich genieße sein Vertrauen, und ich werde …«, protestierte Cutler.

»Nicht mehr!« Mr. Stevens trat vor. »Mister Pellham senior war es, der uns um Unterstützung gebeten hat. Es ist vorbei!«

Für einen Moment lag ungläubiges Staunen in Cutlers Gesichtsausdruck. »Ich bekomme noch meinen Lohn für den gesamten Monat«, blaffte er.

»Lohn?«, bellte Aiden zurück. »Sie wagen es, Lohn zu verlangen, wo Sie durch Ihren Betrug längst weit mehr ergaunert haben, als Ihnen an Lohn zusteht?«

Cutler starrte ihm feindselig entgegen. »Sie denken, Sie haben gewonnen? Ich würde sagen, es steht eins zu eins.« Er zog einen Mundwinkel hämisch nach oben. »Das war es doch, was Sie von Anfang an gewollt haben, habe ich recht? Sie wollten Rache, weil ich Ihnen Ihre kleine Freundin genommen habe. Ich habe es an Ihrem Gesichtsausdruck gesehen, als Sie sahen, dass ich wieder auf Meadowfield tätig bin.«

»Wovon redet der Kerl?«, fragte Stevens verwirrt.

Aiden wusste, worauf er anspielte. Sein Kiefer war extrem angespannt, aber er würde einen Teufel tun, sich von Cutlers Gequatsche provozieren zu lassen und für Gesprächsstoff zu sorgen, wo doch jeder wusste, dass Mr. Stevens Mutter die größte Klatschbase weit und breit war.

»An Ihrer Stelle würde ich Ihre Lage nicht schlimmer machen, als sie ohnehin ist«, warnte Aiden schneidend. »Ich rate Ihnen, schleunigst aus der Gegend zu verschwinden und sich hier nie wieder blicken zu lassen.«

»Das sehe ich genauso«, stimmte Stevens zu.

»In dieser Gegend werden Sie keine Anstellung mehr bekommen, so viel ist sicher«, meldete sich Mister Walker zu Wort und auch Robin Floyd stimmte ihm überzeugt zu.

Cutler wollte sich seine Niederlage noch immer nicht eingestehen und zog abfällig über die Plantage her, vom laschen Gehorsam der Sklaven bis hin zu Arbeitsbedingungen und schlechter Bezahlungen seinerseits.

Erleichtert atmete Aiden aus, als er Sparks und Fisher zurückkehren sah. Sparks führte Cutlers gesattelten braunen Hengst an den Zügeln, des Aufsehers bescheidene Habe war bereits gepackt und festgezurrt, wie er beim Näherkommen erkannte.

»In eine schöne Scheiße hast du mich da hineingezogen«, murrte Sparks, als er mit dem Tier direkt vor Cutler Halt machte. Als Bestätigung seiner Abscheu spie er vor ihm auf den Boden.

Cutler lachte höhnisch, während ihn die Männer auf die Beine zogen und mit vereinten Kräften aufs Pferd hievten.

»Soll ich mir den Hals brechen? Machen Sie mir gefälligst die Fesseln ab«, beschwerte er sich lautstark mit schreckgeweiteten Augen.

»Ich kümmere mich um den Herrn hier«, ließ Quaid grinsend verlauten. »Ich hole mein Pferd und werde ihn einen Teil seines Weges begleiten, um sicherzustellen, dass er verschwindet.«

Mr. Stevens klopfte Aiden zuversichtlich auf die Schulter. »Lassen Sie ihn nur, der Mann weiß, was er tut. Vertrauen Sie mir.«

Angewidert kehrte Aiden dem ehemaligen Aufseher den Rücken und stand Sparks gegenüber.

»Was wird aus mir, Mister Pellham?«, fragte dieser vorsichtig, während er nervös an seiner Kleidung zwirbelte. »Ich gelobe hoch und heilig, dass ich nie wieder eine solche Dummheit begehen werde.«

Aiden überlegte einen Moment. »Mit Ihnen beschäftige ich mich morgen.« Er ließ ihn stehen und wandte sich seinen Helfern zu. »Wie wäre es mit einem guten Whiskey, meine Herren?«

Das Angebot fand regen Zuspruch und gelöster Stimmung marschierten sie zurück zum Herrenhaus.

Später als gewöhnlich begab sich Aiden zum Frühstück hinunter. Seine Mutter saß bereits an der Tafel und war gerade damit beschäftigt, ihre Serviette zu platzieren.

Es war am vergangenen Abend sehr spät geworden, und obwohl er reichlich Alkohol konsumiert hatte, hatte er in der Nacht nicht einschlafen können. Sein Vater erschien nicht im Speisezimmer.

Wie Mutter berichtete, fühlte er sich an diesem Tag nicht sonderlich. Nachdem sie sich zur Genüge über den gestrigen Abend ausgetauscht hatten, redete sie unermüdlich über den anstehenden Besuch der Fairchilds und versuchte erneut, ihm die Tochter schmackhaft zu machen. Victoria war ihr Name, wie er nun erfuhr.

Aiden ließ die Schwärmerei der Mutter wortlos über sich ergehen, während er nur mit halbem Ohr zuhörte und innerlich betete, dass der Abend schnell vorübergehen möge.

Bis es so weit war, gab es für ihn noch genügend zu erledigen. Als Erstes sah er nach seinem Dad, nachdem er sich gestärkt hatte.

Er saß zusammengesunken in seinem Bett, während sein Kammerdiener Jumah versuchte, ihm das widerspenstige Haar zu richten. Der Sklave schickte sich an, den Raum zu verlassen, als er ihn erblickte, doch Aiden bat ihn, sich durch seine Anwesenheit nicht stören zu lassen.

»Wir haben dich beim Frühstück vermisst, Dad.«

Der Alte sah ihn mit glasigen Augen an. »Ich hatte keinen Hunger!«

Aiden fand, dass er reichlich blass wirkte. Waren die gestrigen Aufregungen zu viel für ihn gewesen?

Er fühlte ein schlechtes Gewissen und haderte einen Moment, ob er ihm überhaupt erzählen sollte, was am Abend geschehen war. Schließlich zog er einen Stuhl heran, nahm neben dem Bett Platz und berichtete in ruhigen, sachlichen Worten, wie sie den Aufseher Cutler überführt hatten.

Jacob Pellham sah während seiner gesamten Erzählung vor sich auf seine Bettdecke und sagte kein Wort. Aiden war sich nicht mal sicher, ob er überhaupt verstand, worüber er sprach. Verunsichert hielt er inne und beobachtete Jumah bei seinem Tun. Ihm fiel auf, wie langsam und überlegt all seine Bewegungen waren und er noch am Haar seines Masters hantierte, obwohl die Frisur längst an Perfektion grenzte. Doch weder er noch sein Vater schienen es zu realisieren.

Er musste schlucken und ein beklemmendes Gefühl machte sich in seiner Brust breit, dass ihm die

Luft abzuschnüren drohte. »Ich danke dir, Dad, dass du einen Boten zu Mister Stevens geschickt hast. Die Männer haben sich als äußerst hilfreich erwiesen.« Er erhob sich und legte die Hand auf die seines Vaters, der jetzt aufschaute. Ihre Blicke trafen sich.

»Dir sei auch gedankt, Jumah«, wandte Aiden sich nun an Jumah und zwinkerte ihm zu. Auf dem Weg zur Tür bemerkte Aiden den Anflug eines Lächelns auf dem Gesicht des alten Sklaven.

Im Korridor zerrte er hektisch an seinem Halstuch, um es zu lockern und befreit durchzuatmen. Er konnte sich das plötzliche Gefühl der Enge selbst nicht erklären. Um sich zu sammeln, steuerte er seine Kammer an und ließ sich aufs Bett sinken. Eine Weile starrte er grübelnd vor sich hin.

Eine Ecke der Unterlagen, die er unter der Matratze versteckt hatte, lugte hervor. Gedankenschwer zog er die Papiere hervor und fuhr mit dem Finger über den Schriftzug *Maliya*. Wie mochte es ihr heute gehen und wie lebte sie? Was hatte sie im Laufe der Jahre erdulden müssen? Sicher war sie mittlerweile zu einer bildhübschen Frau herangereift. Er konnte nur hoffen, dass sie aufgrund ihres Aussehens nicht gezwungen war, ihrem Master oder anderen weißen Männern gefällig zu sein.

Er brauchte noch detailliertere Information zum damaligen Geschehen, von der Beziehung seines Vaters zu Lydia und der Vertuschungssache um Maliyas Geburt, und er würde sich das alles von Jumah schildern lassen. Wenn jemand Einzelheiten kannte, dann er. Erst, wenn Aiden sämtliche Sachverhalte beisammen hatte, wollte er seinen Erzeuger mit den Erkenntnissen konfrontieren. Dann konnte der sich nicht mehr mit irgendwelchen fadenscheinigen Ausreden aus der Affäre ziehen. Aber vorher gab es andere Dinge zu klären. Entschlossen verstaute er die Unterlagen wieder sorgfältig und verließ sein Zimmer.

Durch das Erdgeschoss dröhnte die durchdringende Stimme der Hausherrin, die die Sklaven anhielt, alle erforderlichen Räumlichkeiten auf Hochglanz zu bringen. Eine Sklavin mit sauberer Tischwäsche über dem Arm, eine andere mit frischen Schnittblumen hetzten an ihm vorbei.

Aiden machte einen Bogen, um seiner Mutter nicht in die Quere zu kommen, und verließ das Herrenhaus über den Küchentrakt, wo es an diesem Tag ebenfalls recht hektisch zuging.

Auf halbem Wege zum Baumwolllager traf er auf Scott Fisher. Sie gingen die letzten Schritte gemeinsam, während Aiden sich informieren ließ, wie es heute um John Sparks Arbeitsauffassung bestellt sei. Er erfuhr, dass der Mann an diesem Tag übereifrig zu Werke ging und die Sklaven sehr pedantisch in ihrem Tun beäugte.

»Na, anscheinend versucht er, sich zu beweisen«, entgegnete er lachend und öffnete die Tür zum Lager.

Sparks kam sofort auf ihn zu, nachdem er ihn erblickt hatte, und grüßte in übertriebener Freundlichkeit. Aiden verzog angewidert das Gesicht. Wenn er etwas nicht leiden konnte, dann waren es widerliche Speichellecker.

»Wir müssen reden«, sagte er knapp.

Stotternd wies Sparks in Richtung der laut ratternden Presse, die vor lauter emsig arbeitenden Sklaven nur zu hören, aber nicht zu erkennen war.

»Die Aufgabe kann Mister Fisher übernehmen.« Er nickte dem Mann zu und Fisher entfernte sich wortlos.

Aiden dirigierte seinen Aufseher zum Steinkreis, in deren Mitte sich eine große Feuerstelle befand. Die Sklaven nannten diese Stelle ihren Dorfplatz. Hier trafen sie sich nach getaner Arbeit in geselliger Runde oder feierten kleine Feste. Die massigen Feldsteine dienten als Sitzgelegenheit.

»Sie werden mir jetzt in allen Einzelheit berichten, wie es zu dem Betrugsdesaster gekommen ist«, sagte er scharf, »und wenn Sie nur die geringste Kleinigkeit auslassen, können Sie sofort Ihre Sachen packen und es Cutler gleichtun. Haben wir uns verstanden?« Ein bisschen Druck konnte nicht schaden, immerhin hatte Sparks keine Ahnung, was und wie viel Aiden wusste.

Sparks hatte seinen Hut abgenommen und knetete ihn nervös zwischen seinen Händen, während er heftig nickte. Die Worte sprudelten nur so aus seinem Mund heraus. Aiden unterbrach ihn nicht. Das meiste war ihm bekannt und auf seine Beteuerungen, er habe das alles nicht gewollt, gab er nichts. Sparks war daran beteiligt gewesen und hatte seinen Nutzen daraus gezogen. Neu war ihm, dass Cutler damit geprahlt hatte, ähnliche Vergehen bereits auf anderen Plantagen des Südens durchgezogen zu haben. In Georgia solle er deshalb sogar steckbrieflich gesucht werden, nachdem er eine Pflanzerfamilie nach dem Unfalltod des Besitzers um eine beträchtliche Summe erleichtert hätte.

»Wilson hat immer gesagt, er wolle nicht ewig vor den mächtigen Pflanzerbossen katzbuckeln und deren schwarzes Pack befehligen. Eines Tages wollte er so sein, wie sie. Er wollte reisen, einmal den Ozean überqueren und irgendwo auf der Welt im Wohlstand seinen Lebensabend genießen, mit heißen Bräuten im Arm. Aber dieses Ziel könne man niemals mit dem mickrigen Lohn eines Aufsehers erreichen, dazu müsste man bereit sein, etwas im Leben zu riskieren. Ich muss gestehen, es klang alles sehr verlockend und aus seinem Mund hörte es sich so einfach und durchaus realisierbar an.«

»Das ist Ihre Entschuldigung?«, fragte Aiden schockiert nach.

Sparks schnaubte. »Ich gebe ja zu, ich habe mich blenden lassen. Ich habe nie viel besessen, und die Vorstellung, sich leisten zu können, was immer man will, war schon reizvoll. Er hat nicht nachgegeben, mich zu beknien, weil er die Sache nicht allein durchziehen konnte. Und im letzten Jahr hat es schließlich wunderbar und ohne Schwierigkeiten funktioniert …«

»Wunderbar funktioniert nennen Sie das, einen bettlägerigen kranken Mann zu bestehlen?«

Der Aufseher wich seinem Blick aus. »Natürlich nicht! Ich wollte in diesem Jahr auch nicht mitmachen, aber er hat …«

Aiden winkte ab, das hatte er am gestrigen Abend schon zur Genüge gehört. »Welche Rolle spielte Mister Dwyer?«, fiel er ihm ins Wort, ohne durchklingen zu lassen, dass er über dessen Mittäterschaft gestern zum ersten Mal hörte.

Sparks lachte unfroh auf. »Der Wicht hatte keine Chance, sich Wilson Cutlers Forderung zu widersetzen. Wilson wusste von seinem Liebchen in Charleston, sie war einst eine von *Madam Lovegoods* Mädchen gewesen, wenn Sie verstehen, was ich meine. Dwyer war jahrelang bei ihr Stammkunde. Seit sie ausgestiegen ist, ist sie seine Geliebte. Haben Sie mal den Drachen gesehen, mit dem der Mann verheiratet ist? Da würde ich mir auch eine Geliebte halten. Cutler hat gedroht, der Gemahlin von seinem Doppelleben zu erzählen. Nicht nur, dass sein Weib ihm die Hölle heißgemacht hätte, er ist Buchhalter, sein seriöses Auftreten hätte erheblichen Schaden nehmen können und er hätte nirgends mehr eine Anstellung erhalten.«

»Wie hoch war sein Anteil?«

»Er hat nichts von dem Gewinn haben wollen, da es sich um schmutziges Geld handele. Cutler war das nur recht, blieb mehr Kohle für uns.«

Nach dem fast zweistündigen Gespräch war Aiden um einiges schlauer, auch, was die kriminelle Energie Cutlers betraf. Ganz wohl war ihm nicht, John Sparks weiterhin in seinen Diensten zu belassen, aber solange er keinen fähigen Ersatz hatte, musste es gehen. Fisher war noch zu neu und unerfahren und kannte sich in vielerlei Hinsicht nicht aus. Zudem glaubte er fest, dass Sparks sich keinen Fehltritt mehr erlauben würde, er hatte seine Lektion gelernt. Trotzdem musste er ein wachsames Auge auf den Mann haben, und das hatte er ihm mehr als deutlich zu verstehen gegeben.

Ein Defekt an der Presse warf den Tagesplan durcheinander. Die Sklaven konnten nicht weiterarbeiten, solange das Problem nicht behoben war. Fieberhaft arbeiteten mehrere Männer daran, die Maschine zu reparieren.

Aiden kannte das Problem, auf Broom Hall war einmal dieselbe Problematik aufgetreten, die er da zusammen mit Howard Wilcox behoben hatte, doch auch Sparks hatte Ahnung und ging ihm zur Hand.

Erst am frühen Nachmittag konnten die Arbeiten fortgesetzt werden.

Aiden ging zurück zum Herrenhaus, der Lunch war natürlich längst vorüber, so ließ er sich im Küchentrakt an dem großen Esstisch nieder, um eine Kleinigkeit zu sich zu nehmen. Inzwischen ging es dort gemächlicher zu, da alle Vorbereitungen für den Abend getroffen waren. Er ließ sich von Hermela eine Suppe und etwas Brot bringen. Es war für ihn nichts Ungewöhnliches, in der Küche zu speisen, wo sonst die Sklaven aßen. Immerhin hatte er auf Broom Hall und den anderen Plantagen ebenfalls in der Küche die Mahlzeiten eingenommen, da niemand seine wahre Identität kannte und ihn für einen einfachen Bauernsohn hielten.

Von Jumah, der ebenfalls am Tisch saß und einen Becher mit dampfendem Inhalt vor sich stehen hatte, erfuhr er, das Dr. Ashman heute wieder seinem Vater besucht hatte und die beiden nicht einer Meinung gewesen waren, was die Einnahme der Medikamente betraf. Aiden schmunzelte, das konnte er sich lebhaft vorstellen. Hermela trocknete sich die Hände an ihrer Schürze und setzte sich dem alten Sklaven gegenüber;

ein paar Mädchen waren noch mit dem Abwasch beschäftigt, sie kicherten und schwatzten.

Nachdem er sich gestärkt hatte, marschierte er erneut zum Baumwolllager. Irgendwann kam Benny aufgeregt auf ihn zu gerannt, die Misses hätte ihn geschickt, um ihn daran zu erinnern, dass es höchste Zeit wäre, wenn er noch rechtzeitig bis zum Eintreffen der Gäste hergerichtet sein wolle. Aiden rollte stöhnend mit den Augen. Ein Blick auf seine Taschenuhr sagte ihm jedoch, dass ihm noch ausreichend Zeit blieb. Dennoch begab er sich unverzüglich auf den Weg ins Herrenhaus, um seiner Mutter weitere Aufregung zu ersparen.

Seine Mum hatte nicht übertrieben, was die Familie Fairchild anbetraf, wie Aiden anerkennen musste. Sie waren sehr sympathisch. Die Sitzordnung war geschickt mit Rücksicht auf Dads Einschränkung geändert worden, sodass er nicht den Platz am Kopf der Tafel einnahm, wie es üblich gewesen wäre.

Aiden gegenüber saß Mr. Fairchild, neben ihm die Tochter Victoria, gefolgt von Mrs. Fairchild, ihr gegenüber saß sein Vater. Nicht grundlos war die Sicht auf ihn durch ein voluminöses Blumengesteck beeinträchtigt; zwischen ihnen saß seine Mutter.

Nach einer Boullion mit Reis, kleinen Fleischbällchen und Gemüseeinlage wurde Rehrücken mit gesottenem Gemüse aufgetragen.

Die Stimmung war locker und Mr. Fairchild erwies sich als angenehmer Gesprächspartner, der sich nicht nur für ihn und seine Zukunftspläne interessierte, sondern auch freimütige Informationen seiner eigenen Familie preisgab, die beiden Frauen waren ebenfalls in angeregte Gespräche vertieft.

Zwischendurch fiel Aidens Augenmerk immer wieder auf die Tochter. Victoria lächelte stets verlegen, wenn sich ihre Blicke begegneten, und senkte rasch bei leichtem Erröten die Lider. Es war unverkennbar, dass er ihr gefiel. Aiden begann, das Spiel zu genießen.

Sie war in der Tat eine äußerst attraktive junge Dame. Sie hatte ein ebenmäßiges hübsches Gesicht, eine makellose Haut und eine kleine Stupsnase, ihre Lippen waren für seinen Geschmack ein wenig zu schmal, passten aber zum Gesamtbild. Das honigblonde Haar war kunstvoll aufgesteckt, zahlreiche Löckchen in Korkenzieherform lugten aus der Frisur heraus und gaben ihr einen verspielten Look. Das Kleid im hellgrünen Pastellton war hochgeschlossen, betonte aber durch den raffinierten Schnitt dennoch ihre weiblichen Rundungen.

Jacob Pellham war ungewohnt schweigsam, ob es daran lag, dass ihm sein Zustand peinlich war, vermochte er nicht zu sagen. Sein Festtagsanzug war zu weit geworden und ließ ihn dadurch etwas ausgemergelt erscheinen, aber ansonsten war er akkurat gekleidet und frisiert. Jumah hatte perfekte Arbeit geleistet.

Nach dem opulenten Mahl begaben sie sich in den Salon, was die Stimmung weiter lockerte. Die Männer tranken einen Whiskey, die Damen einen leichten Wein. Jacob Pellham hielt tapfer durch und beteiligte sich sogar am Gespräch, als es um Baumwolle ging. Mr. Fairchild zeigte keine Berührungsängste, auch wenn er seinen Gesprächspartner gelegentlich schlecht verstand und Aiden aushelfen musste. Den Damen Fairchild hingegen war die Unsicherheit anzusehen und sie trauten sich kaum, den gezeichneten Mann anzuschauen, aber Mum gelang es immer wieder, die Ladys abzulenken und in ein Gespräch zu ziehen.

Zum ersten Mal an diesem Abend ergab sich eine höfliche Konversation zwischen Aiden und Victoria. Ihre Stimme war angenehm, allerdings schienen ihre Antworten wohlüberlegt, als wären sie ihr eingetrichtert worden. Ein Punkt, der ihm aufstieß, doch er ließ sich nichts anmerken.

Nach den Reden, die er sich zuvor von Mum hatte anhören müssen, hätte er sich den Abend weitaus schlimmer ausgemalt. Ein Seitenblick zu ihr zeigte ihm, dass sie mit der Entwicklung zufrieden schien, wahrscheinlich sah sie Victoria bereits als ihre Schwiegertochter.

Aber so weit war es längst nicht, auch wenn Victoria eine anziehende und reizvolle Erscheinung war, gehörte für ihn mehr dazu als nur ein attraktives Äußeres. Sie sollte ein gütiges Herz haben, respektvoll und gerecht sein im Umgang mit den Sklaven. Als Frau musste sie in der Lage sein, ihn zu überraschen, ihn zu fesseln und in ihren Bann zu ziehen. Es wäre für ihn undenkbar, sein Leben an der Seite einer Gemahlin zu verbringen, die ihm lediglich pflichtschuldig einen Erben gebar und ansonsten ihre eigenen Wege ging. Er brauchte eine Frau, die eine eigene Meinung vertrat, ihm Freundin und Geliebte sein konnte, sowie Leidenschaft und Hingabe zeigte, und

212

das nicht nur im Schlafgemach.

Von dem Wein hatte Victoria leicht gerötete Wangen. Zwangsläufig musste er sich gerade vorstellen, wie er sich mit ihr in den Kissen wälzen würde, und sie durch den Liebesakt diese roten Bäckchen bekommen hatte.

Während sie im Gespräch mit Mrs. Pellham war, sah sie ihn in dem Moment an, als er das sündige Bild vor Augen hatte. Sogleich schoss ihr eine heftige Röte ins Gesicht, als hätte sie seine Gedanken erraten.

Verlegen wandte er den Blick ab, bemerkte aber aus dem Augenwinkel den beinah triumphierenden Gesichtsausdruck seiner Mutter. Innerlich stöhnte er auf, sicher würde sie etwas Falsches in die Sache hineininterpretieren. Ihm war bloß gerade bewusst geworden, dass er seit Langem keine Frau mehr gehabt hatte und er sich nach körperlicher Nähe sehnte. Mit der jungen Dame hatte das absolut nichts zu tun, sagte er sich.

Wie sich im Gespräch herausstellte, waren die Fairchilds ebenfalls zu dem Ball geladen, für den er seiner Mum versprochen hatte, sie zu begleiten. Hatte sie das vorher gewusst und ihm deshalb das Versprechen abverlangt? Es missfiel ihm, dass sie das geplant haben könnte, dennoch hatte er nichts dagegen, dort mit Victoria Fairchild aufeinanderzutreffen.

Ihre Tante sei mit der Gastgeberin befreundet, erklärte sie schüchtern. Er nickte und nahm ihr das Versprechen ab, ihm einen Tanz zu gewähren.

Etwa eine halbe Stunde vor Mitternacht brach der Besuch auf. Das großzügige Angebot, im Gästetrakt zu nächtigen, hatte die Familie schon im Vorfeld abgelehnt. Sie wohnten für die Dauer ihres Aufenthaltes bei Verwandten, deren Hausherrin eine Schwester von Mrs. Fairchild war.

Schon früh am nächsten Morgen war er wach. Unsinnige Träume hatten ihn aufgewühlt und mehrmals hochschrecken lassen. Nachdenklich schwang er die Beine über die Bettkante und rieb sich das Gesicht, um die Schatten der Nacht zu vertreiben. Nach einer kurzen Wäsche kleidete er sich an und ließ die letzten Tage Revue passieren.

Heute war Dienstag und er würde Leroy Dwyer wieder am Schreibtisch im Arbeitszimmer antreffen. Er war gespannt auf seine Version der Geschichte. Seinem Vater hatte er die Beteiligung des Buchhalters an Cutlers Machenschaften bislang verschwiegen. Wenn er ehrlich war, graute ihm ein wenig davor, den Mann hinauszuwerfen, denn das würde bedeuten, dass er selbst in Zukunft die gesamte Buchhaltung von Meadowfield erledigen müsste, was nicht gerade Begeisterung in ihm hervorrief. Außerdem nahm er sich für heute vor, mit Jumah zu sprechen, um die letzten Geheimnisse seines Dads zu lüften.

Ein Blick auf die Taschenuhr sagte ihm, dass seine Mutter frühestens in einer Stunde im Speisezimmer erscheinen würde, also begab er sich in die Küche, um dort eine Kleinigkeit zu sich zu nehmen. Danach wollte er sich vergewissern, dass es keine weiteren Probleme mit der Pressmaschine gab. Verzögerungen konnten sie sich nicht leisten. Die Ballen mussten zum vereinbarten Zeitpunkt an der Anlegestelle zur Verladung auf das Frachtschiff bereitstehen.

Kurz vor dem Küchentrakt kreuzten zwei verheulte, laut schniefende Sklavenmädchen seinen Weg, die ihn trotz der kurzen Distanz nicht zu bemerken schienen. Verwundert marschierte er weiter. Das sonst eifrige Geschnatter der Küchenfrauen und das laute Geklapper von Töpfen und Pfannen waren an diesem Morgen einer ungewohnten Stille gewichen. Als er den Raum betrat, sah er die Sklaven alle mit hängenden Köpfen umherschleichen.

»Guten Morgen!«, rief er verblüfft, während er das befremdliche Bild in sich aufnahm. »Kann mir mal jemand erklären, was heute Morgen los ist?«

Zwei in der Nähe stehende Sklaven mittleren Alters stürzten laut aufschluchzend davon, ohne ihm eine Antwort zu geben. Vor dem Board, an dem sonst die frischen Brote zum Auskühlen lagen, entdeckte er Hermela, sie hatte ihm den Rücken zugewandt und schien den Brotkorb zu bestücken. Verwundert ging er auf sie zu. Als sie sich umdrehte, sah er, dass auch sie rot verquollene Augen hatte.

»Was zum Teufel ist denn heute los?«, fragte er, inzwischen etwas ungehalten.

Hermela wischte ihr Gesicht mit dem Ärmel trocken. »Jumah, … ich dachte, er hätte verschlafen, obwohl er sonst nie zu spät ist. Ich habe Benny zu ihm geschickt und der Junge kam völlig aufgelöst zurück und stammelte irgendwas Zusammenhangloses daher. Dann bin ich selbst hinaufgestiegen.« Dieses Mal nahm sie das Taschentuch aus ihrer Schürzentasche zur Hilfe, bevor sie weitersprach. »Jumah saß in seinem Sessel, er sah ganz friedlich aus, als würde er schlafen … da … dabei war er schon ganz kalt.« Sie bekreuzigte sich, bevor sie geräuschvoll ins Taschentuch schniefte. »Sein Kräutertee, den er jeden Abend vor dem Zubettgehen trinkt, stand noch unberührt vor ihm auf dem Tisch.«

Aiden schloss für einen kurzen Moment durchatmend die Augen.

»Dabei haben wir am gestrigen Abend noch alle gemeinsam dort am Tisch gesessen …« Sie wies auf den langen Küchentisch, »wir haben gescherzt und gelacht, während wir die Reste verzehrten, die aus dem Speiseraum zurückgekommen waren. Niemand ahnte, dass Jumah da das letzte Mal unter uns sein würde.«

Er schluckte betroffen. Jumahs plötzlicher Tod ging auch an ihm nicht spurlos vorüber, immerhin lebte der Sklave länger auf Meadowfield, als Aiden alt war. Nur am Rande realisierte er, dass er den Zeitpunkt verpasst hatte, ihn zu Vaters Geheimnissen zu befragen. Viel schlimmer war der Gedanke, dass dieser den Tod seines langjährigen Kammerdieners schwerer verkraften würde, als er zugeben würde und ihn in seiner Genesung gewiss zurückwarf.

»Ich halte es für angebrachter, dass mein Vater die Nachricht entweder von meiner Mutter oder von mir erfahren sollte«, sagte er schließlich.

Hermela nickte und schnäuzte sich.

»Sag es bitte den anderen und auch Benny.«

»Ich habe Benny zu seinen Leuten ins Sklavendorf geschickt. Der arme Junge hat nie zuvor einen Toten gesehen und war völlig verstört.«

»Das war die richtige Entscheidung«, lobte Aiden. »Er soll sich erholen. Falls mein Vater Hilfe benötigt, werde ich das übernehmen.« Er schaute erneut auf seine Taschenuhr, ihm blieb noch Zeit, im Baumwolllager nach dem Rechten zu sehen und zurück zu sein, bis seine Mutter die Treppe herunterkam.

Margaret Pellham beschloss, dass es ihre Aufgabe wäre, ihren Gatten von Jumahs Tod zu unterrichten, worüber Aiden insgeheim erleichtert war. Angespannt wartete er unterdessen am Frühstückstisch auf ihre Rückkehr.

»Und?«, fragte er, kaum, dass sie den Raum betreten hatte. »Wie hat er die Nachricht aufgenommen?«

Aufseufzend ging sie zu ihrem Platz und setzte sich. »Er hat kein Wort gesprochen, mich nur fassungslos angesehen. Erst als ich bereits an der Tür war, sagte er, er bestehe darauf, ihn sehen zu wollen, bevor man ihn wegbrächte.« An ihrer Tonlage war erkennbar, dass sie den Wunsch nicht guthieß.

»Ich werde mich darum kümmern«, erklärte er rasch. Ihr schockiertes Aufkeuchen stoppte er mit einem Blick, der keinen Widerspruch duldete.

Das Frühstück verlief in völligem Schweigen, wobei beide kaum Appetit verspürten.

Jumah war zwischenzeitlich von zwei männlichen Trägern aus seiner Kammer abgeholt und außerhalb des Herrenhauses in einer Hütte aufgebahrt worden.

Aiden begleitete seinen Vater, der nur in Hauspantoffeln und mit einem dicken braunen Morgenmantel über der Nachtwäsche loswollte. Sie sprachen kein Wort.

Die Situation in der Hütte war beklemmend. Nachdem Aiden an Jumahs Seite ein kurzes Gebet gesprochen hatte, trat er zurück und überließ Dad den Platz. Nach endlos erscheinender Zeit drehte er sich um und signalisierte Aiden, dass sie gehen konnten. In den Augen des sonst so herrischen und emotionsresistenten Mannes standen die Tränen.

»So ein Idiot«, brummte er, als sie aus der Hütte heraustraten. »Ich habe in meinem Testament vermacht, das Jumah nach meinem Ableben frei ist und auf Meadowfield bis zu seinem Tod als freier Mann leben darf. Und jetzt beißt der Kerl vor mir ins Gras.«

Aiden war über die Aussage erstaunt, ließ sie aber unkommentiert. Schweigend geleitete er ihn zurück in seine Schlafkammer. Der Gang hatte ihn erschöpft, unverzüglich begab er sich in sein Bett und bestand darauf, alleingelassen zu werden.

Als er die Treppe zum Erdgeschoss hinunterging, sah er Leroy Dwyer die Halle durchqueren und rief nach ihm. Verwundert blieb der Mann stehen und wartete.

»Mister Dwyer, wir müssen reden«, sagte er, ohne sich mit einer Begrüßung aufzuhalten. »Gehen wir ins Arbeitszimmer.« Mit entsprechender Armbewegung wies Aiden an, dass er vorausgehen möge, und schloss hinter ihnen die Tür. »Ich denke, Sie wissen, worum es geht?«

Dwyer nickte, ging wortlos zum Schreibtisch, öffnete die oberste Schublade und zog ein Schreiben heraus, das er ihm reichte.

»Was ist das?«, fragte er überrascht.

»Meine schriftliche Kündigung, Mister Pellham. Das ist es doch, worüber Sie mit mir sprechen wollten, nicht wahr?«

Aiden musterte den unscheinbaren Mann. »Als Erstes würde ich gern Ihre Beweggründe erfahren. Sie haben mich bei unserem letzten Gespräch angelogen und getan, als wüssten Sie nichts von den verschwundenen Sklaven, dabei muss Ihnen klar gewesen sein, dass ich die Sache nicht auf sich beruhen lassen konnte. Sie wussten, dass ich früher oder später dahinterkommen würde, dass Sie die Finger im Spiel hatten.«

»Ganz recht! Deshalb ziehe ich die Konsequenzen für mein Handeln, auch wenn ich ausdrücklich betonen muss, dass ich keine andere Wahl hatte.«

»Mister Sparks hat mir erzählt, womit Cutler Sie in der Hand hatte.«

Hektisch rote Flecke bildeten sich auf der Haut seines Gegenübers und feine Schweißperlen traten auf seine Stirn, während er nervös die Handflächen aneinander rieb und eine Serie unvollständiger Sätze stammelte.

»Hören Sie«, unterbrach Aiden ihn. »Ihr Privatleben interessiert mich nicht. Sie können sich vergnügen, mit wem Sie wollen, aber es darf nicht passieren, dass Ihre Arbeit auf Meadowfield davon beeinträchtigt wird.«

Die Farbe im Gesicht des Mannes vertiefte sich, und er konnte den Blick nicht länger standhalten.

Aiden seufzte und zerriss den Brief einmal quer und einmal längs. »Ich bin bereit, über Ihre Verfehlung hinwegzusehen, wenn Sie mir von Angesicht zu Angesicht Ihr Wort geben, dass so etwas nie wieder vorkommen wird. Die Sache bleibt unter uns, mein

Vater weiß nichts von Ihrem Zutun und es wäre besser, wenn es auch so bliebe. Er hat derzeit genug Aufregung, mehr, als seiner Gesundheit guttut. Haben wir uns da verstanden?«

Dwyer nickte heftig.

»Von mir wird niemand von Ihrer Tändelei erfahren und Mister Sparks wird es angesichts seiner Situation nicht wagen, Sie in Verruf zu bringen. Nichtsdestotrotz werde ich ihm noch einmal ins Gewissen reden.«

Erleichterung machte sich allmählich in Dwyers Zügen bemerkbar.

Aiden ließ sich die Abläufe aus der Sicht des Buchhalters erläutern, was sich mit seinen Erkenntnissen und der Aussage von Sparks deckte.

Er war heilfroh, das unangenehme Gespräch hinter sich zu haben. Der Mann tat ihm in gewisser Hinsicht leid, trotzdem durfte er nicht tolerieren, dass er sich erpressbar gemacht hatte.

Das Leben auf Meadowfield ging weiter. Die Haussklaven überwanden ihre Trauer und gingen mehr und mehr zur Normalität über. Jacob Pellham hatte sich tagelang in seiner Kammer verkrochen und diese nicht mal zu den Mahlzeiten verlassen. Inzwischen erschien er wieder im Speisezimmer oder verbrachte Zeit im Salon. Seit Jumah nicht mehr da war, hatte er sich zu einem noch größeren Nörgler entwickelt, dem keiner etwas recht machen konnte, insbesondere Benny bekam seinen Unmut ab.

Die Tage verstrichen und schließlich war auch jener Tag gekommen, an dem der letzte Baumwollballen am Anleger auf den Frachter nach Charleston Harbour verladen war, wo sie auf ein größeres Schiff umgeladen wurden, bevor es auf die Reise nach England ging, dem größten Abnehmer amerikanischer Rohbaumwolle. Viele Pflanzer der Gegend trafen aufeinander und der Abschluss der Erntesaison wurde gebührend gefeiert und begossen. Auch die Sklaven auf den Plantagen feierten, da für sie nun eine ruhigere Zeit anbrach.

Aiden ritt in Richtung Charleston, nachdem er sich von den anderen Pflanzern an der Anlegestelle gelöst hatte. Die angenehme Brise, die ihm durchs Gesicht fuhr, klärte seinen von Alkohol vernebelten Kopf.

Die Straßen Charlestons waren verstopft, da einige Pflanzer ihr kostbares Gut direkt zum Hafen transportierten, lange Staus waren die Folge. Mit einem Fuhrwerk war dieser Tage kaum ein Durchkommen.

Vom Cooper River trafen gerade wieder zwei voll beladene Schiffe ein, die mit großem Jubel von Pflanzern und Schaulustigen empfangen wurden. Ein anderes, weitaus größeres Frachtschiff hatte wenige Minuten zuvor die Bucht mit Kurs auf den Atlantischen Ozean verlassen.

Eigentlich hatte Aiden sich direkt ins Stadthaus der Familie in der East Battery begeben wollen, aber die Atmosphäre am Hafen zog ihn magisch an. Er hatte dem großen Ereignis lange nicht mehr beigewohnt. Das Bild der Massen hätte unterschiedlicher nicht sein können, von herausgeputzten Gentlemen und ihren Begleitungen, die ihren Reichtum provokant zur Schau trugen, von Männern in Kapitänsuniformen und Matrosen, bis hin zu den einfachen Hafenarbeitern und Gehilfen und den zahlreichen schwarzen Kutschern oder Zofen war so ziemlich alles vertreten. Es dauerte nicht lange, bis jemand aus der Menge seinen Namen rief.

Überrascht schaute er sich um und entdeckte Mr. Stevens auffordernd winkend in einer Gruppe von mehreren Herren. Sein Nachbar hatte zwei Tage zuvor seine letzten Ballen verschifft und verbrachte jetzt ein paar Tage in der Stadt. Seine Gemahlin hatte sich dem Trubel am Hafen entzogen und flanierte lieber in den Geschäften der Stadt.

Mr. Stevens stellte ihm die Gentlemen der Runde vor; an zwei der Namen konnte Aiden sich entsinnen, hätte die Herrschaften aber nach den vielen Jahren nicht wiedererkannt. Schnell genoss Aiden die Sympathie der anderen Pflanzer und war als einer der ihren willkommen.

Als er sich Stunden später verabschiedete, schwankte er gefährlich und brauchte drei Versuche, um in den Sattel zu steigen.

Im Stadthaus angekommen, steuerte er die erste Sitzgelegenheit an, die sein Auge erfasste und flegelte sich darauf nieder, wobei er die leere Porzellanvase vom Tisch stieß, die mit lautem Geschepper zu Boden fiel und in mehrere Teile zerbrach. Aiden registrierte das Geschehen nur am Rande, er hatte lange nicht mehr so viel Alkohol konsumiert und war nach wenigen Minuten eingeschlafen.

Als er am nächsten Tag erwachte, war es fast Mittag, wie er mit einem Blick auf die Taschenuhr feststellte. Ihm brummte der Schädel und sein Magen sandte ein flaues Gefühl aus. Stöhnend rappelte er

222

sich hoch und richtete seine derangierte Kleidung. Das Haus war menschenleer, sodass er nicht zu befürchten hatte, sich für sein Aussehen rechtfertigen zu müssen. Der Raum hatte neue Sitzmöbel bekommen, die anders angeordnet waren, fiel ihm bei näherer Betrachtung auf, ansonsten hatte sich kaum etwas verändert.

Meist wurde das Stadthaus von seiner Mutter besucht, die in manchen Jahren fast die ganzen Sommermonate hier verbrachte. Die benötigten Haus- und Küchensklaven wurden während der Zeit von Meadowfield abgezogen, die in der Regel ein bis zwei Tage vorher anreisten, um alles herzurichten, wenn ein längerer Aufenthalt geplant war. Für die jeweiligen Sklaven war es jedes Mal das Highlight und eine willkommene Abwechslung, eine Weile in Charleston verbringen zu dürfen. Während der übrigen Zeit stand das Haus leer.

Aiden holte Wasser und wusch sich. Das erfrischende Nass ließ seine Lebensgeister zurückkehren und auch der Kopfschmerz hielt sich jetzt in Grenzen. Nachdem er im großen Standspiegel sein Erscheinungsbild kontrolliert hatte, beseitigte er rasch noch die Scherben der Vase und verließ das Stadthaus.

Ein kurzer Spaziergang an der frischen Luft tat ein Übriges, schließlich kehrte er in eines der Straßencafés ein, um sich ein verspätetes Frühstück zu genehmigen, das auch das flaue Gefühl im Magen verschwinden ließ.

Wesentlich später als ursprünglich geplant begab Aiden sich auf den Weg nach Broom Hall. Gemächlich ritt er entlang des Cooper Rivers und vorbei an

North Charleston. Danach beschleunigte er das Tempo. In Whitesville kehrte er in einen Gasthof ein, ließ sich ein deftiges Abendessen servieren und mietete ein Zimmer für die Nacht.

Ausgeruht und gestärkt setzte er am nächsten Tag seinen Weg fort. Von hier aus waren es nur wenige Meilen bis Broom Hall. Vor der großen Auffahrt stoppte er seinen Hengst und betrachtete das zweieinhalbstöckige Herrenhaus mit Schindelfassade, bevor er weiterritt und den Dienstbotenweg benutzte, der hinter dem Waschhaus auf die Plantage führte.

»Was haben Sie hier zu suchen?«, blaffte jemand hinter ihm, kaum dass er aus dem Sattel gestiegen war.

Aiden drehte sich langsam zu dem Kerl um. Vor ihm stand ein weißer Mann mit grimmigem Gesichtsausdruck, den er noch nie auf Broom Hall gesehen hatte.

»Ich bin auf der Suche nach dem Aufseher Howard Wilcox«, entgegnete er und verzichtete angesichts der unhöflichen Begrüßung auf die Vorstellung seiner Person.

»Der arbeitet nicht mehr hier, also verschwinden Sie!«

Aiden musterte sein Gegenüber, er schätzte ihn auf Mitte dreißig, und er schien generell kein angenehmer Zeitgenosse zu sein, was seine harten Gesichtszüge erahnen ließen.

»Sind Sie sein Nachfolger?«

»Allerdings, das bin ich! Und jetzt machen Sie die Biege, bevor ich Sie Mister Burnet melde.«

Aiden zog provokant die Augenbrauen hoch. »Tun Sie, was Sie nicht lassen können«, erklärte er unbeeindruckt, während er einem Sklaven die Zügel übergab. »Ist Henry da?«

»Sind Sie taub, oder was? Ich sagte, Sie sollen verschwinden.«

Aiden schob sich an dem neuen Aufseher vorbei. »Ich gehe, wenn ich mit Henry gesprochen habe. Ist er beim Baumwolllager?« Ohne eine Antwort abzuwarten, marschierte er los.

Hinter sich hörte er den Mann obszön fluchen. Die Sklaven von Broom Hall konnten ihm leidtun. Will war ein Aufseher, der die Sklaven stets freundlich und respektvoll behandelte, was mit Sicherheit nicht auf seinem Nachfolger zutraf. Er fragte drei entgegenkommende Sklaven und erfuhr, dass Henry sich im Gin-House aufhielt. Gerade als er dem Hauptpfad verließ und den schmaleren zum Gin-House einschlug, wurde die Tür aufgerissen und Henry trat heraus. Die beiden Gleichaltrigen begrüßten sich wie alte Freunde.

»Was machst du hier?«, fragte Henry verwundert. »Sag bloß nicht, du hast vor, wieder hier anzufangen, davon würde ich dir abraten. Hier hat sich einiges verändert. Dexter Burnet hat jetzt das Sagen hier.«

Aiden hatte das bereits befürchtet. Der junge Spross konnte es schon damals kaum erwarten, endlich das Erbe seines verstorbenen Vaters anzutreten und sich nichts mehr von seinem Verwalter sagen lassen zu müssen.

»Und wie macht er sich?«, fragte er lapidar.

Henry rollte mit den Augen und ein zischender

225

Laut entfuhr ihm, was für Aiden Antwort genug war, aber er erhielt dennoch eine Erklärung: »Er fühlt sich eins mit den großen Plantagenbesitzern South Carolinas und wird nicht müde, seine Macht zu demonstrieren. Er genießt es, alle nach seiner Pfeife tanzen zu lassen, dabei sind seine Anordnungen meist bar jeder Logik und oftmals überhaupt nicht realisierbar.«

»Es scheint also nichts an Lehren und guten Ratschlägen bei ihm hängengeblieben zu sein?«

»So ist es!«, bestätigte Henry. »Aber haben wir das nicht alle vorausgesehen?«

Beide Männer blickten zu dem neuen Aufseher, der ein paar Meter entfernt stand und wild gestikulierend drei Sklaven zusammenstauchte.

»Und wegen dem Kerl da hat Burnet Will entlassen?«

»Nein, Will ist von sich aus gegangen, noch bevor die Baumwollernte begann. Er hat mir einen Brief gegeben, den ich dir aushändigen sollte, wenn du zum Erntestart wieder auf Broom Hall erscheinst. Aber du kamst nicht und ich hatte keine Adresse, wohin ich den Brief hätte schicken können.«

Gemeinsam gingen sie Richtung Stallgebäude, wo in einer kleinen Kammer neben dem Eingang seine Satteltaschen standen, in denen jener Brief steckte.

Mit wenigen Worten, ohne zu erwähnen, dass er selbst Sohn eines Pflanzers war, erklärte Aiden, dass er aufgrund der Erkrankung seines Vaters zu Hause gebraucht wurde.

»Verstehe! Wills Schwester ist gestorben«, erklärte Henry, »und als einzigem noch lebenden Verwandter obliegt ihm nun die Vormundschaft für seine Nichte.

Ich nehme an, dass er dir dies in seinem Brief mitteilen wollte.« Henry kramte in seinen Taschen und übergab ihm das Schreiben.

Aiden überflog rasch die wenigen Zeilen und bestätigte, was Henry vermutet hatte. »Er kann erst wieder einer Arbeit nachgehen, nachdem er für seine Nichte einen respektablen Ehemann gefunden hat und sie versorgt ist«, zitierte er. Er tat einen tiefen Atemzug, damit gerieten auch seine eigenen Pläne durcheinander. Auf dem Brief war kein Absender vermerkt, nur, dass er sich bis auf Weiteres im Hause seiner verstorbenen Schwester aufhalten würde, bis die Angelegenheiten geklärt seien. Aus Erzählungen wusste Aiden, dass seine Schwester irgendwo am Fuße des Pigeon Bay lebte. Er fluchte unterdrückt, er hatte weder eine genaue Adresse, noch kannte er den Familiennamen.

Auch Henry besaß keine näheren Informationen. Zum nächsten Ersten würde er auf der nahegelegenen Plantage Lewisfield anfangen, um nicht länger unter Dexter Burnet arbeiten zu müssen. Aiden lobte seine Entscheidung, während er in den Sattel stieg. Die beiden Männer verabschiedeten sich und wünschten einander Glück.

Aiden beschloss, sich von Broom Hall aus direkt auf den Weg zu machen. Viele Gedanken gingen ihm durch den Kopf. Würde er seinen väterlichen Freund überzeugen können, für ihn zu arbeiten? Die Situation war ohnehin kurios genug und dass Will nun die Verantwortung für seine Nichte trug, erschwerte die Sache zusätzlich. Während er schnurstracks nach Nordwesten ritt, malte er sich alle Eventualitäten aus.

Will wusste zwar, dass er der Sohn eines Pflanzers war und eines Tages selbst Herr einer Plantage sein würde, aber auf Broom Hall war er nur ein einfacher Hilfsarbeiter gewesen. Das Gleichgewicht würde sich drastisch verschieben, durfte er das Will überhaupt zumuten? Andererseits wusste Aiden, dass er keinen besseren Mann als Howard Wilcox bekommen konnte und er brauchte dringend Ersatz für Cutler. Er vertraute Will wie keinem anderen und schließlich brauchte der Mann alsbald eine neue Anstellung, redete er sich selbst gut zu.

Es war Nachmittag geworden, als er eine kleine Ortschaft erreichte. Hier würde er sich umhören. Wills Schwager war Kaufmann gewesen und in der Gegend sicher bekannt. Am Ende der Straße entdeckte er eine kleine Kneipe. Seine Kehle war mittlerweile ausgedörrt, erleichtert stieg er aus dem Sattel.

Zu dieser frühen Stunde war der Schankraum fast leer. Der Wirt war damit beschäftigt, den Tresen zu polieren, und nickte seinem Gast nur beiläufig zu. Aiden bestellte ein Bier und sah sich um. An einem der Tische saß ein einzelner Mann, der ihm den Rücken zuwandte, und am Ende des Tresens ein älterer Herr, der offenbar mit dem Wirt gut bekannt war. Sie sprachen gedämpft über eine geschäftliche Angelegenheit, wie er heraushören konnte.

Nachdem er einige Schlucke des kühlen würzigen Getränks genossen hatte, drehte er sich zu dem Herrn am Tisch um, der mit tiefgebeugtem Rücken dasaß und sich nicht rührte. Der Wirt war zwischenzeitlich in einer lebhaften Debatte vertieft.

Kurzentschlossen nahm Aiden sein Bier und ging zum Tisch. »Verzeihen Sie, dass ich Sie störe. Ich kenne mich in der Gegend nicht aus, aber ich suche jemanden, vielleicht könnten Sie mir freundlicherweise …« Er stoppte abrupt, als der Angesprochene sich zu ihm drehte, den Kopf hob und zu ihm aufsah.

»Will?«

Befreit lachte er auf, zog den Stuhl unter dem Tisch hervor und setzte sich.

»Ich habe schon befürchtet, stundenlang die ganze Gegend nach dir absuchen zu müssen.«

»Aiden? Was in aller Welt treibt dich hierher?« Trotz der Trübsal huschte ein kleines Lächeln über sein Gesicht.

»Ich komme gerade von Broom Hall, wo mir Henry deinen Brief gegeben hat. Es tut mir leid mit deiner Schwester.«

»Dann warst du nicht während der Baumwollernte dort?«, hakte Will verwundert nach.

Aiden schüttelte den Kopf und gab ihm einen umfassenden Bericht der Ereignisse, angefangen bei dem Brief seiner Mutter, der ihn in Philadelphia erreichte.

Will hörte aufmerksam zu und sah ihn noch lange an, nachdem er geendet hatte. Aiden wurde zunehmend nervöser, je länger sein Schweigen dauerte.

»Verstehe ich dich richtig, du hast den ganzen Weg auf dich genommen, um mich zu fragen, ob ich für dich arbeite? Soll das ein makabrer Scherz sein?«

Aiden tat einen tiefen Atemzug und sah ihm fest ins Gesicht. »Nein, keineswegs!«

Will schnaubte, wandte den Blick ab und nahm einen kräftigen Schluck aus seinem Bierkrug. »Der unscheinbare Junge mit den großen Plänen, der keine Ahnung von Baumwolle hatte und dem ich alles von der Pike auf beibringen musste, will jetzt mein Lohngeber sein?« Eine gewisse Belustigung war aus seinen Worten herauszuhören.

»Ich weiß selbst, dass es sich kurios anhört, aber ja, so ist es. Will, ich brauche einen fähigen Mann, dem ich vertrauen kann und bei dem ein respektvoller Umgang mit den Sklaven sichergestellt ist, nicht jemanden, der seine Position ausnutzt, wie Wilson Cutler es getan hat. Du bist der beste Mann für diese Stellung und was die Bezahlung anbetrifft, musst du dir keine Gedanken machen, du wirst …«

Will brachte ihn mit einer einzigen Handbewegung zum Schweigen. »Alles gut und schön, aber selbst wenn ich wollte, ich kann es nicht.«

»Wegen deiner Nichte?«

Er nickte, während er seinen Krug mit beiden Händen umfasste und hineinstarrte.

Aiden erinnerte sich an Henrys Worte. »Du hast also noch keinen passenden Ehemann für sie gefunden, damit sie versorgt ist und du dich wieder deinen eigenen Aufgaben widmen kannst?«

»Pah«, schnaubte Will. »Sie gebärdet sich wie eine Furie, wenn ich nur das Thema anschneide. Amelia ist fest entschlossen, niemals zu heiraten. Die Ehe ihrer Eltern war ein Desaster. Mein Schwager war ein aufbrausender und jähzorniger Mensch, der Frau und Kind das Leben zur Hölle machte. Sie will partout keinen Ehemann, weil sie überzeugt ist, dass alle Männer schlecht seien. Jeden potenziellen Kandidaten würde sie sofort in die Flucht schlagen, ich weiß nicht mehr, was ich mit ihr machen soll.«

Aiden bemerkte die Verzweiflung in Wills Gesicht, nachdenklich rieb er sich das Kinn. »Will sie etwa als alte Jungfer enden? Wie stellt sie sich ihr weiteres Leben vor? Ihr muss doch klar sein, dass sie allein keinerlei Einkommen hat und ich gehe mal davon aus, dass auch kein Vermögen vorhanden ist, das ihr ein dauerhaftes sorgenfreies Leben beschert.«

»Natürlich nicht! Wo denkst du hin? Binnen der kommenden zwei Wochen muss sie sogar aus ihrem Elternhaus raus. Weil mein Schwager sich nie um gewisse Dinge gekümmert hat, fällt nun der gesamte Besitz an einen Neffen meines Schwagers und der kann es kaum abwarten, sein neues Domizil zu beziehen. Ein widerlicher Bastard, genau wie alle aus der Thyne-Linie.«

»Heißt es, ihr werdet in zwei Wochen kein Dach mehr über dem Kopf haben?« Aiden war entsetzt.

»Ich besitze ein kleines Cottage, das ich vor Jahren von einer Tante geerbt habe. Ich war selten dort, der Garten wird inzwischen verwildert sein und auch im Innern dürfte sich einiges an Staub und Schmutz angesammelt haben, aber ansonsten befindet sich das Haus in einem guten Zustand. Ich hatte gehofft, dass es gar nicht erst so weit kommen würde, und ich Amelia bis dahin unter der Haube hätte, aber …« Er warf hilflos die Arme in die Luft. »Ich habe natürlich nicht mit ihrer strikten Weigerung gerechnet, nicht heiraten zu wollen.«

»Die junge Dame erscheint mir recht töricht und obendrein sehr naiv zu sein«, murmelte Aiden mehr zu sich selbst. »Ist sie wenigstens hübsch?«

»Du wirst dich wundern«, schmunzelte Will. »Sie ist eine Augenweide.«

»Dann müssten zumindest heiratswillige Kandidaten aufzutreiben sein. Vielleicht gelingt es ja dem einen oder anderen Gentleman, sie eines Besseren zu belehren.«

Will setzte zu einer Antwort an, brach aber ab, als eine Gruppe Männer an ihrem Tisch vorbei drängte, um sich an dem Kartenspieltisch in der Ecke niederzulassen. Eine ungestörte Unterhaltung war nicht mehr gegeben, auch am Tresen hatten es sich zwischenzeitlich ein paar Dorfbewohner gemütlich gemacht.

»Ich werde mal den Wirt nach einem Zimmer fragen«, sagte Aiden und wollte sich erheben.

»Vergiss es, die vermieten keine Zimmer«, kam Will ihm zuvor. »Post- und Reisekutschen nehmen die andere Route, hierher verirrt sich kaum ein Fremder.« Er setzte den Krug an, leerte ihn und wischte sich mit dem Handrücken über den Mund. »Eine kleine Kammer haben wir im Haus noch frei. Nicht gerade komfortabel, aber für ein paar Nächte dürfte es gehen.«

Aiden zahlte die Zeche und gemeinsam verließen sie die Kneipe.

»Dein Angebot, auf Meadowfield zu arbeiten, wäre durchaus reizvoll«, kam Will auf das Thema zurück, als sie in den Sattel stiegen. »Ewig kann ich mich und Amelia nicht von meinen Ersparnissen durchbringen. Aber was mache ich mit dem Mädchen? Ich kann sie schließlich nicht in der Hütte eines Aufsehers hausen lassen.«

Aiden verzog das Gesicht, da ihm momentan auch keine Lösung des Problems einfiel. Er war erleichtert, dass Will nicht abgeneigt schien, die angebotene Stellung anzunehmen. Alles hing jetzt von einem störrischen jungen Ding ab, das versuchte, ihren Dickkopf durchzusetzen, ohne sich darüber im Klaren zu sein, dass ihr keine andere Wahl blieb, als eine Ehe einzugehen, es sei denn, sie zöge es vor, ins Kloster zu gehen.

Nach einem Ritt von geschätzten zwanzig Minuten erreichten sie ein einzelnes Cottage mit einem gepflegten Garten, das im herben Kontrast zu den wild wuchernden Grün- und Ackerfeldern auf der anderen Seite des Weges stand.

»Diese Länderreihen gehörten meinem Schwager«, erklärte Will und wies mit ausgestrecktem Arm in die Richtung. »Bis dort hinten an die Baumreihe heran. Hier baute er das Gemüse für seinen Handel an. Seit seinem Tod liegen sie brach, und die Sklaven, die einst diese Felder bestellten, arbeiten seitdem auf der Plantage seines Neffen Steward Thyne.«

Aiden folgte Will ins Innere des Cottages. Ihm fiel sofort auf, wie sauber und ordentlich es war, auf dem Esstisch stand sogar eine Vase mit frischen Blumen.

»Willkommen zurück, Mister Wilcox.« Eine Sklavin kam auf sie zugeeilt. »Oh, ich sehe, Sie haben einen Gast mitgebracht, möchten Sie beide etwas essen? Es ist noch Eintopf von heute Mittag da.«

»Das hört sich gut an, nicht wahr?« Will wandte sich an ihn. »Das ist Maya. Sie und Tamil gehören zum Haushalt und sind meiner Nichte sehr zugetan.« Will trat zur Seite und gab die Sicht auf Maya frei.

Aiden nickte freundlich, während sein Blick magisch von ihrem gewölbten Bauch angezogen wurde. Innerlich stöhnte er. Nicht nur, dass ihm eine törichte junge Dame einen Strich durch seine Pläne machte, jetzt kam noch ein Sklavenpärchen hinzu, dass bald ihren Nachwuchs erwartete.

Während Maya den Tisch deckte und ein Brett mit frischem, geschnittenem Brot auf dem Tisch platzierte, sprachen Will und sie miteinander, als sei sie keine Sklavin, sondern eine gute Bekannte.

Der Eintopf schmeckte vorzüglich und Aiden aß mit großem Appetit, schließlich hatte er seit dem Frühstück kaum etwas zu sich genommen. Irgendwann vernahm er den Klang einer sich öffnenden Haustür, Schritte erklangen und Getuschel war zu vernehmen. Von seiner Sitzposition aus konnte er den Bereich nicht einsehen, aber es bestand kein Zweifel, dass es sich um die Heimkehr der gewissen Amelia handelte.

Augenblicke später rauschte eine aufgebrachte junge Dame an ihren Tisch. Sie zog mit verkniffenem Gesichtsausdruck ihren Hut vom Kopf und hinterließ ein zerzaustes Durcheinander auf ihrem Haupt, während sie ihn von oben herab musterte und dann ihren Onkel aus wutblitzenden Augen anfunkelte. Ihre Wangen waren gerötet, ob vor Zorn oder der frischen Luft, vermochte er nicht zu sagen.

Will hatte nicht übertrieben, sie war in der Tat eine Augenweide. Das einfache dunkelblaue Kleid mit dem gleichfarbigen Hut stand ihr ausgezeichnet und unterstrich eine formvollendete Figur, auch wenn die Qualität des Stoffes nicht dem entsprach, in der sich sonst die Damen in seiner Gegenwart präsentierten.

»Ich dachte, ich hätte mich klar genug ausgedrückt, Onkel«, zeterte sie wild gestikulierend. »Es wird dir nicht gelingen, mich zu einer Ehe zu zwingen. Da bringt es auch nichts, wenn du die Kerle in mein Haus bestellst. Du kannst mich nicht mit Gewalt zum Altar zerren, egal, wen du hier anschleppst.« Kampflustig stemmte sie die Hände an ihre Hüfte und musterte ihn erneut.

Aiden kam nicht umhin, amüsiert zu grinsen, Temperament hatte sie jedenfalls.

Will erhob sich. »Amelia, darf ich vorstellen, das ist Mister Aiden Pellham. Er ist hier, weil er mir auf seiner Plantage einen Job angeboten hat und nichts anderes!« Auf die letzten beiden Worte legte er eine besondere Betonung. »Du bringst mich mit deinem wahnwitzigen Ausbruch in eine peinliche Situation, Mädchen.«

Ein erschrockenes »Oh!« entfuhr ihr und sie hielt beschämt die Fingerspitzen an ihre Lippen.

»Dass ich bei einem harmlosen Besuch gleich als künftiger Ehemann betrachtet werde, ist mir auch noch nicht passiert«, erklärte Aiden erheitert. »Ich weiß nicht, ob ich mich geehrt fühlen sollte oder erleichtert, dem Joch noch einmal entkommen zu sein.« Mit Genugtuung registrierte er, wie Amelia eine tiefe Röte ins Gesicht schoss, die sich bis zum Haaransatz ausbreitete.

Von Will war ein belustigtes Grunzen zu vernehmen.

»Ver … Verzeihung, eine Verwechslung«, stammelte sie und suchte fluchtartig das Weite.

Aiden und Will sahen sich vielsagend an.

»Vielleicht verstehst du jetzt«, sagte Will nach einer Weile hilflos.

Aiden nickte zustimmend, während ihm bewusst wurde, dass Will noch nicht zugesagt hatte, auf Meadowfield zu arbeiten. Ihm lief die Zeit davon. In drei Tagen musste er zurück sein, immerhin hatte er seiner Mutter versprochen, sie zu dem Ball zu begleiten. Sie wäre ihm bitterböse, wenn er sein Versprechen kurzfristig brach. Außerdem wollte er nicht länger als zwingend notwendig der Plantage fernbleiben. Schließlich gab es keine Garantie, dass Sparks sich an sein gegebenes Wort hielt und keinen Mist mehr baute. Er war Mr. Stevens dankbar, dass er Aiden übergangsweise einen seiner Aufseher zur Verfügung gestellt hatte, der auf Meadowfield stundenweise aushalf, bis ein kompetenter Ersatz für Cutler gefunden war.

Sein Bestreben war es, mit Howard Wilcox an seiner Seite zur Plantage zurückzukehren. Dass daraus nichts werden würde, war ihm inzwischen klar, selbst wenn sich kurzfristig ein Heiratskandidat finden ließe. Enttäuschung machte sich in ihm breit. Die Zukunft von Miss Thyne musste gesichert sein, bevor Will sich neuen Aufgaben stellen konnte, schließlich war es undenkbar, dass sie mit ihrem Onkel in einer Aufseherhütte hauste, und dann war da auch noch das Sklavenpaar, das es unterzubringen galt.

Das geerbte Cottage, von dem Will gesprochen hatte, lag viel zu weit außerhalb großer Plantagen. Zu weit von Meadowfield entfernt und ebenso zu anderen Plantagen, auf denen Will hätte Arbeit finden können. Sein Freund saß definitiv in der Klemme. Lange diskutierten sie über eine Lösung des Problems.

Miss Amelia sahen sie an diesem Abend nicht mehr, nur ihre Stimme war gelegentlich zu vernehmen. Sie und Maya waren damit beschäftigt, persönliche Gegenstände und Erinnerungsstücke zusammenzutragen, die sie beim Auszug keineswegs zurücklassen wollte.

»Den Verlust ihres Elternhauses nimmt sie äußerlich sehr gefasst auf«, murmelte Will und blickte in die Richtung, aus der die geschäftigen Geräusche kamen.

Inzwischen war die Dämmerung hereingebrochen und sie waren keinen Schritt weiter. Maya hatte ihm seine Kammer gezeigt und ihm ein paar Decken zur Verfügung gestellt.

»Ich fürchte, ich werde dich nicht auf deiner Plantage unterstützen können«, sagte Will müde und fuhr sich mit der Hand über das Gesicht.

»Und was willst du in dem Bauerndorf, wo du das Cottage besitzt? Wovon wollt ihr leben?«

Will stöhnte. »Ich werde mich halt umstellen müssen. Es wird einen Weg geben, doch auf keinen Fall kann ich Amelia im Stich lassen. Ich habe es schon versäumt, mich um meine Schwester zu kümmern, nachdem ihr Gemahl dahingeschieden ist, ich werde den gleichen Fehler nicht bei meiner Nichte wiederholen.« Entschlossen sah Will ihn an, aber so schnell war Aiden nicht gewillt aufzugeben. Angestrengt dachte er nach.

»Hast du mal versucht, dieses Cottage zu verkaufen, um anderenorts eines zu erwerben? Eins in günstigerer Lage?«

»Darüber nachgedacht habe ich mehrfach«, räumte Will ein, »zumal ich in den fünf Jahren, seit es in meinem Besitz ist, nur vier Mal dort war. Aber ich hatte keine Zeit, mich näher damit zu befassen, zudem lag auch keine zwingende Notwendigkeit vor.«

Aiden überlegte, er könnte einen Experten engagieren, der sich um alles kümmerte, dennoch könnte es Wochen dauern, bis alle Formalitäten erledigt wären und sie ein neues bezugsfähiges Domizil gefunden hätten. Zeit, die er nicht besaß.

»Angenommen, deine Schwester würde noch leben und du hättest nicht die Verantwortung für deine Nichte, wärst du dann bereit gewesen, gleich morgen mit mir nach Meadowfield zu reiten?«

Verwirrt blickte Will ihn an. »In dem Falle spräche nichts dagegen. Es wäre schon ein gewisser Reiz, ausgerechnet für den Mann zu arbeiten, dem ich die Grundlagen beigebracht habe.« Ein schiefes Grinsen huschte über seine Züge und verschwand wieder. »Aber meine Schwester weilt leider Gottes nicht mehr unter den Lebenden, Aiden. Es ist, wie es ist, daher sind derartige Diskussionen absolut sinnlos.«

Das sah Aiden anders. Während er Maya hinterher sah, die mit einem großen Korb an ihnen vorbeieilte, war ihm plötzlich ein rettender Einfall gekommen.

»Ich weiß, wie wir das machen, Will.« Er war von innerer Aufregung ergriffen. »Meine Familie besitzt in Charleston ein Stadthaus, dort könnte Miss Amelia mit den beiden Sklaven für eine Weile unterkommen, während du bei mir auf der Plantage wärst.«

Will starrte ihn an, als wären ihm aus heiterem Himmel zwei Köpfe gewachsen.

Es hielt Aiden nicht mehr auf seinem Stuhl. »Sie muss sich nur darüber im Klaren sein, dass sie das Haus ohne eine Begleitperson nicht verlassen darf. Insofern ist es gut, dass Maya und Tamil bei ihr sind, dem Anstand wäre damit Genüge getan.«

Will schaute ihn mit halb geöffneten Mund an, als habe er vollends den Verstand verloren, doch er sprach unbeirrt weiter.

»Ich werde deine Nichte als eine entfernte Cousine präsentieren, die überraschend zu Besuch gekommen ist. Somit wird niemand groß Fragen stellen, wenn sie mich zu den zahlreich anstehenden Herbstbällen begleitet. Dort tummeln sich eine Menge unverheirateter Gentlemen und sie hat die Chance, eine gute Partie zu machen, aber was weitaus wichtiger ist, sie kann ihren zukünftigen Gemahl selbst wählen. Was hältst du davon?« Er ließ sich wieder auf dem Stuhl nieder und sah Will erwartungsvoll an. Mayas Schwangerschaft blendete er weitgehend aus. Er wusste nicht, wie viel Zeit ihr blieb und ob sie dem Ende zu noch in der Lage wäre, ihre Herrin zu begleiten.

Will schnappte wie ein Fisch auf dem Trockenen. »Du vergisst, dass wir nicht deinem Stand entsprechen, Aiden«, sagte er schließlich mit deprimiertem Unterton. »Außerdem bezweifle ich, dass sich Amelia auf diese Geschichte einlassen wird.«

»Und welche andere Wahl hat sie? Kann sie tanzen?«

Sein Gegenüber stieß ein Grunzen aus. »Ehrlich gesagt, dass weiß ich nicht. Aber was ich dir versichern kann, ist, dass sie mit Sicherheit nicht die piekfeine Garderobe besitzt, die zu solchen Anlässen angebracht wäre, also vergiss das Ganze schnell.«

»Die Garderobe lass meine Sorge sein«, entgegnete Aiden zuversichtlich. Seine Mutter würde er in seinen Plan einweihen müssen, aber sein Vater musste nicht zwingend von der Sache erfahren.

»Du weißt, dass du für sie verantwortlich wärst, wenn du sie mitnimmst? Es gibt nicht nur ehrenwerte Herren, erst recht nicht in der feinen Gesellschaft. Sie ist unerfahren in Bezug auf Männer und deren Süßholzraspeln. Überleg dir gut, ob du dir das antun willst. Du hättest ein Klotz am Bein, was unter Umständen deinem eigenen Vergnügen arg im Weg sein könnte.«

»Mach dir über *mein Vergnügen* keine Gedanken. Mir ist bewusst, auf was ich mich einlassen würde, und du kannst mir vertrauen, dass niemand Miss Thyne ein Haar krümmen wird. Wenn ich im Gegenzug dich überzeugen kann, auf Meadowfield zu arbeiten, ist es mir recht.«

»Du bist ein verrückter Hund, Aiden«, warf Will ihm an den Kopf und lachte zum ersten Mal.

Es war spät geworden und sie beschlossen, sich zur Nachtruhe zu begeben. Im Rest des Hauses war es bereits vor geraumer Zeit mucksmäuschenstill geworden.

Aiden konnte trotz des ereignisreichen Tages nicht einschlafen, was nicht daran lag, dass die schmale Liege dermaßen hart und unbequem war. Er war über seinen eigenen Einfall überrascht und schockiert zugleich. Dennoch war er der Ansicht, dass es das einzig Richtige war; er tat es für Will, nicht für diese störrische, uneinsichtige Amelia. Er würde eingehen ohne die Arbeit, die er liebte. Will war nie verheiratet gewesen und hatte keine eigenen Kinder, deshalb war er mit der plötzlichen Verantwortung für seine Nichte überfordert, auch wenn er das nicht zugeben würde. Und diese Göre nutzte das sowie sein schlechtes Gewissen schamlos aus, um ihre Forderungen durchzusetzen.

Irgendwann musste ihn doch die Müdigkeit übermannt haben. Als er zu sich kam, hörte er leise Stimmen und beeilte sich, sein Nachtlager zu verlassen.

»Guten Morgen«, grüßte er freundlich. Das Bild, das sich ihm bot, war etwas befremdlich und er beeilte sich, den Raum zu verlassen, um seiner Notdurft nachzugehen.

Amelia saß mit Maya und Tamil, den er gestern nur kurz von Weitem gesehen hatte, zusammen am gedeckten Frühstückstisch, als wären sie eine Familie.

Neben dem kleinen Brunnen entdeckte er einen Eimer Wasser, den er nutzte, um sich frisch zu machen, bevor er das Cottage wieder betrat. Er fuhr sich mit den feuchten Händen durchs Haar, bevor er sie an seinen Oberschenkeln trockenrieb.

»Warten Sie, ich hole Ihnen ein Handtuch«, hörte er Maya, während sie an ihm vorbeilief und ihm Augenblicke später eines in die Hand drückte.

»Wo ist Ihr Onkel?«, wandte er sich an Amelia, die ihn die ganze Zeit stumm gemustert hatte.

»Er hat etwas zu erledigen. Er wird nicht vor dem

Mittag zurück sein, soll ich Ihnen ausrichten«, antwortete Maya an ihrer Stelle.

Aiden runzelte die Stirn und wunderte sich, dass Will nichts davon erwähnt hatte.

»Möchten Sie frühstücken, Mister Pellham?«, fragte Amelia distanziert. »Dann nehmen Sie bitte Platz.«

»Gern«, entgegnete er freundlich.

Er bemerkte, wie Maya und Tamil hastig ihre Gedecke zusammen räumten, obwohl sie ihr Frühstück noch nicht beendet hatten.

»Bleibt sitzen!«, bat Aiden, während er sich den Stuhl vor dem freien Gedeck zurechtrückte. Drei überraschte Augenpaare starrten ihn an. Er musste zwangsläufig grinsen, wobei sein Blick an Miss Thyne hängenblieb. Es war nicht das erste Mal, dass er zusammen mit Sklaven am Tisch saß, auch wenn es in diesem Falle familiärer erschien.

»Dachten Sie, ich würde mich abgestoßen fühlen, Miss Thyne?«, fragte er herausfordernd, während sein Blick über die beiden Sklaven schweifte. Amüsiert bemerkte er, wie ihr die Röte ins Gesicht schoss und sie mit unverständlichem Gemurmel den Kopf zur Seite drehte. Maya entspannte die Situation, indem sie ihm den Brotkorb reichte und Kaffee einschenkte. Dennoch blieb die Atmosphäre am Tisch reserviert und es wurde kein Wort gesprochen. Erst das kräftige Pochen an der Haustür unterbrach das Schweigen.

Maya eilte zur Tür, um zu öffnen. Im nächsten Moment war Gepolter und ihr erschrockener Aufschrei zu vernehmen. Tamil sprang auf und stürmte zum Eingang. Amelia schoss in die Höhe, sie war blass geworden und hielt sich erschrocken die Hand an den Hals.

»Das ist Steward Thyne«, entgegnete sie auf seine unausgesprochene Frage, bevor sie sich ebenfalls zur Haustür begab.

»Was hast du hier zu suchen, Steward?«, hörte Aiden sie fragen.

»Das ist jetzt mein Haus, schon vergessen, Kleines? Ich kann kommen und gehen, wann ich will, kapiert? Was kann ich dafür, dass du mit deinem schwarzen Pack noch hier bist.«

»Die Frist ist nicht verstrichen, ich darf noch hier sein. Und jetzt verschwinde!«

»Ich denk gar nicht daran! Du solltest etwas zugänglicher sein, wenn du von mir erwartest, dass ich dir bis zum letzten Tag Aufschub gewähre. Also komm schon …« Steward Thyne schien stark alkoholisiert zu sein.

Aiden trat in sein Sichtfeld. »Haben Sie nicht gehört, was die Dame gesagt hat? Sie sollen verschwinden!«

Perplex starrte der Mann ihn an. »Was sind Sie denn für 'n Vogel?«

»Habe ich Flügel, oder was?«, erwiderte er mit strenger Miene. Aus dem Augenwinkel sah er, dass sich Tamil mit Drohgebärde vor den beiden Frauen postiert hatte.

»Ahhhh, verstehe, er ist dein Liebhaber, Amelia. Oder gewährst du allen Kerlen deine Gunst?«

»Oh, du elendiger Mistkerl, wage es ja nicht!« Aufgebracht stürmte Amelia nach vorn.

Ein Fehler, sofort packte der Kerl sie und riss sie ungestüm an sich. Sie kreischte erschrocken auf und versuchte, sich mit Händen und Füßen zu wehren.

Aiden schritt ein, schneller als der Eindringling reagieren konnte, traf ihn ein kräftiger Hieb und er landete rücklings auf dem sandigen Pfad vor dem Eingang.

Wutschnaubend und obszön fluchend, rappelte er sich hoch. Für einen Moment sah es aus, als wolle er zum Gegenangriff übergehen. Tamil hatte sich inzwischen mit geballten Fäusten neben Aiden gestellt, und Thyne blickte schnaufend von einem zum anderen.

»Sie wollten gehen, Mister Thyne!«, erinnerte Tamil ihn.

»Halt's Maul, du dreckiger Nigger.«

Aiden zog die Augenbrauen hoch. »Wenn ich bemerken darf, sehen Sie weitaus schmutziger aus als der junge Mann neben mir.«

Thyne sah an sich herunter, schwarze Striemen zierten seine cremefarbene Hose und die Unterarme seines weißen Rüschenhemdes sahen nicht besser aus. Fluchend versuchte er, sich von den sandigen Spuren zu reinigen.

Aiden gönnte ihm jedoch keine Gelegenheit, sondern versetzte ihm einen Stoß, sodass er vorwärts stolperte, einen weiteren und noch einen, bis er sein Pferd erreicht hatte und er sich unbeholfen in den Sattel schwang und wortlos das Weite suchte.

»Geht es Ihnen gut, Miss Thyne?«, erkundigte er sich.

Sie hatte die Arme vor der Brust verschränkt. Maya stand an ihrer Seite und strich ihr beruhigend über den Rücken.

Amelia nickte. »Vielen Dank für Ihre Unterstüt-

244

zung, Mister Pellham.« Zum ersten Mal schenkte sie ihm ein Lächeln. »Er war schon als Junge unausstehlich und zu allen Schandtaten bereit. Man sollte meinen, er habe mit dem Erwachsenwerden Manieren und Anstand gelernt, aber das scheint mir nicht der Fall zu sein.«

Sie und Aiden nahmen wieder Platz, während Maya den Tisch abräumte.

»Meine Mutter würde sagen, alle männlichen Thynes sind aus demselben Holz geschnitzt. Die junge Frau, die ihn einmal zum Gemahl bekommt, wird ein ähnliches Leben erwarten, wie meine Mum an der Seite meines Vaters.« In Amelias Miene spiegelte sich Widerwille.

»Ist das der Grund, warum Sie diese Abneigung gegen eine Ehe haben?«, fragte er vorsichtig.

Sie sah kurz zu ihm auf und dann hinunter zu ihren Händen, mit denen sie ungelenk auf der Tischplatte hantierte. Er beobachtete, wie sie die Unterlippe mit den Zähnen malträtierte.

»Ihnen sollte klar sein, dass es in Ihrer Lage der einzige Ausweg ist«, sagte er sanft und mitfühlend. »Sie haben außer Ihrem Onkel keine Verwandten, die Sie aufnehmen könnten. Sie würden im Armenhaus landen, wollen Sie das?«

Sie schüttelte heftig den Kopf, sagte aber nichts.

»Ihr Onkel würde alles für Sie tun, weil er ein herzensguter Mensch ist, aber bedenken Sie, was Sie ihm zumuten. Sie können nicht erwarten, dass er sein ganzes Leben Ihretwegen umkrempelt und mit Ihnen in ein abgelegenes Cottage zieht. Er ist ein freiheitsliebender Mensch, seine Arbeit erfüllt ihn. Er braucht diese Beschäftigung, sie ist seine Leidenschaft und sein Broterwerb. Ohne sein gewohntes Arbeitsfeld würde er zugrunde gehen.«

»Denken Sie, dass weiß ich nicht?«, fuhr sie auf. »Ich bin keineswegs so naiv und dumm, wie Sie offenbar annehmen.« Dicke Tränen glänzten in ihren smaragdgrünen Augen.

Ihre Worte klangen nicht aufsässig, sondern unterstrichen ihren tiefen Schmerz. Für einen Moment war er sprachlos und fühlte sich wie ein unsensibler Klotz.

»Es ist ja nicht so, dass ich generell gegen eine Heirat wäre«, fuhr sie fort, »aber ich habe Angst. Wie kann ich mir bei einer vorschnellen Vermählung sicher sein, nicht an einen Mann zu geraten, der wie mein Vater ist? Haben Sie eine Vorstellung, welches Leben meine Mutter an seiner Seite geführt hat? Nach außen war er der seriöse und immer freundliche Geschäftsmann, aber kaum war er zu Hause, hat er seine Launen und seinen aufgestauten Frust an ihr ausgelassen. Er hat sie erniedrigt und beschimpft, und nicht selten grün und blau geschlagen, insbesondere, wenn er dem Alkohol zugesprochen hatte. Außerdem hat er sie ihr Leben lang spüren lassen, dass sie ihm nicht den Sohn geben konnte, den er gewollt hat.« Die Tränen rannen jetzt ihre Wangen hinab, aber sie machte keine Anstalten, sie fortzuwischen. »Ich möchte kein solches Dasein führen, das möchte ich weder mir noch meinem Kind antun. Ich bin mit dem Wissen aufgewachsen, Luft für meinen Vater zu sein. Irgendwann im Laufe meines Lebens habe ich verstanden, dass ich niemals seine Zuneigung erlangen kann, weil ich das falsche Geschlecht habe. Sein Sohn hätte dieses Haus und die Ländereien geerbt, aber da er keinen hat, gehört nun alles Steward. Ich lernte, mit seiner Gleichgültigkeit zu leben, doch ich schwor mir, niemals den gleichen Fehler zu begehen wie meine Mutter, indem ich heirate, nur weil es für mich an der Zeit ist, eine Ehe einzugehen, anstatt auf den Mann zu warten, den ich von Herzen liebe.«

Während ihrer Rede hatte sie ihn unentwegt angesehen, ohne ein einziges Mal den Blick zu senken, selbst bei dem Geständnis, dass sie auf den Mann ihres Herzens wartete. Sie überraschte ihn. Noch am gestrigen Abend hatte er sie für eine selbstsüchtige, störrische Person gehalten. Jetzt erkannte er Parallelen zu seinem eigenen Leben, und er verstand sie besser, als er sich eingestehen wollte. Schließlich wusste niemand besser als er, wie sich jemand fühlt, der vergebens auf die Zuneigung und Anerkennung seines Erzeugers wartete. Aus einem Impuls heraus streckte er die Hand aus. Er trug gewöhnliche Alltagskleidung, nicht jene feine Kleidung, die er im Herrenhaus zu tragen pflegte und in deren rechter Westentasche stets ein Taschentuch steckte. Hier besaß er keines; mit der Oberseite seiner Finger wischte er ihr mit sanftem Streichen die Tränen aus dem Gesicht. Ihre Haut war weich und zart wie Seide. Sie wehrte sich nicht gegen die Berührung, aber ihr Ausdruck veränderte sich. Er las eine Mischung aus Staunen und Unglauben in ihren Augen. Sie waren etwas ganz Besonderes, und er hätte in diesen schimmernden Smaragden versinken können. Erstaunt über sich selbst ließ er die Hand sinken und räusperte sich.

»Ich kann Ihre Empfindungen nachvollziehen,

auch ich habe nie die Zuwendung von meinem Vater erfahren, die ich mir gewünscht hätte«, sagte er, während er vor sich auf die Tischplatte starrte, die von langjähriger Beanspruchung zeugte.

Sie wirkte erstaunt. »Aber Sie sind der Sohn, Sie hatten ganz andere Möglichkeiten, sich zur Wehr zu setzen.«

Aiden schnaubte kurz. »Als kleiner Junge? Im Übrigen war er nicht handgreiflich oder brutal, aber es gibt andere Methoden, um grausam und hartherzig gegenüber seinem Kind zu sein.« Er verdrängte die Aneinanderreihung von Bildern und Szenarien, die sich in seiner Erinnerung auftaten.

Sie nickte voller Nachdenklichkeit und spielte erneut mit ihren Händen. »Und Ihre Mutter?«

»Sie hat sich mit ihrem Leben arrangiert und ist in ihren Aufgaben als Hausherrin aufgegangen.« Ein Seitenblick sagte ihm, dass sie eine andere Antwort erwartete. »Die Ehe meiner Eltern ist von gleichbleibender Distanz geprägt, soweit ich mich zurückerinnern kann«, fügte er hinzu. »Wie zwei Fremde, die zufällig unter demselben Dach wohnen.« Das sollte scherzhaft klingen, aber er wusste selbst, dass es missglückt war. Es war ihm nicht gelungen, den eigenen Schmerz aus seiner Stimme zu verbannen. Seltsam, er sprach sonst nie über seine trostlose Vergangenheit. Er fühlte sich unbehaglich und verletzbar, daher wechselte er das Thema, indem er ihr von seinem Gespräch mit Will vom gestrigen Abend erzählte.

»In Charleston? Ich würde mit Maya und Tamil in Ihrem Stadthaus unterkommen? Oh, ich liebe Charleston. Ich war seit Jahren nicht mehr dort. Ist es immer noch so wunderschön, auf der East Batterie spazieren zu gehen?«

Ihre Blicke trafen sich wieder. Er musste über ihren plötzlichen Ausbruch der Euphorie schmunzeln, woraufhin sie sogleich eine ernste Miene aufsetzte.

»Dann wären Sie nicht abgeneigt?«, fragte er mit hochgezogenen Brauen. Fast erwartete er einen erneuten schwärmerischen Schwall, aber sie überraschte ihn erneut.

»Zumindest müsste ich nicht länger ein schlechtes Gewissen gegenüber Onkel Howard haben, wenn er währenddessen auf Ihrer Plantage seiner Arbeit nachgehen kann. Er denkt, ich merke es nicht, aber ich spüre seine Unsicherheit. Im Grunde weiß er nicht, wie er mit mir umgehen soll. Ich kann es ihm nicht verdenken, er hat keine Kinder. Trotzdem bin ich dankbar, dass er da ist und mir beisteht.« Sie starrte wieder auf ihre Hände und nagte an der Unterlippe.

Aiden spürte, dass ihr noch etwas auf dem Herzen lag und ermunterte sie, es auszusprechen.

»Ich habe mich nicht getraut, es ihm zu sagen, aber es bereitet mir Angst, in dieses entlegene Cottage zu ziehen. Dieses Haus ...« Sie machte eine Handbewegung, die ihre Umgebung umfasste, »liegt schon abgeschieden, aber hier bin ich geboren und aufgewachsen. Alles ist vertraut und ich kenne die Menschen, die um mich herum leben, mitsamt ihren Eigenheiten, aber dort in der Einöde ...«

Aiden konnte ihre Bedenken nachvollziehen und wunderte sich, dass sie bisher nichts zu dem zweiten Punkt gesagt hatte, nämlich der Teilnahme an den

Bällen der Saison. Behutsam hakte er nach.

»Es klingt aufregend«, gestand sie scheu. »Wenn nicht dieser fade Beigeschmack wäre.«

»Fade Beigeschmack?«, wiederholte Aiden und bemerkte zum ersten Mal ihre zarten Grübchen, als er sie betrachtete.

»Nun, ich wäre nicht da, um zu Tanzen und mich zu amüsieren, sondern um einen Mann zu finden, der meinen Vorstellungen gerecht werden könnte. Und der außerdem gewillt ist, sich mit einer wie mir abzugeben, wo ich doch keinerlei Vermögen oder Ländereien einbringe. Was, wenn ich so jemanden nicht finde?« Ihr Blick hatte wieder diesen verzweifelten Ausdruck.

So weit hatte er nicht überlegt, vehement verdrängte er derartige Gedanken. Instinktiv griff er nach ihren Händen und hielt sie fest, wodurch sie gezwungen war, ihn anzusehen. »Sie werden Aufmerksamkeit erwecken, ganz sicher, weil Sie eine reizende und überaus attraktive junge Dame sind.«

Sie lächelte verlegen und senkte rasch die Lider, während sich eine tiefe Röte auf ihrem Gesicht ausbreitete.

Schlagartig wurde ihm klar, dass sie das in der Tat war. Hastig zog er seine Hände zurück, als habe er sich verbrannt. Er war so fixiert gewesen, Will zu überzeugen, für ihn zu arbeiten, dass er alles andere ausgeblendet hatte.

»Danke«, wisperte sie, ohne ihn anzusehen.

Aiden betrachtete sie schweigend und stellte sich vor, wie sie in einem anmutigen Kleid, das lange kastanienbraune Haar kunstvoll aufgesteckt, über das

Tanzparkett schwebte.

»Wie sieht es mit Ihren Tanzkünsten aus? Sind Ihnen die Schritte vertraut?«, fragte er so nüchtern wie möglich.

»Ja … ähm, nein … das heißt, ich bin mir nicht sicher«, stammelte sie. »Ich war nie auf einem Ball. Die alte Misses Colby hat mich in der Kunstfähigkeit von Tanz und Konversation unterwiesen, weil ich es so aufregend fand. Sie hat viele Jahre in London gelebt und wusste stets spannende Geschichten zu erzählen. Ich brachte ihr einmal pro Woche frisches Obst und leistete ihr Gesellschaft.«

Er wusste nicht genau, was sie ihm damit sagen wollte. »Dann sind Sie lediglich ein wenig aus der Übung?«, mutmaßte er.

Sie druckste herum. »Um ehrlich zu sein, habe ich immer nur mit einem Besenstiel getanzt.«

Aiden riss die Augen auf. »Mit einem Besenstiel?« Er konnte nicht anders, als in schallendes Gelächter auszubrechen. »Ihnen ist hoffentlich bewusst, dass ein Gentleman nichts mit einem Besenstiel gemein hat?«

Erzürnt sprang sie auf. »Sie halten mich wohl für vollkommen dämlich, nur weil ich nicht mit einem goldenen Löffel im Mund geboren wurde wie Sie!« Sie stürmte in Richtung Küche davon.

Er hatte sie nicht beleidigen oder kränken wollen, aber das Bild, das sich in seinem Kopf bildete, war zu amüsant. Als er sich von dem Lachanfall erholt hatte, ging er ihr nach.

Sie stand neben Maya an der Arbeitsplatte. Mit einem großen Messer massakrierte sie die vor ihr liegenden Möhren, indem sie das Messer wie ein Beil benutzte.

Sie fuhr herum. »Was?«, funkelte sie ihn an, das Messer wie eine Waffe zwischen ihnen haltend. Er war dicht an sie herangetreten. Ihr Brustkorb hob und senkte sich im schnellen Rhythmus. Gelassen glitt seine Aufmerksamkeit hinunter zum Messer, das sie nun langsam sinken ließ.

»Darf ich?«, fragte er mit provokantem Schmunzeln, nahm ihr das Teil aus der Hand und legte es zurück auf das Schneidebrett.

Von Maya war unterdrücktes Kichern zu vernehmen, was Amelia die Röte ins Gesicht trieb. Hastig wandte sie ihm den Rücken zu.

»Würden Sie mir erlauben, mit Ihnen zu tanzen, Miss Thyne?«

Sie drehte sich wieder zu ihm und ein ungläubiges Staunen huschte zwischen seinen Augen und dem dargereichten Arm hin und her. »Was? Hier?« Vor Bestürzung öffnete sich ihr Mund leicht.

»Warum nicht?« Er konnte nicht sagen weshalb, aber es reizte ihn. »Lassen Sie mich Ihr Besenstiel sein.«

Maya kicherte erneut und fing sich einen bösen Blick von Amelia ein.

Amelia zögerte und sah sich um, als müsse sie sich vergewissern, dass keine weitere Person anwesend war, die sie beobachten könnte. Mit verkniffenem Ausdruck und erhobenen Hauptes ergriff sie schließlich seinen Arm und ließ sich in die Mitte des Raumes führen.

Aiden grinste in sich hinein. Er hatte nicht erwartet, dass sie darauf eingehen würde. Aber auf was er sich eingelassen hatte, merkte er zu spät. Ihre Nähe betörte ihn auf seltsame Weise, die er sich nicht erklären konnte. Rasch schüttelte er das Gefühl ab, es musste daran liegen, dass er seit längerem keine Frau mehr gehabt hatte.

Bereits die ersten Schritte des Walzers endeten in einem Desaster, ihre Füße trafen einander und sie prallte gegen seinen Brustkorb.

»Sehen Sie, das ist der wesentliche Unterschied; ein Besenstiel ist nicht in der Lage, Sie zu führen, ich hingegen schon!«

»Tut mir leid«, murmelte sie betreten und wollte sich ihm entziehen.

So einfach kam sie ihm nicht davon, er hielt sie fest. »Schließen Sie die Augen und stellen sich vor, Sie befänden sich in einem großen Ballsaal und die Kapelle spielt zum Tanz. Versuchen Sie, die Musik zu fühlen, und lassen Sie sich von Ihrem Tanzpartner über das Parkett geleiten.«

Sie standen viel zu nah beieinander und ihr Blick aus den smaragdgrünen Augen bohrte sich in seinen. Anscheinend bemerkte sie gar nicht, wie intensiv sie ihn anschaute. Er fühlte die Wärme ihres Körpers und nahm ihren Geruch wahr. Seine Aufmerksamkeit glitt kurz zu ihrem Mund und den wohlgeformten Lippen, bevor er sich zur inneren Ordnung rief.

»Machen Sie schon, schließen Sie Ihre Augen«, forderte er sie auf und sie gehorchte.

Der zweite Versuch klappte um Längen besser. Fasziniert betrachtete er ihr Gesicht, auf dem sich der Hauch eines Lächelns abzeichnete.

Was für eine natürliche Unschuld, schoss es ihm

durch den Kopf. Sie würde den Gentlemen reihenweise den Kopf verdrehen. Er müsste mehr auf sie achtgeben, als ihm lieb wäre, um zu verhindern, dass sie an den Falschen geriet, der ihre Unerfahrenheit schamlos ausnutzte.

»Was geht denn hier vor sich?« Von allen unbemerkt war Howard Wilcox eingetreten.

Aiden und Amelia stoben auseinander.

»Guten Morgen, Will. Ich habe mich lediglich vergewissert, wie es um die Tanzkünste deiner Nichte steht. Es bedarf etwas Übung, aber ich denke, sie wird es schaffen.«

»So, so«, verblüfft sah Will erst ihn, dann sie an.

»Ich bin einverstanden, nach Charleston zu gehen, Onkel Howard«, sagte sie schnell, als er den Mund öffnete. »Ich denke, es ist für alle Beteiligten das Beste. Ich werde mir Mühe geben, dich nicht zu enttäuschen. Du kannst währenddessen deiner Arbeit nachgehen und musst dir nicht länger Sorgen machen.« Sie stand neben ihm, die Hände vor ihrem Körper verschränkt und sah ihren Onkel mit einem fast flehentlichen Ausdruck an.

»Ganz so einfach ist das auch wieder nicht«, brummte er, nahm den Hut vom Kopf, kratzte sich kurz am Hinterkopf und setzte ihn wieder auf, bevor er sich umwandte und auf den Tisch zusteuerte.

Aiden folgte ihm, während sich Amelia fast beschwingt erneut den Karotten widmete.

»Du hast es ihr also gesagt?«, fragte Will matt.

Aiden nickte heftig, während er sich den Stuhl zurechtrückte. »Sie ist einverstanden, weil sie sich weniger unter Druck gesetzt fühlt, wenn sie ein Mitspracherecht hat, was die Wahl eines Gatten betrifft.«

Er bemerkte, dass sein Freund Zweifel hegte, ob es die richtige Herangehensweise sei. In gedämpfter Lautstärke, damit die Frauen sie nicht hören konnten, besprachen sie wichtige Details, bis Tamil mit einem sperrigen Gegenstand herein polterte.

»Da dürfte einiges hineinpassen«, verkündete er keuchend. »Zwei weitere befinden sich noch im Unterstand.«

Tamil war handwerklich begabt und hatte drei stabile Transportkästen gezimmert für Kochgeschirr und andere Haushaltsgegenstände, die Amelia beim Auszug aus ihrem Heim mitnehmen wollte.

Nach dem gemeinsamen Mittagessen begab Aiden sich auf den Heimweg. Es waren alle notwendigen Dinge besprochen und geklärt. Alles Weitere musste die Familie intern regeln, es gab viel zu tun, denn in drei Tagen würden sie in Charleston eintreffen.

»Du hast was?« Aufgeregt schritt Margaret Pellham im Salon auf und ab.

»Mum, das habe ich dir soeben ausführlich erklärt«, stöhnte Aiden und fuhr sich mit der Hand durch sein Haar.

»Papperlapapp.« Sie schnaufte mit einer wegwerfenden Handbewegung. »Ich hoffe, dieser Aufseher ist die ganze Mühe wert.«

Aiden hatte damit gerechnet, dass seine Mutter nicht sonderlich begeistert sein würde, aber nicht, dass sie ihm eine Standpauke hielt.

Es klopfte, und nach ihrer gereizten Aufforderung, trat Lucy ein, um den Tee zu servieren.

»Stell das Tablett auf dem Tisch ab, ich kümmere mich selbst darum.«

Lucy tat, wie ihr geheißen, knickste brav und wandte sich zum Gehen.

An der Tür rief sie das Mädchen zurück. »Sag Zahra, sie soll meine Sachen packen, ich werde für einige Tage nach Charleston in unser Stadthaus fahren. Du, Zahra, Blanche und zwei Küchenmädchen werden mich begleiten. Ach, und sag Hermela, sie soll eine Liste mit dem Notwendigsten zusammenstellen, wir werden gleich morgen früh aufbrechen.«

Ein freudiges Strahlen zog über das Gesicht der Sklavin, bevor sie erneut knickste und eilig hinaus eilte.

»Was soll das?« Aiden war aus dem Sessel hochgeschossen und starrte sie aufgebracht an. »Es ist absolut nicht erforderlich, dass du nach Charleston fährst.«

»Das glaubst auch nur du. Ein junges unschuldiges Geschöpf vom Lande allein in Charleston! Hast du eine Ahnung, was alles passieren kann? Soll sie unter die Räder kommen? Willst du dafür verantwortlich sein, wenn ihr etwas zustößt? Wenn du eine Schwester hättest, wüsstest du um die Gefahren und würdest nicht so leichtgläubig daherreden.«

»Nun, es ist nicht meine Schuld, dass ich *keine* Schwester habe«, kommentierte Aiden trocken. Zufrieden registrierte er aus dem Augenwinkel ihren verkniffenen Gesichtsausdruck. »Im Übrigen ist sie nicht allein, sie hat ihre Sklavin Maya dabei und …«

»Die sicher nie zuvor eine Stadt gesehen hat, wie soll sie ihr eine Hilfe sein?«, fiel die Mutter ihm ins

Wort. »Außerdem, was beabsichtigst du zu tun, sollte ein Gentleman ein ernsthaftes Interesse an ihr bekunden und im Stadthaus erscheinen, um ihr seine Aufwartung zu machen? Möchtest du dem Gespräch beiwohnen, um den Anstand zu wahren, oder gar diese Maya?«

Aiden schwieg verkniffen.

»Wie dem auch sei, ich werde nach Charleston fahren und die Kleine unter meine Fittiche nehmen.« Nach den Worten setzte sie sich und goss ihnen Tee ein, als wäre nichts geschehen.

Aiden stieß resignierend die Luft aus und nahm ebenfalls wieder Platz. Er kannte seine Mutter, wenn sie so ein beharrliches Auftreten an den Tag legte, war es unmöglich, sie von ihrem Entschluss abzubringen. Er wusste nur nicht, was er von der neuen Situation halten sollte.

»Habt ihr schon geklärt, was sie den wissenshungrigen Gentlemen bezüglich ihrer Herkunft und ihres Lebens erzählt, abgesehen davon, dass sie eine entfernte Cousine sei?« Sie ließ etwas Sahne in ihren Tee gleiten.

»Nicht im Einzelnen«, gestand Aiden.

»Also noch jede Menge Arbeit.« Seine Mum verzog das Gesicht. »Hat sie wenigstens eine angemessene Garderobe für derlei Anlässe? Ich möchte ungern riskieren, dass sich die Klatschbasen über unsere Familie das Mundwerk zerreißen, wenn sie unpassend …«

»Mutter! Darüber musst du dir nun wirklich keine Gedanken machen«, stöhnte er. »Ich werde ihr entsprechende Abendkleider, et cetera zukommen lassen.«

»Du?« Überrascht starrte sie ihn an. »Woher gedenkst du … will ich das überhaupt wissen?«

»Nein! Willst du nicht!«, entgegnete er scharf. Hastig schlürfte er den viel zu heißen Tee hinunter und entschuldigte sich mit der Begründung, sich um geschäftliche Angelegenheiten kümmern zu müssen. Manchmal konnte die Gesellschaft seiner Mutter anstrengend sein und heute war ein solcher Moment.

Er suchte Mr. Dwyer im Arbeitszimmer auf, zu dem er seit ihrem klärenden Gespräch ein sehr gutes Verhältnis pflegte, und ließ sich die neusten Rechnungen und Zahlungsbewegungen zeigen.

Dwyer hatte seine förmlich steife Art abgelegt, selbst ein Lächeln huschte gelegentlich über seine Züge. Ab und an geriet er sogar in Plauderlaune, was ihn zu einem sympathischen Menschen machte.

Seinem Vater ging es den Umständen entsprechend. Er verbrachte die Nachmittage meist an der frischen Luft im Garten sitzend, wo er stundenlang vor sich hinstarrte. Seit Jumahs plötzlichen Tod hatte er sich verändert. In den ersten Tagen hatte er als mürrischer Griesgram einem Tyrannen alle Ehre gemacht, inzwischen war er zur Erleichterung aller ruhiger und friedliebender geworden. Dr. Ashman vertrat die Ansicht, dass Jacob Pellham sich endlich mit seinem körperlichen unabänderbaren Zustand arrangiert habe. Inwieweit die verordnete Medizin dafür verantwortlich war, vermochte Aiden nicht zu beurteilen. Kein böses Wort war mehr zwischen ihnen gefallen seit jenem Tag, an dem Cutlers Schandtaten ans Licht gelangt waren.

Auch auf der Plantage ging alles seinen alltäglichen Gang. Die Sklaven waren entspannter, seit sie Cutler und seine Methoden nicht mehr zu fürchten brauchten. Sie begegneten Aiden mit Respekt und Dankbarkeit, weil sie wussten, dass er den Aufseher zu Fall gebracht hatte. In Kürze würde Howard Wilcox Cutlers Platz einnehmen; Dad hatte zu seiner Überraschung keine Einwände gegen Wills Anstellung geäußert, sondern es nur mit einem Nicken zur Kenntnis genommen, als ginge es ihn nichts an.

Aiden konnte sich im Grunde glücklich schätzen, dass alles nach seinen Plänen verlief, und doch war er von einer inneren Unruhe ergriffen, die er sich nicht erklären konnte.

Am nächsten Morgen nach dem Frühstück brach Margaret Pellham nach Charleston auf. Während ihre Truhen noch aufgeladen wurden, setzte sich die Kutsche mit den Haussklaven bereits in Bewegung.

Aiden zog es vor, seinen Hengst zu nehmen, um flexibler zu sein. Da Will mit der Truppe nicht vor dem späten Nachmittag eintreffen würde, machte er sich erst nach dem Lunch auf den Weg.

Hektisches Treiben erwartete ihn, als er im Stadthaus eintraf. Mutter ließ sämtliche Zimmer auf Vordermann bringen und lief selbst wie ein aufgescheuchtes Huhn hinter den Mädchen her, damit alles zu ihrer Zufriedenheit erledigt wurde.

Aiden schmunzelte und beschloss, sich fürs Erste zu verdrücken. Sein Ziel war ein hübsches Anwesen in einer Seitengasse, unweit der Calhoun Street am

Long Lake gelegen.

Es war eine Weile her, dass er sie das letzte Mal besucht hatte. Mit einem mulmigen Gefühl betätigte er den massiven Türklopfer.

Der ältliche schwarze Butler öffnete ihm mit stoischer Miene, doch dann machte sich ein Erkennen auf seinem Gesicht breit. »Wenn Sie bitte hier warten würden.« Er wies auf die Sitzgruppe neben dem Eingang. »Ich werde Sie der Lady melden.«

Augenblicke später rauschte Carmen Winstone freudestrahlend auf ihn zu, ihre Röcke raschelten bei jedem Schritt. »Ich wollte kaum glauben, dass du es bist, da musste ich mich selbst überzeugen.«

Die Begrüßung war überaus herzlich und die alte Vertrautheit immer noch da. Carmen war eine attraktive junge Witwe, die ihr Leben genoss und auch gewissen Vergnügungen nicht abgeneigt war, wie er aus eigener Erfahrung wusste. Bei Tee und Gebäck plauderten sie über die alten Zeiten, bevor er auf den eigentlichen Grund seines Besuches zu sprechen kam.

Ihre großen bernsteinfarbenen Augen fixierten ihn. »Natürlich helfe ich dir«, verkündete sie mit einem amüsierten Lachen, wobei sie ihre Hand vertraulich auf seinen Oberschenkel legte.

Er ergriff sie und führte sie an seine Lippen, während sein Blick den ihren hielt.

Sie seufzte wohlig. »Sollen wir nach oben gehen und es uns ein wenig gemütlicher machen?«, fragte sie ohne Umschweife.

Aiden zog seine Taschenuhr aus der Westentasche und schaute nach der Uhrzeit. Bedauernd kniff er seine Lippen zu einer schmalen Linie zusammen, wenn er jetzt mit ihr im Schlafgemach verschwand, würde er nicht mehr rechtzeitig am Stadthaus sein, um Will und seine Nichte in Empfang zu nehmen. Er musste verhindern, dass sie ohne Vorwarnung auf seine Mutter trafen, obwohl Carmens Vorschlag äußerst verlockend klang. Bevor er weiter darüber nachdenken konnte, was ihm entging, erhob er sich.

Sie erhob sich ebenfalls und geleitete ihn bis zur geschlossenen Salontür, wo sie einander herzlich umarmten. Aus alter Gewohnheit küsste er sie, ein Fehler, wie er schnell feststellte. Sein verräterischer Körper reagierte sofort wegen des langen Entzugs einer solchen Intimität, und ihr lustvolles Aufstöhnen verstärkte diesen Zustand noch. Er zog sie enger an sich und der Kuss wurde wilder, verlangender, während seine Hände über ihren Rücken bis zu ihrem Hinterteil strichen und es massierten. Sie drängte sich ihm entgegen, rieb sich an seiner harten Erregung, bis sie sich aus seinen Armen befreite, einen Schritt auf die Tür zu machte und den Schlüssel im Schloss herumdrehte.

»Niemand wird uns stören«, hauchte sie mit bebender Stimme. Ihr Blick wanderte an ihm hinab und blieb eine Weile an seiner Körpermitte hängen, bevor sie wieder auf ihn zukam.

Aiden wartete angespannt. Ihre Hand legte sich auf seine Brust und fuhr langsam abwärts bis zu jener Stelle, die zuvor Ziel ihrer Betrachtung gewesen war, dabei sah sie ihn unentwegt an. Aiden wusste, dass er verloren hatte.

Carmen war nach nur einem Jahr Ehe zur Witwe geworden, nachdem ihr Gemahl an den Folgen eines

Kutschenunfalles verstorben war. Er hatte ihr jedoch ein beträchtliches Vermögen hinterlassen, das ihr ein unbeschwertes Leben ermöglichte. Sie war ein paar Jahre älter als Aiden, und müsste in zwei Monaten die dreißig erreichen, wenn er sich recht erinnerte.

»Kleines Biest!«, zischte er und riss sie ungestüm an sich. Sie küssten sich stürmisch, während er sie zurückdrängte, bis sie mit dem Rücken die holzvertäfelte Wand neben der Tür berührte. Verführerisch hob sie die Röcke und lockte ihn mit einem Augenzwinkern. Zielstrebig fand seine streichelnde Hand die Stelle zwischen ihren Beinen. Sie bog den Rücken durch und stöhnte. Eine Weile betrachtete er sie, dann schlang er den Arm um sie, zog sie zu sich heran und küsste sie hungrig, während er mit der anderen Hand die Knöpfe seiner Hose öffnete. Ohne Verzögerung drang er in sie ein.

Es war ein kurzer, aber heftiger Akt gewesen. Aiden musste immer noch schmunzeln, als er längst im Sattel saß und zurück zum Stadthaus ritt. Er konnte nur hoffen, dass Carmens Hausssklaven sich nicht in der Nähe des Salons befunden hatten und ihre Ohren Zeugen ihrer Aktivität geworden waren.

Sein Besuch war so nicht geplant gewesen, aber er bereute es auch nicht.

Er traf zeitgleich mit Wills Fuhrwerk vor dem Stadthaus in der East Battery ein. Aiden sah verstohlen zu Amelia, die mit geradem Rücken und starrer Miene neben ihrem Onkel saß. Ihre Aufmerksamkeit galt kurz dem Gebäude und ihr Blick glitt einmal vom Dach bis zum Fundament, ohne eine Emotion in ihrem Gesicht erkennen zu lassen.

Mitleid regte sich in ihm, es musste schwer für sie sein, ihr Elternhaus zurückzulassen und in eine unbestimmte Zukunft zu starten. Er bewunderte ihre Stärke und konnte nicht anders, als sie anzusehen. Ihre Blicke trafen sich, und Aiden sah bedrückende Leere in ihren Augen. Dann folgte sie der Bewegung ihrer Sklavin, die bereits vom Karren heruntergesprungen war und nach Amelias Handgepäck angelte.

Aiden ging um das Fuhrwerk herum und reichte ihr die Hand, um ihr hinunterzuhelfen, während Will mit Tamil das weitere Vorgehen besprach.

Sie reagierte verzögert. Unsicher hielt er den Griff an ihrer Taille länger als notwendig, nachdem ihre Füße den Boden berührt hatten. Er spürte das konstante Zittern ihres Körpers.

»Alles wird gut«, versuchte er zu beruhigen.

Der Anflug eines Lächelns zeichnete ihre Mundwinkel, erreichte jedoch nicht ihre Augen.

Er drapierte ihre Hand auf seinen Arm und ging mit ihr um das Pferd herum auf ihre Begleiter zu, während er sie über die veränderte Situation informierte.

Er spürte, wie sich Amelia an seiner Seite versteifte. Tröstend strich er mit seiner Hand über ihre, sie war eiskalt, obwohl eine warme Spätsommertemperatur herrschte. Aiden begab sich mit den Frauen ins Haus, während Will und Tamil die Kleidertruhen abluden und anschließend zur Lagerhalle am Hafen kutschierten, die Aiden für die Unterbringung des Haushaltsinventars angemietet hatte.

Margaret Pellham unterzog ihren Schützling einer eingehenden Musterung. Wie Aiden ihrer Miene entnehmen konnte, schien sie Schlimmeres erwartet zu haben, dennoch gab er ihr mit einem scharfen Blick zu verstehen, dass er ihr Verhalten nicht guthieß.

»Verzeihung, Sie müssen von der Reise erschöpft sein, meine Liebe«, flötete sie daraufhin und rief Lucy, die gerade in ihrem Sichtfeld auftauchte, zu, sie möge unverzüglich Tee und Gebäck servieren. »Das ist Lucy, sie wird dir zeigen, wo du dich ebenfalls ausruhen kannst«, wandte sie sich an Maya, wobei sie die Überraschung über den gewölbten Bauch nicht gänzlich zu unterdrücken vermochte.

Angst und Unsicherheit flackerten in den Augen der sonst so selbstbewussten Maya. Amelia nickte ihr aufmunternd zu, wobei ihr anzusehen war, dass sie ihre vertraute Sklavin lieber an ihrer Seite behalten hätte, was selbstverständlich außerhalb ihres privaten Umfeldes undenkbar war.

Er drückte leicht ihre Hand, die noch immer auf seinem dargebotenen Arm ruhte. Ihr Kopf schnellte herum und ihre Blicke trafen sich.

»Machen Sie sich keine Sorgen, es wird ihr gutgehen«, sagte er. Amelia war ganz anders, als er sie kennengelernt hatte. Sie wirkte mit einem Mal so zart und zerbrechlich, dass er unvermittelt den Wunsch verspürte, sie trösten und beschützen zu müssen. Ohne dass ihm bewusst war, was er tat, hob er die freie Hand und strich mit der Oberseite der Finger über ihre Wange. Ihre smaragdgrünen Augen versenkten sich in seine, der Schmerz, den er darin erkennen konnte, raubte ihm beinahe den Atem.

Erst das dezente Hüsteln seiner Mutter, die wartend an der Tür zum blauen Salon stand, brachte ihn wieder in die Spur.

Beim Tee schien sich Amelia nach und nach zu entspannen. Aiden war froh, dass seine Mutter die Gesprächsführung an sich gerissen hatte. Eine Dreiviertelstunde später leistete ihnen auch Will Gesellschaft, er hatte in dem Sessel Platz genommen, der schräg zu seiner Nichte stand. Ihm war anzusehen, dass ihm unbehaglich zumute war. Unbeholfen bemühte er sich, mit seinen kräftigen Fingern den zarten Griff der Teetasse zu fassen und zu trinken, ohne dass ihm das Porzellan entglitt.

Nachdem sich die Gespräche im Salon an die zwei Stunden hingezogen hatten, drängte Aiden zum Aufbruch. Er glaubte, Erleichterung im Gesicht seines Freundes zu erkennen, und konnte ein Grinsen gerade noch unterdrücken.

War Aiden anfangs wenig erbaut gewesen, dass seine Mutter darauf bestanden hatte, nach Charleston zu fahren, fühlte er sich mittlerweile seltsam beruhigt, dass Amelia nicht allein zurückblieb, während er mit Will nach Meadowfield ritt.

Um Wills Neugier zu befriedigen, führte Aiden seinen neuen Oberaufseher trotz der späten Stunde noch über die Plantage. Die Sklaven, die sich zu dieser Zeit größtenteils bei ihren Hütten aufhielten, beäugten das Gespann argwöhnisch.

Anschließend ließen sich die zwei im Küchentrakt von Hermela ein kräftiges Abendessen auftischen. Die Küchenmädchen hatten, da ihre Herrin außer Haus war, und es weniger zu tun gab, schon zeitig ihren Arbeitsplatz verlassen.

Am darauffolgenden Tag stellte Aiden Howard Wilcox als neuen Aufseher von Meadowfield vor und begleitete ihn und seine Arbeit. Die Reaktion von John Sparks erschien ihm sonderbar, er schien wenig begeistert und versuchte gar nicht erst, sein Missfallen zu verbergen, obwohl er sich mit Worten bedeckt hielt. Vermutlich hatte er nach Cutlers Fortgang auf dessen Posten gehofft, Aiden entfuhr ein abfälliger Laut bei dem Gedanken. Eine solche Hoffnung war absurd, wenn man bedachte, dass er Cutlers rechte Hand gewesen war. Will war über alle Geschehnisse und Begebenheiten informiert und würde ihn im Auge behalten.

Am Abend des nächsten Tages stand der Ball bei den Flemmings an, der erste dieser Saison. Obwohl Aiden versucht hatte, Will zu überreden, ihn zu begleiten – immerhin würde es Amelias erster Ball werden – hatte Will strikt abgelehnt mit der Begründung, dass ihm ein Saal voll mit protzigen und gestriegelten Stutzern suspekt sei.

Also begab sich Aiden allein auf den Weg, um seine Mutter und Amelia für den Ball abzuholen.

Eine leichte Unruhe bemächtigte sich seiner, als er das Stadthaus betrat. Wie mochte es den Damen ergangen sein, seit er und Will sich verabschiedet hatten?

Noch bevor er sich auf die Suche begeben konnte, kam Mutter ihm entgegengeeilt. »Amelia ist auch gleich so weit, Zahra richtet ihr nur noch das Haar, sie ist sehr geschickt darin«, plapperte sie auf seine stumme Frage. »Du wirst sie kaum wiedererkennen, sie sieht hinreißend aus. An den Kleidern mussten wir kleine Änderungen vornehmen, sie waren ein wenig zu freizügig für eine unverheiratete junge Dame, aber diese Misses Winstone hat in weiser Voraussicht ihre Zofe geschickt und die war außerordentlich talentiert mit Nadel und Faden.« Sie sah ihn fragend von der Seite an. »Woher kennst du eigentlich besagte Misses Winstone? Ich kann mich nicht erinnern, von ihr gehört zu haben?«

»Ist das wichtig?«, fragte er mit provokantem Grinsen.

Sie räusperte sich verlegen und suchte nach Worten, als ein Geräusch an der Treppe sie beide herumdrehen ließ. Da stand sie, Amelia Thyne, in einem traumhaften Kleid aus blassgelber Seide und weißer Spitze. Scheu lächelnd schritt sie die Treppe hinab, wie eine Dame von Stand. Ihr langes Haar war kunstvoll aufgesteckt, mehrere Strähnen lugten locker aus der Frisur heraus und umrahmten ihr hübsches Gesicht.

Aiden musste schlucken und konnte die Augen nicht abwenden. Sie sah in der Tat hinreißend aus. Er wartete, bis sie vor ihm stehenblieb und nervös zu ihm aufschaute.

Vorsichtig räusperte er sich, da er befürchtete, dass ihm die Stimme versagte. »Meine Mutter hat nicht übertrieben, Sie sehen in der Tat hinreißend aus«, lobte er.

»Du denkst nicht nach, Aiden!«, schalt Margaret Pellham ihren Sohn.

Verwirrt drehte er sich zu ihr um.

»Du vergisst, dass sie angeblich eine entfernte Cousine ist, also wäre die förmliche Anrede hier völlig unangebracht, oder willst du, dass der kleine Schwindel sofort auffliegt?« Sie versuchte, ernst zu klingen, aber er hörte den amüsierten Unterton.

»Ich danke dir für dieses Kompliment, lieber Aiden«, sagte Amelia mit seidenweicher Stimme, bevor er reagieren konnte. Ihre Wangen färbten sich etwas dunkler, während sie versuchte, den Augenkontakt zu halten und dabei an ihrer Unterlippe nagte. Dann schien ihr aufzugehen, dass sie das nicht tun sollte. Ein entschuldigender Blick huschte in Richtung seiner Mutter, die unterdrückt gluckste.

Aiden lachte auf, Mum schien ganze Arbeit geleistet zu haben. Vom Schalk getrieben machte er einen Schritt auf Amelia zu und umarmte sie wie eine vertraute Freundin.

»Ich freue mich, dich zu sehen, liebste Cousine. Du siehst wie immer zauberhaft aus.«

Eine tiefe Röte schoss ihr ins Gesicht, als er sie aus seinen Armen entließ. Verlegen drehte sie sich zur Seite, um seiner Musterung zu entgehen.

»Du musst nicht gleich übertreiben«, rügte Mum und zog die Augenbrauen zusammen.

Aiden grinste verwegen. »Die Damen sind zum Aufbruch bereit?«

Margaret Pellham begutachtete ihren Schützling. »Warum trägst du keinen Schmuck? Eine Dame verlässt das Haus nicht ohne Schmuck, schon gar nicht, wenn es auf einen Ball geht.« Vorwurfsvoll sah zu ihm auf, als läge es in seiner Verantwortung, bevor sie nach Zahra rief und eine Reihe ihrer eigenen Schmuckstücke aufzählte, die passend sein könnten.

»Ach was, ich gehe selbst«, sagte sie resigniert, nachdem Zahra ihr gemurmeltes Durcheinander nicht zu verstehen schien.

»Ich hoffe, sie war nicht allzu streng«, raunte Aiden Amelia zu, als sie allein waren.

»Aber nein, ganz und gar nicht.« Sie lächelte. »Sie hat mir wertvolle Tipps gegeben, unter anderem, wie ich mich gegenüber einem aufdringlichen Gentleman am besten verhalte. Auch haben wir die einzelnen Tanzschritte einstudiert. Ich mag Ihre … ähm, deine Mutter. Sie ist eine sehr liebenswürdige Frau und überaus engagiert.«

Aiden kam nicht umhin, überrascht die Augenbrauen zu heben, wusste er doch, dass sie sehr pedantisch und anstrengend sein konnte.

Während der halbstündigen Kutschfahrt wurde er in die abgesprochenen Einzelheiten zu Amelias erfundener Herkunft eingeweiht.

Für Aiden war es nicht das erste Mal, dass er an einem Ball im Hause Flemming teilnahm, auch wenn das letzte Mal ein paar Jahre zurücklag. Er wusste, wie viel Wert die Hausherrin auf jedes Detail legte und dass sie sich mit jedem ausgerichteten Ball selbst übertraf. Für Amelia war das alles neu. Er beobachtete sie, wie sie sich vor Bewunderung umsah und war fasziniert von dem Glanz, der sich in ihren Augen widerspiegelte.

Es hatte sich herumgesprochen, dass Aiden nach Meadowfield zurückgekehrt war, somit war er rasch von alten Bekannten umzingelt, die ihn in Gespräche verwickelten, während er die beiden Frauen irgendwann in der Menge der Gästeschar aus den Augen verlor.

Als die Musiker zum Tanz aufspielten, machte er sich auf die Suche, er wollte unbedingt der Erste sein, der Amelia aufs Parkett führte. Er redete sich ein, ihr damit mehr Sicherheit vermitteln zu können. Säuerlich musste er feststellen, dass ein anderer Gentleman schneller gewesen war. Er konnte gerade noch erkennen, wie ein dunkelhaariger Herr sie zur Tanzfläche geleitete, bevor der Reigen der Tanzenden sie verschluckte.

Beim Näherkommen erkannte er den forschen Mann, es war kein geringerer als Chad Sanders, ein Schürzenjäger der schlimmsten Sorte. Sein Ruf eilte ihm voraus, wie konnte Mutter zulassen, dass er sich ihr annäherte? Chad war ein paar Jahre älter als er, sah attraktiv aus, war reich und konnte es sich leisten, den Tag mit Müßiggang zu vergeuden. Er musste sie sofort erspäht haben, auf der Suche nach einem neuen hübschen Gesicht in der Menge. Der Kerl war gefährlich und würde sie fallenlassen wie ein heißes Eisen, nachdem er bekommen hatte, wonach ihm gelüstete. Aber er war stets vorsichtig, ließ sich nie erwischen, ein Indiz dafür, dass er bisher einer Ehe entkommen war.

Zischend stellte er seine Mutter zur Rede, die Augen nur auf Amelia gerichtet.

»Ich weiß nicht, warum du dich aufregst? Sie tanzt doch nur mit ihm«, entgegnete sie eingeschnappt. »Sie war sehr nervös, und es tut ihr gut, wenn sie merkt, dass sie nicht wie ein Mauerblümchen am Rande steht.«

»Aber es musste nicht Chad Sanders sein, der jedem Rockzipfel nachjagt«, knurrte Aiden.

Erstaunt sah sie zu ihm auf. »Klingt fast, als wärst du eifersüchtig.«

»So ein Blödsinn!«, schnaubte er empört. Ein paar Herrschaften in unmittelbarer Nähe sahen verwundert zu ihnen herüber. Es war nun mal so, dass er eine gewisse Verantwortung auf sich geladen hatte, und die wollte er nicht vernachlässigen. Will würde ihn lynchen und vierteilen, wenn dem Mädchen etwas zustieße.

Mrs. Fairchild und ihre Tochter kamen auf sie zu und Aiden musste sich von Amelias Anblick losreißen.

Victoria war in einem Traum aus zartem Flieder und Spitze gehüllt, dazu trug sie die gleiche Hochsteckfrisur wie am Abend des Dinners. Es war nicht zu übersehen, dass sich die Herren der Schöpfung bewundernd nach ihr umdrehten, sie sah perfekt aus. Vielleicht zu perfekt, schoss es Aiden durch den Kopf, während sie in höflicher Konversation schwelgten.

Sanders wirkte verkniffen, als er Amelia zu ihnen zurückgeleitete. Aiden konnte nicht deuten, ob es ihretwegen war oder ob sein Auftreten ihn dazu veranlasst hatte. Er konnte den Kerl noch nie leiden, ließ sich jedoch nichts anmerken, während sie die üblichen Höflichkeitsfloskeln wechselten, bevor Aiden sich genötigt fühlte, Miss Fairchild aufs Parkett zu führen.

Sie war eine hervorragende Tänzerin, so leichtfüßig, dass er sie kaum spürte. Nur ihr starker süßblumiger Duft, der ihn in der Nase kitzelte, zeugte von ihrer Anwesenheit. Er strebte eine Unterhaltung an, um sich vom Drang zu niesen abzulenken. Scheu hob sie immer wieder den Blick und lächelte ihn träumerisch an. Irrte er sich, oder versuchte sie in ihrer unschuldigen Art, mit ihm zu flirten? Er fühlte sich zwar geschmeichelt, dennoch hatte er plötzlich das Gefühl, sein Halstuch sei zu eng gebunden. Was war nur los mit ihm? Sie wäre nicht die erste Frau, die ihn anschmachtete. Aber die Erste jener, die darauf aus war, sich einen Ehemann zu angeln.

Als er ihr nach dem Tanz eine Erfrischung besorgte und sich mit ihr unterhielt, entspannte er sich wieder. Mit kleinen Neckereien versuchte er, sie aus der Reserve zu locken, doch ihre Antworten blieben stets neutral und wohlüberlegt, wie die einer Schauspielerin, die eine Rolle einstudiert hatte. Verständnislos musterte er sie eine Spur zu intensiv, was ihr die Röte ins Gesicht trieb; das Einzige, das sie nicht unter Kontrolle hatte. Schmunzelnd wandte er sich ab und bemerkte aus dem Augenwinkel, dass Amelia ihn aufmerksam beobachtete.

Doch bevor er sich ihr zuwenden konnte, nachdem Victoria von weiteren Gentlemen umlagert wurde, befand sich Amelia schon wieder auf der Tanzfläche, auch Mum war von einem Herrn, der ihrem Alter entsprach, aufs Parkett geführt worden. Sie unterhielten sich angeregt und lachten ausgelassen. Wie jung und lebensfroh seine Mutter noch war, dachte er, während er an seinem Getränk nippte.

Er entdeckte seinen Nachbarn Robin Floyd mit Gemahlin in einer heiteren Runde, er gesellte sich zu ihnen, tanzte wenig später mit seiner Gattin und mit einigen anderen weiblichen Gästen. Zwischendurch schaute er immer mal wieder zu Amelia und seiner Mutter.

Die Musiker machten gerade eine Pause. Amelia stand in einer Gruppe junger Damen, von denen eine die Tochter des Gastgebers war, und schien sich zu amüsieren. Margret Pellham war nur wenige Meter entfernt im Gespräch mit einem älteren Ehepaar, das ihm bekannt vorkam, er aber momentan nicht namentlich benennen konnte. Zufrieden lächelte er und wandte sich seinen eigenen Gesprächspartnern zu. Er genoss den Abend und die Gesellschaft schöner Frauen. Ihm war gar nicht bewusst gewesen, wie sehr er das Geplänkel mit den hübschen jungen Damen vermisst hatte.

Irgendwann hielt er erneut nach Amelia Ausschau und entdeckte sie auf dem Tanzparkett, geführt von einem kleineren Herrn mit schütterem Haar und Wohlstandsbauch. Ihr Gesicht sprach Bände, sie fühlte sich sichtlich unwohl und schien nach einem Fluchtweg Ausschau zu halten. Was war passiert? War der Kerl zudringlich geworden?

Alarmiert stellte er sein leeres Glas auf dem Tablett eines vorbeieilenden Dieners ab und trat näher an den Rand der Tanzfläche. Der flehende Ausdruck in Amelias Augen, als sie ihn entdeckte, versetzte ihm einen Stich. Zum Glück lag das Musikstück in seinen letzten Klängen. Sie schien ihm zu sagen, dass sie am Rande des Parketts erwartet wurde, denn er kam mit ihr auf Aiden zu, und verbeugte sich höflich mit den Worten: »Es war mir eine Ehre, Miss Thyne.«

»Was war los?«, fragte er besorgt, als der Mann außer Hörweite war.

»Es war furchtbar! Ich weiß nicht, was schrecklicher war, dass sein vorstehender Bauch meine Mitte streifte, dass ich bei den Bemühungen den Abstand zu wahren, mich nicht auf die Schritte konzentrieren konnte und ihm mehrfach auf die Füße getreten bin, was mir den ganzen Abend noch nicht passiert ist, oder die Tatsache, dass sein schnaufender, nach Alkohol und Tabak stinkender Atem auf meinem Dekolleté lag, ganz zu schweigen von seinen Augen.« Sie rang sichtlich um Fassung und schüttelte sich angewidert.

Aiden bot ihr seinen Arm, um sie an eine ruhigere Stelle zu führen.

»Könn … können wir für einen Moment auf die Terrasse gehen und frische Luft schnappen?« Bittend schaute sie zu ihm auf.

Er zögerte einen Moment, bis er nickte und sie über die sich leerende Tanzfläche zur gegenüberliegenden Seite navigierte, wo die Türen zur Terrasse weit offenstanden.

Kraftvoll stieß sie die Luft aus und blickte über die Balustrade hinaus in den mit Lampions hell erleuchteten Garten.

»Geht es dir, abgesehen von der Situation eben, gut?«, fragte er vorsichtig.

»Ja«, antwortete sie einsilbig und emotionslos.

Etwas unbehaglich sah er sich um, er sollte nicht mit ihr hier auf der Terrasse sein. Wenigstens waren sie nicht allein, das beruhigte ihn. Nachdenklich betrachtete er ihre Rückenansicht, als sie sich plötzlich zu ihm umdrehte und ihn direkt anschaute.

»Im Grunde, könnte es ganz schön sein, ich habe Gefallen am Tanz gefunden, wenn nur nicht dieser Druck auf mir lasten würde und ich mir keine Gedanken um meine Zukunft machen müsste.« Sie flüsterte und war, wegen der anderen anwesenden Personen, nah an ihn herangetreten. Ihr zarter Duft nach Veilchen flog ihm zu. Er fühlte Schuld in sich aufsteigen, sie war hier, um verschachert zu werden. Er hatte sie in diese Lage gebracht. Bevor er antworten konnte, sprach sie weiter: »Viele der Gäste sind Plantagenbesitzer, was wird aus Tamil und Maya, wenn ich an so jemanden geraten sollte? Ich will nicht, dass sie gezwungen sein müssen, auf irgendwelchen Reis- oder Baumwollfeldern zu schuften. Sie sind wie meine Familie!« Sie zeigte mit einer Kopfbewegung in Richtung Ballsaal und sah dann zu ihm auf. »Aber würde das irgendjemand dort drinnen verstehen?«

»Sicher wird es auch dafür eine Lösung geben. Mach dir im Vorfeld nicht so viele Gedanken«, tröstete er sie und legte dabei unbewusst den Arm um sie.

»Ich mache mir um so vieles Gedanken, dass ich manchmal gar nicht weiß, wo mir der Kopf steht«, gab sie zu und lehnte sich mit einem Seufzen gegen ihn.

Für einen Moment hielt er die Luft an, als ihre Berührung einen wohligen Schauer durch seinen Körper sandte, der ihm direkt in die Lenden schoss. Innerlich fluchte er, dieses Mal konnte er sich nicht damit herausreden, seit längerem keine Frau mehr gehabt zu haben, und entsann sich dem Geschehen in Carmens Salon. Die Erinnerung an das unvorhergesehene Vergnügen bewirkte das Gegenteil von dem, was er beabsichtigte.

»Gibt es schon ein Gentleman, der dein Interesse geweckt hat?«, fragte er, um sich abzulenken.

Sie ging wieder auf Abstand, und fast bedauerte er den Verlust ihrer Wärme. »Mister Haronside hat sich angeboten, mir bei einer Kutschfahrt die Stadt zu zeigen und mich außerdem gefragt, ob ich gern ins Theater gehen würde«, gab sie nüchtern zur Antwort.

Aiden grübelte, der Name sagte ihm nichts. »Und, würdest du?«

Sie zuckte mit den Schultern und wandte ihm wieder den Rücken zu. »Er scheint ganz nett zu sein. Ich sollte mich wohl glücklich schätzen.«

Die Traurigkeit in ihrer Stimme passte nicht zu ihren Worten.

»Amelia, niemand verlangt von dir, irgendwas zu überstürzen. Nimm die Chance wahr und wäge ab. Es liegen noch ein paar Bälle vor dir, ganz zu schweigen von den anderen Veranstaltungen, von denen meine Mutter mir berichtete.«

Sie ließ ein undamenhaftes Schnauben ertönen, während sie zu ihm herumschoss. »Sei ehrlich, ihr alle wäret froh, das Problem Amelia Thyne so schnell als möglich aus der Welt geschafft zu haben. Mein Onkel, weil er sich nicht länger für mich verantwortlich fühlen muss, und du und deine Familie, damit ich mit Maya und Tamil rasch wieder aus eurem Stadthaus verschwunden bin. Keiner von euch wird jemals mehr einen Gedanken an mich verschwenden. Aber ich, ich muss mit dem, was hiernach passiert, für den Rest meines Lebens zurechtkommen.« Sie war in ihrem

Temperament etwas lauter geworden. Die Herrschaften in der anderen Ecke der Terrasse waren zwischenzeitlich wieder hineingegangen. Sie waren allein.

Amelia wollte ihm schwungvoll erneut den Rücken zuwenden. Diesmal hinderte Aiden sie daran, indem er ihren Arm packte und sie herumwirbelte. Sie geriet ins Stolpern und prallte gegen seine Brust. Mit beiden Armen hielt er sie gefangen, damit sie sich ihm nicht entwinden konnte.

»Rede keinen Unsinn!«, fuhr er sie heftiger an als beabsichtigt. Sie wehrte sich nicht und er lockerte seinen Griff ein wenig. »Niemand betrachtet dich als ein Problem«, fuhr er weicher fort. »Also hör bitte auf, dir so etwas einzureden.« Er fühlte, wie sie heftig bebend ein- und ausatmete. In seinem Beschützerinstinkt zog er sie in seine Arme und strich beruhigend mit der Hand über ihren Rücken, bis sich ihre Atmung normalisierte. Er spürte ihr wild pochendes Herz, nahm den Geruch ihres Haares wahr, gemischt mit der Wärme ihres Körpers und dem nach Veilchen duftenden Parfum. Erneut sandte diese Wahrnehmung ein Signal an seine Lendenregion und er kniff für einen Moment resigniert die Augen zusammen.

»Hier steckt ihr also!«

Die beiden stoben auseinander.

»Mutter!«, stieß er hervor und ließ einen kräftigen Schwall Luft entweichen. »Musst du dich derart anschleichen?«

»Sei froh, dass ich es bin«, tadelte sie ihn. »Von anschleichen kann jedoch keine Rede sein. Ich sah euch hinausgehen, musste aber erstmal den penetranten Mister Bisbayne abwimmeln. Gibt es ein Problem?«

Ihr Blick huschte fragend zwischen ihnen hin und her.

Aiden hatte sich wieder gefasst. »Meine … *Cousine*, brauchte eine kleine Aufmunterung und ein wenig Trost«, er legte ein breites Grinsen auf, »nachdem es mit ihrem letzten Tanzpartner nicht optimal gelaufen ist.«

Margaret Pellham winkte lachend ab. »Mister Harper?« Sie wandte sich an Amelia. »Mach dir nichts draus, Mädchen. Mister Harper ist ein liebenswerter Mensch, aber er scheint seinen individuellen Tanzstil entwickelt zu haben, und wenn man nicht auf der Hut ist, haben die Füße das Nachsehen.«

»Da siehst du es, alles klärt sich auf«, er zwinkerte Amelia zu.

Der vorwurfsvolle Ausdruck in Mutters Augen war ihm nicht entgangen und er verspürte keine Lust, dass sie in dieser Richtung eine weitere Spitze von sich gab, also nutzte er die Gelegenheit, Amelia an den Tanz zu erinnern, den sie ihm noch schuldig war. Der Zeitpunkt passte, da die Kapelle gerade ein neues Stück anstimmte.

»Es tut mir leid, was ich vorhin gesagt habe, bitte entschuldige«, wisperte sie, als sie Aufstellung nahmen.

»Ich kann mich gar nicht mehr erinnern«, antwortete er schmunzelnd und drehte sich mit ihr im Takt der Musik. Die mangelnde Tanzerfahrung war ihr nicht anzumerken. Er spürte, dass sie Musik liebte und diese in ihr Körpergefühl einfloss.

Nach diesem Tanz legten die Musiker eine weitere Pause ein und die Gastgeberin erklärte das Buffet für eröffnet.

Sogleich strömten die ersten Hungrigen in Richtung des Raumes, der sich neben dem Eingang zum Ballsaal befand und sonst für kleinere Gesellschaften genutzt wurde.

Aiden war erfreut, dass er derjenige sein konnte, der Amelia entlang der aufgereihten Spezialitäten entlangführen durfte. Amüsiert bemerkte er ihre großen staunenden Augen beim Anblick der riesigen Vielfalt an Köstlichkeiten.

»Ich weiß gar nicht, was das alles sein soll«, raunte sie ihm unsicher zu und überließ ihm nur zu gern die Führung.

Sie besaß einen gesunden Appetit und vertilgte alles, was er ihr auf den Teller legte. Sie war neugierig und interessiert, lachte und war wieder guter Dinge. Es war ihm eine Freude, ihr dabei zuzusehen, wenn sie respektvoll an einem Häppchen knabberte, wie sie das Gesicht verzog, wenn sie einen anderen Geschmack erwartet hatte, oder sich genussvoll über die Lippen fuhr, wenn ihr etwas im Besonderen mundete. Sie war nicht wie andere Damen, die sich zierten und nur wenige Bissen zu sich nahmen, weil ihr straffes Korsett nicht mehr zuließ. Er konnte nicht umhin, sie zu bewundern.

Sie hatten sich in eine ruhige Fensterecke zurückgezogen, als er am anderen Ende auf der gegenüberliegenden Seite Miss Fairchild mit ihrem männlichen Gefolge bemerkte. Sie hatte ihn bereits entdeckt und lächelte ihm hoheitsvoll zu. Sogleich starrten die drei Gecken, die um sie herumscharwenzelten, ebenfalls in seine Richtung, um die mögliche Konkurrenz zu begutachten.

Aiden schenkte ihr ein höfliches Lächeln.

»Sie ist bildschön«, hörte er Amelia neben sich sagen.

Sein Kopf flog zu ihr herum. Er wusste nicht, was es war, dass ihn aufhorchen ließ. Vermutlich war es die Traurigkeit in ihrer Stimme, oder das leichte Seufzen, das ihre Worte untermalte. Überrascht musterte er sie von der Seite, sie war nach wie vor in Victoria Fairchilds Betrachtung versunken. Er vernahm deren glockenhelles Lachen, das vom Buffet herüberschallte.

»Wenn ich so aussehen würde, würden sich vermutlich alle meine Probleme von selbst lösen«, sagte Amelia weiter, ohne die Musterung der anderen Frau zu unterbrechen.

Beherzt griff er nach ihrer Hand und umschloss sie mit seinen Händen, ihre Blicke begegneten sich. »Schönheit allein ist nicht der Maßstab aller Dinge, Amelia. Sie ist nur die äußere Hülle, viel wichtiger ist das, was sich darunter verbirgt. Das Herz und der Charakter machen einen Menschen aus, ebenso, ob jene Person mehr als nur Stroh im Oberstübchen zu bieten hat.« Es sollte auflockernd klingen, doch Amelia sah ihm weiterhin ernst in die Augen. »Im Übrigen bist du eine sehr attraktive Frau, die ihr Herz am rechten Fleck trägt. Lass dir von niemanden etwas anderes einreden und stell dein eigenes Bild nicht unter den Scheffel.« Er war von seinen Worten überzeugt, auch wenn ihn sein eigener Enthusiasmus ein wenig erschreckte.

Ihre smaragdgrünen Tiefen bekamen einen feuchten Schimmer, dennoch wandte sie die Augen nicht von ihm ab. Für einen kurzen Moment vergaß er alles um sich herum und verlor sich in ihrem Blick.

Viel zu schnell war der Zauber vorbei. Ruckartig, als habe er sich verbrannt, zog er seine Hände zurück, als plötzlich Robin Floyd mit seiner Gemahlin vor ihnen stand. Er hatte die beiden nicht kommen sehen. Falls der Nachbar seine Irritation bemerkt haben sollte, so ließ er sich zumindest nichts anmerken.

Sie plauderten angeregt, rasch war das Thema *Cutler* wieder präsent und Robin wollte wissen, ob er von dem skrupellosen Aufseher noch mal etwas gehört habe. Auch den beiden Frauen gelang es, in ein Gespräch zu finden.

Schließlich neigte sich der Abend dem Ende zu und Aiden begleitete die Damen ins Stadthaus der Pellhams, wo auch er nächtigte.

Aiden war frühzeitig auf den Beinen. Die wenigen Sklaven trudelten nach und nach in der Küche ein, wo Lucy und Maya gerade damit beschäftigt waren, den Tisch für sie zu decken. Erschrocken starrten sie ihn an.

»Master Aiden? Ich werde sofort ein Frühstück für Sie vorbereiten«, platzte Lucy hektisch heraus.

»Ist das Kaffee?« Er wies auf die Kanne, die sie in Händen hielt. »Wunderbar«, sagte er, nachdem sie genickt hatte. »Ich nehme einen Becher voll.« Schwungvoll zog er sich den Stuhl heran und setzte sich.

Maya schob ihm rasch einen Becher vom anderen Gedeck zu, und Lucy goss ihm ein. Er wollte keine Zeit mit Frühstück vergeuden, sondern zeitig nach Meadowfield zurück reiten, so bestrich er lediglich eine Scheibe hellen Brotes dick mit Butter, trank den Kaffee und erhob sich, kaum dass er fertig war.

Auf Meadowfield angekommen stieg er aus dem Sattel, warf die Zügel seines Pferdes einem der Stallburschen zu und marschierte in Richtung des Sklavendorfes, um Will aufzusuchen.

Er fand ihn zusammen mit einer Gruppe Sklaven bei Aufräumarbeiten im Gin-House. Jetzt, wo die Baumwolle sich auf dem Weg zu ihrem Bestimmungsort befand, war es an der Zeit, die Scheunen von Kleberesten und Faserspuren zu reinigen. Ein Teil des Bereiches würde für die Lagerung des zu erntenden Gemüses wie Mais, Rüben und Kohl herhalten müssen, im anderen Bereich musste das Saatgut fürs kommende Jahr untergebracht werden.

Sparks war mit den Sklaven bereits zu den westlichen Maisfeldern aufgebrochen. Fisher ließ den Pritschenwagen mit großen Weidenkörben beladen, um damit zu Sparks zu stoßen. Er wünschte geschäftig einen guten Morgen, als Aiden an ihm vorbeieilte.

Als Will ihn entdeckte, gab er rasch ein paar erklärende Arbeitsanweisungen und kam auf ihn zu. Die beiden grüßten sich mit einem kräftigen Handschlag.

»Lass uns in der Küche des Herrenhauses einen Kaffee trinken, dann erzähl ich dir von dem Ball«, schlug Aiden vor, nachdem er erfahren hatte, das auf der Plantage alles zur Zufriedenheit verlief.

Seine gute Laune bekam allerdings einen Dämpfer, als er von Hermela von den neusten Eskapaden seines Vaters erfuhr. »Er hat getobt und geflucht wie ein Berserker und nach Jumah verlangt. Niemand konnte

ihn beruhigen, wir wollten schon nach Doktor Ashman schicken. Er hat jeden bedroht, der seinen Kopf
ins Arbeitszimmer steckte und sogar mit dem Porzellan nach ihnen geworfen.«

Aiden stöhnte und fuhr sich mit der Hand durch
sein Haar. »Warum war er überhaupt im Arbeitszimmer? Er hat doch meist den Nachmittag im Salon,
oder draußen auf der Gartenbank verbracht?«

»Ja, das stimmt«, bestätigte sie, »aber dieser Gentleman war wieder bei ihm, und weil keiner der Familie im Haus war, haben sie sich im Arbeitszimmer
getroffen.«

»Dann war dieser Mann öfter hier? Weißt du seinen Namen?«

»Keine Ahnung, aber Luna müsste es wissen, sie
hat den Tee serviert.« Sie drehte sich suchend nach
dem Mädchen um und rief nach ihr. Als keine Antwort kam, murrte sie etwas Unverständliches, das
nach einem Fluchen in der Sprache des Gullah klang.
Nach einem weiteren Rufen lugte Luna bei der hinteren Tür herein.

»Wie hieß der Mann, der gestern den Master auf-
gesucht hat?«, fragte Hermela ohne Einleitung.

Das Mädchen sah verwirrt von ihr zu den beiden
Herren, die am Küchentisch saßen. »Forrester … sein
Name war Forrester, *Mister* Forrester«, stammelte sie.

»Joseph Forrester? Der Advokat Forrester?« Verwundert legte Aiden die Stirn in Falten. Auf Nachfrage erfuhr er, dass er zum dritten Mal innerhalb weniger Tage auf Meadowfield erschienen war und jedes
Mal eine braune Lederaktentasche bei sich trug.

»War er der Grund, warum mein Vater so wütend

geworden ist?«

»Kann sein«, antwortete Hermela an Lunas Stelle, »obwohl der Mann längst gegangen war, als wir den Aufruhr aus dem Zimmer hörten.«

»Hm!« Aiden konnte sich keinen Reim auf sein Verhalten machen, doch ihn beschlich ein ungutes Gefühl. »Ich werde später mit ihm reden, danke für die Informationen.«

»Ist Jumah nicht der Kammerdiener deines Vaters, der, der gestorben ist?«, hakte Will vorsichtig nach.

Aiden nickte gedankenvoll. »Das ist ja das, was mir Sorgen macht.« Die letzte Nacht war sehr kurz gewesen. Er schlürfte nach einem verhaltenen Gähnen seinen Kaffee und setzte eine fröhliche Miene auf, um Will vom Ball und dem wunderschönen Aussehen seiner Nichte zu erzählen.

Als Will nach einer Weile zurück zu seiner Arbeit gegangen war, beschloss Aiden, sich ebenfalls an die Arbeit zu machen. Es hatte sich einiges an Korrespondenz angesammelt, die es zu erledigen galt. Lapidar ging er die eingegangenen Briefe durch. Das meiste waren Schreiben diverser Händler, die mit Angeboten auf sich aufmerksam machen wollten in der Hoffnung, neue Kundschaft zu gewinnen oder bestehende zum Kauf zu animieren. Einzig die Information und die Kostenbilanz eines Industriellen aus dem Norden, der modernere Egreniermaschinen fertigte, zog kurz seine Aufmerksamkeit an.

Es fiel ihm schwer, sich zu konzentrieren, er schob es auf zu wenig Schlaf, obwohl das für gewöhnlich nicht seine Wachsamkeit beeinflusste. Immer wieder sah er Amelias Anblick vor sich, so sehr er sich auch bemühte, das auszublenden. Sie hatte wunderschön ausgesehen, doch mehr als das faszinierten ihn ihre natürliche Art und ihre Herzlichkeit. Sie sprach aus, was sie dachte und sie konnte ihn zum Lachen bringen. Es wurde nicht langweilig an ihrer Seite. Wie sehr er es verabscheute, mit den Damen steife Unterhaltungen über das Wetter oder der gängigen Mode führen zu müssen, nur weil es die Regeln der Konversation verlangte.

Ob sie gerade an der Seite von Mr. Haronside in einer Kutsche durch Charleston fuhr? Er warf einen Blick auf die Taschenuhr, die in der Brusttasche seiner Weste steckte. Nein, für eine Spazierfahrt war es definitiv noch zu früh. Fast erleichtert atmete er aus. Aiden hatte den Herrn am gestrigen Abend noch kennengelernt; im Grunde konnte er nichts Negatives über den Gentleman sagen. Er war groß, bei einer normalen Statur, und machte einen sympathischen und zuvorkommenden Eindruck. Ein Mann von Mitte dreißig, der sich allmählich mit dem Gedanken zu heiraten und einen Erben zu zeugen, anfreunden musste. Im Prinzip war er ein hervorragender Kandidat, trotzdem wurmte Aiden etwas – etwas, das er nicht benennen konnte. Vielleicht sollte er den Herrn und sein Umfeld näher durchleuchten und sich mit Personen unterhalten, die den Mann persönlich kannten. Nur, um sicherzustellen, dass sein Leumund wirklich so tadellos war, wie er sich präsentierte.

Er streckte sich gegen die gepolsterte Lehne, verschränkte seine Hände im Nacken und sann darüber nach, wie er die Sache diskret und unauffällig angehen sollte. Schließlich hatte er eine Verantwortung

Amelia gegenüber. Sie sollte nicht das Gleiche erdulden müssen, wie es ihre Mutter an der Seite ihres gefühllosen und tyrannischen Ehemannes getan hatte. Plötzlich fuhr er zusammen, er musste eingenickt sein. Mit einem Stöhnen rappelte er sich auf und fuhr sich mit den flachen Händen übers Gesicht. Widerwillig nahm er sich wieder den Papieren auf dem Tisch vor ihm an.

Ein beharrliches Klopfen ließ ihn irgendwann von der Korrespondenz aufsehen.

Auf seine harsche Aufforderung lugte eine Sklavin herein.

»Verzeihung, Master Aiden. Hermela bat mich, Sie zu fragen, ob Sie Ihrem Herrn Vater beim Lunch Gesellschaft leisten möchten. Er sitzt bereits an der Tafel.«

»Oh, ist es bereits so spät?« Aiden tat einen tiefen Atemzug und streckte sich. »Hab Dank, Lucy, ich komme gleich.«

»Luna!«

»Was?«

»Mein Name ist Luna, Master Aiden.«

»Ach so … ja natürlich. *Luna!*« Über die Situation schmunzelnd starrte er auf die inzwischen wieder geschlossene Tür. Er gestattete sich einen Moment, um sich zu sammeln, bevor er sich auf den Weg zum Speiseraum begab.

Jacob Pellham war bereits mit der Vorspeise, einer mit Gemüse gefüllten Teigtasche, beschäftigt. Er sah weder auf, noch erwiderte er den Gruß. Aiden ersparte es sich, seine Worte zu wiederholen. In angespanntem Schweigen verbrachten sie den ersten Gang.

»Mutter weilt noch in Charleston«, begann er beiläufig, um überhaupt etwas zu sagen, nachdem die Sklaven die leeren Teller abgeräumt hatten.

»Weiß ich, also halt mich nicht für dämlich!« Er war wütend, sehr wütend.

Aiden musterte ihn mit zusammengekniffenen Augen. »Also gut, heraus mit der Sprache. Was ist los?«, fragte er schließlich im scharfen Ton.

»Du weißt genau, was los ist!« Er schlug mit der Hand seines gesunden Armes auf den Esstisch; eine Gabel fiel klirrend zu Boden. »Ich bin bestohlen worden!« Die Ader an seinem Hals pochte heftig und seine Aussprache war undeutlich. Er neigte den Kopf gen Nacken, damit er ihn ebenso mit dem hängenden Auge anblicken konnte.

In dem Moment kamen die Sklavinnen herein, um den Hauptgang aufzutragen.

»Jetzt nicht! Ich habe zuvor was zu klären!«, bellte Aiden, ohne den Blick von seinem Dad abzuwenden.

»Ich habe aber Hunger!«, protestierte der. »Auftragen! Na, los!«

Die Sklaven verharrten auf der Stelle und sahen einander unschlüssig an.

»Ich rufe, wenn ihr servieren könnt und jetzt verschwindet!« Immer noch fixierten die beiden Kampfhähne einander. »RAUS!«, donnerte Aiden.

Fluchtartig stürmten die Sklaven mitsamt den Tabletts aus dem Speiseraum.

Sekundenlang herrschte eisiges Schweigen.

»Du hast gelernt, dich durchzusetzen«, bemerkte der Alte.

Aiden reagierte nicht, sondern wiederholte seine anfängliche Frage.

Jacob Pellham schnaufte durchdringend und es dauerte, bis er zu einer Reaktion fähig war.

»Wo ist es?«

»Wo ist *was*?«

»Das Papierbündel aus meinem Schreibtisch.«

Aiden hatte die ganze Zeit befürchtet, dass es um jene Papiere ging, schon als Hermela ihm von seinem Wutanfall berichtet hatte, doch er wollte es aus seinem eigenen Mund hören. »Es ist in meinem Zimmer unter der Matratze«, antwortete er wahrheitsgemäß.

Er sah, wie sein alter Herr kurz die Luft anhielt. Endlose Sekunden verstrichen, dann schien er langsam in sich zusammenzusinken. »Hast du es gelesen?« Er klang ermattet und starrte vor sich auf die Tischkante.

»Ja, habe ich!« Aiden bemerkte, dass die Hände seines Vaters zu zittern begannen, und er bemühte sich, einen milderen Ton anzuschlagen. »Du warst sehr aktiv, Dad.«

Ein grunzendes Geräusch entfloh Jacob Pellhams Kehle und ein Tropfen Speichel floss aus dem gelähmten Winkel seines Mundes. »Mein Weib hat sich mir verweigert«, brummte er, als würde das alles erklären.

»Ich denke, daran warst du nicht unschuldig.« Sein Vater warf ihm einen finsteren Blick zu, enthielt sich aber eines Kommentares, also fuhr Aiden fort: »Ich sage nur Tanisha. Du hast sie mit der Sklavin Tanisha hintergangen, während sie mit mir in Umständen war. Das war geschmacklos, Dad.« Er schaffte es kaum, die Bitterkeit aus seiner Stimme zu verbannen »Das Kind, das du ihr gemacht hast, kam vier Monate nach mir auf die Welt. Und wenn ich deine gekritzelten Notizen richtig deute, hast du dich von Mum in flagranti mit deiner Bettgespielin erwischen lassen.«

»Und wenn schon, ich habe mir nichts vorzuwerfen. Ich habe dann alles getan, was Margaret verlangt hat. Ich habe sie mitsamt dem Jungen verkauft.« Sein Brustkorb hob und senkte sich heftig.

Aiden sah ihn mit verkniffenen Lippen an.

»Meinen Lenden sind gesunde und kräftige Kinder entsprungen, gute Arbeitskräfte.«

Aiden entwich ein angewidertes Schnauben. »Du hättest dich auf deine Gemahlin konzentrieren und legitime Nachkommen zeugen sollen.« Er verdrängte die aufkommende Trostlosigkeit seiner Kindheit und wie sehr er sich Geschwister gewünscht hätte.

Jacob Pellham knurrte etwas, das er nicht verstehen konnte, da es aber mehr nach einem Fluchen klang, hakte er nicht nach.

»Nichts gegen die drei, die vor meiner Zeit das Licht der Welt erblickten …« Aiden hatte Mühe, seinen inneren Aufruhr zu kontrollieren und die Zunge im Zaum zu halten. »Aber ich will gar nicht wissen, wie viele deiner Sklavinnen du in dein Bett geholt hast, nachdem du bereits verheiratet warst. Fakt bleibt, dass Tanishas Sohn nicht die einzige Folge solcher Bettgeschichten war«, stieß er zwischen zusammengebissenen Zähnen hervor. In diesem Moment war er heilfroh, dass seine Mutter in Charleston weilte, und nicht unverhofft hereinplatzen konnte.

»Du vergreifst dich im Ton. Ich bin immer noch dein Vater!«, wetterte dieser.

»Ein Vater mit vielen Geheimnissen. Es wäre an der Zeit, auszupacken, bevor …«

»Bevor was? Bevor ich sie mit ins Grab nehme?«

»Das waren deine Worte, nicht meine! Bevor … ich es selbst herausfinden musste.«

»Du hättest nicht schnüffeln sollen!«

»Ich habe nicht geschnüffelt!« Aiden sprang auf, die bisher unterschwellige Wut machte sich breit, während er an seiner Tischseite hin- und her tigerte. »Es war reiner Zufall, dass ich das Geheimfach entdeckt habe.« Kraftvoll stieß er einen Schwall Luft aus. Dad wollte vom eigentlichen Thema abzulenken, aber das würde er nicht zulassen. Er hatte nicht gewollt, dass das Ganze auf diese Weise zur Sprache kam. Er hätte sich gewünscht, das Thema in einem ruhigen Moment ansprechen zu können, aber nun war es anders gekommen, und er würde jetzt nicht mehr klein beigeben. Er setzte sich wieder und sah ihm fest ins Gesicht.

Es kostete ihn viel Kraft, ihren Namen auszusprechen.

»Maliya.«

Es war unverkennbar, dass der alte Mann zusammenzuckte, dennoch schwieg er.

»Hast du nichts dazu zu sagen?«, fragte Aiden nach, als auch nach gefühlten Minuten keine Antwort kam.

»Das war deine Schuld!«, murrte der Vater daraufhin, ohne seinen Blick von der Tischkante zu heben.

»Was soll das heißen?«, zischte er gefährlich leise. Als wieder keine Antwort kam, riss Aiden der Geduldsfaden und er erinnerte seinen Erzeuger wild gestikulierend an jenen Tag, als Maliya ihm von Cutler entrissen und von der Plantage verschleppt worden war.

»Sie hätten auf der Plantage bleiben können, wenn es nach mir gegangen wäre … alle fünf. Es war interessant zu beobachten, wie sie sich entwickelten.« Die Worte klangen zum Teil genuschelt, doch Aiden hatte inzwischen gelernt, ihn dennoch zu verstehen. Unverhofft schaute der Vater ihn an. »Ich konnte nicht zulassen, dass du sie schwängerst und eine Missgeburt erzeugst, Sohn. Du hast mich zum Handeln gezwungen. Sollte ich riskieren, dass es hieß, mein einziger Erbe wäre nicht in der Lage, ein gesundes Kind zu zeugen?«

Aiden überflutete Trauer. »Ich habe es dir damals gesagt und ich sage es dir heute erneut, Vater: Ich habe sie nie angerührt! Aber du hast ja dem Idioten Cutler mehr Glauben geschenkt als deinem eigenen Sohn. Verzeihung, deinem einzigen *legitimen* Sohn.«

»Deine männlichen Triebe waren dabei, zu erwachen, du hättest …« Er ließ den Satz unvollendet. »Außerdem habe ich gesehen, wie du sie angestarrt hast. Kannst du schwören, dass du es nicht eines Tages versucht hättest?«

Nein, das konnte Aiden tatsächlich nicht beschwören und das ärgerte ihn. Er war siebzehn und noch sexuell unerfahren gewesen, aber er hatte sich schon das eine oder andere Mal vorgestellt, wie es gewesen wäre, wenn …

Hätte er natürlich gewusst, dass sie von seines Vaters Blut war, wären ihm solche Gedanken nie gekommen. »Ich bin nicht wie du, Dad! Ich vergreife mich nicht wahllos an den weiblichen Sklaven.«

»Ich habe nie eine von ihnen gezwungen!«

»Das macht es auch nicht besser.«

»Ich muss vor dir mein Handeln nicht rechtfertigen.«

Aiden schob seinen Stuhl seitwärts und schlug die Beine übereinander. Auf diese Weise war er nicht gezwungen, dem einstigen Lüstling in Gesicht zu sehen, wenn er den Blick geradeaus richtete. Er wusste, dass er seinen alten Herrn erschöpft hatte, er sah es an seiner Haltung und hörte es an der fahrigen Aussprache.

In ihm tobten die unterschiedlichsten Gefühle, alles war wieder hochgekommen, selbst Emotionen, die er für immer tief in sich verborgen glaubte. Plötzlich konnte er sich nicht länger zurückhalten. »Ich bin dein *einziger* weißer Sohn, dein legitimes Kind und dein Erbe, dennoch war ich dir nie gut genug. Nichts konnte ich dir jemals recht machen …« Sein jahrelang aufgestauter Frust brach sich Bann. Er redete, ohne ihn zu Wort kommen zu lassen, er erwartete auch keine Antwort.

Das Kinn seines Vaters berührte fast dessen Brust, als wäre er eingenickt, aber seine Augen waren offen, also hörte er zu.

»Du hättest sie nicht von Meadowfield fortschaffen müssen, du hättest mir lediglich zuhören müssen, *mir*, deinem Sohn, verdammt noch mal!«, beendete er seinen Ausbruch. Er war selbst außer Atem geraten und musste sich emotional wieder beruhigen. Das Schweigen zwischen ihnen zog sich in die Länge.

»Es gab keine Garantie, dass du die Hände bei dir behalten hättest. Ich musste es tun!«, beharrte sein Dad starrköpfig.

»Pah!«, schnaubte Aiden. »Ich war kein Kind mehr. Hättest du mir anvertraut, das Maliya deinen Lenden entsprungen ist, hätte ich es auch kapiert. Du wähltest den für dich einfachsten Weg, weil du für die Wahrheit zu feige warst.«

Der Kopf seines Erzeugers schoss hoch, Wut verzerrte seine intakte Gesichtshälfte.

»Denkst du auch mal an deine Mutter?« Er war laut geworden, wodurch seine Stimme hohl klang. »Sie durfte nichts davon wissen, sie hätte mir die Hölle heiß gemacht.« Er nahm den gesunden Arm zur Hilfe, um zu gestikulieren. »Es hat mich eine Stange Geld und meinen besten Aufseher gekostet, nach der Geburt des Mädchens die Geschichte zu inszenieren, dass Lydia ihm das Bett gewärmt und er ihr das Kind gemacht hat.« Sein Atem ging stoßweise. »Auf diese Weise konnten sie beide auf der Plantage bleiben.« Nach kurzer Verschnaufpause sprach er weiter: »In Margarets Augen war Lydia ein schamloses Frauenzimmer, das sie nicht länger im Haus dulden wollte, seitdem arbeitet sie in der Waschküche.«

Aiden erinnerte sich an ein Gespräch, das er mit seiner Mutter an jenem Tag führte, an dem ihm Lydia zufällig über den Weg gelaufen war. Nachdem er das Thema angeschnitten hatte, hatte sie ihm weiszumachen versucht, Lydia habe sich den Aufsehern an den Hals geworfen, um für sich Vorteile herauszuschlagen. Diese Version hatte er keine Sekunde geglaubt, es passte nicht zu der Frau, die er damals kennengelernt hatte. Zudem, warum war ihm das im Gespräch nicht aufgefallen: Lydia war keine Feldsklavin, sie hatte in der Küche gearbeitet, was hätte sie mit den Aufsehern zu tun haben sollen?

»Maliya. Weißt du, wo sie gelandet ist?«, presste Aiden schließlich hervor und sah seinen Vater in banger Erwartung an. In den Unterlagen waren lediglich Datum und Unterschrift des Sklavenhändlers vermerkt, der ihren Empfang bestätigte. Üblicherweise war danach die Sache für die Plantagenbesitzer erledigt, und bis zur Versteigerung und der Übergabe an ihren neuen Besitzer war es Angelegenheit des Händlers.

Ihr Gesicht schob sich in seine Erinnerung, ihre noch kindliche Gestalt. Jahre waren inzwischen vergangen, sie war heute eine junge Frau, wo immer sie sein mochte.

Aiden hatte nicht mehr mit einer Antwort gerechnet, als sein alter Herr sich plötzlich zu räuspern begann und zu sprechen ansetzte. »Ein Mann aus der Nähe von Abbeville hat sie gekauft, zur Unterhaltung seiner Tochter aus erster Ehe. Seine zweite Gemahlin hatte ihm gerade den ersehnten Erben geschenkt und konnte sich nicht um die zehnjährige Stieftochter kümmern.«

Er sprach so leise und abgehackt, dass Aiden mehrmals nachfragen musste. Er spürte, wie sein Herz zu rasen begann. Die Information war mehr, als er erwartet hatte.

Abbeville lag im Nordwesten von South Carolina,

unweit des Savannah Rivers, der natürlichen Grenze zu Georgia. John Caldwell Calhoun, der siebte Vizepräsident der Vereinigten Staaten war dort geboren worden, nicht, dass Aiden den Mann persönlich kannte, doch er machte im Senat als starker Befürworter der Sklaverei immer wieder von sich reden und war ein geachteter Mann.

»Weißt du noch, wie der Käufer hieß?«, bohrte er weiter.

»Richardson, William Richardson. Warum willst du das wissen?«

»Reine Neugier«, wich Aiden aus. In seinem Kopf rotierte es, mit den Informationen müsste es ihm gelingen, sie ausfindig zu machen, sofern sich Maliya noch in dessen Besitz befand.

»Ich werde den Mädchen Bescheid geben, dass sie jetzt auftragen können«, lenkte er ab und war im Begriff, sich zu erheben.

»Mir ist der Appetit vergangen«, knurrte Jacob Pellham unwirsch. »Ich will auf mein Zimmer!«

Wenn Aiden ehrlich war, war ihm ebenfalls der Appetit vergangen. »Warte, ich helfe dir, Dad.«

»Lass mich in Ruhe!«, blaffte der Alte.

Augenrollend marschierte Aiden zur Tür, um nach Benny zu rufen und die Sklavinnen darüber in Kenntnis zu setzen, dass sich das Mahl erledigt hatte.

Während Luna das unbenutzte Geschirr auf ihrem Tablett stapelte, ging Aiden hinüber zur Vitrine, wo ein kleiner Vorrat alkoholischer Getränke untergebracht war. Er goss sich einen Whiskey ein, trank ihn auf Ex und goss sich nach. Es entging ihm nicht, dass die Sklavin ihn verstohlen beobachtete. Wahrscheinlich machte der neue Streit mit seinem Vater unter den Sklaven schon die Runde. Sollten sie doch tratschen, es interessierte ihn nicht.

Angestrengt überlegte er, wie er herausbekommen konnte, ob Maliya nach wie vor dort lebte. Schließlich konnte er nicht einfach bei der Familie Richardson aufkreuzen und sich nach einer Sklavin erkundigen. Bis nach Abbeville waren es an die zweihundert Meilen, zu weit, um mal eben einen Abstecher dorthin zu unternehmen. Vielleicht könnte er seinen Freund Jim, der in Greenwood, rund fünfzehn Meilen von Abbeville entfernt, lebte, eine Nachricht schicken und ihn bitten, für ihn zu recherchieren? Aber welche Begründung sollte er für sein Interesse angeben? Er würde sich allenfalls lächerlich machen. Zerknirscht verwarf er den Einfall. Es musste eine andere Möglichkeit geben, an die Informationen zu gelangen. Und wie sollte es weitergehen, wenn er die gewünschte Auskunft besaß?

Stöhnend fuhr er sich mit der Hand durch die Haare, er wusste selbst keine Antwort. Sie waren beide keine Kinder mehr, womöglich war es klüger, die ganze Angelegenheit auf sich beruhen lassen. Doch kaum hatte er dies gedacht, wusste er, dass er das nicht konnte. Er musste zumindest wissen, wie es ihr ging und ob sie gut behandelt wurde. Am liebsten hätte er sofort eine Antwort auf diese nagende Frage erhalten, aber er würde sich in Geduld üben müssen. Nach all den Jahren kam es auf ein paar Tage mehr oder weniger nicht an, dennoch wurmte es ihm. Zwar war die Arbeit auf der Plantage nach der Ernte deutlich geringer geworden, sodass er sich die Zeit hätte nehmen können, nach Abbeville zu reiten, aber es lagen ein paar Bälle vor ihm, die er nicht versäumen wollte. Dabei waren es nicht die festlichen Vergnügungen an sich, die ihn zurückhielten, sondern die Tatsache, dass Amelia sich dort aufhalten würde. Er war es Will schuldig, dass er gut auf seine Nichte achtete.

Der nächste anstehende Ball fand auf *Five Oaks*, der Plantage der Familie Sedgewick statt. Aiden wollte lieber nicht wissen, wie Mutter kurzfristig an eine Einladung gelangt war. Soweit er wusste, bestand zwischen ihnen seit Jahren kein nennenswerter Kontakt mehr. Mums jüngerer Bruder und der älteste Spross der Sedgewicks, der längst Herr von *Five Oaks* war, waren enge Freunde gewesen. Aiden konnte sich kaum an seinen Onkel erinnern, er hatte ihn nur wenige Male gesehen, bevor er vor knapp einem Jahrzehnt verstorben war.

Als Aiden eintraf, war die Veranstaltung bereits in vollem Gange. Nachdem er die Gastgeber begrüßt hatte, machte er sich auf die Suche nach den beiden Damen. Schon von Weitem sah er, dass Amelia wieder hinreißend ausschaute. Sie stand neben seiner Mutter, die in ein Gespräch mit zwei Matronen vertieft war, und schien den Ballsaal nach jemanden abzusuchen. Als sie ihn entdeckte, begann ihr Gesicht zu strahlen.

Aiden beschleunigte seine Schritte. Hatte sie auf ihn gewartet oder bildete er sich das nur ein?

Die beiden älteren Damen empfahlen sich und Aiden widmete sich seinen beiden Frauen. Amelia trug ein Kleid im zarten Blauton und weißer Spitze. Er registrierte sofort, dass der Ausschnitt ihres Dekolletés gewagter ausfiel als auf ihrem ersten Ball. Das geraffte Korsett betonte ihre schmale Taille und wölbte einen perfekt geformten Busen nach oben, der lediglich von locker fallendem weißen Tüll bedeckt war, und bei genauem Hinsehen nur wenig von ihrer Pracht verhüllte.

Ob der dünne Hauch von nichts nachträglich eingearbeitet worden war, fragte er sich. Carmen war eine gestandene Frau, die gern präsentierte, was sie vorzuweisen hatte; als Witwe konnte sie es sich leisten, doch bei einer jungfräulichen Lady sollte allerhand kaschiert werden. Ja, gewiss war der Tüll im Nachhinein angebracht worden. Er lächelte versonnen.

»Aiden! Ich habe dich gefragt, ob auf Meadowfield alles in Ordnung ist und wie es deinem Vater geht?« Mit der Berührung ihres Fächers an seinem Arm riss Mum ihn aus seinen Gedanken.

Er gab ihr einen förmlichen Bericht, ohne jedoch die Konfrontation im Esszimmer zu erwähnen.

»Da ist Misses Stone, entschuldigt mich kurz.« Margaret Pellham ging erfreut auf eine Dame zu, die gerade ein Glas von einem Diener entgegennahm.

Aiden blieb mit Amelia zurück. Sie erzählte begeistert von ihren Erlebnissen, der Spazierfahrt mit Mr. Haronside, einer Soiree, zu der Mutter und sie geladen waren, und von einem Besuch im Theater, bei dem Mr. Haronside ebenfalls anwesend gewesen war. Offensichtlich hatte sie Spaß gehabt, sie sah zufrieden aus und schwärmte von der Atmosphäre im Theater und dem aufgeführten Stück. Ihre Augen bekamen einen betörenden Glanz, während sie erzählte.

Aiden verspürte aus unerklärlichem Grund einen schmerzhaften Stich in seiner Brust. Als er den Blick von Amelia abwandte, sah er über ihre Schulter den besagten Mr. Haronside auf sie zukommen. Er schaffte es nur mit Mühe, ein Augenrollen, gepaart mit einem Stöhnen, zu unterdrücken.

Freundlich grüßte Haronside, wobei er nicht an Komplimenten für Amelia sparte. Aiden versuchte, sich seine gedrückte Stimmung im Gespräch mit ihm nicht anmerken zu lassen, jedoch beobachtete er Amelia ganz genau. Ihre Mimik und Gestik, die Art, wie sie ihn ansah und auf seine Worte reagierte. Er hoffte, irgendwas aus ihrem Verhalten deuten zu können. War sie dem Kerl zugetan? Sie lachte herzhaft über eine Anekdote, die er zum Besten gegeben hatte.

Aiden mochte die Art, wie sie lachte. Er fühlte sich genötigt, seine Mundwinkel ebenfalls zu einem Lachen zu heben.

»Ist es nicht so?«, fragte ihn Haronside.

»Genauso ist es«, bestätigte Aiden, obwohl er keine Ahnung hatte, was er bestätigte, da er dem Mann kaum zugehört hatte. Innerlich fluchte er.

Haronside hielt einen Diener an, um für Amelia und sich ein Glas Champagner entgegenzunehmen. Aiden griff nach einem härteren Getränk, das er auf Ex in sich hineinkippte und das Glas aufs Tablett zurückstellte, bevor der Bedienstete reagieren konnte.

Der wachsame Blick Haronsides taxierte ihn.

»War ein harter Tag heute!«, log er.

Der andere nickte wenig überzeugt und wandte

sich wieder Amelia zu. In diesem Moment gesellte Margaret Pellham sich zu ihnen.

Aiden nutzte die Gelegenheit, sich zurückzuziehen. Geradewegs steuerte er den Ausgang an. Was, zum Teufel, war heute mit ihm los? Unter dem Eingangsportal, das von vier Säulen getragen wurde, blieb er stehen, um die frische Abendluft in seine Lungen zu ziehen.

Musik drang gedämpft vom Ballsaal herüber. Er schritt die Stufen hinab und spazierte den Weg hinunter. Zahlreiche Kutschen säumten die Auffahrt. Die schwarzen Kutscher vertrieben sich die Zeit, sie hockten auf dem Rasen oder standen in Grüppchen neben den Gefährten und warteten auf die Rückkehr ihrer Herrschaft.

Nach einer geschätzten halben Stunde ging er zurück in den Ballsaal.

Amelia tanzte gerade mit Haronside, Mutter stand noch dort, wo sie zuvor gestanden hatte, und war mit einer älteren Dame im Gespräch, die einen Schützling in Amelias Alter neben sich hatte. Er hatte die junge Frau zuvor schon gesehen und fand sie recht unscheinbar. Um zu vermeiden, sie zu einem Tanz auffordern zu müssen, marschierte er auf die Bar zu, nahm einen Whiskey zu sich und ließ seinen Blick schweifen.

Automatisch wanderte dieser zu Amelia und Haronside, sie schien mit ihm zu schäkern. Ihre Unsicherheit, die sich noch auf ihrem ersten Ball zeigte, war verflogen. In Gedanken vertieft, betrachtete er sie. Zu spät bemerkte er, dass Haronside ihn erspäht hatte und ihn mit seinen scharfsinnigen Augen musterte.

Rasch wandte er sich um, stellte das Glas ab und verließ seinen Standort. Am anderen Ende des Saals traf er auf zwei alte Bekannte und ließ sich in ein Gespräch ziehen. Nach anfänglichen Schwierigkeiten gelang es ihm, der Unterhaltung zu folgen und sich daran zu beteiligen.

Er hatte Haronside fast vergessen, als der im weiteren Verlauf des Abends auf ihn zutrat, als Aiden mit einer Misses Winters von der Tanzfläche zurückkehrte.

»Haben Sie einen Moment, Mister Pellham?«

»Selbstverständlich!« Innerlich stöhnte er.

Der Mann deutete an, auf die Terrasse hinausgehen zu wollen, und Aiden folgte ihm. Ohne Umschweife kam er zur Sache. »Um ehrlich zu sein, werde ich aus Ihnen nicht recht schlau. Ihre Rolle, Miss Thyne betreffend, entzieht sich meinem Verständnis.«

»Was wollen Sie damit andeuten, Mister Haronside?« Aiden war wachsam.

»Nun«, begann er langgezogen, als müsse er seine Worte noch einmal überdenken. »Ich kenne zufälligerweise die Gegend sehr gut, in der Ihre Cousine die Zeit auf dem Land verbracht haben will. Ich schwärmte von dem wunderschönen Park, in deren Mitte der Springbrunnen mit der Venusstatue steht, und ich fragte sie, ob sie dort auch so gern spazieren ginge. Was soll ich sagen, Mister Pellham, sie erzählte, dass es einer ihrer Lieblingsplätze sei.« Er machte eine bedeutsame Pause. »Die Sache ist die, es gibt dort weit und breit keinen Park, von jenem Brunnen ganz zu schweigen. Ich habe beides erfunden. Was mich zu der Frage kommen lässt, wo Ihre Cousine wirklich gelebt hat, falls es sich überhaupt um Ihre … *Cousine* handelt.«

»Was erlauben Sie sich?«, erregte sich Aiden.

»Seien Sie unbesorgt, ich bin ein Gentleman, ich habe Miss Thyne selbstverständlich nicht auf ihren Fauxpas hingewiesen.«

Aiden ballte automatisch seine Hände zu Fäusten und starrte den Kerl grimmig an. Das Licht, das aus dem hellerleuchteten Ballsaal durch die hohen Fenster geworfen wurde, erreichte den ganz linken Teil der Terrasse nur spärlich, sodass seinem Gegenüber die zornige Mimik verborgen blieb. »Was genau beabsichtigen Sie, Mister Haronside?«, zischte er im scharfen Ton.

Trotz des schummrigen Lichtes bemerkte er, das sich die Haltung seines Gegenübers veränderte. »Mir ist nicht entgangen, wie Sie die Dame ansehen, Mister Pellham, aber Sie spielen nicht mit offenen Karten. Miss Thyne ist …«

»Sie vergreifen sich im Ton! Ich schlage vor, Sie gehen jetzt«, warnte Aiden.

»Miss Thyne ist ein sehr liebreizendes und offenherziges Geschöpf«, redete er unbeirrt weiter, aber der Klang seiner Stimme war härter und bedrohlicher geworden. »Sie verdient es nicht, von Ihnen zum Narren gehalten zu werden. Beziehen Sie endlich Stellung, und …«

»Es reicht!«, knurrte Aiden. »Verschwinden Sie, Haronside, bevor ich …«

»Bevor was?« Haronside fiel ihm mit einer Schärfe ins Wort, die er nie bei dem Kerl vermutet hätte.

Weitere Ballbesucher waren auf die Terrasse getreten, sie verstummten jäh in ihrer Unterhaltung und schauten in ihre Richtung.

Haronside trat näher an ihn heran und wies mit dem Finger auf seine Brust, sein Gesicht war dicht dem seinen. »Klären Sie das gefälligst!« Abrupt wirbelte er herum und stapfte in majestätischer Erhabenheit davon.

Aiden hatte noch immer seine Hände zu Fäusten geballt. Er wusste nicht, worüber er sich mehr ärgern sollte, über die Unverfrorenheit des arroganten Lackaffen oder über sich selbst, weil er diesen Herrn bei Weitem unterschätzt hatte. Haronside hatte ihn vorgeführt wie einen dummen Bauerntölpel.

Die Herrschaften standen wie angewurzelt da und rätselten anscheinend, was vorgefallen war. Aiden schnaubte, ging höflich grüßend an ihnen vorbei und zurück in den Ballsaal. Er sah, wie Haronside sich zu Amelia beugte, ihr etwas zuraunte, sich dann auf dem Absatz umwandte und zum Ausgang schritt. Aiden hielt einen Diener an, griff sich einen Whiskey und schlenderte auf die beiden Frauen zu, die einen überraschten Ausdruck auf ihren Gesichtern zeigten.

»Mister Haronside hat sich verabschiedet. Er sagt, er mache diese Farce nicht länger mit. Was meint er damit?«, fragte Amelia.

»Ich habe *keine* Ahnung!« Er nippte an dem Whiskey und sah ihm nach, bis er im Gedränge verschwand.

»Bist du sehr enttäuscht, dass er gegangen ist?«

Amelia schaute ihn überrascht an. »Nein, warum sollte ich?«

»Hätte ja sein können.« Er konnte sich ein überlegenes Grinsen nicht verkneifen. Aus dem Augenwinkel bemerkte er die gekrauste Stirn und den irritierten Blick seiner Mutter, der auf ihm lag. Eilig leerte er sein Glas und bat um den nächsten Tanz, bevor sie einen Spruch bringen konnte, der ihn womöglich in Verlegenheit brächte.

Kaum hatte er mit Amelia das Tanzparkett betreten, entspannte er sich zusehends. Er würde sich von Haronsides Dreistigkeit nicht den Abend verderben lassen. Ein Blick in ihre smaragdgrünen Augen, die ihn voller Bewunderung anstrahlten, entschädigte ihn für alles. Sie war eine atemberaubende Frau. Kurz geriet sie aus dem Takt und ihre Wangen röteten sich beschämt. Er verstärkte den Druck seiner Hand, um sie zu beruhigen. Als sie daraufhin wieder zu ihm aufsah, verschlug es ihm fast die Sprache. Der Ausdruck ihrer Augen sandte ein wohliges Kribbeln durch seinen gesamten Körper. Er schluckte hart und verhedderte sich in der Schrittfolge, sodass sie fast gegen ihn stieß. Was geschah mit ihm? Für einen Sekundenbruchteil schloss er die Augen, um sich zur Räson zu rufen.

»Entschuldige, dieses Mal war es mein Fehler«, raunte er ihr zu.

Nach diesem Tanz brauchte er Abstand, um wieder Herr seiner Lage zu werden. Diese Frau hatte eine Wirkung auf ihn, die ihn erschreckte. Er begehrte sie, das konnte er nicht leugnen, aber sie war keine einsame Witwe, die etwas Zerstreuung suchte wie Carmen. Sie war auch keine Schankmagd oder das willige Mädchen eines Etablissements. Er konnte sie nicht haben, er *durfte* sie nicht haben! Er musste sich ablenken.

Nichts eignete sich dafür besser als ein Ball, wo es von attraktiven Damen wimmelte, die um männliche Aufmerksamkeit und Komplimente buhlten. Eisern bemühte er sich, nicht in Amelias Richtung zu schauen und sich zu geben, als sei sie nicht anwesend. Er tanzte mit mehreren hübschen Damen, führte anregende Gespräche und sparte nicht mit Lobesworten. Auf dieses Gebiet verstand er sich, dennoch vermochte sich keine Erleichterung einzustellen. Frustriert verbrachte er eine Weile am Rande der Tanzfläche und beobachtete die tanzenden Paare, als eine Berührung an seinem Arm ihn zusammenzucken ließ.

»Aiden, mein Lieber, wie lange ist es her, dass wir und zuletzt gesehen haben?«, zwitscherte eine rothaarige Schönheit.

»Lindsay!« Er hauchte einen Kuss auf ihren Handrücken. »Es muss tatsächlich ein paar Jahre her sein.« Sein Blick wanderte an ihr hinab. »Ich muss gestehen, du bist seitdem noch viel schöner geworden, meine Liebe.«

Sie kicherte und schenkte ihm einen lasziven Augenaufschlag, wobei sie näher an ihn herantrat, als schicklich war. Ihr starkes Parfum zog ihm in die Nase. Die Tanzfläche hinten ihnen leerte sich, als die Musiker eine Pause ankündigten.

»Oh, wie schade. Ich wäre so gern mit dir über das Parkett geschwebt.« Sie zog einen Schmollmund, während sie unter ihren langen Wimpern zu ihm hoch blinzelte.

»Das können wir selbstverständlich nachholen.« Aiden schmunzelte.

»Das wäre wunderbar. Wer tanzt nicht gern mit so einem starken, attraktiven Mann?«, schnurrte sie. Als müsse sie sich ihrer Worte überzeugen, überprüfte sie seine Muskeln am Oberarm und zwinkerte ihm provokativ zu.

Aus dem Augenwinkel nahm er eine Bewegung wahr und wandte den Kopf. Da stand Amelia, in Begleitung zweier junger Damen.

Ihr Gesichtsausdruck war versteinert, während ihre Augen wütende Blitze auf ihn abfeuerten. Aiden tat einen tiefen Atemzug und straffte sich.

»Wer ist die denn?«, hörte er Lindsay neben sich.

Er ignorierte sie, seine Aufmerksamkeit war auf Amelia gerichtet. Ihre Begleiterinnen bedachten sie mit einem mitleidvollen Seufzer und zogen sich zurück. Auch Lindsay zog es vor, zu gehen, nachdem sie ihm etwas zugeflüstert hatte, das wie »wir sehen uns« geklungen hatte.

»Ist das dein Ernst?«, fauchte Amelia. »So eine gefällt dir, solch eine dumme Pute?« Sie sprach leise, dennoch bestand die Gefahr, dass jemand Zeuge ihrer Worte werden könnte. »Die hat doch nicht mehr Hirn als ein Spatz. Wie dumm und einfältig muss ein Mann sein, sich von so einer hohlen Nuss einwickeln zu lassen? Und ich dämliche Kuh habe mir eingebildet, dass du nicht zu dieser Sorte gehörst.«

Er sah Tränen in ihren Augen glänzen.

Ein vorbeischlenderndes Pärchen sah schockiert zwischen ihnen hin und her. Amelia warf ihnen einen bösen Blick zu und das Paar beschleunigte ihre Schritte.

»Ich hasse dich, Aiden!«, flüsterte sie noch, bevor

sie auf dem Absatz kehrtmachte und so rasch davonstürmte, wie es gerade noch ziemlich war.

Fassungslos starrte Aiden ihr nach, wie sie zur offenen Terrassentür hinaus floh. Allmählich löste sich seine Starre und wurde von einem breiten Grinsen und einem inneren Hochgefühl ersetzt. Seine kleine Hexe war eifersüchtig. Nur aus diesem Grund war das Temperament mit ihr durchgegangen. Er musste ihr nach, sie war allein da draußen.

Im Laufschritt durchquerte er den Ballsaal, das Getuschel der Umstehenden interessierte ihn nicht.

Auf der Terrasse war sie nicht, Unruhe erfasste ihn. Hastig nahm er die Treppe hinunter in den Garten. Ein Rascheln weckte seine Aufmerksamkeit und hinter der nächsten Hecke fand er sie. Er versuchte, sie zu halten, aber sie wehrte sich heftig.

»Lass mich!«

»Ich habe nie behauptet, dass sie mir gefällt. Wie kannst du das nur glauben? Ich war lediglich höflich.« Er griff erneut nach ihr und dieses Mal ließ sie es geschehen. Sie landete in seinen Armen, er umschlang sie und hielt sie fest an sich gedrückt. Eine Weile standen sie so da, während er mit der Hand beruhigend über ihren Rücken fuhr.

»Es tut mir leid«, wisperte sie an seinem Hals. »Ich weiß auch nicht, was in mich gefahren ist.« Sie hob ihren Kopf, um zu ihm aufzusehen. »Aiden?«

Im schwachen Licht des Mondes konnte er ihre Augen nicht genau erkennen.

»Ja?«

»Es ist nicht wahr, dass ich dich hasse!«

Er lachte auf. »Ich weiß!« Er nahm ihren Kopf in

beide Hände. »Und ich bin dir auch nicht böse.«

Sie wollte etwas erwidern, doch er stoppte sie, indem er mit dem Daumen über ihre Lippen fuhr. Im Nachhinein konnte er nicht mehr sagen, warum er seinem Impuls nachgegeben hatte, doch plötzlich befanden sich seine Lippen auf den ihren. Ein köstliches Gefühl durchströmte ihn, er spürte ihre Unerfahrenheit, aber sie lernte schnell. Rasch vertiefte er den Kuss und sie kam ihm willig entgegen. Sie schob ihre Arme an seiner Brust aufwärts und schlang sie um seinen Hals, wodurch sich ihr Leib enger gegen seinen schmiegte. Ein raues Stöhnen entwich ihm und er presste sie verlangend an sich. Irgendwo tief in seinem Unterbewusstsein mahnte ihn eine Stimme, dass er verhindern musste, dass sie seine stahlharte Erregung spürte, schließlich war sie noch Jungfrau, und er wollte sie nicht erschrecken. Er verlagerte den Druck seiner Hand in ihrem Kreuz. Im selben Augenblick vernahm er einen fast wimmernden Laut an seinem Mund und er musste stark an sich halten. Amelia war eine temperamentvolle Frau, mit Sicherheit würde sie im Bett dieselbe Leidenschaft und Hingabe zeigen. Verzweifelt krallte er seine Hand in ihr Haar, das ihr trotz der raffinierten Frisur bis auf den Rücken fiel. Er war kurz davor, die Kontrolle über sich zu verlieren, das durfte nicht geschehen.

»Amelia!« Mit letzter Kraft löste er sich ein Stück weit von ihr. »Wir sollten das nicht tun«, keuchte er, nach Atem ringend.

»Warum?« Verwirrung und eine Spur Verzweiflung klangen aus ihrer Stimme.

Er räusperte sich und versuchte, seine Gedanken

zu ordnen, was ihm außerordentlich schwerfiel, »Hast du vergessen, warum du hier bist?«, presste er hervor, was er gleich bereute, seine Worte waren taktlos gewesen.

Ernüchterndes Schweigen senkte sich zwischen ihnen.

Sie wich einen Schritt zurück, ihre Hände befanden sich aber noch an seinem Nacken. »Nein, wie könnte ich das vergessen? Ich soll einen Mann dazu bringen, dass er mir einen Antrag macht.« Zu der Verzweiflung in ihrer Stimme gesellten sich Trauer und eine Spur Sarkasmus. Ein winziges, kaum hörbares Schniefen drang an sein Ohr.

Alarmiert schob er sie auf Armeslänge zurück, um sie anzusehen. Weinte sie? Er konnte es in der Dunkelheit nicht eindeutig erkennen. Hilflos ließ er die Arme sinken und sie standen schweigend voreinander, sein Herz raste immer noch wie wild.

»Findest du mich unattraktiv, Aiden?«, fragte sie zaghaft. »Ich weiß, ich bin nicht so hübsch wie diese Victoria, und ich bin nicht so versiert in Etikette und damenhafter Konversation. Ich beherrsche kein Pianoforte und ich verabscheue Sticken und ich …«

»Was redest du denn da?« Beherzt griff er unter ihr Kinn und zwang sie, ihn anzusehen. Er spürte die Feuchtigkeit einer Träne an der Spitze seines Daumens.

Ihre Stimme bebte, als sie fortfuhr. »Deine Mutter hat mir erzählt, dass sie sich wünscht, du würdest dich nach einer Frau zum Heiraten umsehen, jetzt, wo du Verantwortung auf der Plantage übernommen hast.«

»Ich weiß!«, schnaubte Aiden. »Ich hatte mit ihr eine Diskussion diesbezüglich. Aber ich bin noch jung, ich muss nichts übereilen, dafür bleibt mir noch ausreichend Zeit.«

»Verstehe! Nur ich habe diese Zeit leider nicht.«

Ihre traurigen Worte hatten die Wirkung einer messerscharfen Klinge, die sich ihm ins Herz bohrte. Ohne nachzudenken, zog er sie zurück in seine Arme. Sofort schmiegte sie sich an ihn, umschlang seine Mitte und bettete ihren Kopf an seiner Schulter. Wie in Trance fuhr er zärtlich mit der Hand über ihr Haar, ganz vorsichtig, um ihre Frisur nicht zu zerstören.

Sie wollte ihn, dieses Wissen erfüllte ihn mit Stolz. Und ihn verlangte es mit einer Wucht nach ihr, die ihn selbst überraschte, aber wollte er deshalb heiraten? Er starrte auf einen imaginären Punkt in der Dunkelheit. Er wollte sie in seinem Bett, er wollte ihren nackten bebenden Körper unter sich spüren, sie necken und liebkosen, sich zügellos mit ihr in den Laken wälzen und mit ihr den Gipfel der Lust erstürmen. Aber was, wenn der Reiz verflog, nachdem er sie besessen und seine Lust gestillt hatte? Mit einer Heirat wäre er an sie gebunden, ein Leben lang. Ein Anflug von Panik ereilte ihn.

»Wir sollten in den Ballsaal zurückgehen«, sagte er so nüchtern, wie es ihm möglich war.

Sie löste sich von ihm. »Du hast recht, deine Mutter wird mich bestimmt schon suchen.«

Bis zu den Stufen der Terrasse nahm er ihre Hand.

»Sehe ich irgendwie derangiert aus?«, fragte sie sorgenvoll, nachdem sie den ersten Schritt in den Saal taten.

310

Mit ernstem Gesichtsausdruck betrachtete er sie. »Nein, du siehst bezaubernd aus.«

Sie schenkte ihm ein zartes Lächeln, dann war der Moment der Zweisamkeit zu Ende.

Margaret Pellham stürzte auf sie zu. »Herrje, da seid ihr ja, warum sagt ihr mir nicht Bescheid?« Sie warf ihm einen anklagenden Blick zu, bevor sie sich an sie wandte. »Ich hatte schon Sorge, du müsstest dich eines hartnäckigen Verehrers erwehren.«

Aiden grinste lediglich matt und sah den beiden nach, bis sie im Getümmel der Menschen aus seiner Sicht verschwanden. Er kippte nacheinander zwei Gläser Whiskey in sich hinein und marschierte schnurstracks zum Ausgang. Die kühle Abendluft würde auf dem Rückweg nach Meadowfield hoffentlich seine vernebelten Sinne klären.

Mit etwas Abstand und dem Alltag auf der Plantage sähe die Lage dann sicherlich anders aus. Seinem Freund Will gegenüber, der wieder eine facettenreiche Schilderung des Abends erwartete, verschwieg er selbstverständlich die brisanten Geschehnisse.

Während seiner Abwesenheit hatte sein Nachbar, Mr. Stevens, einen Mann nach Meadowfield geschickt, der bei ihm wegen einer Anstellung angefragt hatte.

Da Aiden nicht zugegen gewesen war, hatte Will sich seiner angenommen und den Mann überprüft, sehr zum Missfallen von John Sparks. Daraufhin war es zwischen den beiden Männern zum Streit gekommen.

Aiden belächelte den Vorfall. Will wusste schließlich, worauf er Wert legte, und er vertraute seinem Urteil, aber das konnte Sparks natürlich nicht ahnen.

»Sparks ist der Ansicht, ich würde dir *in den Arsch kriechen.* Das tue ich ganz sicher nicht, auch dir nicht!«, sagte Will lachend.

»Das weiß ich und das erwarte ich auch nicht.« Aiden fiel in sein Lachen ein und schlug ihm anerkennend auf die Schulter.

Sein Vater bestellte ihn ins Arbeitszimmer. Seit ihrem letzten Streitgespräch im Esszimmer hatten sie kaum ein Wort miteinander gewechselt. Offensichtlich grollte er ihm immer noch, dass Aiden die geheimen Papiere entdeckt hatte.

Mit gemischten Gefühlen betrat er den Raum.

»Setz dich!«, forderte sein alter Herr ihn auf. Er wirkte hinter dem massigen Arbeitstisch schmal und kraftlos. »Mein Anwalt, Mister Forrester, hat den Vertrag aufgesetzt. Es hat also alles seine Richtigkeit.« Er reichte ihm einen großen Umschlag. »Lass es mich nicht bereuen!« Nach den Worten stemmte er sich in die Höhe, griff nach seinem Gehstock und kam hinter dem Schreibtisch hervor.

»Was ist das?«, fragte Aiden verblüfft, sich erinnernd, dass Forrester in letzter Zeit öfter auf Meadowfield gewesen war.

»Sieh nach! Du kannst doch lesen«, knurrte sein alter Herr und schlurfte Richtung Tür.

Erst als Aiden allein war, wagte er einen Blick in das Kuvert und war überrascht. Es enthielt die Übereignungspapiere von Meadowfield.

Er schluckte. Er, Aiden Pellham, war jetzt offiziell der Herr von Meadowfield. Vater hatte verfügt, ihm aus gesundheitlichen Gründen noch zu seinen Lebzeiten das Erbe zu übergeben. Das war mehr, als er je erwartet hätte, und es war für den eigensinnigen Mann sicher keine leichte Entscheidung gewesen.

Aiden besah sich die Einzelheiten, gegen die nichts einzuwenden war. Andere Punkte betrafen das Recht auf die Räumlichkeiten, den Lebensabend sowie der Versorgung und Pflege bis zu Vaters Ableben.

Die Tage zogen sich träge dahin. Entgegen seiner Erwartung ging ihm Amelia nicht aus dem Kopf. Mehr noch, er vermisste sie! Wäre es wirklich so schlimm, mit ihr verheiratet zu sein? Je intensiver er darüber nachdachte, je mehr verlor der Gedanke seinen Schrecken. Wer garantierte ihm, dass er eine passende Gemahlin fand, wenn die Zeit ihn drängte, zu heiraten, um den Erben zu zeugen. Sein eigener Erzeuger war siebzehn Jahre älter als seine Ehefrau, weil auch er nicht hatte heiraten wollen, aber letztlich musste. Vielleicht hatte sich Vater in jüngeren Jahren die Gelegenheit geboten, so wie ihm mit Amelia, und er hatte diese Chance vertan.

Sollte er riskieren, seine Chance verstreichen zu lassen?

Gewiss, er konnte mit einer Heirat warten, aber Amelia hatte diese Zeit nicht. Wenn er sie nicht zum Traualtar führte, musste es ein anderer tun.

Schlagartig wurde ihm klar, dass er diese Vorstellung nicht ertragen konnte, sie an einen anderen zu verlieren. Einen Gemahl, mit dem sie dann jede Nacht das Bett teilte und ihm all das gewährte, wonach er sich verzehrte.

Nein! Das würde er niemals zulassen, sie gehörte ihm!

Mit einem Mal waren alle Zweifel verschwunden und eine innere Ruhe erfüllte ihn. Amelia war ein Geschenk des Himmels.

Bis zum nächsten Ball, an dem er sie wiedersehen würde, waren es einige Tage hin, aber er wollte nicht untätig darauf warten. Er veranlasste, dass ihr ein herrliches Blumenarrangement ins Stadthaus geliefert würde, und bestand darauf, dass es rote Rosen enthielt, mit einer angemessenen Karte. Das Gesicht seiner Mutter mochte er sich lieber nicht vorstellen, wenn sie begriff, was das zu bedeuten hatte. Er grinste in sich hinein. Würde sie seine Wahl akzeptieren? Aber letztlich war es ihm gleichgültig, da er seine Entscheidung getroffen hatte.

Kaum konnte er seine Nervosität verbergen, als endlich der Tag gekommen war. Die Gastgeber kannte er aus noch Kindertagen, sie waren des Öfteren ihre Gäste gewesen, bevor es in den letzten Jahren ruhiger auf Meadowfield zugegangen war. Schon frühzeitig erschien er auf Magnolia Hall, um ihre Ankunft nicht zu verpassen.

Auch Victoria Fairchild gehörte zu den Gästen; dieses Mal wurde sie von ihrem Cousin und seiner Gemahlin begleitet. Der Ballsaal füllte sich zusehends, seine Mutter und Amelia schienen sich reichlich zu verspäten. Er platzierte sich so, dass er den Eingang im Blick hatte, wodurch er in Kauf nehmen musste, von Victoria und ihrem Cousin in Beschlag genommen zu werden.

Der Strom ankommender Ballbesucher war abge-ebbt, die Musiker spielten zum ersten Tanz des Abends auf und die beiden waren noch immer nicht eingetroffen. Allmählich machte sich Unruhe in ihm breit.

Widerwillig eröffnete er mit Victoria den Tanz-abend und hörte sich ihr Geplapper über ein Musikensemble an, das derzeit in der Stadt gastierte. Vermutlich beabsichtigte sie, von ihm dazu eingeladen zu werden. Er war auf der Hut und wand sich galant aus der Affäre.

Nach dem Tanz unterhielt er sich eine Weile mit ein paar Herrschaften, die er auf dem ersten Ball kennengelernt hatte. Akribisch suchte er mit den Augen noch einmal den Ballsaal ab, bevor er die Gastgeberin aufsuchte und nachhakte.

»Ihre Frau Mutter musste leider kurzfristig absagen, ein Bote brachte vorhin die Nachricht. Ihre Migräne macht ihr heute übel zu schaffen. Wie bedauerlich, die Arme«, erklärte sie.

Migräne? Seine Mutter? Mum hatte in ihrem ganzen Leben noch nie Migräne gehabt. Irgendetwas stimmte nicht, aber er ließ sich nichts anmerken.

»Oh, das ist in der Tat sehr bedauerlich. Vielleicht sollte ich hin reiten und nach ihr sehen«, sagte er stattdessen.

Die Dame legte mitfühlend ihren Arm auf seinen. »Richten Sie ihr bitte meine besten Genesungswünsche aus. Wirklich bedauerlich, ich hätte mich sehr gefreut, sie heute begrüßen zu dürfen.«

Aiden zog es vor, sich zu verabschieden. Er fluchte innerlich, von hieraus zum Stadthaus war es ein langer Ritt, aber er musste wissen, was vor sich ging.

Es war bereits eine Dreiviertelstunde vor Mitternacht, als er die East Battery in Charleston erreichte. Das Stadthaus war hell erleuchtet und eine ihm unbekannte Kutsche wartete vor dem Eingang.

Er betätigte aufgeregt den Türklopfer und wartete, nichts passierte. Er klopfte erneut, wieder geschah nichts. Er versuchte es ein drittes Mal, nun aber mit aller Kraft und zusätzlich hämmerte er mit der Faust gegen die Haustür.

Lucy öffnete einen winzigen Spalt und lugte hindurch. Als sie ihn erkannte, riss sie die Tür auf und starrte ihn mit großen Augen an, ohne jedoch beiseitezutreten. »Master Aiden! Wir … wir haben nicht mit Ihnen gerechnet.«

So weit hatte er das auch schon begriffen. »Sind meine Mutter und Miss Amelia da?«, fragte er kurz angebunden.

»Nein … ähm … ja … äh, das heißt …«, stammelte Lucy und blickte immer wieder hinter sich.

Aiden riss allmählich der Geduldsfaden. »Herrgott, was denn jetzt?«

In selben Moment ertöne ein Schrei. Beide sahen besorgt in die Richtung, aus der der Schrei gekommen war.

»Maya bekommt ihr Kind«, beeilte Lucy sich zu berichten, als er im Begriff war, sich an ihr vorbei zu drängen. »Niemand hat damit gerechnet, es sollte eigentlich erst in drei Wochen so weit sein.« Erneute Schmerzenslaute drangen aus dem oberen Stockwerk zu ihnen herunter. »Miss Amelia wollte sie unter diesen Umständen nicht alleinlassen, doch niemand von uns hat Erfahrung in Geburtshilfe.« Lucy sprach so schnell, dass sich ihre Worte fast überschlugen. »Die Misses hat dann Familie Roberts um Hilfe gebeten und die hat zwei erfahrene Frauen zu uns geschickt. Ich bin allein hier, die anderen von uns helfen jetzt bei Misses Roberts aus, weil sie Gäste zu bewirten hat. Ihre Mutter ist dort derzeit auch zu Gast.«

Ein weiterer Schrei ertönte, lauter und langgezogener als die vorherigen, dann war Ruhe.

»Lucy? Wo bleibst du mit den Handtüchern?«, hörte er Amelia rufen.

»Ich komme!«, rief sie zurück und schielte auf den Stapel Handtücher, die sie wohl eiligst auf der Kommode abgelegt hatte, als er an der Tür erschienen war.

Aiden nickte. »Geh nur, ich komme zurecht.«

Lucy knickste hastig, schnappte sich die Handtücher und rannte los.

Erleichtert, dass nichts Ernstliches passiert war, stieß Aiden die Luft aus und entledigte sich seines Mantels. Es sah Amelia ähnlich, dass sie es vorzog, für ihre einzige Sklavin da zu sein, anstatt sich auf einem Ball zu amüsieren.

Schmunzelnd ging er in den Wohnbereich und machte es sich auf dem Sofa bequem, als das kräftige Geschrei eines Neugeborenen ihn aus den Gedanken riss. Er blätterte in einer herumliegenden Lektüre und vertrieb sich die Zeit. Nach einer gefühlten halben Stunde hörte er mehrere Stimmen und anschließend das Klacken der Haustür.

Augenblicke später betrat Amelia das Zimmer. Sie trug ein abgetragenes farbloses Alltagskleid. Ihr Haar war notdürftig aufgesteckt, mehrere Strähnen hatten sich gelöst und fielen ihr wild in Stirn und Gesicht, und dennoch fand er sie in diesem Moment begehrenswerter als in ihrer schönsten Aufmachung.

Mit einem breiten Strahlen sah sie ihn an, in ihren Augen spiegelten sich Freude und Entzücken. »Es ist ein Mädchen. Maya hat ein Mädchen zur Welt gebracht und es ist wunderschön. Eine Geburt ist das größte Wunder auf Erden.«

»Warst du etwa während der Geburt anwesend?«, fragte er ungläubig.

Amelia wurde verlegen. »Nein, nicht direkt. Ich war zwar im Zimmer, aber ich habe mich bemüht, den Sklavenfrauen Ruby und Beth nicht im Weg zu stehen, die wussten schließlich, was zu tun war.« Dann wiederholte sie, was Lucy ihm schon verraten hatte.

»Das war also die Migräne«, schmunzelte Aiden.

Amelia wurde ernst. »Ich glaube, ich habe deine Mutter verärgert, als ich sagte, ich möchte nicht auf den Ball gehen, weil ich keine ruhige Minute hätte. Ich denke, sie fand meine Bitte überzogen. Sie wirkte aber sehr erleichtert, als Misses Roberts ihr anbot, so lange ihr Gast zu sein, bis das hier alles vorüber ist.« Schuldbewusst nagte sie an ihrer Unterlippe.

Aiden trat auf sie zu und zog sie in seine Arme. »Mach dir keine Gedanken. Ich kann mir durchaus vorstellen, dass sie schockiert war, aber nur, weil ihr deine Haltung fremd ist. Sie ist nie mit einer Geburt unter Sklavinnen in Berührung gekommen. Sie musste es auch nicht, das wäre für sie undenkbar gewesen.«

Amelia löste sich ein wenig aus seiner Umarmung und nickte nachdenklich. »Ich fand es nicht beschämend, Maya beizustehen und ihre Hand zu drücken. Sollte ich eines Tages einmal selbst in den Wehen liegen, würde ich mir auch wünschen, ein liebes und vertrautes Gesicht an meiner Seite zu haben.«

»Ich werde darauf bestehen, dass deine liebe Maya da sein wird, wenn du in nicht allzu ferner Zukunft unser Kind auf die Welt bringen wirst.«

»Was?« Entgeistert starrte sie ihn an, als wären ihm plötzlich zwei Köpfe gewachsen.

Aiden konnte sich ein zärtliches Grinsen nicht verkneifen, während er sie wieder enger an sich heranzog. »Ich bin mir sicher, wir werden hübsche und kluge Kinder haben und eine glückliche Familie sein.«

»Versuchst du, mich auf den Arm zu nehmen?« Verwirrung stand in ihren Augen.

»Wenn du das wünschst«, sagte er amüsiert und hob sie hoch, sodass ihre Füße über dem Boden baumelten.

Sie gab einen erschreckten Aufschrei von sich. »Aiden, was soll das? Bist du betrunken?«

Vorsichtig, als sei sie äußerst zerbrechlich, setzte er sie wieder ab und schob sie auf Armeslänge zurück. »Nein, ich bin nicht betrunken, ganz im Gegenteil, ich war noch niemals so klar und entschlossen. Amelia, ich möchte, dass du meine Gemahlin wirst.«

»Da … damit macht man keine Scherze. D … du wolltest nicht heiraten, schon vergessen?«, erinnerte sie ihn an seine eigenen Worte.

»Das war, bevor ich wusste, was für ein Juwel mir in die Hände gefallen ist. Ich wäre ein Idiot, wenn ich zulassen würde, dass ein anderer Mann dich mir wegschnappt.«

»Aber ich will doch gar keinen anderen als dich.« Lachend und weinend gleichzeitig warf sie sich in seine Arme und er wirbelte sie freudig im Kreis herum. Euphorisch fanden sich ihre Münder zu einem stürmischen Kuss, der in schiere Leidenschaft überging. Es fühlte sich richtig an, sie in den Armen zu halten.

»Ich schätze, jetzt, wo die beiden Sklavenfrauen auf dem Rückweg sind, wird es nicht lang dauern, bis meine Mutter zurückkehrt. Lass und diese gemeinsame Zeit nutzen.« Zärtlich strich er ihr eine verirrte Haarsträhne aus dem Gesicht und sah sie liebevoll an. Ihr Blick war verklärt und dieser Ausdruck berührte ihn tief in seinem Herzen. Eng umschlungen nahmen sie auf dem Sofa Platz und genossen die kostbare Gelegenheit, miteinander allein zu sein. Aiden bemerkte insgesamt drei prächtige Blumengebinde, die im Zimmer verteilt waren.

»Fehlt da nicht eines?«, fragte er neckend und küsste ihre Nasenspitze.

Amelia kicherte. »Natürlich! Ich habe Lucy gebeten, es sofort auf mein Zimmer zu bringen. Wie hätte ich deiner Mutter unter die Augen treten sollen, wenn sie gewusst hätte, dass du mir ein derart wundervolles Blumenarrangement zukommen lässt?«

Er lachte vergnügt, und musste gestehen, dass er darüber nicht nachgedacht hatte.

Das Adrenalin in Amelia, bedingt durch die aufregende Geburt, schien abzuebben und einer leichten Erschöpfung Platz zu machen. Sie kuschelte sich wohlig in Aidens Arme und er genoss ihre Hingabe in vollen Zügen. Zärtlich liebkoste und streichelte er sie. Auch er war ein wenig ermattet von dem anstrengenden Ritt in der Dunkelheit. Und beide waren beseelt davon, einander gefunden zu haben.

Als Margaret Pellham im Stadthaus ankam, zeigte sie sich überrascht, ihren Sohn anzutreffen. Amelia zog sich zurück, um nach Maya und dem Baby zu sehen. Die Neuigkeit über den beschlossenen Ehebund hielten sie fürs Erste zurück.

Wie erwartet echauffierte sich die Mutter über Amelias enge Verbindung zu einer Sklavin, als sie unter sich waren.

»Was hätte ich sonst als Begründung für unsere kurzfristige Absage vorbringen sollen?«, erregte sie sich, auf die so genannte Migräne angesprochen. »Ich hätte wohl kaum sagen können, dass wir nicht zum Ball erscheinen, nur weil eine Sklavin ein Kind bekommt. Ich bitte dich!«

Im weiteren Gespräch versuchte Aiden herauszubekommen, wie seine Mutter ansonsten zu Amelia stand, um abzuschätzen, wie ihre Reaktion ausfallen könnte, wenn sie von der neusten Entwicklung erfuhr – nicht, dass er sich davon beeinflussen lassen würde. Sein Entschluss stand unabänderlich fest.

Als er am Morgen zum Frühstück hinunterging, war Amelia zu seiner Überraschung bereits auf. Sie begegneten sich an der Treppe, sie trug die kleine Minou auf dem Arm.

»Sieh mal, ist sie nicht süß?« Sie hielt ihm das in weiße Laken gewickelte Bündel entgegen. Die Kleine war wach und versuchte eifrig, ihr Fäustchen in den Mund zu stecken. Unwillkürlich musste er schmunzeln, legte den Arm um Amelias Schulter und gab ihr einen Kuss auf die Wange.

Lucy erwischte sie in dieser Position, als sie aus der Küche kam, verlegen senkte sie den Kopf und fragte, ob sie schon zu frühstücken gedachten.

Aiden und Amelia verständigten sich mit einem Blick und nickten zugleich.

Lucy nahm ihnen die Kleine ab und Aiden griff nach Amelias Hand, um mit ihr ins Esszimmer zu gehen.

Prüfend drehte Amelia sich um und sah Lucy nach. »Die Sklaven werden tuscheln«, flüsterte sie ihm zu.

Aiden zuckte mit den Schultern und grinste anzüglich.

Wenige Minuten später saßen sie am gedeckten Esszimmertisch und ließen sich von Lucy Kaffee einschenken.

»Verzeihung, Master Aiden, das ist gestern in der Aufregung untergegangen.« Sie griff in ihre Schürze und beförderte einen zartrosafarbenen Umschlag zutage, den sie ihm überreichte. »Der ist gestern Mittag von einem Boten gebracht worden.«

Verwundert zog er die Augenbrauen zusammen, während er das Schriftstück entgegennahm. Als Absender war eine *Henrietta* vermerkt, ohne nähere Adresse. Rosenranken waren auf der Rückseite ins Papier geprägt. Er kannte niemanden mit diesem Namen, und das konnte nur eines bedeuten. Sein Herzschlag beschleunigte sich, so schnell hatte er nicht mit einer Antwort gerechnet. War das ein gutes oder ein schlechtes Zeichen? Kurzerhand nahm er ein Messer zu Hilfe, um das Schreiben zu öffnen. Seine Finger zitterten leicht, als er den gefalteten Briefbogen herauszog und die Nachricht las. Es war mucksmäuschenstill geworden, was er nur am Rande registrierte. Er las das Schreiben ein weiteres Mal, bevor er aufstand, zum Kamin hinüberging und Umschlag sowie Briefbogen ins Feuer warf. Ans Kaminsims gelehnt, sah er zu, wie die Flammen nach dem Papier griffen, bis nur schwarzverkohlte Fetzen übrigblieben. Er ging zum Tisch zurück und setzte sich wieder. Ihm war bewusst, dass Amelia ihn die ganze Zeit genau beobachtet hatte.

»Keine schmeichelhafte Art, so mit einem Liebesbrief zu verfahren«, sagte sie mit einem vorwurfsvollen Unterton.

»Es ist nicht so, wie es scheinen mag«, sagte er matt, ohne sie anzusehen.

»Natürlich nicht!«, erwiderte sie spitz.

Ihre Bemerkung riss ihn aus den Gedanken und er wandte ihr das Gesicht zu, während er seine Hand auf ihre legte. »Es ist wirklich nicht das, was du denkst, Liebes. Bitte vertrau mir einfach.« Die unverkennbaren Zweifel in ihrem Gesichtsausdruck schmerzten ihn, aber er konnte ihr derzeit nicht mehr erzählen.

Aiden hatte veranlasst, dass ihm Henrys Antwortschreiben an das Stadthaus gesandt wurde. Allerdings war er davon ausgegangen, dass es unter Umständen mehrere Wochen bis Monate dauern könnte und zu einem Zeitpunkt eintraf, wenn das Haus in der East

Battery längst wieder verwaist war. Doch noch herrschte Hauptsaison für Bälle und Soireen und viele Plantagenbesitzer zog es nach Charleston. Offensichtlich hatte Henry vorausgesehen, dass das Stadthaus bewohnt war und deshalb den weiblichen Namen Henrietta gewählt, um weniger Aufsehen zu erregen. Niemand würde sich großartig wundern, wenn ein gutaussehender Gentleman einen Brief einer eindeutig weiblichen Verfasserin bekam. Man täte es mit einem Schmunzeln ab oder bedachte den Empfänger mit feixenden Kommentaren, jedoch würde kein Mensch einen brisanten, geheimen Inhalt vermuten, der nicht in falsche Hände geraten durfte.

Er war Henry nie persönlich begegnet, falls das überhaupt sein rechtmäßiger Name war, was er stark bezweifelte. Kaum jemand kannte seine wahre Identität, den meisten war nur die Adresse eines Postfaches bekannt, das offiziell zu einem fahrenden Händler von Korb- und Haushaltswaren gehörte. Genauso gut konnte sich dahinter ein hochangesehener Pflanzer, ein Richter, Bankier oder ein Politiker verbergen, oder ebenso ein Mann des einfachen Volkes, ein Bauer, Schmied oder Kesselflicker. Was allerdings eher unwahrscheinlich war, da Henrys Arbeit ein hohes Maß an Intelligenz und Geschick voraussetzte.

Sicher war nur, dass Henry einer der führenden Köpfe der *Underground Railroad* war, einer, bei dem alle Fäden zusammenliefen. Der Organisator eines riesigen Netzwerks, das maßgeblich für die gelungene Flucht Dutzender Sklaven ins freie Kanada verantwortlich war.

Aiden seufzte schwer. Endlich hatte er Gewissheit,

Maliya befand sich noch im Besitz von William Richardson, dennoch drängte die Zeit. Wie er dem Schreiben entnommen hatte, würde dessen Tochter in Kürze heiraten und danach mit ihrem Gatten nach Virginia ziehen. Der Informant konnte allerdings nicht in Erfahrung bringen, ob die Tochter des Hauses gedachte, ihre Sklavin mitzunehmen.

Ihm blieben knapp drei Wochen, bevor Maliya womöglich außer Landes gebracht wurde. Der Brief enthielt ebenfalls einen kurzen Leumundsbericht über den zukünftigen Gemahl von Miss Richardson, demnach schien er steinreich, aber ansonsten ein übler Zeitgenosse zu sein, mit dem man sich besser nicht anlegte. Nach Aidens Rechnung müsste das Mädchen gerade mal achtzehn Jahre alt sein. Er bezweifelte, dass es sich um eine Liebesheirat handelte, aber das hatte ihn nichts anzugehen.

»Der Brief enthielt gewisse Informationen, um die ich gebeten hatte«, wandte er sich an Amelia. Er wollte nicht, dass sie ihm Misstrauen entgegenbrachte. »Es wäre nicht von Vorteil, wenn ein Unbefugter den Inhalt zu lesen bekäme, deshalb musste ich das Schriftstück verbrennen.«

Sie musterte ihn prüfend, schien aber nicht länger an eine heimliche Verehrerin zu glauben. »Und die Nachricht erfüllte nicht deine Erwartung?«, fragte sie, bevor sie sich ein Stück gebutterten Toast in den Mund schob.

Aiden überdachte die Frage. »Doch, im Grunde schon, dennoch hat sie mich überrascht.« Das entsprach zumindest der Wahrheit.

Gedankenschwer seufzte er, die Zeit war gekommen! Er würde alles daransetzen, um seine Schwester nach Hause zu holen, koste es, was es wolle. Und seit sein Vater die Plantage an ihn übertragen hatte, benötigte er für ihren Erwerb nicht einmal seine Genehmigung.

Voller Zuversicht und aufsteigender Euphorie sah er seine Zukünftige an, und sein Blick wurde liebevoll und zärtlich. Wie hätte er je infrage stellen können, ob er für eine Heirat bereit war? Sie war die perfekte Gemahlin für ihn. Sie, die ihrer Sklavin bei der Geburt beistand und strahlend deren Baby im Arm wiegte. Eine Frau, die in ihrem alten Heim mit Sklaven an einem Tisch saß und speiste, als sei es das Normalste auf der Welt, und die sich selbst in ihrer dunkelsten Stunde, wo ihr das Wasser bis zum Hals stand, Sorgen um die Zukunft ihrer Schützlinge machte.

Eines Tages würde er ihr anvertrauen, dass er ein Mitglied der *Underground Railroad* war und dass er, obwohl er selbst Plantagenbesitzer mit einem Heer an Sklaven war, anderen Sklaven zur Flucht in die Freiheit verhalf. Sklaven, die es nicht so gut getroffen hatten wie jene, die auf Meadowfield lebten.

Durch seine innige Freundschaft mit Maliya während seiner Jugend hatte er gelernt, die Situation der Sklaven aus anderer Sicht zu betrachten, als es der weißen Bevölkerung seit jeher vermittelt wurde. Er hatte angefangen, genauer hinzuschauen oder Dinge zu hinterfragen und sich dadurch ein detaillierteres Wissen über die Zustände auf manchen Plantagen des Südens angeeignet. Selbstgefällige oder sadistische Sklavenhalter gab es leider mehr, als ihm lieb war. Männer, die ihre Sklaven bis zur völligen Erschöpfung schunden, sie mit Misshandlungen und Peitschenhieben gefügig machten, und nicht zu vergessen waren jene Herrschaften, die sich achtlos der weiblichen Sklaven bedienten und sie gewaltsam zwangen, ihnen körperlich zu Willen zu sein. Ein Sklavenhalter hatte die Macht, so mit seinen Sklaven zu verfahren, wie es ihm beliebte, immerhin waren sie sein Eigentum. Niemand trat für diese Menschen ein, keiner durfte von Rechtswegen für sie eintreten. Einer der Gründe, warum Aiden Mitglied des Netzwerkes *Underground Railroad* geworden war und diese Organisation unterstützte.

Amelia würde seine Einstellung und sein Engagement zu schätzen wissen, dessen konnte er gewiss sein, zudem war sie eine wunderschöne Frau, die ihre Meinung vertrat und mit der er lachen konnte. Sie war keine Frau, die nur das sagte, was von ihr erwartet wurde.

Langsam beugte er sich über die Tischecke zu ihr, zog sie näher heran und machte Anstalten, sie zu küssen. Einen kurzen Moment zögerte sie, bis sie ihm in scheuer Unerfahrenheit entgegenkam, und ihre Lippen sich berührten. Er küsste sie voller Hingabe und sie tat es ihm gleich.

Ein energisches Hüsteln ließ sie auseinanderfahren. Von beiden unbemerkt war Margaret Pellham eingetreten.

»Was hat das zu bedeuten?«, keuchte sie. Mit undamenhaft geöffnetem Mund starrte sie von einem zum anderen.

»Ich habe Amelia geküsst!«, antwortete Aiden ungeniert und grinste verwegen.

Abrupt klappte sie ihrem Mund wieder zu. »Ist mir nicht entgangen!«, entgegnete sie konsterniert.

Amelia schien die Situation furchtbar peinlich zu sein, mit hochrotem Kopf blickte sie auf ihr Frühstücksgedeck. Aiden ergriff ihre Hand und drückte sie ermutigend. Seine Mutter stand noch auf demselben Fleck und musterte beide argwöhnisch.

Er erhob sich, zog Amelia mit sich auf die Beine und legte besitzergreifend den Arm um ihre Taille. »Mum, darf ich dir deine zukünftige Schwiegertochter vorstellen, Miss Amelia Thyne.«

Es amüsierte ihn köstlich, wie ihr die Gesichtszüge entgleisten und sie ihn nach Worten ringend anstarrte, wobei sie ihren Mund mehrfach öffnete und wieder schloss.

Amelia sah unsicher zu ihm auf, und sein Schalk verschwand, als er ihre Besorgnis bemerkte.

»Nun, mein Sohn, ich möchte annehmen, dass du nicht zu scherzen beliebst«, hörte er Mum sagen.

»Nein, keineswegs!«, bestätigte er ernst, ohne den Augenkontakt mit Amelia zu unterbrechen.

Margaret Pellham schnaufte. »Wie lässt sich dein plötzlicher Sinneswandel erklären? Noch vor wenigen Wochen hast du ein Drama daraus gemacht, als ich das Thema einer Eheschließung nur angeschnitten habe. Und jetzt präsentierst du mir plötzlich eine Verlobte?«

Aiden nickte.

»Dann verstehe ich das ganze Spektakel mit der Suche nach einem Heiratskandidaten nicht.« Prüfend sah sie Amelia an.

»Wir haben erst während dieser Zeit gemerkt, was

wir beide füreinander empfinden«, antwortete Aiden an ihrer Stelle und drückte Amelia an sich.

»Hm«, machte die Mutter und wirkte versöhnlicher. »Offengestanden hatte ich mich über dein seltsames Benehmen, auf dem Ball der Sedgewicks doch sehr gewundert, aber jetzt wird mir einiges klar.«

»Wenn ich ehrlich bin, warst du von Anfang an meine Wahl«, gestand Amelia, die sich wieder gefangen hatte. Bewundernd blickte sie zu ihm auf. »Ich war dir sehr dankbar für alles, was du für mich getan hast, aber es machte mich auch sehr traurig, weil ich dachte, dass du in mir niemals mehr als eine gute Bekannte sehen würdest.«

»Ach Kindchen!« Gerührt schlug Margaret Pellham sich beide Hände vors Gesicht und lenkte die Aufmerksamkeit auf sich zurück. »Mir war nicht entgangen, dass du in dich gekehrt warst und traurig wirktest, aber ich dachte, es hätte mit Mister Haronside und seinem plötzlichen Abgang zu tun gehabt.«

Heftig verneinte Amelia diesen Umstand und Aiden verzog das Gesicht, als er sich an das Gespräch mit dem Mann erinnerte.

»Es kommt alles recht überraschend, aber ich freue mich für euch«, gestand Margaret, während alle drei am Esstisch Platz nahmen. Sie schaute ihren Sohn tadelnd über die Tafel an. »Wärst du weniger starrsinnig gewesen, hätten wir uns den Aufwand mit den Festlichkeiten und Ballbesuchen sparen können.«

»Ich bitte dich, Mutter«, schmeichelte Aiden. »Gib zu, dass du den Trubel genossen hast und erleichtert warst, nicht ständig bei den Witwen und Matronen herumstehen zu müssen. Ich habe dir angesehen, dass du stolz warst, einen Schützling unter deiner Fittiche zu haben.«

Seine Mutter wand sich ertappt und gab kleinlaut zu, dass er ins Schwarze getroffen hatte. »Allerdings«, wandte sie ein, »wird es Gerede geben, wenn sich die *entfernte Cousine* plötzlich als Braut entpuppt.«

Aiden zuckte gleichmütig mit den Schultern. »Ich denke, damit können wir leben.«

Eine Sklavin brachte frischen Kaffee und einen Korb mit geschnittenem Brot.

Aufmerksam musterte Margaret ihre künftige Schwiegertochter. »Meadowfield ist ein beachtlicher Haushalt mit etlichen Haus- und Küchensklaven. Nicht zu vergessen, die Wäschefrauen oder die Gärtner und noch ein paar andere. Du wirst nicht umhinkommen, zu lernen, wie ein Haushalt dieser Größenordnung zu führen ist. Diese Aufgaben und die damit verbundene Verantwortung obliegen der Dame des Hauses, meine Liebe.«

»Dessen bin ich mir bewusst«, antwortete Amelia pflichtbewusst. »Ich bin bereit, alles zu lernen, was nötig ist.« Bewundernd sah sie Aiden an, der das mit einem Augenzwinkern kommentierte.

»Das wird ein hartes Stück Arbeit«, bemerkte seine Mum nüchtern, während sie sich eine Brotscheibe mit Butter bestrich. Sie blickte ihren Sohn lauernd an. »Eine Frau wie Miss Fairchild hätte man diesbezüglich nichts lehren müssen, weil sie bereits dazu erzogen wurde, eines Tages diesen Part einzunehmen.«

Mit einem lauten Scheppern legte Aiden sein Besteck auf dem Tellerrand ab. Verkniffen fixierte er seine Mutter. Das leicht vergnügliche Zucken ihrer

Mundwinkel war ihm zwar nicht entgangen, dennoch passte ihm eine solche Aussage ganz und gar nicht.

»Tut mir leid, dass ich deine Bemühungen in dieser Richtung unterbunden habe, aber ich habe dir schon damals zu verstehen gegeben, dass ich mich nicht verkuppeln lasse, und meine Wahl ohne dein Zutun treffen werde, und zwar zu einem Zeitpunkt, den ich für richtig erachte.«

Sichtlich erschrocken über seine harsche Reaktion, starrte sie ihn an und wollte etwas erwidern, doch er brachte sie mit einer einzigen Geste zum Schweigen.

»Im Übrigen, Mutter«, er beugte sich in ihre Richtung vor, »willst du mir weismachen, dass es dir gefallen hätte, von einer Schwiegertochter wie *Victoria* ausgebootet zu werden? Was wäre dir geblieben, wenn sie das Zepter an sich gerissen und dich in die Schranken verwiesen hätte?« Er warf einen Seitenblick auf seine Zukünftige, die zerknirscht an ihrer Unterlippe nagte. »Hättest du dir ein Beispiel an Misses Finch genommen und dich allen Nachbarn zum Vormittagstee aufgedrängt, nur um deiner täglichen Langeweile zu entkommen?« Margaret keuchte entrüstet auf, aber erneut ließ Aiden sie nicht zu Wort kommen. »Dieses Schicksal wird dich, mit Amelia als meine Gemahlin, mit Gewissheit nicht ereilen.« Er griff nach Amelias Hand und hauchte einen Kuss auf ihren Handrücken. Es war ihr deutlich anzumerken, dass sie sich in diesem Konflikt unwohl fühlte.

Margaret Pellham nutzte die entstandene Pause. »Herrje, so habe ich das doch gar nicht gemeint«, verteidigte sie sich betreten. »Ich wollte dir nur vor Augen führen, dass Amelia nicht über die Kenntnisse verfügt, die sie als künftige Ehefrau eines Pflanzers mitbringen sollte.« Sie warf ihr ein entschuldigendes Lächeln zu. »Das sind immerhin Dinge, die ein Mann nicht bedenkt, weil es nicht sein Metier ist.«

Besänftigt stieß er den Atem aus. »Ich lege keinen Wert auf eine zur Perfektion gedrillte Ehefrau. Außerdem, wie sollte sie diese Aufgaben beherrschen, sie ist schließlich unter anderen Umständen aufgewachsen, das kannst du ihr nicht zum Vorwurf machen.«

»Aber das tue ich doch gar nicht!«, protestierte die Mutter beleidigt.

Aiden nahm Amelias Hand fest in seine, während er seine Mum eingehend studierte. »Amelia hat bereits bekräftigt, dass sie gewillt ist, alles zu lernen, was für sie von Belang ist, aber alles zu seiner Zeit. Ich hoffe, dass du ihr mit deiner langjährigen Erfahrung der Haushaltsführung helfend und unterstützend zur Seite stehen wirst. Selbstverständlich, ohne meine Gattin zu sehr zu beanspruchen, sie zu drängen oder zu überfordern.« Er lächelte gewinnend. »Du bist junggeblieben, erfreust dich bester Gesundheit und ich denke, ich spreche auch im Namen von Amelia, dass wir uns glücklich schätzen, um deinen Beistand zu wissen.«

Amelia nickte zustimmend und lächelte der Schwiegermutter in spe zu.

Eine leichte Röte überzog deren Gesicht bei seinen Worten. »Aber natürlich, meine Kinder. Ihr habt selbstverständlich meine volle Unterstützung, was für eine Frage? Es ist beruhigend, zu wissen, noch gebraucht zu werden, auch wenn ich mit eurer Heirat nicht länger die Herrin auf Meadowfield sein werde.«

Begeistert klatschte sie in ihre Hände. »Ich freue mich für euer Glück und ich bin mit meiner baldigen Schwiegertochter mehr als zufrieden. Ich kann dich zu deiner Wahl nur beglückwünschen, mein Sohn.«

Aiden zog Amelia näher zu sich und gab ihr einen stürmischen Kuss auf die Wange. »Außerdem Mum, befindest du dich im besten Alter, um die Schar deiner Enkelkinder aufwachsen zu sehen«, scherzte er.

»Aiden!«, tadelte diese. »Du solltest dich schämen, deine Verlobte derart in Verlegenheit zu bringen.«

Die Stimmung am Tisch wurde locker und ausgelassen.

»Der nächste Ball findet in zwei Wochen statt«, sagte Margaret schließlich, vor sich hin sinnierend. »Daher wollte ich morgen nach Meadowfield zurückzufahren, Jacob wird sicher schon ganz mürrisch sein wegen meiner langen Abwesenheit.« Sie seufzte. »Und du solltest mich begleiten, Aiden. Du wirst auf Meadowfield gebraucht und es schickt sich nicht, dass ihr beide unter einem Dach nächtigt.«

So sehr er das auch bedauerte, musste er ihr recht geben, das eventuelle Getratsche könnte vernichtend werden, sobald herauskam, dass Amelia keine Verwandte war.

»Das erübrigt sich. Ich muss ohnehin für einige Tage nach Abbeville reisen.«

»Abbeville?«, hakte Margaret verblüfft nach. »Was willst du in Abbeville?«

»Eine dringende geschäftliche Angelegenheit«, wich er geschickt aus. Er würde sich hüten, ihr den wahren Grund zu nennen. Den würde sie noch früh genug erfahren, sollte seine Mission von Erfolg gekrönt sein.

Zu seiner Erleichterung gab sie sich mit der Antwort zufrieden und ließ das Thema fallen. »Der Ball wäre eine gute Gelegenheit, eure Verlobung bekanntzugeben«, platzte sie unvermittelt heraus. »Die Hochzeit könnten wir dann für das Frühjahr planen, was haltet ihr davon?«

»Im Frühjahr?« Seine Augenbrauen schnellten nach oben. Er dachte an die leidenschaftlichen Küsse, die sie geteilt hatten, an das heftige Verlangen, das ihn verzehrte, sobald er sie im Arm hielt, und an die berauschende Zweisamkeit des gestrigen Abends, bevor seine Mutter ins Stadthaus zurückgekehrt war. »Du glaubst nicht ernsthaft, dass ich bis zum Frühjahr warten werde, um sie zu meiner Frau zu machen?«, fragte er vorwurfsvoll.

»Aiden!«, keuchte sie schockiert und wedelte sich mit der Serviette heftig Luft zu.

Aiden lachte aus vollem Hals, die Schamhaftigkeit, die seine Mutter gern mal an den Tag legte, verblüffte ihn immer wieder.

»Ich hoffe, du stimmst mir zu, Liebes?«, wandte er sich an Amelia, die nur stumm nickte. Ihre Blicke versanken ineinander. Sie brauchte nichts sagen, er las ihre Zustimmung in ihren Augen.

Epilog

»Du siehst atemberaubend aus, mein Schatz«, sagte Aiden voller Stolz, als er seine Gemahlin die Treppe herunterkommen sah. Er bemerkte, dass sie von seinen Worten nicht ganz überzeugt war, und unsicher an sich hinunterschaute.

»Ich fühle mich noch immer ein wenig …« Sie suchte nach den richtigen Worten.

»Unsinn!«, protestierte Aiden heftig, bevor sie weitersprechen konnte. »Habe ich dir nicht erst letzte Nacht bewiesen, dass deine Bedenken absurd sind?«, raunte er ihr ins Ohr.

»Aiden!«, schalt sie ihn lachend und blickte sich hektisch um.

Sie waren zu einem Ball bei den Flemmings eingeladen, jener Herbstball, der ein Jahr zuvor die erste Veranstaltung gewesen war, an der Amelia teilgenommen hatte.

Seither war viel geschehen. Kurz vor Weihnachten waren sie auf Meadowfield getraut worden und es hatte ein rauschendes Fest gegeben.

Vor sechs Wochen war ihr Glück mit der Geburt ihres ersten Kindes, Gorden Howard Pellham, gekrönt worden.

»Wow, du siehst einfach fabelhaft aus«, meldete sich Maya zu Wort, die zu ihnen getreten war. »Sie sollten gut auf Ihre Frau achtgeben, Master Aiden. Sie wird bestimmt die schönste Lady des Abends sein.«

»Davon bin ich überzeugt!« Aiden lachte.

Die offene Art wie Maya mit ihm sprach, störte ihn keineswegs. Im Gegenteil, er war froh, dass sie und

Tamil sich auf Meadowfield wohlfühltnin.

Inzwischen betraten Will und Margaret ebenfalls die Halle. Will wirkte nicht sonderlich erfreut und zwickte verkniffen an seiner edlen Garderobe herum. Definitiv fühlte er sich in seiner Alltagskleidung wohler, aber da er fast so etwas wie Aidens Schwiegervater geworden war, ging er seitdem auch im Herrenhaus ein und aus und saß des Öfteren mit an der Tafel, wenn die Familie Gäste hatte.

Zum Ball hatte er jedoch nicht mitgewollt, schließlich aber nachgeben, weil es Amelias innigster Wunsch gewesen war. Sein Verhältnis zu Amelias Schwiegermutter war ausgesprochen gut, und sie begrüßte seine Begleitung, da es der Gesundheitszustand ihres Gatten nicht erlaubte.

Jacob Pellham war ein sehr stiller, introvertierter Mensch geworden. Er sprach wenig, saß meistens nur da und starrte stundenlang gedankenverloren vor sich hin. Vermehrt hatte er Mühe, sich zu orientieren, und wusste oftmals nicht, wo er sich befand. Wurde er angesprochen, starrte er sein Gegenüber an, als verstünde er nicht, was von ihm erwartet wurde. Ohne fremde Hilfe kam er nicht mehr zurecht.

Aufseher John Sparks war im Frühjahr auf eigenem Wunsch gegangen, worüber keiner sonderlich betrübt war. Er konnte es nicht verkraften, dass sein Kollege Will nun mit dem Plantagenbesitzer verwandt war. Für ihn wurde ein fähiger Ersatz gefunden. Der junge Scott Fisher war geblieben, er würde eines Tages ein Mann mit vielen Kenntnissen und Fähigkeiten sein, da er sich in allen Bereichen äußerst engagiert und lernwillig zeigte.

»Sehr gekonnt«, lobte Margaret Amelias Frisur. »Maliya hat hervorragende Arbeit geleistet.«

Aiden und Amelia freuten sich gleichermaßen über die Anerkennung, die sie Maliyas Arbeit zuteil-werden ließ.

Anfangs war Margaret Pellham wenig begeistert gewesen, als Aiden die Schönheit mit ihrer zarten Haut aus hellem Milchkaffee ins Haus brachte, und sie schließlich gewahr wurde, um wen es sich handelte. Noch immer kannte sie die Wahrheit nicht und glaubte nach wie vor, sie sei das Kind jenes Aufsehers, der seinerzeit entlassen wurde. Ob sie wirklich nicht die geringste Ahnung hatte, dass ihr Gatte der Erzeuger war, oder sie es nur geschickt überspielte, vermochte er nicht mit Sicherheit zu behaupten. Aiden sah auch keine Veranlassung, sie über die Tatsachen aufzuklären, dies galt ebenso für die anderen Verfehlungen, die Jacob Pellham vor ihr verbarg. Lediglich Amelia war in die Geheimnisse eingeweiht und Maliya wusste es ohnehin.

Er jedenfalls war glücklich, dass er es geschafft hatte, Maliya ihrem Besitzer Mister Richardson abzukaufen. Für den Preis, den er geboten hatte, hätte sich Richardson zwei der besten Feldsklaven leisten können. Maliya war erleichtert gewesen, wieder auf die Plantage ihrer Kindheit heimzukehren. Sophia Richardsons zukünftiger Gemahl bereitete ihr Unbehagen und hatte bereits mehrfach versucht, sie zu bedrängen, wie sie Aiden gestand.

Auf der Rückreise von Abbeville zur Plantage Meadowfield hatten sie zwar ausgiebig miteinander geredet, doch die frühere Vertrautheit war einer beklemmenden Befangenheit gewichen.

Beide waren sich ihrer heutigen Stellung bewusst. Es dauerte Wochen, bis sie einen barrierefreien Umgang gefunden hatten.

Doch Aiden bereute nichts. Das tränenreiche Wiedersehen zwischen Maliya mit ihrer Mutter Lydia und dem jüngeren Bruder Kirdan entschädigte ihn für alle Mühen. Dachten sie doch alle, sie würden einander nie im Leben wiedersehen. Jacob Pellham hatte sie bei ihrer ersten Begegnung angestarrt, als wäre sie ein Geist. Er schien es zunächst durch ihre fast weiße Hautfarbe zu vermuten, spätestens aber bei ihrem Namen hatte er begriffen. Aiden sah anhand seines Verhaltens, dass es ihn glücklich machte. Sein Dad hatte ihm die Hand gedrückt und mit feuchten Augen gelächelt. Es wirkte, als sei eine alte Schuld endlich getilgt worden. Allerdings verloren sie nie auch nur ein einziges Wort darüber.

Mittlerweile spielte es keine Rolle mehr, da er sich an diese Begegnung, sowie an vieles andere, nicht mehr erinnern konnte.

Im Haus Richardson war Maliya zur Zofe für seine erstgeborene Tochter Sophia ausgebildet worden, angelernt von der Zofe, welche die zweite Misses Richardson, Sophias Stiefmutter, betreute.

Maliya bewies ein besonderes Geschick, im Umgang mit Stoffen und Farben und traf stets die passende Auswahl und fand die zugehörigen Accessoires. Auch im Umgang mit der Brennschere vermochte sie zielsicher umzugehen und zauberhafte Frisuren zu kreieren. Um dieses Talent nicht ungenutzt zu lassen, war sie auf Meadowfield die Zofe von Amelia geworden. Maliya war es auch, die ihr die aufwändige Hochzeitsfrisur gezaubert hatte.

Anfangs war Amelia enttäuscht gewesen, als Aiden ihr diesen Vorschlag machte, musste aber rasch einsehen, dass ihre Maya für diesen Posten ungeeignet gewesen wäre. Zudem Maya selbst beteuerte, dass sie sich in der Küche wohler fühle, schließlich sei das über viele Jahre ihre Aufgabe im Thyne-Haushalt gewesen. Ihr Geschick lag mehr in der Zubereitung von Speisen und den Umgang mit Gewürzen. Schnell hatte sie sich der Pflege des Kräutergartens angenommen, was die anderen Sklaven eher als lästige Pflicht erachteten. Seitdem war jener Garten nicht nur auf die beinahe doppelte Größe angewachsen, er beherbergte auch eine größere Vielzahl an Pflanzen, deren Blätter oder Samen in der Küche Gebrauch fanden. Selbst Hermela zeigte sich begeistert.

Trotz allem blieb Maya eine enge Vertraute von Amelia und verstand sich auch bestens mit Maliya. Zudem waren Maya und Lucy während ihrer Zeit in Charleston zu engen Freundinnen geworden. Maya war des Lesens und Schreibens mächtig, genau wie ihr Mann Tamil, auch wenn er sich damit weitaus schwerer tat, da er nicht verstand, warum es sinnvoll sei, diese Kunst zu beherrschen. Tamil arbeitete zusammen mit Moody, Aiden hatte die beiden handwerklich begabten Männer zusammengebracht, und sie kümmerten sich fortan um alle anfallenden Bau- und Reparaturarbeiten

Maliya, die die Anfänge des Lesens und Schreibens einst von Aiden lernte, hatte ihre Kenntnisse heimlich verbessert und war heute eine begeisterte Leseratte, die jede Menge Bücher verschlang. Aiden musste sich eingestehen, dass ihn das ziemlich stolz machte, er hatte schon damals gewusst, dass sie ein intelligentes Wesen war. Im Hause Richardson durfte sie diese Vorliebe niemals offen zeigen, umso glücklicher war sie, als Aiden ihr anbot, sich nach Belieben in der Bibliothek umzusehen.

Dass Sklaven lesen und schreiben konnten, war vielen Sklavenhaltern ein Dorn im Auge und sie bestraften sie schwer, sobald sie es herausfanden.

Aiden sah es nicht so dramatisch, er zollte sogar jenen Respekt, die es schafften, es sich in mühevoller Kleinarbeit selber beizubringen. Allerdings ging auch er nicht hausieren damit, dass es auf Meadowfield mehrere Sklaven gab, die das Lesen und Schreiben beherrschten.

»Die Kutsche ist vorgefahren«, meldete einer der Sklaven.

Aufregung machte sich breit und den Damen wurden rasch noch ihre wärmenden Umhänge gebracht.

»Darf ich bitten, Misses Pellham?«, fragte Aiden, während er Amelia voller Stolz seinen Arm bot.

»Aber gern, Mister Pellham«, antwortete sie mit einem strahlenden Lächeln.

Ende

Weitere Bücher von Emilia Doyle

Südstaatenromane:

Ball der Hoffnung
Entgegen aller Vernunft
Ruf des Südes - Zeitreise

Highlanderromane:

Das Kleid der Highlanderin – Zeitreise
Im Bann des Schotten

Romantic-Fantasy:

Der Fluch der Greystokes
-Die Suche
-Verbotene Gefühle
-Macht der Liebe

Ball der Hoffnung

Die attraktive Ashley Callahan träumt in ihrer jugendlichen Unschuld von rauschenden Bällen und zahlreichen Verehrern, in der Hoffnung baldmöglichst einen Ehemann zu finden, um dem freudlosen Elternhaus zu entfliehen.

Aber ihr strenger Vater hat eigene Pläne.

Er will sie mit dem Sohn seines verstorbenen Freundes Arthur Fulgham verheiraten.

Ashley ist verzweifelt. Unter keinen Umständen will sie den Sohn dieses Teufels zum Gemahl.

Ihrem selbstgefälligen Bruder kann sie nicht trauen, oder ihn gar um Hilfe bitten.

Sie schmiedet einen Plan.

Unverhofft bekommt sie Unterstützung von ihrer Tante Tawinia, die sie kurzerhand entführt.

Aus alten Schuldgefühlen heraus, will sie Ashley helfen, einen liebevollen Gentleman kennenzulernen, um der arrangierten Ehe zu entkommen.

Doch das Unterfangen gestaltet sich schwieriger als erwartet, und die Zeit sitzt ihnen im Nacken. Zudem muss Ashley erkennen, das nichts ist, wie es scheint.

Entgegen aller Vernunft

Roman über eine Liebe in den Südstaaten, im Vorfeld des Amerikanischen Bürgerkrieges.

Flora heiratet einen reichen Plantagenbesitzer, aber es fällt ihr schwer, sich in die Welt der Pflanzer-Aristokratie einzugewöhnen.

Von ihrem Ehemann fühlt sie sich unverstanden und ihre Schwiegermutter lässt kein gutes Haar an ihr.

Eines Tages begegnet sie dem charmanten Gavin Pears, einem Soldat aus dem Norden, der in Charleston stationiert ist.

Flora ist von dem Mann hingerissen und lässt sich auf eine riskante Liebesbeziehung mit ihm ein. Doch ist die junge Frau geschaffen für ein Leben aus Lügen und Geheimnissen?

Das schlechte Gewissen quält sie zunehmend. Aber auch die sich verschärfenden Beziehungen zwischen dem Norden und dem Süden belasten ihre Liebe.

Sie treffen eine Entscheidung, doch das Schicksal hat längst entschieden.

Ruf des Südens: Zeitreiseroman

Nach einem Streit mit ihrem Freund Benjamin irrt Nathalie während eines Gewitters durch ein Neubaugebiet und stürzt in eine Baugrube.

Als sie wieder zu sich kommt, sieht sie sich kurz darauf einem Reiter gegenüber, der sich als Hank Craven vorstellt. Verwirrt lässt sie sich von ihm auf seine Plantage bringen.

Langsam begreift Nathalie, dass sie durch ein Zeitloch gefallen und im Süden der USA gelandet ist. Der Sklavenhandel blüht und das Land steht kurz vor dem Bürgerkrieg.

Trotz ihrer Furcht und der Sehnsucht nach ihrer Familie arrangiert sie sich mit der neuen Lebenssituation, stößt aber durch ihre unkonventionelle Art den Sklaven gegenüber auf Unverständnis. Sie zieht sich den Hass von Mathew, Hanks Stiefbruder und Besitzer der Plantage, zu, der sie beschuldigt, eine Hure zu sein oder gar der Abolitionistenbewegung anzugehören, die den Sklaven zur Flucht verhilft.

Nathalie, die ihre Herkunft nicht nachweisen kann, verliebt sich in Hank und steht hilflos Mathews Forderung gegenüber, seine Mätresse zu werden. Ansonsten würde er sie von der Plantage jagen.